BASTEI
LÜBBE
TASCHENBUCH

Titel in der Regel auch als E-Book erhältlich

Zoe Held

FESSELN DER FREIHEIT

Erotischer Roman

BASTEI LÜBBE TASCHENBUCH

BASTEI LÜBBE TASCHENBUCH
Band 15 999

1. Auflage: Oktober 2013

Dieser Titel ist auch als E-Book erschienen

MIX
Papier aus verantwortungsvollen Quellen
FSC® C006701
FSC
www.fsc.org

Originalausgabe

Titelillustration: © shutterstock/MarishaSha
Umschlaggestaltung: Manuela Städele
Satz: Urban SatzKonzept, Düsseldorf
Gesetzt aus der Palatino
Druck und Verarbeitung: CPI – Ebner & Spiegel, Ulm
Printed in Germany
ISBN 978-3-404-15999-4

Kapitel 1

Tony verbiss sich ein Seufzen über das Wetter. Es wäre schöner gewesen, diesen Abend in den Gärten der Villa zu feiern und die mediterrane Luft von Sainte-Maxime zu genießen. Dieser Vorstellung hatte der Regen gehörig einen Strich durch die Rechnung gemacht. Hauptsache, ihre Gäste amüsierten sich, und sie erfüllte ihre Rolle als Gastgeberin. Die Musiker spielten mit beschwingtem Jazz gegen das Prasseln an den raumhohen Fenstern an. Die Kellnerinnen schenkten eilfertig Getränke nach, damit niemand auf die Idee kam, sich über die an manchen Stellen unfertige Dekoration zu wundern. Bisher hatte niemand bemerkt, wie überstürzt vor vierzehn Stunden alles in das Innere des Hauses verlegt worden war.

Prüfend blickte Tony sich um, um herauszufinden, welche der Gäste Nachhilfe bei ihrer Unterhaltung benötigten. Im Vorbeigehen nahm sie ein weiteres Glas Champagner von einem Silbertablett und bedankte sich mit einem höflichen Plausch für ein viel zu freundliches Lob, mit dem einer der Gäste sie in ein Gespräch verwickelte.

Sie hasste Abende wie diese, an denen alle und jeder übertrieben freundlich war. Es war verlogen, es war falsch, es war grauenhaft. Aber es musste sein, schließlich waren es die Geschäftspartner ihres Vaters, die Geldgeber, die Kunden. Außerdem waren Abende wie dieser bestens dafür geeignet, sich etwas Abwechslung zu verschaffen.

Jon hatte es selbstverständlich nicht geschafft, sich diesen Abend freizunehmen. Irgendeine internationale Transaktion stand kurz vor dem Abschluss. Das war wichtiger als ein Sommerfest. Es hätte Tony auch nicht gestört, wenn er hier gewesen wäre.

Ihr Blick blieb an einem Mann hängen, der ungefähr ihr Alter hatte. Eigentlich bevorzugte sie die dunkelhaarigen Typen. Er war blond und hellhäutig. Er hatte ein sehr markantes Kinn, das er mit einem sorgfältig rasierten Kinnbart noch mehr zur Geltung brachte. Seine Figur gefiel ihr: schmale Hüften, ein flacher Bauch und Schultern, die auf regelmäßigen Sport hindeuten. Nicht der perfekte One-Night-Stand, aber auch nicht zu verachten. Sie wartete, bis ihre Blicke sich kreuzten, und lächelte ihn offen an. Er strahlte etwas Resolutes aus. Er hielt sich schon den ganzen Abend an ihren Doktorvater. Daraus schloss sie, dass er Ingenieur war – jemand, der keine Ahnung von Technik hatte, hielt es mit ihrem Mentor nicht lange aus.

Umso besser. Sie trat zu den beiden Männern, begrüßte ihren Doktorvater, wechselte einige höfliche Worte und konzentrierte sich dann auf ihr eigentliches Ziel: Mr. Sexy in ihr Bett zu bekommen.

»Und Sie sind?«, sprach sie ihn an. Er hatte ihre Einmischung in das Gespräch bisher schweigend hingenommen.

»Wertinger. Mikael Wertinger«, stellte er sich steif vor. Mechanisch streckte er seine rechte Hand aus. Er sprach seinen Vornamen nicht amerikanisch aus, wie Michael, sondern melodisch. Anziehend. Ein wenig italienisch.

»Tony Miller.« Sein Griff war fest. Sofort huschten Bilder durch ihren Kopf. Wenn er im Bett genauso zulangte, versprach es, ein guter Abend zu werden. Sie liebte es, wenn die Kerle beim Sex mit ihren Brüsten spielten. Mr. Sexy konnte von der Sorte sein, die das auch wirklich tat. »Management Accounting, London. Sie sind unser Konstruktionsgenie? Ich habe schon von Ihnen gehört. Die ganze Firma spricht von Ihnen.«

»Dann sind Sie diejenige, die uns das Geld abdreht, wenn die Versuche spannend werden. Davon habe ich auch schon gehört.« Er zuckte mit den Schultern und blickte sich nervös um, als fühlte er sich in dieser schicken Umgebung nicht wohl. Der amerikanische Akzent war deutlich zu erkennen. Texas, verbunden mit dem vergeblichen Versuch, sich diese Herkunft nicht anmerken zu lassen.

Sein Anzug saß ausgesprochen schlecht. Wahrscheinlich hatte er ihn sich in einer hektischen Aktion gekauft, als er die Einladung in seinem Postfach gefunden hatte. Daraus schloss sie, dass er keine Freundin hatte. Wunderbar. Das versprach keine Komplikationen.

»Sie haben sich die richtige Gesellschaft ausgesucht, Professor!« Tony schüttelte ihre Locken aus und schenkte Mikael ein offenherziges Lächeln. Sie hob das Champagnerglas an die Lippen und nippte daran. Auffällig, bis sie seinen Blick auf ihren Lippen spürte. »Aber jetzt muss ich mich entschuldigen, Professor, Mikael.«

Sie warf einen schnellen Blick in Richtung der Fenster, wo eine Gruppe Banker viel zu laut lachte, und zwang sich ein nichtssagendes Lächeln auf die Lippen. Banker waren in jeder Umgebung zu erkennen, auch wenn sie einen zu viel getrunken hatten wie diese Musterexemplare ihrer Gattung. Diese gestriegelten Frisuren, die Maßanzüge, die Manschettenknöpfe und diese schrecklichen, hellblauen Hemden. Leicht zu haben, wenn man es darauf anlegte.

Es war etwas in Mikaels Augen gewesen, das ihr einen kalten Schauder über den Rücken gejagt hatte. Sein Blick hatte etwas von einem Falken, der auf seine Beute wartete.

Tony leerte den Champagner und begann, mit einem der Banker zu flirten. Jetzt musste sie nur noch dafür sorgen, dass Wertinger ein kleines bisschen zu viel trank und am Ende der Feier den Weg auf ihr Zimmer fand. Sie lachte leise und ignorierte, dass der Banker es auf diesen lächerlichen Witz schob, den er gerade zum Besten gab.

***

Der Vorteil an Hausgästen war, dass sie länger blieben als die anderen, die im Hotel übernachten. Die letzten Taxen waren abgefahren. Die Musiker hatten zusammengepackt. Die Kellner waren dabei, die Gläser einzusammeln und zusammenzukehren. Zufrieden lehnte Tony sich an eine Tischkante und drehte lässig das Champagnerglas zwischen Daumen und Zeigefinger. Ihr Vater hatte darauf bestanden, dass sie Wertinger auf die Gästeliste setzten, obwohl er weder Geschäftspartner noch Geldgeber war. Ihm lag viel an seinem neusten Talent. Dass dabei etwas Abwechslung für sie selbst heraussprang, war geradezu grandios.

»Ihre erste Party, Mikael?« Er stand verloren mitten im Raum und wirkte auf sie, als wäre er kurz davor, selbst beim Aufräumen mit anzupacken. »Abgesehen von den Studentenpartys, meine ich.«

Er zuckte zusammen und drehte sich zu ihr um. »Ich wollte mich bei Ihnen bedanken, Miss Miller.« Er kam auf sie zu und blieb in einem höflichen Abstand stehen.

Sie winkte ab. Dabei verschüttete sie ein paar Tropfen Champagner auf ihre Hand. »Mikael, bitte. Ich heiße Tony.«

»Ich denke nicht, dass das angebracht wäre.« Sein Blick fuhr unaufhörlich ihren Körper entlang. Tony unterdrückte ein Schaudern und zwang sich dazu, ihn weiterhin anzublicken und zu lächeln. Bewusst langsam hob sie die Hand an die Lippen und leckte den verschütteten Champagner ab, so lasziv, dass jeder normale Mann merken würde, worauf sie anspielte. Sie erwiderte seinen Blick.

»Ich freue mich schon auf das legendäre Katerfrühstück

morgen. Das scheint ein echtes Highlight zu sein«, fuhr er fort.

Er strahlte eine faszinierende Stärke aus unter dieser Unsicherheit, die seiner Umgebung geschuldet war. Tony tippte darauf, dass er nicht gerade aus dem besten Elternhaus kam, und solchen Prunk einfach nicht gewohnt war. Seine hellen Augen leuchteten geradezu. Wieder huschten da diese Bilder durch ihren Kopf. Sie, wie sie vor ihm kniete, seinen Schwanz leckte und ihn verwöhnte, bis er endlich kam. Mikael, der zuließ, dass sie sein Sperma schluckte. Er über ihr im Bett, seine kräftigen Schultern, seine starken Arme. Der sie nahm und ihr das gab, was sie jetzt brauchte – einen schnellen Fick.

»Ich würde es gerne mit Ihnen zusammen genießen, Mikael.« Tony ärgerte sich darüber, dass ihre Stimme belegt klang. Normalerweise machte es ihr nichts aus, irgendwelche Männer anzusprechen und aufzureißen. »Wenn Sie wollen, natürlich.«

»Miss Miller, ich habe nicht vor, es auszunutzen, dass Sie betrunken sind«, antwortete er ausweichend und lächelte entschuldigend.

»Ich bin nur angeheitert«, widersprach Tony und hakte sich bei ihm unter. Er roch nicht allzu aufdringlich nach einem ganz gewöhnlichen Herrenparfüm. Anders als diese Banker. »Und wenn ich wirklich so betrunken bin, wie Sie meinen, ist es doch Ihre Pflicht als Ehrenmann, mich sicher auf mein Zimmer zu bringen, oder?«

Perfekt gefangen. Sie bekam immer, was sie wollte. Jemand wie Mikael war eine ihrer leichtesten Übungen.

***

Ohne ihre Führung wäre er in diesem riesigen Haus verloren gewesen. Mikael konnte diese überbordende Pracht um ihn herum immer noch nicht fassen. Sein Kopf schwirrte, von den vielen Gästen, der Musik, den erlesenen Speisen, und wenn er ehrlich zu sich selbst war, auch ein wenig von dem Champagner.

Die Frau an seinem Arm – Tony, verbesserte er sich stumm, – machte einen entschlossenen Eindruck auf ihn. Ihre perfekt geschminkten Lippen waren leicht zusammengepresst, als würde sie über irgendetwas angestrengt nachdenken. Ihr raffiniertes Kleid lenkte den Blick ganz automatisch in ihren Ausschnitt. Dunkle Locken, helle Haut, ein Modelgesicht, dunkelbraune Mandelaugen. Einige hellere Strähnen zogen sich durch ihr Haar, als wenn sie gerade von einem Sommerurlaub zurückgekommen wäre. Eine schlanke Taille, die in dem Kleid hervorragend zur Geltung kam, ein durchtrainierter Hintern, ausreichend Oberweite. Gut genug, um Mikael den Kopf zu verdrehen.

Mikael räusperte sich verlegen, was sie mit einem strahlenden Lächeln quittierte. Der silbrige Glanz auf den Lidern strahlte mit ihrem Schmuck um die Wette.

Wahrscheinlich hatte es heute nur eine Handvoll Männer gegeben, die es geschafft hatten, ihr nicht hinterher zu blicken. Und bei diesen wenigen Ausnahmen würde er alles darauf verwetten, dass sie auch sonst kein Interesse an Frauen hatten.

Diese Frau strahlte Leidenschaft aus. Sie roch nach Verlangen, trotz ihres blumigen Parfüms. Sie hatte genug Stil, es nur die merken zu lassen, von denen sie es wollte. Sie hatte genug Mut, sich aus den Gästen jemanden auszusuchen, weil sie gerade Lust auf Sex hatte.

Er machte sich gar nichts vor; morgen würde sie ihm freundlich einen schönen Tag wünschen, vielleicht ein »Wir sehen uns sicher bald« mit auf den Weg geben, und damit wäre die Sache für sie erledigt. Normalerweise fand er eine solche Haltung bei Frauen erfrischend unkompliziert. Frauen, die wussten, was sie wollten, die es einforderten und kein großes Getue um Gefühle machten.

Sie reizte ihn. Er wollte ausprobieren, wie weit sie gehen würde. Er wollte sich diesen Willen unterwerfen. Sie dazu bringen, sich seiner Führung anzuvertrauen. Ihr zusehen, wie sie sich fallen ließ. Er musste sich schon schwer täuschen, wenn unter dieser Fassade nicht die Sehnsucht nach Dominanz steckte. Aber dazu würde er weit mehr als eine Nacht brauchen, und genau das würde sie niemals zulassen.

Wenn es nur darum ginge, das ließe sich verkraften. Ein unkomplizierter One-Night-Stand wäre der perfekte Abschluss für diesen Abend. Trotzdem hatte er Bauchschmerzen bei dieser Sache. Sie reizte ihn. Sie war eine Herausforderung. Und sie würde ihn sicherlich morgen früh keines Blickes mehr würdigen. Seinem Stolz zuliebe wäre es sicher besser, sein Glück gar nicht erst bei ihr zu versuchen.

Sie erreichten einen Flur, den eine einsame, asymmetrische Lampe an der rechten Wand in ein sanftes Licht tauchte. Ein dunkelblauer Läufer führte über den weißen Steinfußboden. Mikael erinnerte sich nicht daran, hier schon einmal gewesen zu sein. Dabei war er sich nach der Hausführung am Morgen sicher gewesen, das ganze Haus gesehen zu haben.

»Tony, ich glaube, es ist besser, wenn ich Sie hier alleine lasse. Sie kommen doch zurecht?«, flüsterte er.

Tony strebte auf die zweite Tür zu, und zog ihn mit. Statt einer Antwort lächelte sie ihn an und leckte sich wie gedankenverloren mit der Zungenspitze über ihre weißen Zähne.

Verdammt, er fühlte, wie die Erregung in ihm aufstieg. Er hatte es den ganzen Abend über geschafft, sich von zu vielen Gedanken an sie abzulenken. Aber jetzt, alleine mit ihr, ihren Duft in der Nase und ihre Wärme neben seinem Körper, stellte sich das alles ganz anders dar.

Ihre zierliche Hand mit dem viel zu wuchtigen Diamantring legte sich auf den Türgriff und drückte die Tür auf. Dahinter war es dunkel. Sie tastete nach dem Lichtschalter und war für einen Augenblick abgelenkt.

Mikael nutzte die Gelegenheit, um sich von ihr loszumachen. Er trat ungelenk einen Schritt zurück und deutete eine Verbeugung an.

Sie fuhr herum. Ihre Augen funkelten unternehmungslustig. »Mikael, die Gelegenheit bekommen Sie nie wieder«, sagte sie sanft und streckte eine Hand nach ihm aus. »Nicht so schüchtern, mein Lieber. Ich weiß, was ich tue. Ich bin bei klarem Verstand.«

Dabei zog sie ihre Unterlippe zwischen die Zähne und beschenkte ihn mit einem gespielt mädchenhaften Augenaufschlag.

»Gute Nacht, Miss Miller«, brachte er hervor und ärgerte sich über seinen Atem, der ihm in kurzen, knappen Stößen entwich. Jeder Idiot würde daran merken, wie sehr diese Frau ihn erregte.

»Kommen Sie schon!« Ihre Hand griff an sein Jackett und zog ihn energisch in den Raum. Hinter ihm fiel die Tür mit Schwung wieder zu.

»Dort drüben geht es ins Bad. Sie sollten alles dort finden, was Sie brauchen.« Sie deutete auf eine Tür, die unauffällig in einer Ecke des Zimmers abging. »Ich sorge hier ein wenig für Stimmung, und wenn Sie zurückkommen, dann verschwinde ich für einen Augenblick, einverstanden?«

Wenn diese Frau an alle Dinge ihres Lebens heranging wie an einen One-Night-Stand, dann verstand er langsam den Ruf, den sie in der Firma genoss. Sie ließ ihm keine Zeit für weitere Gedanken, sondern schob ihn in Richtung der Tür. Diese geradezu geschäftsmäßige Art reizte ihn noch mehr. Zu gern würde er herausfinden, was sie hinter diesem Auftreten alles versteckte. Mikael drehte sich unsicher um sich selbst. Das Badezimmer kam ihm genauso riesig vor wie alles andere an diesem Haus. Sie hatte nicht nur eine luxuriöse Dusche, mit Massagestrahlern und einer gläsernen Duschwand, sondern auch einen Whirlpool. Dazu kamen zwei überdimensionierte Waschbecken aus weißem Marmor mit eckigen Wasserhähnen aus Silber. Um eines der Waschbecken hatte sie eine ganze Armada an Tiegelchen aufgebaut. Er nahm also das andere, hielt sich für einen Augenblick am Waschbeckenrand fest und fixierte sein Spiegelbild.

»Du begehst gerade die größte Dummheit deines Lebens«, gestand er sich selbst ein und strich sich über die müden Augen. Er sollte die Finger von ihr lassen. Sie war jenseits seiner Reichweite, ganz eindeutig. Und genauso eindeutig weckte sie dieses Verlangen in ihm, sie zu beherrschen. Mikael griff nach einem meeresblauen Handtuch, das an einem silbernen Halter neben dem Waschbecken beinah aussah, als hätte jemand es hingemalt.

Die weiche Textur beruhigte ihn ein wenig. Sie wollte Sex, mehr nicht. Er sollte nicht zu viel hineininterpretieren, sich darüber freuen, dass eine attraktive Frau wie sie sich für ihn interessierte, es genießen und vor allem dabei belassen.

***

Tony entschied sich im letzten Augenblick für einen dezenten String aus dem kleinen Fundus, den sie für genau solche Fälle unter ihrem Waschbecken aufbewahrte. Sie kontrollierte ihre Frisur im Spiegel und strich noch einmal durch die dunkelbraunen Locken, die ihr bis zum Schulterblatt reichten, ehe sie in ihr Schlafzimmer zurückging.

Das gedimmte Licht tauchte alles in ein äußerst vorteilhaftes Spiel aus oranger Farbe. Sie betrachtete Mikael nachdenklich, wie er auf ihrem Bett mit dem dunkelblauen Seidenlaken lag. Er wirkte zögerlich. Als wüsste er nicht ganz, was von ihm erwartet wurde. Vielleicht hätte sie besser den Banker nehmen sollen? Sie lächelte ihr eigenes Unbehagen weg und trat an das Sideboard, auf dem eine viereckige Schüssel aus rötlichem Holz stand.

Mit zwei Fingern griff sie hinein. »Ich hoffe, du hast nichts gegen Gummis einzuwenden?«

Hektisch schüttelte er den Kopf. Sie zog drei Packungen aus der Schüssel und setzte sich neben ihm auf das Bett. Die Kondome legte sie auf dem Nachttisch ab. Gleichzeitig strich sie mit der linken Hand über seinen Bauch. Alle seine wohldefinierten Bauchmuskeln zogen sich zusammen. Seine sportliche Figur ließ darauf schließen, dass er zwar nicht übermäßig, aber doch regelmäßig Sport trieb. Tony musste sich zusammenreißen, um nicht die ganze Zeit sein Glied anzustarren.

»Haben Sie ...«, begann er und schluckte sichtbar. »Ich meine, hast du etwas dagegen, wenn ich dir zuerst meine Aufmerksamkeit schenke?«

Dieser romantische Unterton passte gar nicht zu dem, was sie sich vorgestellt hatte. Tony lächelte trotzdem. »Wieso sollte ich?«

Er richtete sich auf und rutschte ein Stück zur Seite. »Leg dich auf den Rücken, Tony.«

Seiner ganzen Unsicherheit zum Trotz gewann seine Stimme jetzt an Überzeugungskraft. Sie grinste zufrieden. Also war er kein dummer Junge, der keine Ahnung von gutem Sex hatte. Sie fühlte das Seidenlaken auf ihrer Haut, warm, wo er gelegen war, ansonsten erfrischend kühl. Er strich zärtlich über ihren Hals und zwischen ihren Brüsten hindurch. Sofort stellten sich ihre Nippel auf. Tony unterdrückte ein Stöhnen. So einfach würde sie es ihm nicht machen. Seine Finger setzten ihren Weg nach unten fort. Sie malten einen Kreis um ihren

Bauchnabel. Spielerisch leicht schob er ihren String zur Seite. Dann tasteten seine Finger sich weiter vor, nur um kurz vor ihrer Spalte aufzuhören.

»Zieh dich aus«, befahl er knapp.

Allein sein Tonfall genügte schon, um ihr wohlige Schauer über den Rücken zu jagen. Tony schob den String nach unten. Mikael blickte interessiert auf sie hinab und half nach, als es ihm nicht schnell genug ging.

Zärtlich wanderten seine Finger zurück nach oben und streichelten ihre Möse. Die dünne Haut an der Innenseite ihrer Oberschenkel schickte jede Berührung geradewegs durch ihren Körper hindurch. Ein leichtes Pochen breitete sich in ihrem Unterleib auf. Gerade jetzt hielt er inne.

Tony protestierte leise, was er mit einem ebenso leisen Lachen quittierte. Sie öffnete ihm ihre Beine bereitwillig. Dennoch griff er an ihre Oberschenkel und schob sie besitzergreifend noch ein wenig weiter auseinander. Ein kleiner Schauder überlief sie, als sie daran dachte, wie sie jetzt für ihn aussehen musste.

Der klare Blick aus seinen strahlend blauen Augen hielt sie gefesselt, während er sich zu ihr hinabbeugte. Sie spürte seinen Atem zwischen ihren Schenkeln. Er hauchte Küsse auf die empfindliche Haut an der Innenseite der Oberschenkel, zuerst nur hauchzart, dann immer schneller und fordernder. Seine weichen Lippen näherten sich ihrer Spalte, nur um im nächsten Augenblick die Haut an ihren Schenkeln zu küssen. Jeder dieser Küsse schickte kleine, elektrische Ströme durch ihren Körper.

Jetzt konnte sie ein heiseres Stöhnen nicht mehr unterdrücken. Er ließ sich davon nicht beirren. Seine Hände hielten ihre Oberschenkel fest, während seine Lippen sie weiter küssten. Endlich traf der erste Kuss ihre Perle, wenn auch nur zaghaft.

Tony spürte die Feuchtigkeit zwischen ihren Beinen. Sie wollte sich aus seinem Griff befreien. Bei den meisten Kerlen war an dieser Stelle sowieso Schluss, und heute stand ihr der Sinn nicht gerade nach einem langen Vorspiel.

Seine Hände ließen es jedoch nicht zu.

»Ich bestimme, wann es genug ist«, flüsterte er heiser. Sie konnte ihre Antwort nur stöhnen, denn im selben Augenblick traf seine Zunge wieder auf ihren Kitzler. Mikael leckte diesmal härter, nahm keine Rücksicht mehr darauf, wie zart die Haut dort war. Seine Lippen schlossen sich um ihre Perle, saugten daran, während seine Zunge die unglaublichsten Dinge zu tun schien.

Tony ließ die Erregung einfach zu. Wenn er es unbedingt wollte, würde sie bestimmt nicht Nein sagen. Flink und geschickt setzte seine Zunge ihr Werk fort. Die Erregung in ihr wuchs an, bis sie schmerzhaft wurde. Sie wand sich unter seinen Händen, um dieser fordernden Zunge und den Lippen wenigstens für einen Augenblick zu entkommen. In ihr pochte es.

»Bitte«, brachte sie hervor und wollte an seinen Kopf greifen, um ihn fester zwischen ihre Beine zu drücken.

Gerade jetzt richtete er sich auf. Kühle Luft strich über ihre erhitzten Schamlippen. Erwartungsvoll blickte Tony zu ihm auf.

»Du schmeckst gut, Tony«, sagte er leise. »Aber ich fürchte, dabei wird es bleiben.«

Sie brauchte einen Augenblick, um seine Worte zu verstehen. In ihrem Kopf brauste es immer noch. »Was?«

»Du kennst die Firmenpolitik sicher besser als ich. Regel eins: Schlafe nie mit einer Kollegin.« Er rutschte zurück und stieg über das Fußende vom Bett hinunter. Sie konnte seine Erregung deutlich sehen, daran konnte es nicht liegen.

»Herrje, ich sitze in London, du in Glasgow. Das ist Kollege im weiteren Sinne, oder?«, entgegnete Tony ungeduldig. Die erste Welle der Erregung ebbte genauso schnell ab, wie sie gekommen war. Dieser Typ hatte es tatsächlich fertig gebracht, sie bis kurz vor den Orgasmus zu treiben und dann einfach aufzustehen.

»Regel zwei: Schlafe erst recht nicht mit deiner Chefin.« Er bückte sich nach seinen Boxershorts und zog sie rasch über. Die Anzughose folgte ebenso schnell.

»Ich bin nicht deine Chefin.«

»Gewissermaßen schon. Du bestimmst, was finanziert wird, also bestimmst du auch, ob ich meinen Job behalte oder nicht.«

Hatte er eigentlich auf alles eine Antwort? Zorn stieg in ihr auf. Was war in ihn gefahren? Erst machte er bereitwillig mit, und dann zog er so eine Nummer ab!

»Und dann wäre da noch Regel drei: Ficke nie, und nie ist hier gemeint wie n-i-e, die Tochter deines Chefs.«

Damit schenkte er ihr ein strahlendes Lächeln und griff nach seinem Hemd. »Sie konnten nicht ernsthaft davon ausgehen, dass ich dieses kleine Spiel nicht durchschaue, oder? Ich wünsche Ihnen eine angenehme Nacht, Miss Julie Antoinette MacMillan-Chablois.«

Sie starrte ihm hinterher, als er das Zimmer ohne weitere Worte verließ und die Tür hinter sich zuzog. Dann packte sie ihr Kissen und warf es zornig hinter ihm her. Es knallte gegen die Tür und flog zu Boden. »Arschloch! Du hast Regel Nummer vier vergessen! Ficke die Tochter deines Chefs, weil sie sonst wütend wird und dich rausschmeißt!«

Enttäuscht und frustriert zugleich presste sie ihr Gesicht in das zweite Kissen auf dem Bett. Was in aller Welt war das Problem daran, dass sie an einem solchen Abend Lust auf eine kurze, unkomplizierte Affäre hatte?

Sie tastete nach dem Telefon auf dem Nachttisch, drückte die erste Kurzwahltaste und wartete das Freizeichen ab.

»Heb endlich ab, du siehst, dass ich es bin«, murmelte sie genervt. »Du bist noch wach, ich weiß es!«

»Was gibt es, Darling?«, meldete sich endlich eine etwas angeschlagene Stimme am anderen Ende der Leitung. »Ist die Feier vorbei?«

»Es war alles gut, das erzähle ich dir ein anderes Mal«, würgte sie ihn ab. »Darum geht es nicht. Jon, ich brauche ein wenig Unterhaltung. Ich bin einsam ohne dich!«

Er seufzte hörbar auf. »Darling, weißt du, wie spät es ist? Ich muss morgen früh ins Büro!«

»Du sitzt sowieso über deinen Akten! Magst du mir nicht davon erzählen, wie du deinen Schwanz in mich stößt und es mir so richtig besorgst?« Sie zerknüllte eine Ecke ihres Kissens in ihrer Hand und wünschte sich dabei diese altmodischen Schnurtelefone zurück, bei denen man immer etwas gehabt hatte, um sich zu beschäftigen. »Es ist lange her, seit wir das letzte Mal richtig miteinander geschlafen haben. Ich kann mich kaum daran erinnern!«

»Es war letzte Woche, wenn mich nicht alles täuscht am Mittwoch. Du hast darauf bestanden, obwohl wir eigentlich diese Doku im Fernsehen ansehen wollten«, erinnerte er sie abwesend. »Jetzt ist wirklich nicht der richtige Augenblick, Schatz!«

Tony grummelte ihren Unmut vor sich hin, in Worten, die gar nicht für ihn bestimmt waren.

»Es sind doch nur noch ein paar Tage, bis du zurück bist. Dann werde ich mir etwas einfallen lassen für dich.«

Sie sah das freundliche, nichtssagende Lächeln ihres Verlobten bei diesen Worten vor sich, als säße er neben ihr. »In Ordnung, mein Lieber. Aber dann lasse ich keine Ausreden gelten. Und wenn du es nicht rechtzeitig aus dem Büro schaffst, rufe ich deinen Chef an und sage ihm, wieso du nach Hause kommen musst.«

»Untersteh dich!« Er schickte einen angedeuteten Kuss durch das Telefon. »Schlaf gut, Darling.«

Sie legte das Telefon weg und ließ sich auf den Rücken rollen. Ihr Zimmer verschwamm um sie herum. Sie hätte doch den Banker nehmen sollen. Jetzt war es zu spät, und ihre Stimmung war sowieso am Tiefpunkt angelangt.

Wieso, verdammt noch mal, ging ihr Mikael immer noch nicht aus dem Kopf, obwohl er sich so dämlich angestellt hatte?

Kapitel 2

»Tony, was ist los?«, riss eine freundliche Stimme sie aus ihren Gedanken. Diese Stimme war es gewöhnt, mit Menschen zu sprechen und ihre Anliegen zu bearbeiten. Langsam nur löste sie sich von dem Bild unwahrscheinlich blauer Augen, die in ihrer Erinnerung mit jedem Tag strahlender wurden. »Geht es Ihnen nicht gut?«

»Wahrscheinlich hängt mir die Feier noch nach«, sagte sie ausweichend und setzte sich auf. Sie suchte unter dem Tisch nach ihren Schuhen und schlüpfte wieder hinein. Gewissermaßen stimmte das auch; in der vergangenen Woche war kein Tag vergangen, an dem sie nicht an ihn hatte denken müssen. An Mikael Wertinger, das neue Genie aus der Konstruktionsabteilung.

»Sie haben sich wacker geschlagen als Gastgeberin, heißt es.« Cherie Howland, ihre Sekretärin, stellte einen dampfend heißen Kaffeebecher vor ihr auf den Schreibtisch. »Ich wäre zu gerne dabei gewesen, aber ich konnte die Kleine wirklich nicht alleine lassen.«

»Es war ja nicht das letzte Mal.« Tony winkte ab und rief sich mit dieser Geste selbst zur Vernunft. Sie hatte gehofft, dass die kühle Luft Londons sie wieder zur Vernunft brachte, aber das hatte bisher jedenfalls kein Stückchen funktioniert. »Das hilft uns alles nichts bei der Finanzierung. Hat Jon sich gemeldet? Er hat mir versprochen, bei diesem Investor weiter vorzufühlen, den er angeblich an der Angel hat.«

Cherie verzog ihre etwas zu rosa geschminkten Lippen.

»Nein, hat er nicht. Und das mit dem Investor halte ich für eine ganz dumme Idee, wenn Sie mich fragen.«

Tony lächelte in sich hinein und zog trotzdem die Augenbrauen zusammen. Cherie zeichnete sich durch ein gelegentlich etwas zu loses Mundwerk aus. Wahrscheinlich gab es nichts und niemanden, vor dem ihre Plauderei Halt machte. »Wenn Sie eine bessere Idee haben, her damit, Cherie. Ich bin mit meinem Latein am Ende. Wir haben noch zwei Monate, bis die Kreditlinien ablaufen.« Tony merkte Cherie deutlich an, dass sie nicht ganz verstand, worum es ging. »Das bedeutet, dass wir dann pleite sind. Punkt.«

Cherie schnappte nach Luft. »Wir alle?«

»Schottland«, grummelte Tony. »Der Firmenteil in Glasgow«, verbesserte sie sich und legte die Finger um den Kaffeebecher. Die Keimzelle des kleinen Imperiums, das ihr Großvater aufgebaut und ihr Vater meisterlich verwaltet hatte. Der Teil, an dem das Herz ihres Vaters am meisten hing, weil es einer der wenigen verbliebenen Industriebetriebe in Glasgow war.

»Na, Ihnen wird schon etwas einfallen.« Cherie zuckte mit den Schultern. »Ein Anruf kam vorhin für Sie rein, von einem gewissen Wertinger. Er behauptet, er würde Sie kennen. Ich habe ihn abgewimmelt.«

Tony schickte sie mit einem bestätigenden Nicken weg und schob den Kaffee zur Seite. Darunter häuften sich Papiere mit schier endlosen Zahlenreihen und irgendwelchen, kaum entzifferbaren Notizen. Sie brauchte eine gewisse Menge an Chaos, obwohl die meiste Arbeit digital geschah. Also hob sie einfach alle möglichen Papiere auf, die ihr vor die Nase gesetzt wurde, egal ob sie sie noch einmal brauchte oder nicht.

Wieso rief er an? Höchstwahrscheinlich brauchte die Forschungsabteilung mehr Geld. Das war nichts Neues. Dass sie Wertinger vorschickten, war auch nicht gerade ungeschickt in

Anbetracht dessen, dass er eine Einladung auf das alljährliche Firmenfest bekommen hatte. Tony seufzte auf und aktivierte den Bildschirm. Der Computer hatte sich bereits in den Ruhezustand versetzt, und sie nutzte die erzwungene Pause, um sich auf ihren Kaffee zu konzentrieren.

Und alle Gedanken an Wertinger zu vertreiben.

***

Kaum war das System hochgefahren, blinkte ihre Mailbox auf. Die Absender waren die üblichen Verdächtigen – Banken, Investoren und ihr Anwalt. Dass MacMillan & Co., Glasgow, bald zum Verkauf stehen würde, davon sangen alle Vögel auf den Dächern.

Sie wollte die erstbeste dieser Mails öffnen, als ihr Blick auf eine Nachricht mit firmeninternem Absender fiel. Es war tatsächlich Wertinger, der nach der Abfuhr am Telefon offensichtlich nichts Besseres zu tun gehabt hatte, als sie per Mail mit seinen Finanzierungslücken zu belästigen.

Wie von selbst glitt der Mauszeiger auf diese Nachricht. Unwillkürlich hielt Tony den Atem an.

Liebe Tony,

schade, dass Sie gerade nicht erreichbar sind. Es tut mir leid, dass ich an besagtem Abend die Kontrolle verloren habe. Ich wollte Sie nicht verletzen.

Ihr Mikael

Sie musste die Nachricht dreimal lesen, ehe sie verstand, was er ihr sagen wollte. Es war vollkommen absurd, dass irgendjemand sich nach einer Woche wegen eines abgebrochenen One-Night-Stands meldete, oder? Tony wusste nicht, ob sie über seine unbeholfene Art lachen oder ihn deswegen unbeschreiblich süß finden sollte. Dann las sie die Nachricht noch ein viertes Mal. Oder rechnete er damit, dass er mit diesem

Verhalten ihr Interesse weckte? Er wusste sicherlich, dass sie verlobt war. Sie beschloss, diese aufsteigende Verwirrung zu ignorieren. Er wollte wahrscheinlich nur nett sein, das war alles.

Sie löschte die Nachricht, griff nach dem Telefon, um in Jons Büro etwas Druck zu machen, und las nebenbei die neusten Kreditangebote ihrer Hausbank. Das Übliche eben, wenn man versuchte, einen Familienkonzern zusammenzuhalten.

***

Schon als sie den Schlüssel im Schloss herumdrehte, roch sie Reis, Fisch und Erdnusssoße. Sie schob die schwere Eingangstür auf und legte ihren currygelben Mantel ab. Die Tasche flog einfach unter die Garderobe. Eilig schlüpfte sie aus den Schuhen und öffnete die Tür zum Wohnraum.

Ihre Londoner Wohnung, die sie mit Jon teilte, war ein echter Glücksfall. Nahe genug an einer U-Bahn-Sstation gelegen, weit genug von der Straße weg, um nicht zu laut zu sein, und dazu hell und geräumig. Und bezahlbar. Der glänzende Parkett passte zu den reinweißen Wänden und den Designermöbeln, die Jon ausgesucht hatte. Alles passte hier perfekt zueinander, war aufeinander abstimmt bis ins letzte Detail. Der schwarze Esstisch mit den acht Stühlen bildete das Zentrum des Raumes, wohingegen die Couch sich zurücknahm und mit der Wand verschmolz. Jon meinte, es wäre so besser, wenn sie Freunde einluden, oder auch einen seiner Anwaltskollegen mitsamt Lebensgefährtin und anderem Anhang. Ihr war es damals herzlich egal gewesen, solange sie nur endlich aus dem Collegezimmer herauskam und mit Jon zusammenziehen konnte.

Die Regalwand trennte das Wohnzimmer von der halb offenen Küche. Sie bog um die mattglänzenden Regale herum und räusperte sich leise.

»Da bist du ja endlich, Darling.« Jon drehte sich nicht zu ihr um, sondern rührte weiter in einem der Töpfe. »Ich habe heute früher Schluss gemacht. Ich dachte mir, ich verwöhne dich mit einem schönen Abendessen und einer guten Flasche Wein.«

Langweilig. »Danke, Jon, das ist sehr aufmerksam.« Sie tapste barfuß an den zweitürigen Kühlschrank und holte sich eine eiskalte Cola heraus. »Keinen Vortrag darüber, dass das nicht gesund ist«, murmelte sie. »Ich brauche das jetzt.«

»So schlimm?« Er griff in einen weit geöffneten Küchenschrank und holte eine Reihe von Gewürzen heraus. »Setz dich doch und entspann dich. Oder mach dich noch schnell frisch, so viel Zeit ist immer.«

Ob Wertinger auch derart anstrengend rücksichtsvoll wäre? Sie konnte es sich bei ihm kaum vorstellen, dass er sich in die Küche stellte, eine lächerliche Küchenschürze über dem Maßhemd trug, eifrig darauf bedacht, ihr einen schönen Abend zu machen. Gedankenverloren biss Tony auf dem Rand der Coladose herum. Jon war ein ansehnlicher Mann, keine Frage. Er hatte breite Schultern, schmale Hüften, eine sportliche Figur. Er legte Wert auf gute Kleidung und besaß dabei einen treffsicheren Geschmack. Statt der Gelfrisuren vieler seiner Kollegen trug er seine Haare in natürlichen Locken, knapp drei Finger lang. Sogar die Brille mit dem schwarzen Rand passte zu seiner Erscheinung. Trotzdem konnte sie ihm einfach nicht treu bleiben. Sogar das nahm er mit scheinbarem Gleichmut hin.

»Was ist los mit dir, Darling? Hast du Sorgen?«

»Wieso hast du dich nicht gemeldet?«, erwiderte sie leise und knabberte weiter an der Aludose. »Du hattest mir versprochen, dich um diese Sache zu kümmern.«

»Feierabend, mein Schatz.« Endlich drehte er sich um und lächelte sie breit an. Er hatte ein sehr zuvorkommendes, unverfängliches Lächeln. Ein typisches Anwaltslächeln. »Setz dich endlich. Soll ich dir einschenken? Ich habe einen hervorragenden Tropfen gefunden, glaube ich.«

Sie unterdrückte ein Seufzen. »Du weißt, worum es geht.«

»Indem du dir unnötig Sorgen machst, wirst du nichts daran ändern. Die Firma liegt dir am Herzen, klar, aber du solltest dich abfinden, dass ihr damit keinen Gewinn mehr machen werdet. Dein Vater sollte es einsehen. Diese Firma zu behalten war die einzige Fehlentscheidung, die er je getroffen hat«, dozierte er und schob sie mit sanftem Druck vom Kühlschrank weg. »Ich habe eine wunderbare Flasche Weißwein kaltgestellt. Darf ich, Darling?«

Im Grunde war sie froh darüber, dass er sie ablenkte, aber an Tagen wie diesen reizte seine mitfühlende Art sie nur noch mehr. »Du brauchst mir keine Vorträge darüber halten, was wirtschaftlich sinnvoll ist und was nicht. Ich habe lange genug in der Beratung gearbeitet, ehe ich zurück in unsere Firma gegangen bin«, erinnerte sie ihn und stellte sich auf die Zehenspitzen, um ihm wenigstens bis zum Kinn zu reichen. »Was hast du denn vor heute Abend?«

»Das, was ich dir versprochen habe nach deiner wunderbar gelungenen Feier. Mich wundert es sowieso, dass du ausgerechnet mich angerufen hast. Normalerweise bist du doch bei solchen Gelegenheiten nie um einen Flirt verlegen.« Geschickt öffnete er die Weinflasche und ging hinüber zu ihrem Esstisch, um ihnen einzuschenken.

Tony spürte, wie sie rot anlief. Sie würde ihm nichts von diesem lächerlichen Zwischenfall mit Mikael erzählen, beschloss sie. »Ich hatte zu viel zu tun. Diese idiotischen Banker mit ihren sinnlosen Gesprächen haben mir irgendwie die Stimmung geraubt«, wich sie aus und folgte schließlich seiner Einladung. Sie plumpste auf den Stuhl und fühlte sich mit einem Mal todmüde. »Wir sehen uns zu wenig, Jon. Gib endlich diesen Job auf. Wir brauchen einen guten Firmenanwalt.«

»Ich mag meinen Job«, widersprach er und lief zurück an den Herd. »So, genug davon. Darf ich dich auf eine kleine italienische Reise einladen? Beginnen wir mit gegrillten Langustenschwänzen an einer prickelnden Champagnersoße, garniert mit Feldsalat und Erdnussdressing. Als Hauptgang hätte ich ein Trüffelrisotto mit einem zarten Rindersteak anzubieten, und als Nachspeise Erdbeersorbet in einer leichten Minzsauce. Wie klingt das, Darling?«

***

Als hätte er gespürt, dass sie insgeheim die ganze Zeit an Mikael dachte, gab Jon sich an diesem Abend besondere Mühe. Im Hintergrund lief eine Auswahl unaufdringlicher Schmusesongs. Im Schlafzimmer hatte er überall Kerzen aufgestellt, sodass es auch ohne elektrisches Licht hell und vor allem kuschelig war. Wein und Champagner schmeckten wunderbar und lösten die Stimmung.

Nach dem Abendessen verschwand Tony in das großzügige Badezimmer, um sich umzuziehen. Sie brauchte ungewöhnlich lange; irgendetwas fehlte trotz allem. Jon war um sie bemüht, keine Frage. Sie fand ihn attraktiv, heute genauso wie in den ersten Tagen ihres Studiums, als sie sich kennengelernt hatten. Damals war es für alle ihre Mitstudenten sonnenklar gewesen, dass sie beide das neue Traumpaar waren. Der aufstrebende Jurastudent aus gutem Hause und die reiche Firmenerbin, das war in den Augen der meisten Menschen ein unschlagbares Team. Pünktlich zum Ende ihres Studiums hatte er ihr einen Antrag gemacht, mit allem, was dazugehörte. Es gab nichts in seinem Leben, das er nicht perfekt machte, dieser Jon Leister. Danach hatte er ihr die Freiheit gegeben, das zu machen, was sie wollte – nämlich sich für ein paar Jahre in der freien Wirtschaft ihre Sporen zu verdienen, ohne den Namen und ihre familiären Beziehungen als Sprungbrett zu nutzen. Seit sie in die Firma zurückgekehrt war, war es nur noch eine Frage der Zeit, bis sie endlich heiraten würden. Trotz der Affären, die sie sich gönnte und die ihn angeblich nicht störten.

Sie schlug sich hektisch kaltes Wasser ins Gesicht, um diesen Gedanken loszuwerden. Je mehr sie darüber nachdachte, umso falscher fühlte sich diese Beziehung an. Sie konnte es an nichts festmachen, außer an dem vagen Gefühl, dass etwas nicht stimmte.

Mit zittrigen Fingern verschloss sie die letzten Häkelchen ihrer schwarzen Korsage. Bis heute wusste sie nicht, ob Jon es eigentlich mochte, wenn sie ihre Spitzenunterwäsche trug. Also tat sie es einfach, weil sie sich darin wohlfühlte.

Ein letztes Mal fuhr sie sich mit dem Kamm durch ihre dunkelbraunen Locken und verließ dann das Badezimmer. Jon lag bereits auf ihrem Bett, trug nur noch seine dunkelblauen Shorts, und blätterte gelangweilt in einem Automagazin.

»Sehr hübsch, Darling. Die Korsage ist neu, oder?« Er streckte eine Hand nach ihr aus und sie lächelte stolz, weil es ihm aufgefallen war. »Aus Frankreich, nehme ich an? So etwas können nur die Franzosen, mein Schatz.«

»Engländer«, schnaubte sie gespielt empört und kniete sich neben ihm auf die Bettkante. »Also habe ich deinen Geschmack getroffen?«

»Das tust du immer.« Er spitzte die Lippen. Sie beugte sich über ihn und küsste ihn flüchtig. Ihre Locken fielen nach vorne in sein Gesicht.

»Du machst dir viel zu viele Gedanken. Wegen mir brauchst du dich nicht immer so … anzuziehen.«

Seine belegte Stimme sprach eine ganz andere Sprache, fand sie. Also schwang sie sich über ihn und packte seine Handgelenke. »Jon, ich habe dich wirklich vermisst.«

Er ließ es zu, dass sie seine Arme über den Kopf hob und

sich auf seine Handgelenke stützte, ganz so, als würde sie ihn wirklich fesseln. Er stand nicht auf solche Spielchen, wie er es nannte, aber um ihretwegen machte er eine ganze Menge mit. Tony biss sich auf die Unterlippe und richtete sich auf. Sanft kreiste sie über seinen Hüften, ohne ihn zu berühren. Sie spürte seine Hitze auch so deutlich genug.

»Fick mich, Jon«, murmelte sie und rutschte nach unten. Sie kniete sich zwischen seine muskulösen Beine, spürte die Wärme, die ihr Geborgenheit gab. Zärtlich strich sie über seinen Bauch und malte Kreise um seinen Bauchnabel. Jon achtete sorgsam darauf, jedes noch so kleine Härchen oberhalb der Shorts zu entfernen, weil er es unästhetisch fand. Tony griff energisch nach seinen Shorts und zog sie ihm aus.

Dann kuschelte sie sich wieder zwischen seine Beine. Ihre Hände strichen über seine Oberschenkel und seinen Bauch, während sie seinem Penis dabei zusah, wie er sich langsam aufrichtete. Ihr rechter Zeigefinger streichelte ohne Vorwarnung über seinen Schaft. Er stöhnte leise auf. Tony nahm es als Zeichen, dass es ihm gefiel. Sie machte mit beiden Händen weiter, streichelte ihn und umfasste seine Hoden. Zärtlich massierte sie ihn, bis an der Eichel der erste Lusttropfen aufblitzte.

Sie rutschte näher zu ihm. Neckisch leckte sie mit der Zunge einmal über seine Schwanzspitze und schmeckte seine Lust. Er bewegte sich unruhig, als wäre es ihm unangenehm. Sie ließ ihn nicht entkommen. Ihre rechte Hand schloss sich fest um seinen Penis. Mit der Linken massierte sie seine prall gefüllten Eier. Gierig nahm sie ihn zwischen ihre Lippen. Mit ihrer Zunge stieß sie spielerisch in das kleine Loch an der Spitze, bis er an ihren Kopf griff und sie von sich weg schob.

»Komm her, Darling«, murmelte er.

Tony lächelte, obwohl es ihr gar nicht nach einem Lächeln zumute war. »Jon, bitte. Ich will dich lecken, bis du kommst.

Bis du mir deinen Saft in den Mund spritzt«, flüsterte sie und strich über seinen Penis.

»Komm her, Schatz. Ich will dich«, entgegnete er mit einem treuen Blick und rutschte etwas zur Seite. »Du sollst es doch auch genießen.«

Sie legte sich neben ihn auf den Rücken und betrachtete die weiß gestrichene Decke. Seine Finger fuhren einmal die Ränder ihrer Korsage entlang, ohne sich für irgendetwas besonders zu interessieren. Dann begann er, sich seinen Weg zwischen ihre Beine zu suchen. Unwillkürlich verglich sie seine zielgerichteten, fast hektischen Bewegungen mit dem aufregenden Spiel, das Mikael dort unten getrieben hatte. Bei ihm hatte sich ihr ganzer Unterleib angefühlt, als stünde sie unter Spannung. Sie hatte geglaubt, es keinen Augenblick länger mehr auszuhalten, und trotzdem hatte sie genossen, dass er nicht aufgehört hatte, sie zu streicheln. Allein die Erinnerung genügte, um die Erregung in ihr wachsen zu lassen. Sie merkte, wie sie trotz Jons halbherzigem Zeigefinger feucht wurde.

Jon bezog es natürlich auf sich und seine Berührungen. Ermutigt drang er mit einem Finger in sie ein und kreiste dabei mit dem Daumen über ihrem Kitzler. Tony erinnerte sich an Mikaels flinke Zunge, die immer schneller gewesen war als ihre Empfindungen. Die immer dort gewesen war, wo es sie am meisten erregte, dort, wo die Erregung beinahe schmerzhaft stark wurde.

Jon kniete sich über sie. »Du siehst wunderschön aus, Tony, habe ich dir das heute schon gesagt?«

»Nimm mich, Jon«, antwortete sie heiser und drückte ihm auffordernd ihre Hüften entgegen. Er küsste sie auf die Stirn und drang in sie ein, vorsichtig und zurückhaltend wie immer. Sie wusste nicht, wie oft sie ihm schon gesagt hatte, dass er keine Angst zu haben brauchte, dass es ihr nicht wehtat, und dass er sie nicht verletzen konnte. Und trotzdem war dies einer der Punkte, die sie störten.

Er war sogar beim Sex so verflucht rücksichtsvoll. Seine liebevollen Küsse auf ihren Wangen und ihrer Stirn waren kaum mehr als kurze Berührungen. Jon bewegte sich in ihr, in einem Rhythmus, von dem er dachte, dass er ihr gefiel.

Sie hatte es längst aufgegeben, sich selbst unter ihm zu bewegen. Das erste Mal, als sie es versucht hatte, hatte er vor Schreck ganz aufgehört. Das nächste Mal hatte er sie gefragt, ob er ihr wehtat. Also versuchte sie es gar nicht mehr.

Seine Stöße wurden fester, als er sich seinem Höhepunkt näherte. Sie umklammerte ihn mit den Beinen und drückte ihn tiefer in sich, das einzige, das er manchmal zuließ.

Als er endlich kam, stöhnte sie leise auf, um ihm einen Höhepunkt vorzuspielen.

Es war schlicht und ergreifend erbärmlich. Er blickte auf sie hinunter, mit einem liebevollen Stolz in den Augen, und strich ihr die Haare aus der Stirn.

»Lass uns noch etwas kuscheln, bitte«, sagte sie leise. Er sank neben ihr auf das Bett, drehte sich halb zu ihr und zog sie in seine Arme. Tony drückte ihren Rücken an seine Brust und fühlte seinen heißen Atem an ihrem Hals.

Wieso musste ein absoluter Traumtyp wie Jon Leister der schlechteste Liebhaber sein, den sie jemals gehabt hatte? Und jemand wie Mikael Wertinger, der weder Geld noch Charme noch sonst etwas aufzuweisen hatte, sich mit nur ein paar Zungenschlägen für Höheres empfehlen?

Sie kniff die Augen zusammen, um die Tränen zurückzudrängen. Wahrscheinlich lag es an ihr. Wahrscheinlich war es gar nicht Jon, der ein schlechter Liebhaber war, sondern sie mit ihren viel zu hohen Ansprüchen und ihrer Gier nach Sex. Sie presste die Beine aufeinander und kuschelte sich noch enger an ihn. War es das wirklich wert, mit all ihren Flirts und One-

Night-Stands dauernd die Beziehung zu Jon aufs Spiel zu setzen? Ihn in Gedanken dauernd mit diesem Idioten Wertinger zu betrügen, der ihr nicht mehr aus dem Kopf ging? Selbst wenn er behauptete, dass es ihn nicht störte, solange er davon wusste. Sie wollte ihm das einfach nicht glauben, weil es so gar nicht zu ihm und seiner überkorrekten Art passte.

»Schlaf, Darling. Mach dir keinen Kopf darum.« Jon sprach leise und nah an ihrem Ohr. Sie kam sich ertappt vor. »Ich weiß, dass ich dir nie genügen würde. Du bist eine wunderbare Frau. Du hast einfach viel zu viel Energie für einen einzigen Mann, so ist das eben. Aber das weiß ich doch.«

»Ich würde dich umbringen, wenn du eine andere Frau ficken würdest«, antwortete sie und schluckte, um den Knoten aus ihrem Hals zu vertreiben. »Ich sollte nicht für mich in Anspruch nehmen, was ich dir nie erlauben würde.«

»Heirate mich, Darling.« Er ließ sie los und tastete unter der Matratze nach etwas. »Ich habe kein Problem damit, dass du dir deinen Spaß bei anderen Männern suchst, das hatte ich nie. Nur heirate mich endlich. Werde meine Frau, Julie Antoinette.«

Tony hasste es, wenn er sie so nannte. »Dein Französisch ist schrecklich«, sagte sie und konnte noch nicht einmal lächeln wegen dieser kindsköpfigen Zweideutigkeit.

Er räusperte sich, griff wieder um ihre schmalen Schultern und hielt eine geöffnete Ringschachtel vor ihr Gesicht. »Bitte, Julie. Ich liebe dich.«

Entgeistert starrte sie auf die zwei goldenen Ringe in dieser Schachtel. »Wir sind bereits verlobt. Du brauchst mir nicht noch einen Antrag machen«, brach es stockend aus ihr hervor.

»Ich dachte, ich erinnere dich daran. Heirate mich, Julie, und ich werde dich immer auf Händen tragen. Es ist mir egal, mit wem du schläfst, solange du immer zu mir zurückkommst. Das verspreche ich dir.«

»Lass mich nachdenken, Jon.« Wertinger tauchte vor ihr auf, seine Kraft unter all dieser Unsicherheit. »Ich weiß nicht, wo mir der Kopf steht!«

»Das nehme ich als Ja. Ich habe für nächste Woche den ersten Termin bei einem Wedding-Planer ausgemacht. David hat mir die Dame empfohlen. Du erinnerst dich doch an Davids Hochzeit? Ein sehr gelungenes Fest, nicht wahr?«

»Jon, du überwältigst mich.«

»Das war meine Absicht.« Er klappte die Schachtel zu und ließ sich auf den Rücken rollen. »Ich liebe dich, Julie, dafür, dass du bist, wie du bist.«

Wenn sie nur dasselbe sagen könnte!

Kapitel 3

Cherie legte ein kleines Päckchen auf Tonys Schreibtisch, so vorsichtig, als wäre es aus feinstem Porzellan. Unter ihrem Arm klemmten die üblichen, schmutzig braunen Umschläge, die sie neben das Päckchen platzierte. »Das ist heute Morgen mit dem Kurier für Sie gekommen. Außerdem hat Ihr Vater um Rückruf gebeten.«

Sie seufzte auf und schob einige dicht beschriebene Blätter beiseite. »Hängen Sie sich in die Leitung und sehen Sie zu, dass Sie Jon an das andere Ende bekommen. Wir brauchen seinen mysteriösen Investor. Ich kann nicht mit den Verhandlungen warten, bis wir am Ende sind.«

»Und ich wollte Sie daran erinnern, dass Sie sich heute mit ihrem Team besprechen wollten.« Cherie lächelte ihr breites, rosafarbenes Lächeln. »Vor etwa zehn Minuten. Aber ich dachte, ich gönne Ihnen Ihren morgendlichen Kaffee.«

»Verflucht.« Tony suchte unter dem Schreibtisch nach ihren Schuhen und sprang auf. Sie hasste Unpünktlichkeit bei anderen. Da war es nur gerecht, wenn sie selbst auch versuchte, immer pünktlich zu sein.

Sie eilte an Cherie vorbei aus ihrem modernen Büro in den zweckmäßig eingerichteten Konferenzraum. Fünf Augenpaare blickten sie erwartungsvoll an. Tony warf schwungvoll die Tür hinter sich zu.

»Wichtige Post«, entschuldigte sie sich knapp und setzte sich an ihren Platz an der Stirnseite des Tisches. »Wie sieht es aus? Lennart, fang du an, bitte.«

Normalerweise war Lennart ein guter Redner, der nur mithilfe einer Flipchart und ein paar Filzmarkern einen ganzen Raum beherrschen konnte. Heute erwischte sie sich immer wieder dabei, wie sie an Mikael Wertinger dachte. An seine sehnige Figur. Wahrscheinlich war er Kletterer, dazu hätte er die passenden Muskeln. Es würde sie jedenfalls nicht wundern, wenn er gerne wandern ging oder auch die ein oder andere Klettertour machte.

»Gute Arbeit, Lennart, wie immer«, lobte sie, als sie plötzlich seinen fragenden Blick auf sich spürte.

»Ich habe dir gerade gesagt, dass wir in Schottland Probleme haben. Massive Probleme«, wiederholte er eindrücklich und hüstelte. »Alles andere läuft glänzend. Ich gestehe sogar offen meine Niederlage ein, was diese Kosmetikmarke betrifft, die du entgegen aller weisen Ratschläge gekauft hast.«

Tony lief rot an. Sie setzte sich auf und lächelte nichtssagend. »Ich telefoniere nachher mit meinem Vater und spreche mit ihm darüber. Noch können wir uns die Verluste doch leisten, oder?«

»Aber das war nie dein Ziel.« Lennart verzog seine schmalen Lippen unwillig. An seinem Handgelenk blitzte ein extravaganter Manschettenknopf auf. »Tony, als ich meinen Job gekündigt habe, war nicht die Rede davon, mit irgendwelchen sterbenden Industrien Mitleid zu haben. Und ja, ich weiß, dass du an MacMillan & Co. hängst, genauso wie dein Vater. Es war immerhin irgendwann einmal euer Kerngeschäft. Aber finde dich damit ab, dass mit Metallverarbeitung kein Geld mehr zu machen ist.«

»Ich weiß.« Sie starrte vor sich auf den Tisch und zog die Unterlippe zwischen die Zähne. Manchmal fragte sie sich, ob es nun gut oder schlecht war, dass der Rest ihrer Anlagen so gut lief. Ihr Vater hatte schon früh damit angefangen, das Vermögen der Familie breiter zu streuen und aus dem eigentlichen Betrieb in Glasgow zu ziehen. Es gab Beteiligungen an allen möglichen Firmen, in allen möglichen Branchen, von Waschmitteln über Kunststoffe bis hin zu Automobilzulieferern, Aktien, Geldanlagen, hochspekulative Spielereien. Einerseits warf es mehr als genug Geld ab, um sich einen Luxus wie eine vor dem Ruin stehende Gießerei in Glasgow zu leisten. Notfalls gab es noch das Privatvermögen, das ihre Mutter mit in die Ehe eingebracht hatte. Andererseits widersprach das aller ökonomischen Weisheit. Was sich nicht von selbst trug, musste verkauft werden. Oder ganz geschlossen.

»Jon hat einen Investor an der Hand. Wir müssen nur noch ein paar Monate durchhalten. Ich spreche mit meinem Vater darüber, und dann treffe ich mich mit Jon und Mister Unbekannt. War es das für heute?«

»Du bist der Chef, Tony.« Lennart setzte sich übertrieben langsam auf seinen angestammten Platz und schaute sie herausfordernd an. »Also?«

»Dann war es das wohl.« Sie wusste, dass Lennart gut war, darum hatte sie ihn auch überredet, mit ihr zu kommen, als sie aus der Beratung wieder in das Familienunternehmen gewechselt war. Er war ein Meister der Spekulation, hatte immer einen Riecher für die richtigen Aktien, und warf mit irgendwelchen Papieren und Anlagen um sich wie andere Leute mit normalen Wörtern. Sie ließ ihm freie Hand dabei, solange die Zahlen stimmten.

Der Nachteil an diesem Vorgehen war, dass er sich auch sonst als ihr gleichgestellt empfand, auch wenn er regelmäßig das Gegenteil bekundete. Lennart hielt nicht viel von Geschäften, die mit realen Dingen zu tun hatten. Die alten Industrien fand er langweilig, und Fabrikhallen hatte er bisher nur von außen gesehen.

Sie brauchte jemanden wie ihn, um nicht wieder dem Zauber von echten Werkstoffen zu erliegen.

»Nun, dann wisst ihr ja, was zu tun ist. Stella, kümmere du

dich um die Zahlen für diesen Parfümhersteller. Nennen wir es Operation Baumkrone.«

»Operation Baumkrone?« Stella starrte sie an, als wäre sie gerade vollkommen durchgedreht.

Tony grinste breit. Stella musste ja nicht wissen, dass sie gerade an Mikael gedacht hatte, wie er sich – ohne Shirt natürlich – durch einen Kletterwald hangelte. Es wäre eine Überlegung wert, allein für diesen Anblick irgendeine Teambuildingmaßnahme anzuleiern. »Geheimhaltung ist die Mutter aller Übernahmen, meine Süße.«

Stella tauschte einen wissenden Blick mit Lennart und kicherte leise. »Wann ist es so weit? Uns kannst du es sagen. Streng geheim natürlich.«

»Was?« Tony verzog verlegen das Gesicht. »Was unterstellt man mir, kaum dass ich ein paar Tage weg bin?«

»Die Hochzeit, Tony, was denn sonst? Oder bist du auch noch schwanger?«

»Ihr könnt mich alle«, gab Tony zurück und stand auf. Manchmal war es schwerer als an anderen Tagen, ein Team zu führen, das zu hundert Prozent aus ihren alten Freunden bestand. »Pass lieber auf, dass ich mich nicht zu sehr darum kümmere, was Lennart und du so treiben. Du weißt doch – ficke nie deinen Kollegen.«

»Also?«, bestand Stella und bückte sich unter den Tisch. Sie brachte eine Flasche Champagner zum Vorschein. »Wir sind eingeladen, hoffe ich doch?«

»Woher zur Hölle …«, begann Tony und wankte. Ob Jon irgendwelche Andeutungen gemacht hatte? Anders konnte es gar nicht sein. Sie hatte das Gefühl, dass es ihr die Luft abschnürte. »Ich muss mit meinem Dad sprechen. Dann können wir trinken. Vorher brauche ich einen klaren Kopf.«

»Sei kein Spielverderber, Tony. Der Champagner wird nicht kälter vom Herumstehen.« Stella legte den Kopf schief, zog die Augenbrauen nach oben und klimperte mit den Wimpern. Sie beherrschte diesen bittenden Kleinmädchenblick meisterhaft.

»Dann stelle ihn in den Kühlschrank!«, erwiderte Tony ungewöhnlich heftig und flüchtete aus dem Besprechungsraum.

***

Zurück in ihrem Büro starrte sie auf das Telefon, als wäre es eine zusammengerollte Giftschlange. Das Päckchen lag mitten auf ihrem Schreibtisch und schrie geradezu nach Aufmerksamkeit. Tony schnaubte, wusste selbst nicht, worüber genau sie nun zornig war, und holte ihre Handtasche unter dem Schreibtisch heraus. Hektisch kramte sie nach ihrem Lippenstift und fuhr sich über die rissigen Lippen, bis sie eine dicke Fettschicht darauf spürte. Der Geruch von Erdbeere und Mango stieg ihr in die Nase und beruhigte sie ein wenig.

Als sie sich endlich bereit dazu fühlte, nahm sie den Hörer zwischen zwei Finger und drückte die oberste Kurzwahltaste.

»Ich habe schon auf deinen Anruf gewartet, mein kleiner Spatz. Du bist spät dran heute.« Die beruhigende Stimme ihres Vaters verhinderte sogar, dass sie wegen dieser Anrede gleich wieder in die Luft ging. Tony lehnte sich in ihrem Drehstuhl zurück und schlüpfte aus ihren Pumps. »Sind die Nachrichten so schlecht? Du weißt, dass ich die Zahlen kenne, aber wie sieht es mit dem Rest aus?«, fuhr ihr Vater fort.

»Wie immer, Daddy, das weißt du doch. Es läuft alles wunderbar. Du kannst dich beruhigt zurücklehnen und deine Freizeit genießen. Du hast dich lange genug für die Firma aufgearbeitet.« Sie legte die Füße auf den Schreibtisch und seufzte leise. Als sie zurückgekehrt war, hatte sie von ihrem Vater freie Hand über die Beteiligungen und die Aktienanlagen verlangt.

Sie hatte darauf bestanden, dass modernes Management und vor allem Inhouse Consulting endlich auch in diesem Gewirr an Beteiligungen Anwendung fanden, die den Großteil des Familienvermögens ausmachten. Ihr Vater hatte sich die Kontrolle über MacMillan & Co. zurückbehalten. Von der Gießerei konnte er einfach nicht die Finger lassen. »Aber ich weiß schon – das ist unmöglich, ehe Schottland nicht gerettet ist. Vorher interessiert dich der ganze Rest nicht, habe ich recht?«

»Ich weiß nicht, was du hast, mein Spatz. Ich habe mich nicht auf diesen Handel mit dir eingelassen, um mir von dir das Zepter aus der Hand nehmen zu lassen. Das ist immer noch meine Firma.«

Wunderbar. Gelang ihr an diesem Tag eigentlich gar nichts? »Das weiß ich, Daddy. Das haben wir doch geklärt. Ich beweise dir hier in London, was man mit modernen Finanztricksereien alles erreichen kann, und du zeigst mir in Glasgow, wie beständig alte Traditionen sind. Solange das nach außen keiner mitbekommt, dass wir gerade dabei sind, unser Kerngeschäft und die Beteiligungen zu trennen, ist doch alles wunderbar.« Ihr Blick fiel auf das Päckchen. Sie klemmte den Telefonhörer zwischen Schulter und Wange und hörte ihrem Vater nur halb zu, als er anfing, ihr einen Vortrag über die Geschichte der Firma zu halten. Darüber, wie wichtig diese Firma als Arbeitgeber in Glasgow war. Darüber, wie viel Symbol in einem alten Namen steckte. Und darüber, dass es nur um ein paar Monate ging, weil sie ja jetzt Wertinger hätten, und der Kleine ein Genie wäre.

Als sie sich auch noch den Nagel des linken Zeigefingers abbrach, wusste sie, dass der Tag für sie gelaufen war. »Ich gebe dir zwei Monate, Daddy. Danke meinen Finanztricksereien. Wir können es uns leisten, keine Sorge.« Unter dem Packpapier kam eine unscheinbare Box aus stabilem Karton zum Vorschein. Sie nestelte an der kleinen Lasche herum, mit der der Deckel festgesteckt war. »Aber wir sollten wirklich überlegen, ob ...«

Sie brach mitten im Satz ab. In der Schachtel lag ein harmlos aussehendes Stück Kunststoff. Tony runzelte die Stirn und griff nach dem graufarbigen Quader. »Was in aller Welt soll das?«, murmelte sie und legte es auf den Schreibtisch.

»Ah, dann hast du es also erhalten? Ich dachte mir schon, dass du es jetzt auspackst. Du bist immer so ungeduldig, Tony. Warst du schon als Kind. Wertinger wollte es dir unbedingt schicken. Er sagt, wenn ihr das patentiert bekommt, können wir uns aus eigener Kraft retten.«

»Was soll das werden, wenn es fertig ist?« Sie drehte es zwischen ihren Fingern herum und kniff die Augen zusammen. »Verbundmaterialen?«, mutmaßte sie dann. »Wofür genau habt ihr euch das ausgedacht?«

»Meinst du, ich sage das am Telefon? Man weiß nie, wer in der Leitung steckt. Nur so viel: Das ist hochleitender Kunststoff. Wertinger sagt, es hätte das Potential, zu einer Batterie weiterentwickelt zu werden. Sehr interessant im Hinblick auf die Bedürfnisse der Autoindustrie. Langfristig gedacht, jedenfalls.« Ihr Vater lachte auf. »Ich schicke ihn dir vorbei. Du hast doch sicher übermorgen und am Wochenende noch nichts vor? Bei Gelegenheit kannst du dem Jungen London zeigen, wenn ihr das Geschäftliche durch habt.«

»Übermorgen?« Ihre Zunge fühlte sich ganz belegt an. »Ich weiß nicht. Ich muss Jon fragen.«

»Jon muss doch sowieso arbeiten, oder?«

»Wahrscheinlich, ja. Sei nicht so gemein zu ihm.« Tony schluckte. »Jon meint es langsam ernst mit dieser Heiratssache. Wir haben jetzt einen Termin.«

»Das musst du wissen, Tony. Er ist in Ordnung, keine Frage. Ich will, dass du glücklich bist. Wenn Jon dich glücklich macht, stehe ich dem nicht im Wege.«

»Danke, Daddy.«

Machte Jon sie glücklich? Wenn man seine schlechten Liebhaberqualitäten außen vor ließ, dann konnte sie sich wirklich nicht beklagen. Er hatte eine glänzende Zukunft vor sich. Er stammte aus einer angesehenen Familie. Er unterstützte sie bei ihren eigenen beruflichen Plänen.

Es gab keinen vernünftigen Grund, jetzt kalte Füße zu bekommen.

Sie plauderte noch eine Weile mit ihrem Vater, dann atmete sie tief durch, schob das Päckchen von Wertinger weit von sich und wappnete sich auf den Begeisterungssturm mitsamt Champagner, der jetzt gleich über sie hereinbrechen würde.

* * *

Mikael Wertingers Anblick zerstörte Tonys mühsam wiedergewonnene Fassung, sobald er das erste Mal ihr Büro betrat. Bis Cherie ihnen den Kaffee brachte, hing unangenehme Stille zwischen ihnen. Tony schaffte es einfach nicht, den Blick von seinem markanten Gesicht zu lösen, von diesen auf seltsame Weise zerbrechlich und dennoch hart wirkenden Gesichtszügen und diesen einladenden Lippen.

»Ich hoffe, Sie haben gut hergefunden?«, begann sie schließlich und griff mit zittrigen Händen nach ihrer Kaffeetasse. »Trinken Sie einen Schluck, ehe wir Jon treffen. Das wird der weniger spaßige Teil des Tages.«

»Jon?«, fragte er tonlos und setzte die Tasse an die Lippen.

Sofort tauchten Bilder in Tonys Kopf auf, die sie am liebsten in die hinterste Ecke ihres Herzens verbannt hätte. Seine Lippen, wie sie ihre Haut berührten. Seine Lippen, die diesem herrlich empfindlichen Punkt zwischen ihren Beinen immer näher kamen. Seine Zunge, die auf ihrer Haut tanzte und sie in immer neue Höhen der Erregung trieb.

»Mein Verlobter, Jonathan Leister«, antwortete sie kühl und stellte ihren Kaffee wieder ab, ohne davon getrunken zu haben. »Er verhandelt mit unseren Investoren. Er ist unser Hausanwalt, sozusagen.«

»Wie praktisch«, kommentierte er. »Tun Sie eigentlich jemals irgendetwas, das nicht logisch begründet, vernünftig und überaus sinnvoll ist?«

Der unverhohlene Zynismus in seinen Worten rief ein Schmunzeln auf ihre Lippen. »Wie Sie bereits festgestellt haben – nein, das tue ich nicht. Also, was können Sie mir bieten?«

»Was immer Sie wünschen, Miss MacMillan.«

Ihre Blicke kreuzten sich. Tony stieg die Röte in die Wangen. Sein Tonfall war neutral und geschäftsmäßig, aber aus irgendeinem Grund musste sie sofort wieder an diesen missglückten One-Night-Stand in Südfrankreich denken. Was sie sich wünschte? Seine Zunge auf ihrer Möse spüren, beispielsweise. Von ihm gefickt werden. Sie räusperte sich verlegen und schüttelte den Kopf. »Ich wünsche mir irgendetwas, mit dem ich verhandeln kann. Ein absolut innovatives Patent, beispielsweise.«

»Nichts einfacher als das, Madame. Geben Sie mir mehr Geld für die Forschung, und ich bringe Ihnen jedes Patent, das Sie wollen.«

Der Nachdruck in seiner Stimme, als es um seine Forschung ging, gefiel ihr. Die Unsicherheit, mit der er auf der Party aufgetreten war, war vollkommen aus seiner Haltung verschwunden. »Mikael, was ich Ihnen jetzt sage, sollten Sie besser für sich behalten. Wenn auch nur ein Wort davon nach draußen dringt, werden Sie Ihres Lebens nicht mehr froh werden, verstanden?«

Er kniff die Augen zusammen. »So viel Vertrauen in jemanden, der erst seit ein paar Monaten bei Ihrer Firma ist?«

»Mein Vater hält große Stücke auf Sie.« Sie wischte seinen

Einwand mit einer lässigen Geste beiseite, obwohl er eigentlich recht hatte damit. Sie kannte ihn kaum. Er konnte Gott weiß welche Angebote der Konkurrenz in seiner Schreibtischschublade haben und nur auf den passenden Augenblick warten, um ihr in den Rücken zu fallen. Von einem offenen Blick sollte sie sich eigentlich nicht derart einfach um den Finger wickeln lassen. »Also, passen Sie auf. Ich habe ziemlich genau zwei Monate, um die Firma, bei der Sie jetzt arbeiten, vor dem Ruin zu retten. Auch die Mittel meiner Familie sind nicht unendlich. Das meiste davon steckt in langfristigen Anlagen, also kann ich es nicht lockermachen, soweit klar?«

Er nickte und bedeutete ihr mit einer knappen Geste seines kleinen Fingers, fortzufahren. Diese kaum sichtbare Geste genügte, um den Aufruhr in Tonys Innerem weiter anzufachen. Sie stellte sich vor, wie es wäre, wenn er sie mit genau dieser kleinen Geste dazu brachte, irgendwelche Dinge zu tun, an die Jon niemals auch nur denken würde.

Ihm einen blasen, beispielsweise. Genau jetzt, wenn Cherie jederzeit hereinkommen konnte.

»Verdammte Scheiße«, fluchte sie und setzte sich auf. »Sie haben also zwei Monate, um dieses verfluchte Patent zu entwickeln, mit dem ich bei der Bank neue Kredite erwirken kann, klar? Wenn Sie das nicht schaffen, werden nicht nur Sie Ihren Job verlieren, sondern mit Ihnen etwa fünfhundert weitere Menschen.«

»Das interessiert Sie? Sie erstaunen mich, Miss MacMillan. Man sagte mir, dass sie eine kühle Rechnerin sind. Was bedeuten Ihnen fünfhundert Angestellte, wenn Sie doch an ganz anderen Firmen beteiligt sind?«

Ob er diesen verletzenden Unterton jemals ablegte? »Weil das zufälligerweise die Firma ist, die meinem Vater viel bedeutet. Mein Großvater hat damit ein Vermögen aufgebaut. Mein Vater hat vielleicht den richtigen Moment verpasst, um alles zu modernisieren, aber sein Herz hängt daran.« Sie biss sich auf die Unterlippe und fragte sich, wieso sie das eigentlich mit ihm diskutierte. »Und mein Herz zufällig auch. Wenn wir es schaffen, diese Durststrecke zu überwinden, bin ich mir sicher, dass wir einiges daraus machen können. Ich denke, wir könnten mehr in Richtung neue Materialen gehen. Ich habe an der Universität in eine sehr interessante Richtung geforscht.«

Jetzt war es an ihm, jungenhaft zu grinsen. »Das wurde mir auch schon erzählt. Dass Sie ganz versessen sind auf Materialforschung.«

»Anscheinend wissen Sie ja schon alles von mir, und ich brauche Ihnen nichts mehr zu erzählen.« Sie funkelte ihn zornig an, ehe sein Grinsen sie zum Kichern brachte. »Das ist auch besser so. Wir sollten hinübergehen und mit Jon die finanzielle Seite besprechen.«

»Und die juristische, fürchte ich?«

»Anwälte lassen sich leider nicht vermeiden«, bestätigte sie trocken und stand auf. Er erhob sich beinahe im selben Augenblick, zielstrebig und selbstbewusst. Er war also wirklich kein schüchterner Junge.

Er war ein Mann, der wusste, was er wollte, auch wenn die Party, die reiche Umgebung und die ausgesuchte Gesellschaft ihn verunsichert hatten. Tony strebte an ihm vorbei.

Sie würde keinesfalls zulassen, dass er mit diesen sinnlosen Höflichkeiten anfing, die ein Mann einer Frau normalerweise entgegenbrachte, und ihr die Tür aufhielt. Dazu war er viel zu gefährlich, gerade jetzt, da sie sich für Jon entschieden hatte.

***

Tony prostete Mikael nur kurz zu. Der dezente Hintergrundjazz verlieh dem ganzen Ambiente etwas viel heimeligeres, als es die moderne Einrichtung dieser Hotelbar eigentlich zuließ.

Hinter ihnen hörte sie das leise Gemurmel, das solche Orte immer füllte. Aufgekratzte Touristen auf einem verlängerten Wochenendtrip mischten sich mit den unvermeidlichen Geschäftsreisenden. Eigentlich hatte sie schon lange nach Hause gehen wollen, doch irgendwie war sie an dieser Hotelbar hängen geblieben, hatte einen Martini bestellt, und war schließlich bei einem viel zu starken Southside Royale gelandet. Der Champagner prickelte auf ihrer Zunge, während der Gin und die Limette dem Ganzen etwas erfrischend Herbes gaben.

»Und nach der Schule haben Sie tatsächlich dieses Stipendium für das MIT bekommen?«, nahm sie den Faden ihrer Unterhaltung wieder auf. Mikael saß auf dem Barhocker neben ihr und umklammerte mit beiden Händen ein Pint Bier. Er hatte trotz ihrer wiederholten Einladungen auf Bier bestanden, als würde er sich mit diesem Getränk wohler fühlen als mit den raffinierten Cocktails der Londoner Gesellschaft. »Sie haben ganz schön kämpfen müssen, nicht wahr? Es klingt mir jedenfalls danach. Bewundernswert, wirklich, wie Sie sich durchgeschlagen haben.«

»Ja, dann bin ich an das MIT gegangen. Nicht irgendeine Uni, sondern das MIT. Ich meine, Harvard wäre wohl eine Nummer zu hoch gegriffen gewesen, aber auf technischem Gebiet ist das MIT sowieso besser.« Er hielt den Blick stur auf sein Glas gerichtet, hatte Tony festgestellt.

Sie wusste nicht, ob es der Unsicherheit geschuldet war, die sofort wieder von ihm Besitz ergriffen hatte, als sie diese feine Hotelbar betreten hatte, oder ob er es aus Höflichkeit ihr gegenüber tat. Den ganzen Abend über hatte sie Mühe gehabt, sich nicht wie ein kleines Mädchen zu verhalten und bei jedem Wort von ihm unmotiviert zu kichern. Jon hatte sich zum Glück noch vor dem Abendessen entschuldigt, also würden ihr wenigstens seine vorwurfsvollen, alles ertragenden Blicke erspart bleiben.

»Sie können es sich wahrscheinlich gar nicht vorstellen, wie es ist, kein Geld zu haben, oder?«

Sein Duft war stärker als alles andere in dieser Bar. Er roch nach einer dezenten Holznote, ganz unterschwellig nach dem Schweiß eines langen Arbeitstages, und nach Männlichkeit. Er roch nach Lust.

»Ich habe fünf Jahre lang mein eigenes Geld verdient«, verteidigte sie sich sofort. »Und im Studium hat Daddy mich ziemlich kurz gehalten. Ich glaube, er wollte nicht, dass ich ein verwöhntes Upper Class Girl werde.«

»Operation gelungen«, komplimentierte er und schüttelte den Kopf. »Jetzt sollte ich wirklich nach oben gehen, Miss MacMillan. Ich würde ja gerne den Gentleman geben und Sie nach Hause begleiten ...«

»... aber da wir zufällig gerade an der Bar Ihres Hotels abstürzen, können Sie sich das ja ersparen. Keine Sorge, ich nehme ein Taxi.« Sie nahm den Strohhalm zwischen die Lippen und trank den letzten Rest des Cocktails aus. In Gedanken versunken spielte ihre Zunge mit dem Strohhalm, und sofort war da wieder diese dumme Vorstellung von ihm und seinem Schwanz.

»Vergessen Sie es«, murmelte er, als hätte er ihre Gedanken gelesen. »Miss MacMillan, wir sollten beide zu vernünftig sein, um solche Spielchen zu beginnen.«

»Keine Spielchen.« Sie atmete tief durch und stieß den Strohhalm mit der Zungenspitze an, sodass er es sehen musste. »Einfach nur Sex.«

Er setzte das Bierglas an und stürzte den letzten Rest hinunter.

»Keine Verpflichtungen, Mikael. Und machen Sie sich keine Gedanken um Jon. Er wird es Ihnen nicht übel nehmen.« Sie benetzte ihre trocken gewordenen Lippen. Es konnte ihr niemand einen Vorwurf daraus machen, dass sie auf seinen eindeutig männlichen Duft und diese fein definierten Muskeln ansprach, die sich unter seinem schlecht sitzenden Anzug verbargen. Jon war schlicht und ergreifend ein schlechter Liebhaber. Außerdem waren sie noch nicht verheiratet.

»Ich denke nicht, dass Sie mein Verständnis von Lust teilen, Miss MacMillan«, bemerkte er mit belegter Stimme. »Glauben Sie mir, es ist besser so.«

»Jetzt haben Sie mich erst recht neugierig gemacht.« Tony lächelte ihn herausfordernd an. »Ich kann Ihnen versichern, dass ich nicht so leicht zu verängstigen bin. Und hören Sie endlich mit diesem Unsinn auf. Wenn wir alleine sind, bin ich Tony, okay?«

»Mikael«, antwortete er automatisch. Er knallte das Bierglas etwas zu laut auf den Tresen. »Tony, das Beste ist wirklich, wenn Sie jetzt gehen. Ich gebe offen zu, dass ich mehr als nur ein klein wenig Lust auf eine Affäre mit Ihnen hätte. Sie sind attraktiv, Sie sind reich und Sie sind offenherzig. Jeder halbwegs normale Mann würde sich sofort auf Sie einlassen.«

»Aber?«, soufflierte sie und strich sich durch ihre offenen Haare.

»Aber ich habe ein Talent dafür, Frauen unglücklich zu machen. Ich schätze Sie zu sehr, um Sie unglücklich zu machen.« Damit stand er auf und deutete eine knappe, kaum sichtbare Verbeugung an. »Gute Nacht, Tony. Halten Sie sich besser fern von mir, so wie ich mich von Ihnen fernhalten werde.«

Er drehte sich sehr abrupt um und verließ mit schnellen, zielstrebigen Schritten die Hotelbar.

Tony starrte ihm verwundert hinterher. Automatisch suchte sie nach ihrer Tasche und kramte die Geldbörse heraus.

»Was auch immer der junge Mann Ihnen gesagt hat, die Rechnung geht auf mich«, sagte sie mühsam beherrscht zu dem Barkeeper. Der Mann hinter dem Tresen beäugte sie mit dem halb wissenden, halb mitfühlenden Blick derer, die beinahe jeden Abend Zeuge irgendwelcher Beziehungskrisen werden. Sie gab ihm ein großzügiges Trinkgeld und verließ das Hotel, ehe er auf die Idee kommen konnte, ihr Fragen zu stellen.

Die kalte Nachtluft empfing sie und beruhigte sie ein wenig. So eine dumme Ausrede für eine Abfuhr hatte sie schon lange nicht mehr gehört. Die Abfuhr kratzte an ihrer Ehre. Und sie machte sie unsicher. Normalerweise war sie es, die bestimmte, wo es langging. Normalerweise hatte sie die Kontrolle. Nur Wertinger drehte dieses Spiel um und verstieß gegen ihre bekannten Muster.

Sie winkte sich ein Taxi herbei und hielt sich während der Fahrt nur mühsam davon zurück, laut zu fluchen. Erst in der Stille ihrer Wohnung ließ sie ihren Gefühlen freien Lauf.

Wertinger hatte irgendetwas an sich, das sie immer wieder dazu brachte, ihren ganzen Stolz und ihre Haltung zu vergessen und ihm schlicht und ergreifend bedingungslos zu verfallen. Dass er sie ein ums andere Mal abwies, machte es nicht gerade einfacher.

Sie warf sich auf das Bett, wie sie war, und streifte sich die Stöckelschuhe von den Füßen. Ohne Frage, Mikael weckte die Begierde nach gutem Sex in ihr, wie es viele andere Männer auch taten. Aber da war mehr. Dieses Verlangen, sein Lächeln zu sehen, den verletzenden Unterton aus seiner Stimme zu vertreiben, ihn zum Lachen zu bringen. Er war stark und zielstrebig, er wusste immer, was er wollte.

Er brachte sie dazu, sich selbst und alle die Sorgen, die sie mit sich herumtrug, zu vergessen.

Die Vorstellung, ihn allein auf einen kleinen Wink seines Zeigefingers hin zu verwöhnen, kam nicht von ungefähr. Sie hatte seine Andeutung heute durchaus verstanden. Wie weit würde sie ihm folgen können? Sie wusste es schlicht und ergreifend nicht, ob sie wirklich bereit war, sich ganz in seine Umarmung fallen zu lassen. Es verunsicherte sie zutiefst.

Aber wenn, dann war er der Mann für so etwas. Unruhig wälzte sie sich herum und konnte sich nicht entscheiden, ob sie einfach einschlafen, ob sie duschen gehen oder doch den kleinen Vibrator aus der Schachtel unter dem Bett herauskramen sollte.

Tony entschied sich schließlich für den Vibrator. Das leise Surren beruhigte ihre Nerven. Sie schloss ihre Augen, während sie diese gleichmäßigen, sanften Berührungen genoss. Fast wie Mikaels Zunge in Frankreich. Mikael. Wie gerne wüsste sie, wie er schmeckte. Oh ja, sie würde an ihm saugen, bis er sein Sperma in sie spritzte. Er würde in ihrem Mund bleiben, ihren Kopf gegen seinen Schwanz drücken, sodass sie seinen Saft schlucken musste. Und dann würde er sie nehmen, hart und erbarmungslos, bis er sich noch einmal in sie ergoss. Seine Hände würden ihre schmalen Handgelenke festhalten, sodass sie ihm nicht entkommen konnte. Er würde sie so lange ficken, wie er wollte, ganz gleich, ob sie ihn darum bat, endlich aufzuhören. Er würde keine Rücksicht darauf nehmen, dass ihre Möse bereits schmerzte. Nur ein Höhepunkt von ihr wäre ihm nicht genug. Es würde weitergehen, von Orgasmus zu Orgasmus. Seine Hände wären überall, würden ihre Nippel zwirbeln, ihren schmerzhaft erregten Kitzler necken, ihren Hals berühren. In ihrer Vorstellung küsste er sie, mal zärtlich, dann wieder fordernd. Er leckte den Schweiß von ihrer Haut.

Sie keuchte unterdrückt auf. Der echte Höhepunkt war nicht halb so stark wie der, den Mikael ihr in ihrer Fantasie geschenkt hatte. Aber er genügte doch, um sie atemlos in ihrem Bett zurückzulassen.

Wenn er sich doch nur auf ihre Angebote einlassen würde! Sie wollte diesen Mann spüren, der allein mit seiner Stimme tausende Schauder durch sie hindurch zu schicken vermochte. Sie wollte unter seinem klaren Blick erzittern, seine Wärme spüren und sich von ihm durch die Nacht führen lassen.

Seufzend stand sie auf und ging ins Bad. Mikael war der erste Mann, an dem sie sich wahrscheinlich die Zähne ausbeißen würde.

Es war zum Verrücktwerden.

***

Tony war nicht die einzige, die schlaflos auf ihrem Bett lag und sich von einer Seite auf die andere warf. Mikael hatte kalt und ausgiebig geduscht, um alle Gedanken an sie zu vertreiben. Es half alles nichts, sobald er die Augen schloss, stand sie wieder vor ihm. In ihrem schlichten, dunkelblauen Etuikleid und den ebenso unauffälligen Stöckelschuhen. In dem fließenden Abendkleid, das sie bei ihrem ersten Treffen getragen hatte. Vollkommen nackt und schutzlos jeder seiner Berührungen ausgeliefert.

Er stellte sich vor, wie er sie nur mit seinen Augen berührte, wie sie erschauderte, obwohl er ihr nicht nahekam. Wie sie nach seinen Fingern bettelte, nach einem Kuss, nach einer kleinen Aufmerksamkeit. Sie war stolz und selbstbewusst, und sie stand dazu, dass sie einfach nur Lust auf Sex hatte. Diese Offenherzigkeit war selten, und in dieser verzweifelt frechen Art wie bei ihr hatte er sie noch niemals erlebt. Es war, als wollte sie sich mit dieser Frechheit davor schützen, dass irgendjemand ihr nahekam.

Ja, das musste es sein. Sie trug Verantwortung, sie war von klein auf dazu erzogen worden, später einmal nicht nur für eine Familie, sondern für ein ganzes Familienimperium verantwortlich zu sein. Irgendwo zwischen all den Erwartungen steckte eine Frau, die einfach nur die Kontrolle abgeben wollte.

Er tastete nach dem Wasser auf dem Nachttisch und trank einige hastige Schlucke, um sich zu beruhigen. Eigentlich hatte er sie morgen anrufen wollen, um sie auf einen Kaffee zu treffen. Jetzt erschien ihm diese Idee nicht mehr so klug, denn sonst würde er sich doch noch auf eines ihrer Angebote einlassen. Es wäre vernünftiger, morgen das ganz normale Touristenprogramm zu absolvieren, das jeder bewältigte, der das erste Mal nach London kam. Allein. Ohne sie. Ohne auch nur einen einzigen Gedanken an sie zu verschwenden.

Sie war seine Chefin. Sie war reich und bewegte sich in ganz anderen Kreisen als denen, in denen er sich wohlfühlte. Wenn er sich auf sie einließ, würde er für die ganze Welt nur die Affäre bleiben, mit der sie sich gnadenhalber einließ. Er zwang sich dazu, sich diesen Grund besonders einzuhämmern. Sein Stolz erlaubte es nicht, sich mit einer Frau einzulassen, die ihn nicht als mehr ansah als ein nettes Spielzeug, das sie jederzeit fallen lassen konnte. Er wollte nicht für die ganze Welt ihr Toy Boy sein, ihre Affäre für zwischendurch, der arme, aber vielversprechende Aufsteiger, den sie protegierte.

Genau so war es. Er stieß einen Seufzer aus und schob die Erinnerung an ihren herrlichen Geschmack beiseite. Diese Frau verwirrte ihn über alle Maßen.

Das letzte Mal, als eine Frau ihn so verwirrt hatte, hatte es in bitteren Tränen geendet. Ein weiteres Mal würde er nicht das Leben zweier Menschen zerstören, sein eigenes nicht, genauso wenig wie das der Frau, die er liebte. Ganz egal, was Tony sagte.

Kapitel 4

Jon tippte mit dem Zeigefinger auf ihren Schreibtisch und verzog die Nase wegen der Unordnung, die darauf herrschte. Mit der rechten Hand warf er unablässig dieses Stück Kunststoff in die Luft und fing es wieder auf. »Ich kann dir keinen Investor verschaffen, wenn du nicht endlich damit herausrückst, was hinter deinem mysteriösen Patent steckt. Ich muss ihnen irgendetwas bieten. Und nein, dieses Stück hier reicht nicht. Mag sein, dass du verstehst, was man damit anfangen kann, aber das reicht einfach nicht, Darling.«

»Falls du es vergessen haben solltest, ich weiß, wie die Branche funktioniert. Ich habe fünf Jahre meines Lebens damit verbracht, Firmen aufzukaufen, zu sanieren und wieder zu verkaufen, hast du das vergessen?« Sie drückte gegen ihre Schläfen, um das Pochen hinter ihrer Stirn zu vertreiben. Jedes Mal, wenn sie auf Jon traf, endeten ihre Gespräche in Streit. »Jon, bitte. Wenn es wegen Wertinger ist – da lief nichts zwischen uns. Ich hätte es dir gesagt.«

»Wertinger ist mir egal. Meinst du wirklich, ich mache mir Sorgen wegen jemandem wie ihm?«, erwiderte er sanft und mit dieser süßlichen Stimme, mit der er normalerweise seine Mandanten beruhigte. »Wertinger ist ein Niemand. Er hat kein Geld, er hat keine Familie, er weiß wahrscheinlich noch nicht einmal, was eine Aktie ist. Jemand wie er kommt an mich nicht heran, nicht wahr, Darling?«

»Erfasst«, bestätigte Tony und lehnte sich erleichtert in ihrem Schreibtischstuhl zurück.

»Aber wenn wir erst verheiratet sind, dann solltest du etwas – dezenter sein, meinst du nicht auch? Hotelbars sind nicht gerade der beste Ort, um mit fremden Männern Affären anzufangen. Das hat etwas Vulgäres an sich, findest du nicht?«

Tony hatte alle Mühe, sich ihr Erstaunen nicht anmerken zu lassen. Woher hatte er davon erfahren, dass sie mit Mikael an der Hotelbar geflirtet hatte? Oder bluffte er nur, und riet dabei zufällig richtig, weil er sie zu gut kannte? »Ich verstehe deinen Punkt, Jon. Aber jetzt lass uns zurück zu den wirklich wichtigen Sachen kommen.«

»Du findest unsere Heirat also nicht wichtig?«, sagte er und lächelte herablassend. »Ist dir entgangen, dass du mich und den Hochzeitsplaner gestern versetzt hast? Weißt du, wie dumm ich dastand?«

»Herrgott, ich habe Wichtigeres zu tun. Es gab Probleme. Es war dringend«, entschuldigte sie sich gereizt und winkte ab, als er nach mehr Details verlangte. »Jon, wenn du nur gekommen bist, um mir Vorwürfe zu machen, dann lass es. Ich weiß, dass ich in der letzten Zeit nicht gerade die aufmerksame Freundin war, die ein Mann sich wünscht. Ich habe einfach zu viel am Hals. Das war der denkbar ungünstigste Augenblick, um mit Hochzeitsvorbereitungen anzufangen, okay? Ich nehme mich zusammen, versprochen.«

»Dann lass uns nicht mehr darüber reden.« Sein charmantes Lächeln kehrte zurück auf sein Gesicht. Tony studierte ihn aufmerksam und ertappte ihn dabei, wie sie ihn mit Mikael verglich. Mikael hatte feinere Gesichtszüge als er, obwohl auch Jon ein markantes Kinn und hohe Wangenknochen hatte. Jon trug seine Haare ordentlicher als Mikael, sauber zurückgekämmt und mit gerade genug Gel in Form gehalten. »Was hältst du davon, wenn wir dieses Wochenende hinaus aufs Land fahren? Meine Eltern haben sich nach uns erkundigt. Sie würden uns gerne einmal wieder sehen.«

»In Ordnung«, seufzte sie ergeben. »Aber nur, wenn du alle deine elektronischen Geräte hier lässt. Auch das Handy. Ich will dich endlich wieder einmal für mich alleine haben. Keine Mandaten, keine Aktienkurse und keine dumme Firma.«

»Das klingt wunderbar, Darling.«

Es klang grauenvoll. Es klang nach einem langweiligen Wochenende, an dem sie nichts von der Welt mitbekommen würde.

Es klang nach einer Chance, die Beziehung mit Jon zu retten, wenn es denn etwas zu retten gab. Irgendwo die Gefühle wiederzuentdecken, die sicher einmal da gewesen sein mussten, ehe die Gewohnheit sich eingeschlichen hatte.

***

Tonys Hand zuckte zum Telefonhörer, kaum dass Jon ihr Büro verlassen hatte. Sie musste einfach mit irgendjemandem darüber sprechen, mit irgendjemandem, der wusste, was sie tun sollte. Sie brauchte Stella nur kurz anklingeln, und einige Wimpernschläge später ging ihre Tür auf.

Tony deutete wortlos auf den Stuhl ihr gegenüber. Stellas breites Grinsen verdrängte ihren Ärger für einen Augenblick.

»Was ist los, Stella? Du siehst aus wie ein Honigkuchenpferd.«

»Wertinger hat angerufen. Anscheinend machen sie Fortschritte, mit was auch immer. Er sagte, ich solle dir sagen, dass du ihm noch mal einen Monat geben sollst«, erklärte sie grinsend.

Tony winkte ab und zog die Augenbrauen hoch. Ihrer Freundin war anzusehen, dass das mit Sicherheit nicht der Grund für dieses glückliche Glänzen in ihren Augen war. »Ich wusste noch gar nicht, dass dich Materialforschung interessiert, Süße. Möchtest du den Job wechseln? Du musst es nur sagen.«

Stella schüttelte ihre kinnlangen Haare aus und kniff in bester Imitation einer Verschwörermiene die Lippen zusammen.

»Okay, Wertinger ist nicht daran schuld, dass du aussiehst wie ein Honigkuchenpferd. Lass mich raten: Du hast gerade irgendein Designerschnäppchen gemacht? Schuhe?«

Jetzt konnte Stella ihr Lachen nicht mehr zurückhalten. »Stell dir vor, Lennart hat mir gerade einen Antrag gemacht. Er meinte, es wäre sicher besser, wenn wir es nicht herumerzählen, aber dir kann ich es doch sagen, oder? Hast du damit gerechnet? Jons Beispiel scheint Schule zu machen.«

»Hoffentlich nicht«, grummelte Tony und wurde sich erst dann bewusst, wie entgeistert Stella sie anblickte. »Hör mir zu, Stella, Jon ist der größte Langweiler, den ich kenne. Ich habe keine Ahnung, was ich damals an ihm fand. Gib mir irgendeine Möglichkeit, aus dieser Nummer wieder herauszukommen, und ich werde sie ergreifen.«

Stella lachte hell auf. »Sieh einer an! Unsere coole Tony bekommt kalte Füße! Dass ich das noch erleben darf!« Sie schnalzte mit der Zunge. »Weißt du, was du brauchst? Einen anständigen Junggesellinnenabschied. Ich habe mir überlegt, dass wir beide spontan losziehen könnten. Pfeif auf das Büro, das sollen die Jungs schmeißen.«

»Stella, einen Junggesellinnenabschied feiert man abends. Mit Freunden und so.«

»Wer sagt das?« Stellas Augen glitzerten lebenslustig auf. »Ich habe auch schon eine Idee, wo wir hingehen könnten. Lennarts Empfehlung«, fügte sie dazu. »Was ist? Bereit für ein kleines Abenteuer?«

»Du bist schrecklich, Stella«, murmelte Tony.

»Nicht schlimmer als du.« Sie sprang auf und drehte sich zur Tür. »Na, was ist? Nur noch dieses eine Mal, ehe wir beide zu treuen und braven Ehefrauen werden, was meinst du?«

»Als ob das bei dir jemals passieren würde, ma chérie Stella.«

***

Eines musste man Lennart lassen: er hatte Gefühl für Stil. Stella schien den Laden ebenfalls bereits zu kennen, jedenfalls bewegte sie sich mit der Sicherheit eines Ortskundigen durch die Gänge. Die Verschwörermiene hatte sie nicht mehr abgelegt, bis sie in einem dezent eingerichteten Raum angekommen und die Tür hinter sich geschlossen hatten. Eine Flasche Champagner stand im Kühler auf dem Nachttisch. Das Laken des Bettes glänzte seidig schwarz im gedimmten Licht. Die schweren Vorhänge hielten das Sonnenlicht vor den Fenstern.

»Stella, würdest du mir verraten, was das soll?«

»Keine Sorge, meine liebste Tony, der Laden gehört einem von Lennarts speziellen Freunden. Nur exklusive Kundschaft. Hier sagt keiner was, dann würde ja rauskommen, dass man selbst hier war. Auch nicht ganz billig, aber das lass meine Sorge sein.« Stella ließ sich auf das Bett fallen, breitete die Arme aus und blickte traumwandlerisch an die Decke. »Erinnerst du dich an unsere Schulzeit? An die Uni?«

»Ich bin doch nicht bescheuert.« Tony fühlte Beklommenheit in sich aufsteigen. Von Anfang an hatte sie geahnt, worauf Stellas plötzliche Idee eines Junggesellinnenabschieds hinauslaufen würde. »Ich weiß nicht, ob das der beste Einfall war, den du je hattest.«

»Komm schon her, Madame, zieh deine Bluse aus und nimm dir ein Glas Champagner.« Stella lachte überdreht auf.

»Nur die Bluse?«, erwiderte Tony grinsend und schlüpfte aus den Schuhen. »Aber sag nichts Lennart.«

»Als ob er nicht wüsste, was wir zwei alles angestellt haben.«

Stella nahm den Blick von der Decke und blickte sie unumwunden an, während Tony den Blazer auszog und die hellblaue Bluse aufknöpfte. »Du würdest dich wundern, was unser ernster Lennart alles treibt.«

»Ich will es gar nicht wissen.« Tony schlüpfte auch aus der Hose und stand schließlich in ihrer Unterwäsche vor dem Bett. »Stella, du verrückte Nudel, wirklich.«

»Ganz ausziehen«, mahnte sie und wurde plötzlich ernst. »Und ja keine Ausreden. Du hast sicher erst heute Morgen geduscht, und selbst wenn nicht, stört mich das nicht. Diese Unterwäsche ist zwar hübsch, aber nicht so schick, dass du sie unbedingt anlassen musst.«

Während Stella in aller Ernsthaftigkeit all die anderen Einwände wiederholte, die Tony jemals gehabt hatte, zog Tony sich ganz aus und kletterte neben Stella auf das Bett. Stella tat, als hätte sie es gar nicht mitbekommen.

Tony lächelte in sich hinein und richtete sich halb auf. »So, liebste Stella, was hast du dir heute ausgedacht? Zur Feier des Tages?«

»Sei endlich still, Madame. Das ist ja nicht auszuhalten!« Stella rollte sich ebenfalls auf die Seite und stützte sich auf ihren rechten Arm. Mit dem linken griff sie um Tonys Taille. »Wärest du wohl so freundlich, mir aus diesem Kleid zu helfen? Ich komme selber nicht an den Reißverschluss.«

»Als ob ...«, begann Tony und schüttelte dann den Kopf. Sie rutschte näher zu ihrer Freundin und versuchte mit einer Hand, den Reißverschluss zu öffnen.

»Halt endlich die Klappe, Tony.« Stella seufzte übertrieben laut auf. Nachdem Tony es endlich geschafft hatte, den Reißverschluss zu öffnen, stand sie auf und schüttelte das Kleid von den Schultern.

Tony konnte nicht anders, als ihre Freundin bewundernd anzustarren. Stella war groß und schlank, mit einem filigranen

Körperbau, um den man sie nur beneiden konnte. Sie hatte niemals irgendein Problem damit gehabt, ihre schlanke Linie zu halten, und das, obwohl sie kaum Sport trieb. Ab und an ging sie tanzen, das war schon alles. Und das trotz ihrer Sucht nach Schokolade und Kaffee mit viel Zucker.

»Was meinst du? Soll ich weiß tragen in der Hochzeitsnacht?« Stellas Finger glitt seitlich unter ihr schwarzes Spitzenhöschen. »Oder lieber rot? Lennart steht auf rot.«

»Violett?«, schlug Tony vor und lachte auf, als Stella verführerisch mit den Hüften wiegte und den Spitzenstoff zu Boden gleiten ließ. »Oder gar nichts. Das würde ihn wenigstens verblüffen.«

Stella grinste spitzbübisch und kletterte neben sie auf das Bett. »Und was ist mit dir, Madame? Hast du dir schon Gedanken gemacht?«

Tony schaffte es nicht mehr, zu antworten. Stella packte ihre Handgelenke, drehte sie auf den Rücken und setzte sich auf sie. Ihre Lippen trafen aufeinander. Stella küsste stürmisch und fordernd, ganz anders als Jon. Tony schloss die Augen und konzentrierte sich auf diese Zunge, die sich ohne jede Rücksicht zwischen ihre Lippen schob.

»Habt ihr eigentlich schon einen Termin?« Stella setzte sich auf und hob die Arme über den Kopf. Beinahe verträumt strich sie sich durch die Haare.

Tonys Hände fanden von selbst den Weg zu Stellas Brüsten. Stella hatte kleine, feste Brüste, sodass sie an schwülwarmen Tagen wie diesem auf einen BH verzichten konnte. Mit beiden Daumen strich Tony über die Nippel ihrer Freundin, die sich sofort aufrichteten.

»Der gute Jon – was meinst du? Schwarze Seide? Und dazu halterlose Strümpfe, rote Strapse.« Stella schloss genießerisch die Augen und fuhr sich mit der Zunge über die Lippen. »Einen durchsichtigen Spitzen-BH. Jon mag deine Brüste sicher. Ich meine, Lennart sagt, er findet mich sexy, aber er schaut dir immer in den Ausschnitt.«

Mit der linken Hand strich Tony weiter über Stellas Brüste, während ihre andere Hand über den flachen Bauch ihrer Freundin nach unten wanderte. Stella schob gierig die Hüften nach vorne. Mit zwei Fingern bahnte Tony sich den Weg zwischen Stellas Beine und umkreiste ihre Perle.

»Was ist jetzt mit dem Termin?« Stella stöhnte auf, als Tony den Druck verstärkte. Sie wusste genau, was ihrer besten Freundin gefiel.

»Hochzeitsplaner. Kümmert sich auch um den Termin. Du wirst es schon rechtzeitig erfahren«, gab Tony zurück und verzog das Gesicht. Sie wollte jetzt nicht an diese verdammte Hochzeit denken, wieso verstand Stella das nicht? Also griff sie zu ihrem einzigen Mittel, um Stella vom Reden abzuhalten. Sie intensivierte ihre Berührungen, streichelte Stellas Kitzler und machte einfach weiter, als ihre Freundin leise protestierte. »Stella, lass gut sein. Jon ist und bleibt ein Langweiler. Daran wird keine Seidenunterwäsche der Welt etwas ändern.«

»Ein reicher, zuvorkommender, dich liebender Langweiler«, verbesserte Stella abgehakt und bog den Rücken durch. »Ihr seid ein Traumpaar, ganz einfach.«

Jetzt war es ganz eindeutig Stella, die zu viel redete. Also drang Tony ohne Vorwarnung mit zwei Fingern in sie ein. Ihr Daumen spielte mit ihrer Perle, während die andere Hand ihre Brustwarze zwirbelte. Stellas Atem beschleunigte sich. Tony spürte die Feuchtigkeit auf ihren Fingern und merkte, wie sie selbst auf die Erregung ihrer Freundin reagierte.

Es war ein wunderbares Gefühl, sich einfach in diese Vertrautheit sinken zu lassen. In eine Vertrautheit, die in all den Jahren der Freundschaft gewachsen war, seit sie beide sich an diesem schrecklichen Internat kennengelernt hatten. Wie hatte sie die Schule gehasst, bis Stella ihr über den Weg gelaufen war. Stella hatte keine reichen Eltern, die ihr das Schulgeld bezahlten, Stella hatte nur sich selbst und ihre guten Noten. Stella hatte ein Stipendium für das Schulgeld und darüber hinaus fast nichts. Während die anderen Tony aufzogen, weil sie sich nicht für Marken und Mode interessierte, und außerdem klein und pummelig war, war Stella erfrischend anders gewesen.

In so ziemlich jeder Hinsicht.

Tony spürte, dass Stella kurz vor dem Orgasmus war. Ihre halbgeschlossenen Augen glänzten verträumt. Eine leichte Röte zog sich über ihr Gesicht, und ihre Lippen glänzten verführerisch. Stellas Muskeln zogen sich um ihre Finger zusammen. Tony lächelte und machte weiter, ganz so, wie Stella es mochte – sanft und gleichmäßig und vollkommen unaufgeregt.

Stella hielt kurz die Luft an, als sie kam. Dann stöhnte sie ihren Höhepunkt hinaus. Tonys Finger streichelten sie weiter, bis Stella über ihr zusammenbrach und auf ihre Schulter sank.

Tony legte ihre Arme um ihre Freundin und hielt sie fest, während die letzten Schauder der Erregung ihren Körper zum Zittern brachten.

»Hör endlich auf zu grübeln, das ist ja nicht auszuhalten.« Stella drehte den Kopf und lächelte sie an. Ihre schlanken Finger strichen über Tonys Wange. »Ich dachte, das lenkt dich ab.«

Stellas Hand glitt zwischen ihren Körpern nach unten. »Lass gut sein, Stella. Lass uns lieber den Champagner trinken und quatschen. Wie früher.«

»Damals war es billiger Fusel aus dem Supermarkt«, verbesserte Stella lachend und drängte Tonys Oberschenkel auseinander. Ihre Finger tasteten sich vor. Unwillkürlich schob Tony sich ihr entgegen.

»Mach mir nichts vor. Du bist genauso scharf darauf wie ich.« Stella kniff in gespielter Entrüstung die Augen zusammen, als ihre Finger die Feuchtigkeit zwischen Tonys Schenkeln erspürten.

Sie waren beinahe so geschickt darin, Tonys Erregung weiter anzufachen, wie Mikaels Zunge. Mikael. Tony stöhnte auf. Mikaels verdammt geschickte Zunge.

Wieso konnte sie die ganze Zeit nur an Mikael denken? Ein kalter Schauder lief über ihren Rücken, und sie rutschte energisch ein Stück von Stella weg.

»Ich meine es ernst, Stella. Ich fühle mich nicht gut.«

»Das weiß ich. Darum wollte ich dich aus dem Büro herausholen. Du hast zu viel Stress.« Stellas Hand legte sich auf ihren Bauch, beruhigend und warm. »Lass dich fallen, Madame.«

»Weißt du, dass er mich genauso genannt hat?« Tony zog die Unterlippe zwischen die Zähne und suchte Stellas Blick. Stellas blaue Augen glänzten noch immer verdächtig. »Ich verstehe das alles nicht!«

»Langsam, langsam, Tony.« Stella stützte sich auf ihren linken Arm. Sie summte beruhigend. »Jetzt sprichst du aber nicht von Jon.«

»Mikael Wertinger.« Tony schluckte, um den Knoten in ihrem Hals loszuwerden.

»Das Wunderkind aus der Konstruktionsabteilung? Sah nicht schlecht aus, das muss ich zugeben.« Stella zwinkerte ihr zu. »Was ist mit ihm?«

»Das weiß ich eben nicht!«, gab Tony gereizt zurück. »Ich finde ihn attraktiv, aber er lässt mich nicht ran. Da läuft nichts. Nada. Niente.«

»Herrje, wegen einer Abfuhr machst du dieses Theater? Dann steht er eben nicht auf dich. Ist doch sowieso besser, jetzt, wo du eine anständige Ehefrau werden sollst.« Stella grinste herausfordernd und legte ihre Hand auf Tonys Brust. »Es laufen jede Menge anderer, gut aussehender Typen herum.«

»Aber ich glaube, er mag mich«, protestierte Tony schwach und ärgerte sich darüber, wie lächerlich das alles klang. Stella hatte recht damit, dass sie nicht wegen einer Abfuhr so viel grübeln sollte.

»Meine Güte, dann steht er eben auf blonde Frauen oder auf Rothaarige oder was weiß ich. Oder er ist schwul, und du verwechselst mal wieder mögen und mögen. Wäre ja nicht das erste Mal, dass dir das passiert. Ich sage nur: Liam.« Ihre Finger wanderten langsam über Tonys Brust zu ihrem Nippel. Sie rieben ihn, bis er sich unter ihren Fingerspitzen aufrichtete, und auch dann hörte sie nicht auf.

Tony errötete, als Stella sie an diesen Fehlgriff erinnerte, den sie damals auf dem College getan hatte. »Es ist ja auch nichts Ernstes. Aber er hat mich neugierig gemacht. Und zu meiner Ehrenrettung sei gesagt, dass ich nicht die Einzige war, die in Liam verschossen war.«

»Dann ruf Wertinger an. Sieh zu, dass du ihn in dein Bett bekommst, wenn du dann ruhig schlafen kannst.« Stella schüttelte den Kopf und atmete hörbar durch. »Tony, das kann doch nicht so schwer sein. Jetzt hör endlich auf, darüber nachzudenken.«

Tony biss auf ihrer Unterlippe herum und blickte zweifelnd in Stellas große Augen. Sie nahm kaum wahr, wie Stellas Finger an ihren Brüsten spielten. »Er sagte, er wollte mich nicht verletzen.«

Stella warf den Kopf in den Nacken und lachte hell auf. »Wie süß! Ein Gentleman? Er sollte besser aufpassen, dass du ihn nicht verletzt. Du hast ein Talent dafür, Herzen unschuldiger, kleiner Jungen zu brechen.« Eine tiefe Falte erschien auf ihrer Stirn. Dann setzte sie sich plötzlich auf. »Tony, sag nicht, dass du dich in ihn verliebt hast. Verdammt, das ist eine richtig dumme Idee, so kurz vor der Hochzeit!«

»Reden?« Tony rutschte zurück und setzte sich ebenfalls auf. Sie zog die Knie an und legte ihre Arme um die Beine. »Und kein Wort zu niemandem, Stella.«

»Verdammte Scheiße, Tony.« Stella bückte sich und hob ihr Kleid vom Boden auf. »Dabei wirkst du immer so glücklich mit Jon. Ihr seid doch das perfekte Paar. Es passt alles so gut bei euch.«

Tony spürte, wie Tränen in ihre Augen stiegen.

Kapitel 5

Tonys Hände zitterten, als sie zum Telefonhörer griff. Eigentlich war es Stellas Schuld, versuchte sie sich einzureden. Stella, die den Vorschlag gemacht hatte, es aktiv anzugehen. Stella, die behauptet hatte, dass sie bald von Mikael kuriert wäre, wenn sie nur erleben würde, dass er auch kein besserer Liebhaber war als alle anderen. Stella, die in Mikaels Privatleben herumgeschnüffelt und allerhand interessante Dinge ausgegraben hatte. Beispielsweise, dass seine Familie noch ärmer war als sie immer angenommen hatte, und dass er eine kleine Schwester hatte, die sich mehr schlecht als recht mit Gelegenheitsjobs das Schulgeld verdiente in irgendeinem Kaff in Texas, wie Stella es genannt hatte.

Ganz ließ sich Tonys schlechtes Gewissen davon nicht beruhigen. Sie legte eine Hand auf ihren Magen, um den kalten Klumpen darin zu vertreiben.

»Wertinger«, meldete er sich knapp. Seine tiefe Stimme schickte einen ganzen Schwarm Schmetterlinge zu dem kalten Klumpen in ihren Bauch.

»Tony Miller«, erwiderte sie und zwang sich ein Lächeln auf die Lippen. Das war das erste, was man ihr in der Beratung beigebracht hatte – immer zu lächeln, egal, welchen Unsinn der Kunde gerade erzählte oder wie schlecht sie gerade log. »Haben Sie einen Augenblick Zeit für mich, Mikael?«

»Ich denke nicht, dass ich ablehnen kann.« Sein raues Lachen ging ihr durch alle Knochen. »Ich habe schon fast damit gerechnet, dass Sie heute anrufen. Ich hatte so ein unbestimmtes Gefühl ...«

»Ich habe erfahren, dass Sie eine Schwester haben, Wertinger. Was halten Sie davon, wenn ich ihr ein Stipendium für eine gute Schule bezahle?« Tony bemühte sich um einen arroganten und überlegenen Tonfall, obwohl ihr eigentlich zum Heulen zumute war. Es fühlte sich so verdammt falsch an. »Ich habe nämlich auch erfahren, dass die Kleine bei Ihnen Zuhause ziemlich vernachlässigt wird. Ihre Eltern können sie kaum ernähren, geschweige denn, ihr ein College finanzieren.«

Eisernes Schweigen schlug ihr entgegen, so lange, dass Tony beinahe hoffte, die Leitung wäre zusammengebrochen.

»Was soll das werden, Tony? Ein plötzlicher Anfall von Nächstenliebe? Und woher zur Hölle weißt du davon?«

Du. Er hatte gerade das Du benutzt. Tonys Herz machte einen Sprung. »Von einer Freundin, die jemanden kennt, der wiederum jemanden kennt. Das übliche eben.« Sie strich sich durch ihre Haare. »Pass auf, Mikael, ich mache es nicht ganz uneigennützig. Du bekommst jede Menge Angebote, die Firma zu wechseln. Sieh es als vorgezogene Treueprämie. Wir brauchen dich, gerade jetzt.«

»Und das ist alles?«

»Nun ja, ich denke, sie sollte irgendwo in Schottland auf die Schule gehen, in der Nähe von Glasgow, damit du sie ab und zu besuchen kannst. Es gibt da ein Eliteinternat, auf dem ich auch war. Ich denke, das wäre etwas für sie.« Tony verhaspelte sich beinahe bei ihren Worten. Sie hatte die Bedeutung seiner Worte durchaus verstanden. Noch schlimmer: Er hatte genau erfasst, was sie bezweckte. »Telefonier mit ihr und sag mir Bescheid, ob sie mein Angebot annimmt.«

Tony hatte das ziemlich bestimmte Gefühl, dass er gerade *intrigante Schlampe* dachte, und sich nur mit Mühe davon abhalten konnte, ihr das auch wirklich ins Gesicht zu sagen. Sie spürte, wie der kalte Klumpen in ihrem Magen langsam nach oben wanderte.

»Erwartest du meine Dankbarkeit, ist es das?«

»Ich erwarte, dass du dein Bestes gibst und nicht wegen irgendwelchen privaten Sorgen von deiner Arbeit für meine Firma abgelenkt bist.« *Stella, verdammt noch mal, wieso habe ich auf dich gehört?* Für Stella war alles sonnenklar gewesen: Tony bot ihm Hilfe für seine Schwester an. Dann würde sie ihm ein Date anbieten. Und er würde sich sicherlich verpflichtet fühlen, ihr irgendetwas zurückzugeben. Im Nachhinein klang das nicht nur erbärmlich, sondern einfach nur krank. Aber jetzt war es nun einmal getan. »Ruf mich an, wenn du weißt, wie sie dazu steht, okay?«

»Vielen Dank, Miss MacMillan. War es das? Ich hätte zu arbeiten, für Ihre Firma.«

Sie legte nach einem hastigen Gruß auf. Müde legte sie den Kopf auf den Schreibtisch. Es konnte nicht sein, dass ein einziger Kerl sie derart durcheinander brachte. Dass ein einziger Mann, der auch nicht anders war als alle anderen Männer dieser Welt, sie zu derart wahnwitzigen Erpressungsversuchen brachte.

Beinah wünschte sie sich, er würde ablehnen, einfach nie wieder mit ihr telefonieren und die Sache damit auf sich beruhen lassen. Aber auch nur beinahe. Ein vollkommen irrationaler Teil in ihr hoffte geradezu, dass er zurückrief und ihr befahl, in sein Bett zu kommen.

***

Mikael starrte entgeistert auf den Telefonhörer. Er sehnte sich nach ihr, keine Frage. Er konnte nicht genug von ihrer Stimme bekommen. Er konnte nicht genug von dieser herrlichen Vorstellung bekommen, was er alles mit ihr tun würde. Wie gut sie unter seinen Händen aussehen würde. Wie stolz er wäre, wenn er sie glücklich machen würde. Jedes verdammte Mal, wenn er an sie dachte, wanderten seine Gedanken in diese Richtung. Er stelle sie sich nackt vor. Mit halterlosen Strümpfen. Mit einem Korsett. Ein Korsett musste wunderbar an ihr aussehen. Sie hatte schon so eine gute Figur, mit einer deutlich sichtbaren Taille, einem festen Hintern und gerade richtigen Brüsten. Sie war schon so großartig.

Seine Finger zitterten, als er nach dem Hörer griff. Er tippte die Nummer, merkte, dass er sich verwählt hatte, und wählte noch einmal.

»Ich hoffe, das ist wichtig«, hörte er auf der anderen Seite jemanden gähnen.

»Ich weiß, bei dir ist es gerade fünf Uhr morgens. Sorry, Homie, aber es muss sein. Steh auf und hör mir zu.« Mikael musste lächeln, als er sich vorstellte, wie sein bester Kumpel sich aus dem Bett schälte, den Morgenmantel anzog und hinunter in die Küche schlurfte. »Ich hab ein verdammtes Problem am Hals.«

»Frauen?« Im Hintergrund hörte er das charakteristische Blubbern einer altmodischen Filterkaffeemaschine. Niemand außer Danny schwor heutzutage noch auf dieses Gebräu. Normale Menschen bevorzugten Padmaschinen. »Schieß los. Ich höre. Wer hat dir diesmal das Herz gebrochen?«

»Okay, pass auf. Sie ist meine Chefin. Die viel zu hübsche, viel zu reiche Tochter meines Chefs, besser gesagt. Die Firmenerbin. Wie auch immer.« Mikael warf einen hastigen Blick zur Tür seines Büros und stellte erleichtert fest, dass sie wirklich fest verschlossen war. »Reich und berühmt, oder so.«

»Schnapp sie dir.« Ein Stuhl kratzte über den Boden. »Was sonst? Das mit Annie ist lang genug her. Du bist ihr nichts schuldig, falls du das meinst.«

»Das ist nicht das Problem. Sie will Gilly eine gute Schule

finanzieren. Ich selber könnte es niemals stemmen, mal abgesehen davon, dass Gilly mit mir nichts mehr zu tun haben will. Sie hat mir also ein Angebot gemacht, das ich nicht ablehnen kann.«

»Die Patin«, verkündete Danny gespielt unheilschwanger. Mikael musste grinsen, obwohl ihm gar nicht danach zumute war. »Was will la Bella dafür von dir?«

»Keine Ahnung, wieso, aber sie will mit mir schlafen. Und das ist kein Hirngespinst, ehe du das meinst. Sie wirft sich an mich ran als ob ich der letzte Kerl auf Erden wäre.«

»Umso besser.« Danny trank hörbar einige Schlucke Kaffee. »Du willst doch auch mit ihr schlafen, oder habe ich das falsch verstanden? Reich und berühmt und dann auch noch hübsch?«

»Und ich will verdammt sein, wenn sie nicht ... du weißt schon.« Mikael musste schlucken und biss sich auf die Unterlippe. »Nicht so wie Annie.«

»Okay, sie ist noch nicht mal verklemmt. Wieso zur Hölle rufst du mich um diese Tageszeit an? Um mir von deinem Glück die Ohren klingeln zu lassen? Schnapp sie dir, Homie, und alles wird gut.«

»Sie ist verlobt. Ich will mich nicht schon wieder in die falsche Frau verlieben. Danny, verdammt, ich weiß nicht, was ich tun soll!« Mikael zwang sich dazu, möglichst klare Gedanken zu fassen. So klar sie ihm eben möglich waren. Er musste schon wieder an sie denken. Sie, wie sie morgens Kaffee trank, mit wirren Haaren, einem Morgenmantel, noch ganz verschlafen und müde. Wie sie ihn anlächelte, mit diesem Bewusstsein, was sie alles in der letzten Nacht getrieben hatten. Er konnte es sich vorstellen, als ob er es bereits erlebt hätte.

»Kein Hindernis«, urteilte Danny knapp. »Hör mal, Mikael, wenn es weiter nichts ist – dann gehe ich jetzt joggen. Wenn ich schon wach bin.«

»Ich glaube wirklich, dass sie die perfekte Frau für mich wäre. Keine Ahnung, worauf sie steht, aber … sie wirkt so.«

»Dann fick sie, verdammt.« Danny stellte hörbar den Kaffeebecher ab. »Nur weil Annie, diese dumme Kuh, dir ein schlechtes Gewissen eingeredet hat! Du weißt, dass daran nichts Schlechtes ist. Annie hatte kein Verständnis für dich, aber das heißt nicht, dass alle Frauen sind wie Annie. Probier es einfach. Du musst dich ja nicht in sie verlieben. Nur ein bisschen Spaß haben. Und jetzt bin ich raus. Verspricht ein schöner Tag zu werden.«

»Viel Spaß, Danny.« Die Leitung knackte, ehe er die Verabschiedung ganz beendet hatte. Mikael senkte die Hand und starrte an die Wand.

Julie. Julie Antoinette. Es gab keinen Namen, der besser zu ihr passen konnte. Julie, die ihn mit großen Augen anblickte, Angst vor dem hatte, was er gleich tun würde, und es doch nicht erwarten konnte. Julie, die alles um sich herum vergaß und sich ganz seiner Führung hingab. Julie, die nicht mehr wusste, wo ihr der Kopf stand.

Er atmete tief durch, verdrängte die Bilder aus seinem Kopf und wählte ihre Nummer.

»Okay, Tony, ich lasse mich auf dieses Spiel ein«, eröffnete er ihr. »Aber nur, wenn du dich an meine Regeln hältst. Du tust, was ich will, oder wir brechen alles ab, klar soweit?«

»Ich verstehe nicht …« Die Heiserkeit in ihrer Stimme strafte ihre Worte Lügen. Julie verstand sehr gut, was er von ihr wollte. Mikael bemühte sich darum, sich seine Aufregung nicht anmerken zu lassen.

»Gibt es irgendein Wort, das du garantiert niemals vergisst?« Es fiel ihm schwer, einen trockenen und geschäftsmäßigen Ton beizubehalten, obwohl Tony eindeutig wusste, worauf er hinauswollte. »Also wirklich nie.«

»Patent«, sagte sie sofort und lachte leise auf. »Was wird das, Mikael?«

»Wenn du dich nicht wohlfühlst, dann ist das dein Code, verstanden? Was auch immer gerade vor sich geht – wenn du dieses Wort sagst, ist es vorbei, hast du das verstanden?« Sicherheit war das wichtigste, egal, wie verrückt das war, was er gerade vorhatte. Mikael wechselte unruhig den Telefonhörer in die andere Hand. »Und wenn ich einfach nur langsamer machen soll … wie wäre es mit *Antrag?*«

Ihr nachdenkliches Schweigen ließ sein Herz stocken. Was, wenn er es übertrieben hatte?

»Ich verstehe«, sagte sie schließlich mit Aufregung in der Stimme. »Und jetzt?«

»Jetzt gehst du an deine Arbeit und vergisst, dass wir je miteinander gesprochen haben. Nächste Woche bin ich wieder in London, sagt mir mein Terminkalender. Zufälligerweise habe ich Freitagabend noch nichts vor. Hast du etwas dagegen, wenn wir uns in meinem Hotel treffen?«

»Das klingt vernünftig.«

Julie, die endlich einmal zugab, welche Gefühle sie wirklich bewegten. Julie, die ihm alles zeigte, die tiefsten und verstecktesten Punkte ihrer Seele. Mikael schloss die Augen. »Dass du dir ja etwas Hübsches anziehst. Aber keine Unterwäsche.«

Am anderen Ende der Leitung entstand ein verräterisches Schweigen. Mikael konnte sie sich lebhaft vorstellen, wie sie zwischen Entrüstung und Leidenschaft hin- und hergerissen wurde. Diese Frau strahlte selbst durch eine Telefonleitung hindurch puren Sex aus.

»Und was ist mit deiner Schwester?«, sagte sie schließlich ruhig. »Ich meine, hast du mit ihr gesprochen?«

»Meinst du, ich bin dumm genug, dieses Angebot nicht anzunehmen? Etwas Besseres wird ihr in ihrem ganzen Leben nicht passieren. Wann kann sie dort anfangen?«

»Sobald sie will. Das kriege ich hin. Gillian Wertinger, richtig? Aus Fort Worth, Texas?«

»Erstaunlich, was du alles herausgefunden hast.« Mikael schob dieses ungute Gefühl beiseite. Sollte er sich wirklich auf so einen Handel einlassen? »Wir nennen sie nur Gilly. Danke, Tony. Das ist echt etwas wert.«

***

Tony war schon lange nicht mehr derart aufgeregt gewesen, vor allem nicht vor einem Date. Im Grunde genommen konnte sie sich nicht erinnern, wann sie das letzte Mal ein Date gehabt hatte. Normalerweise schleppte sie die Typen dann ab, wenn es ihr danach war. Sie wartete nicht eine elend lange Woche darauf, dass diese Kerle sich dazu herabließen, sie zu treffen.

Mikael wartete vor dem Hotelrestaurant auf sie. Diesmal trug er ein legeres Polohemd und eine leichte Stoffhose, und er schien sich darin bedeutend wohler zu fühlen als in dem schlecht sitzenden Anzug. Sie begrüßten sich mit einem wortlosen Nicken – weil einfach keiner von ihnen beiden diesen Augenblick zerstören wollte.

Es war vollkommen absurd, was sie hier gerade tat. Nur weil ihr Verlobter der denkbar schlechteste Liebhaber der Welt war, war das kein Grund, mit irgendeinem Angestellten ihres Vaters eine Affäre zu beginnen. Es war kein Grund, sich auf seine Spielchen einzulassen, die eindeutig in eine bestimmte Richtung zielten.

Mikael hielt ihr die Tür auf und nahm ihr den Mantel ab. Immer noch schweigend setzten sie sich an den Tisch, den er für sie reserviert hatte. Der Kellner zündete die einzelne Kerze an, gab ihnen die Speisekarten und erzählte irgendetwas über das heutige Tagesgericht. Tony bekam nur die Hälfte mit. Obwohl Wertinger legere Kleidung trug, wurde sie den Eindruck nicht los, dass er viel selbstsicherer und bestimmter wirkte als sonst.

»Ich hätte nicht gedacht, dass du wirklich kommst, Tony«, sagte er schließlich und räusperte sich verlegen. »Ich gehe doch davon aus, dass du verstanden hast, worauf ich hinaus will.«

»Keine Sorge, ich bin kein Kind von Traurigkeit. Ich weiß, was du meintest, keine Angst.« Tonys Magen zog sich zusammen. Sie hätte niemals gedacht, dass sie das derart cool würde sagen können. Dieser unverschämt männlich riechende Typ ihr gegenüber sprach von SM. Von Unterwerfung. Von etwas, das schon immer irgendetwas in ihrer Fantasie zum Klingen gebracht hatte, auch wenn sie es sich niemals hatte eingestehen wollen.

»Und noch eine Sache. Du hast mich in Frankreich gefragt, ob ich etwas gegen Gummis hätte. Ja, habe ich. Ich bevorzuge es, nur mit festen Partnerinnen zu spielen und von ihnen Treue zu fordern, vorausgesetzt, ich weiß, dass sie auch entsprechende Sorgfalt walten lassen. Nur wenn ich Fremde in das Spiel einbeziehe, halte ich es für klüger, auf meine Gesundheit aufzupassen. Ich überlasse es dir, zu entscheiden, ob du in Kategorie eins oder zwei fallen willst.«

Tony starrte auf die weiße Tischdecke und versuchte verzweifelt, ihre Gedanken zu ordnen. Ob es klug war, ihm zu vertrauen? Sie hatte bei ihren Affären immer darauf geachtet, dass sie keine größeren Gefahren für ihre Gesundheit einging. »Ich hatte noch nie ... ungeschützt ... außer mit Jon«, stotterte sie.

»Und was soll das heißen?«, fragte er ruhig weiter und verzog die Lippen zu einem angedeuteten, ironischen Lächeln. »Dass ich darauf vertrauen kann, dass du gesund bist? Oder dass du Gummis bevorzugst?«

Tonys Mund wurde ganz trocken. »Ich denke, dann können wir darauf wohl verzichten«, flüsterte sie und wünschte sich, unter dem Tisch versinken zu können. Solche Gespräche gehörten definitiv nicht in ein romantisches Restaurant mit dezenter Hintergrundmusik und Kerzen auf dem Tisch. Sein eindringlicher Blick passte überhaupt nicht zu dem eleganten Umfeld, in dem sie sich befanden. Als der Kellner den Wein brachte, wirkte Mikael für den Bruchteil einer Sekunde wieder vollkommen normal, ehe dieser Blick zurückkehrte.

»Tony, ich meinte das ernst, als ich sagte, dass du meine Art der Lust wahrscheinlich nicht teilst. Du hast es in der Hand, jederzeit abzubrechen.«

»Keine Sorge. Ich meine, es ist ja nicht so, als würde man davon heutzutage nichts mitbekommen. Ich probiere gern Dinge aus«, versicherte Tony und prostete ihm zu. Sie hoffte, dass sie diese plötzliche Unsicherheit damit ausreichend gut überspielte. Es gab ja auch gar keinen vernünftigen Grund, sich von ihm verunsichern zu lassen. »Das ist wenigstens etwas Neues.«

Er lächelte unverbindlich. »Und wenn du meinst, dass ich nicht bemerke, dass du entgegen meiner Anweisungen Unterwäsche trägst – vergiss es.«

Tony schnappte nach Luft, als er derart offen solche Dinge aussprach. Als würde er gewöhnlichen Small Talk betreiben. Sie hatte tatsächlich gedacht, dass er es nicht bemerken würde. Wie auch? »Hör mal, ich kann doch nicht ...«

»Wieso nicht?«, unterbrach er sie knapp und winkte ab. »Solange du nicht ganz aussteigst, solltest du es ernst nehmen, Tony. Und du wirst sehen, was du davon hast.«

Er klang drohend und lockend zugleich. Tonys Herz schlug schneller und setzte immer wieder ganz aus. Was in Dreiteufels Namen hatte Wertinger an sich, das sie allen Stolz vergessen ließ? Sie spürte nur zu deutlich, wie ihr ganzer Unterleib sich zusammenzog bei dieser Ankündigung. »Lass uns von etwas anderem sprechen. Was macht die Forschung?«

Er lachte hell auf. »Tony, du arbeitest zu viel. Morgen, okay? Außerdem sehe ich dort hinten den Kellner mit unserer Vorspeise. Lass uns das Essen genießen, und dann ... nun, du wirst ja sehen.«

***

Mikael hatte sich nicht einmal die Mühe gemacht, seinen Koffer auszupacken. Der kleine Kabinentrolley passte genau zwischen das Bett und die Wand mit dem Fenster. An persönlichen Gegenständen lag auch nicht sehr viel herum, nur eine altmodische Lederjacke, sein Geldbeutel auf dem Schreibtisch und das Handy daneben. Nichts, das ihr in irgendeiner Weise darüber Aufschluss geben würde, auf was für eine Sorte Mann sie sich gerade eingelassen hatte.

Tony kickte ihre Schuhe von den Füßen und setzte sich auf den Rand des Bettes. Seit er ihren Mantel hinter der Tür aufgehängt und das obligatorische »Bitte nicht stören«-Schild an die Klinke gehängt hatte, hielt sie sich nur mühsam davon ab, auf ihren Fingernägeln herumzubeißen. Mikael hatte es tatsächlich geschafft, sie aus dem Konzept zu bringen.

Und allein dafür verdiente er Anerkennung. Tony atmete tief durch und betrachtete den Kunstdruck über dem Flachbildschirm. Das Zimmer war funktionell eingerichtet und in dezenten Brauntönen gehalten. Für ein Standard-Businesszimmer war es recht groß, aber dennoch nicht luxuriös.

Eigentlich kein Ort für Zweisamkeit. Aber nach Hause konnten sie schlecht gehen, denn irgendwann würde sogar Jon aus dem Büro nach Hause kommen.

»Habe ich dir erlaubt, dir die Schuhe auszuziehen?« Als hätte er geahnt, dass ihre Gedanken wieder zu Jon wanderten, stand Mikael plötzlich vor ihr. Er hatte nicht einmal sein Hemd ausgezogen. Nur etwas Feuchtigkeit in seinen Haarspitzen zeugte davon, dass er sich im Bad frisch gemacht hatte.

Was würde sie darum geben, seinen muskulösen Oberkörper zu sehen! Seine sehnige Figur, diese starken Oberarme, diesen Rücken! Sie blickte zu ihm hoch und wollte aufstehen.

Seine Hand war schneller. Sie schloss sich um ihr Kinn und hob ihren Kopf an. »Tony, entweder, du meinst das ernst, oder wir lassen es bleiben.«

Er rückte noch etwas näher. Tony wurde schmerzhaft deutlich bewusst, wie verdammt nahe an seinem Schwanz sie gerade saß. Sie musste sich einfach nur nach vorne beugen.

»Untersteh dich.« Er schnalzte missbilligend mit der Zunge. »Das musst du dir erst verdienen.«

Röte schoss in ihre Wangen. Tony spürte, wie alles an ihr auf diese lockende Stimme reagierte. Sie spürte die verräterische Nässe zwischen ihren Beinen, diesen leichten Druck im Unterleib, dieses Sehnen nach ihm. Wieso war Mikael nur so verdammt sexy?

»Du tust nur noch das, was ich dir sage, haben wir uns verstanden, Julie?«

Was verdammt noch mal tust du da? Dieser Typ bildet sich ein, er könnte dir befehlen. Er könnte Gott weiß was tun. Er könnte irgendwo eine verfluchte Kamera haben und dich damit erpressen. Und er nennt dich Julie. Tony öffnete den Mund, um zu einer Erwiderung anzusetzen. Keine Sekunde später traf seine Hand klatschend auf ihre Wange. Der erste Schreck vertrieb jeden klaren Gedanken aus ihrem Kopf.

Mikael nutzte ihre Sprachlosigkeit, um sie unsanft umzudrehen. Seine Hände schlossen sich um ihre Handgelenke und zogen ihre Arme auf den Rücken. »Das erste, was du dir merken solltest, ist, dass eine Sklavin nur das zu tun hat, was ihr Herr ihr aufträgt. Nichts weiter.«

Sklavin? Der Typ war durchgeknallt. Tony wusste nicht, ob sie schreien sollte, weglaufen oder einfach nur die Polizei rufen. Dieser verdammte Kerl machte sie wahnsinnig. Seine Hände schlossen sich immer fester um ihre Handgelenke, und seine Nähe raubte ihr den Atem.

Als hätte er ihre Zweifel bemerkt, schlug er einen sanfteren Tonfall an. »Und wann immer du wirklich willst, dass ich dieses Spiel beende, dann sagst du dein Codewort, okay? Du bist es, die über das Ende bestimmt, Tony. Denk daran. Nur du.«

Er meinte diesen Unsinn also ernst? Sie biss sich auf die Unterlippe und versuchte, alle Bedeutungen seiner Worte zu erfassen. Natürlich hatte sie das ein oder andere über solche Spiele gelesen, und, wenn sie ehrlich mit sich selbst war, dann hatte sie es immer schon spannend gefunden – aber das war etwas ganz anderes.

Mikael unterbrach ihre Gedanken, indem er sie unsanft nach vorne stieß. Tony landete auf dem Bett. Die Luft wich aus ihren Lungen.

»Jetzt stell dich hin und zieh dich aus.« Seine leisen Schritte führten ihn zu seinem Koffer. Er bückte sich und holte zielstrebig etwas heraus. Tony rollte sich herum und starrte ihn fragend an. »Bist du taub, Julie? Ich habe gesagt, dass du dich ausziehen sollst.«

Ihre schweren Glieder gehorchten ihr nur langsam. Wieso zur Hölle pochte es in ihrem Unterleib stärker als jemals zuvor? Tony rappelte sich hoch.

»Du bist zu langsam, Julie. Dafür werde ich dich noch bestrafen.« Ein großer Schritt brachte ihn wieder neben sie. Er lächelte zynisch und drehte sie wie eine Puppe herum. Schwarzer Stoff legte sich über ihre Augen. Tony setzte zum Protest an.

»Wenn du nicht endlich still bist, werde ich mir auch dafür

etwas einfallen lassen. Es gibt wunderbare Knebel in allen möglichen Formen. Da sollte sich etwas Passendes finden lassen. Aber heute will ich nicht so sein. Du bist unerfahren, was ein klein wenig Nachsicht verzeihlich macht.«

Unerfahren? Er knotete das Tuch ruckartig fest. Tony erwartete beinahe, dass er sie zurück auf das Bett warf. Dass er ihre Verwirrung ausnutzte, um sie einfach nur zu ficken. Ihre Muskeln zogen sich bei dieser Vorstellung sofort zusammen – bei einer Vorstellung, die sie sich verboten hatte, als sie Jon kennengelernt hatte. Keine vernünftige Frau wünschte sich ernsthaft, von einem Typen auf das Bett geworfen und rücksichtslos gefickt zu werden. Jon würde so etwas wahrscheinlich als pervers und abgedreht bezeichnen. Derartige Gedanken passten nicht in ein Leben, wie sie es führte.

»Ich habe mich wohl nicht deutlich genug ausgedrückt. Zieh dich aus und mach mich heiß.«

Tony versuchte, ihn zu spüren, aber er stand nicht mehr neben ihr. Was tat sie da eigentlich? Ob Wertinger auf dem Bett saß und ihr zusah? War er erregt? Unsicher suchte sie auf dem Rücken nach dem Reißverschluss ihres schwarzen Etuikleides. Das Tuch raubte ihr die Sicht, und damit seltsamerweise auch die Orientierung. Es kam ihr vor, als würde alles um sie herum schwanken. Ob sie auch gut aussah? Sie wusste nicht einmal, worauf Mikael bei Frauen stand. Sie wusste nicht, ob er ihre Brüste schöner fand oder ihren Hintern. Wie sollte sie ihn da bitteschön heißmachen?

Sie schob das Kleid von den Schultern und wartete, bis sie den kühlen Stoff an ihren Füßen fühlte.

»Wieso so zaghaft?« Plötzlich fühlte sie eine Hand an ihrem Arm. Er zog sie an sich. Sie rettete sich in seine Umarmung, als wäre sie dort wirklich sicher. Als wäre er nicht der verfluchte Typ, der sie dazu brachte, sich vollkommen lächerlich zu machen.

Etwas Kaltes legte sich an ihren Oberschenkel. Kalt und dünn. Sie fuhr sich nervös über die Lippen.

»Metall«, bestätigte er ihre Vermutung. »Eine sehr gerade, sehr scharfe Klinge.«

Tony hielt die Luft an, als diese Kälte nach oben kroch. Quälend langsam zog er sie über ihre Haut. Sie wagte nicht, sich zu bewegen – denn noch berührte er sie nur, und schnitt sie nicht.

»Ich habe dir doch gesagt, dass du keine Unterwäsche anziehen sollst, oder?«

Das Reißen ihres Spitzentangas klang durch den Raum. Die Klinge wanderte unerbittlich weiter nach oben. Das kühle Metall und die unerwartete Kälte an ihrer Hüfte wetteiferten um Aufmerksamkeit. Ihr Spitzen-BH wurde auf dieselbe Weise durchtrennt. Danach zerschnitt er die Träger und ließ sie kurz los, um den zerstörten BH zu Boden fallen zu lassen. An ihrer anderen Seite wanderte das Messer nach unten.

Tony keuchte auf, als die Messerspitze über ihre rechte Pobacke wanderte.

»Leg dich aufs Bett und mach es dir selbst.«

Seiner Stimme war überhaupt keine Erregung anzuhören. Ein Schauder lief über Tonys Rücken. Wie kam sie dazu, diesem Kerl zu vertrauen? Sie wusste nichts von ihm. Er war eindeutig verrückt.

Und er tat genau das, was sie früher in ihrem ganz privaten Kopfkino immer wieder durchlebt hatte.

»Du legst es darauf an, meine kleine Sklavin. Zehn Hiebe. Womit, überlege ich mir noch.«

Der letzte Rest von Vernunft in ihrem Kopf schrie auf. Sie war eine emanzipierte Frau, die sich von niemandem etwas sagen ließ. Die sich nicht einfach so von einem Typen benutzen ließ, egal wie verführerisch er war.

Die steigende Erregung behielt jedoch die Oberhand. Vorsichtig tastete sie sich zum Bett vor, und war sich dabei nur noch halb der Tatsache bewusst, dass sie dabei lächerlich aussehen musste. Sie sank auf die weiche Matratze, legte sich auf den Rücken und spreizte die Beine.

Zaghaft strich sie über ihren Schamhügel, während die andere Hand den linken Nippel umkreiste. Zu gern würde sie ihn jetzt sehen, um seine Reaktion auf ihre Bewegungen zu studieren. Wahrscheinlich hatte er längst einen Ständer. Sein Glied tauchte in ihrem Kopfkino auf, dieses herrliche, glänzende Glied, das sie zu gerne in sich spüren würde. Was würde sie darum geben, dass er jetzt in sie eindrang, sie heftig stieß, und schließlich seinen Samen in sie spritzte!

Aber er rührte sich nicht, egal, wie angestrengt sie lauschte. Also begann sie damit, ihre Brustwarze zwischen ihrem Daumen und Zeigefinger zu zwirbeln, nur um irgendetwas zu tun. Mit zwei Fingern der anderen Hand strich sie über ihre Klitoris, unschlüssig, was genau er jetzt von ihr erwartete.

»Erbärmlich, meine kleine Serva. Ist das alles, was du mir zu bieten hast?«

Sein schneidender Tonfall riss sie aus dem wohligen Gefühl zurück in die Gegenwart des Hotelzimmers. Sie fühlte Röte in ihre Wange steigen und war nun froh um die Augenbinde, die das Schlimmste verbarg. Dieses Gefühl der Demütigung. Die Erregung, die dieses Gefühl heraufbeschwor.

»Wollen wir sehen, ob du wenigstens gut lutschen kannst.« Aus dem Nichts legte sich eine Hand auf ihre Schulter und bedeutete ihr, sich auf dem Bett herumzudrehen. Er dirigierte sie mit sanftem Druck, bis ihr Kopf am Fußende des Bettes nach unten überhing. Tony kam seiner Aufforderung sofort nach, um ihn nicht schon wieder zu enttäuschen. Und um dieses Privileg nicht zu verlieren, ihn endlich schmecken zu dürfen. Wie oft schon hatte sie ihn fast so weit gehabt?

Sie wollte endlich wissen, wie er schmeckte. Gierig öffnete

sie die Lippen, als sie etwas Warmes, Feuchtes spürte. Ihre Zunge tänzelte um seine Eichel herum. Ganz automatisch hob sie die Hände, um ihn zu streicheln.

»Ich habe nichts davon gesagt, dass du aufhören sollst, dich selbst zu befriedigen.«

Hatte Mikael seine Augen eigentlich überall? Sie fühlte sich ertappt, obwohl sie doch nichts Unrechtes getan hatte. Sofort streichelte sie wieder ihre Brüste, in der Hoffnung, dass ihm das gefiel.

Sein steifer Schwanz in ihrem Mund sagte eindeutig ja. Er schmeckte, wie sie es erwartet hatte – sehr männlich und intensiv. Ihre Zunge schlug gegen die empfindliche Stelle ganz vorne an der Eichel, während ihre Lippen sich fester um seinen Schwanz schlossen.

Sein wohliges Stöhnen war Belohnung für ihre Mühen. Tony wurde mutiger, und ließ eine Hand zurück zu ihrer Spalte wandern. Sie spürte ihre eigene Feuchtigkeit an ihren Fingern und tastete vorsichtig nach ihrem Kitzler.

Mikael war weniger zimperlich. Er gab jetzt die Geschwindigkeit vor. Sein Schwanz stieß immer tiefer in ihren Mund, bis tief in ihre Kehle. Seine Eier schlugen gegen ihre Nase und raubten ihr den Atem. Ihre Zunge hatte Mühe, mit seiner Geschwindigkeit mitzuhalten, und wenigstens ab und zu um seine Eichel herumzustreichen. Sie atmete flach und hektisch, um den Würgereiz zu unterdrücken.

Es war ein unbeschreibliches Gefühl, von ihm einfach nur benutzt zu werden. Er tat, was er wollte, ohne sich um sie zu kümmern. Ohne etwas von ihr zu verlangen. Diese Erkenntnis rauschte ihr Rückgrat hinunter und steigerte dieses warme Gefühl in ihrem Unterleib zu einem Brennen. Sie konzentrierte sich auf ihren Finger, der ihren Kitzler liebkoste, und auf seinen Schwanz, der ihren Mund fickte.

Das Zucken kündigte seinen Höhepunkt an. Er stöhnte

unterdrückt auf, und auch Tony konnte nicht anders. Sein Schwanz stieß noch einmal tief in ihren Mund, ehe sich sein Samen in sie ergoss. Überrascht und überwältigt zugleich schluckte sie alles, und genoss seinen leicht bitteren Geschmack. Begierig strich ihre Zunge um sein Glied, um auch noch den letzten Rest seines Samens aus ihm herauszuholen.

Er entzog sich ihr sofort. Sie wartete auf ein Wort des Lobes, oder auf eine weitere Zurechtweisung, aber er schwieg einfach. Verdammt noch mal! Konnte er nicht sagen, was ihn anmachte?

Er bedeutete ihr, sich wieder umzudrehen. Ihre Hüfte lag am Rand des Bettes. Seine Hände schoben ihre Oberschenkel weiter auseinander. Tony hielt die Luft an und erwartete, dass er jetzt endlich in sie eindrang. Stattdessen schoben seine zarten Lippen ihren Finger beiseite. Er küsste übertrieben vorsichtig ihren Kitzler.

Tonys Hand griff in seine Haare, um sein Gesicht tiefer in ihre Scham zu drücken.

»Nicht so wild«, sagte er sofort, mit einer eiskalten Stimme, die ihr Gänsehaut verursachte. »Nimm die Hände über den Kopf.«

Unsicher hob sie die Arme an und ließ sie über den Rand des Bettes nach unten hängen. Was sollte das schon wieder?

Ein Luftzug kündigte den Schlag an. Tony zuckte zusammen und wollte zur Seite rollen, um ihm zu entkommen. Seine Hand war schneller und treffsicher. Sie spürte zuerst nichts, und dann ein Brennen auf ihrer rechten Brust, das sich schnell ausbreitete. Der nächste Schlag traf die linke Brust, nicht weniger fest, aber wenigstens erwartet. Sie schrie auf.

»Leise, Serva. Oder willst du, dass das ganze Hotel zusammenkommt und dir zusieht, wie ich dich schlage?«

Er hatte doch abgesperrt, oder? Tonys Gedanken rasten. Wenn man sie hörte ... wenn irgendjemand sie beobachtete ...

seltsamerweise rief diese Vorstellung nur ein weiteres Zucken in ihrem Unterleib hervor. Ein klein wenig Angst, aber Mikael hatte alles unter Kontrolle.

Sie biss die Lippen zusammen, als zwei weitere Schläge ihre Brüste trafen. Die Wärme, die davon ausging, breitete sich in ihrem Körper aus.

Ohne jede Vorwarnung drangen seine Finger in sie ein. Tony flehte ihn an, sie endlich richtig zu nehmen, was er mit einem höhnischen Lächeln quittierte – und mit zwei weiteren Schlägen.

Seine Finger glitten immer schneller in sie hinein und wieder hinaus. Tony ließ sich von ihm tragen, gab es auf, ergründen zu wollen, wie viele Finger es nun waren, die an ihr spielten. Ob er vielleicht auch seine Zunge benutzte. Gelegentlich hatte sie das Gefühl, er würde es tun. Dann und wann glaubte sie, seine Lippen auf ihrem erregten Kitzler zu spüren. Auf dieser einen Stelle, die brannte und nach ihm schrie. Die explodieren würde, wenn er sie das nächste Mal berührte.

Genau in diesem Augenblick zog er sich zurück. Tony atmete schwer und brauchte einen Moment, um einen klaren Gedanken zu fassen.

»Nimm mich«, bat sie ihn keuchend und hob ihm die Hüfte entgegen. »Nimm mich. Sofort.«

»Nicht heute«, antwortete er fest und streichelte über ihren Bauch. Tony winselte und hoffte, er würde seine Worte Lügen strafen und sie doch noch zum Orgasmus bringen.

»Strafe muss sein, Julie.« Er küsste sie liebevoll auf die Stirn und strich ihr ihre verschwitzten Haare zurück. Dann nahm er ihr die Augenbinde ab. »Vielleicht erlaube ich es dir bei unserem nächsten Treffen. Wenn du dich nicht ganz so dumm anstellst wie heute.«

Beiläufig griff er nach ihrer Brust und zwirbelte die Nippel zwischen seinen Fingern. Das war genau der Tropfen, den sie jetzt noch gebraucht hatte. Der leichte Schmerz schickte eine Welle durch ihren Körper, und ihr gesamter Unterleib antwortete.

Tony stöhnte auf, als die Lust über sie hinwegfegte. Sie wand sich in seinen Armen, drückte sich an ihn und wimmerte dazwischen unverständliche Worte. Sie flehte ihn an, sie endlich zu nehmen, sie nicht alleine zu lassen – aber er hielt sie einfach nur fest.

»Wie ungehorsam von dir«, flüsterte er, als sie endlich wieder klar sehen konnte. »Ich habe es dir nicht erlaubt, meine süße Julie.«

Sie fand keine Worte, um ihm irgendetwas Sinnvolles zu erwidern. Tony konnte ihn einfach nur ansehen. Ihn. Mikael, der auf der Party so unbeschreiblich hilflos und verloren gewirkt und sie jetzt mit sicherer Hand durch dieses Erlebnis geleitet hatte.

»Ich habe dich gewarnt.« Mikael ließ sie los und legte sich auf den Rücken. Tony wünschte sich, er würde sie wieder in den Arm nehmen, so zärtlich und fürsorglich und beschützend. Offensichtlich interpretierte er ihr Schweigen falsch, denn er reagierte nicht darauf, als sie sich an ihn kuscheln wollte. »Beschwer dich nicht, wenn es dir nicht gefallen hat.«

Fishing for compliments? »Das ist dir eindeutig misslungen«, antwortete sie bissig und stand auf. Alles fühlte sich wackelig an. Ausnahmslos alles. Sie hielt sich an der Wand fest und blickte zu ihm hinab.

»Du solltest jetzt nach Hause gehen. Es ist schon verdammt spät, und ich glaube, dein Zukünftiger wartet auf dich. Wenn er nicht schon die Polizei gerufen hat.«

Die Härte in seiner Stimme war eine ganz andere als während des Spiels. Tony schluckte und tapste an der Wand entlang zu ihrer Kleidung.

»Wann kommt deine Schwester an?«, fragte sie leise, um

irgendwie diese unselige Erinnerung an Jon aus dem Raum zu vertreiben. »Vielleicht kann ich es einrichten und sie am Flughafen abholen. Als Ehemalige kann ich ihr beim Einleben besser helfen als du, denke ich.«

»Das musst du nicht.« Er sprach zu den Fenstern und klang dadurch fremd und abweisend. »Nächsten Donnerstag.«

»Dann nehme ich mir das Wochenende frei. Daddy freut sich sicher, wenn ich es mal wieder zu ihm schaffe.«

Tony ließ den Rest unausgesprochen, weil sie sich sicher war, dass er verstanden hatte. Jetzt musste er nur noch den nächsten Schritt machen.

Kapitel 6

Stella setzte sich auf ihren Schreibtisch, bevor Tony es auch nur annähernd schaffte, die Bürotür hinter sich zu schließen. Stella hielt zwei Kaffeebecher in den Händen – ein untrügliches Zeichen dafür, dass Tony erwartet worden war. »Und? Wie war dein Wochenende mit unserem Genie?«

Tony seufzte auf und bückte sich unter den Schreibtisch, um den Computer hochzufahren. »Gut«, murmelte sie und zog wahllos ein Blatt Papier unter Stellas Hintern hervor. »Du störst beim Arbeiten. Ich muss die Mails checken.«

»Du hattest deinen Morgenkaffee noch nicht«, triumphierte Stella und hielt ihr eine Tasse hin. »Schwarzer, starker Kaffee, ganz wie du ihn magst.«

»Ja, okay, er war besser, als ich dachte. Soviel zu deiner Theorie, dass er genauso schlecht fickt wie alle anderen. Das Gegenteil ist der Fall.« Tony nahm die Tasse schicksalsergeben zwischen ihre Hände. »Nächste Woche fliege ich nach Schottland, wegen seiner Schwester. Sie nimmt unser Angebot an. Ich bin gespannt auf sie. Sie heißt Gillian, aber ihre Freunde nennen sie Gilly. Ich werde sie zur Schule bringen und sehen, ob sie sich einlebt. Wird sicher spannend, die Orte unserer Jugendsünden mal wieder zu besuchen. Wusstest du, dass Miss Barrows jetzt die Leitung übernommen hat?«

Stellas hochgezogene Augenbrauen zeigten deutlich, was sie von diesem Geschwätz hielt. »Und Jon?«

»Ach, Jon. Er hat mir gestern einen Vortrag darüber gehalten, dass er es vollkommen in Ordnung findet, wenn ich mich mit anderen Männern vergnüge, aber dass er es vorher wissen will, damit er sich keine Sorgen machen muss. Damit er sich keine Sorgen machen muss!«, wiederholte sie nachdrücklich. »Wie idiotisch ist das denn bitte? Andere Männer morden, wenn ihre Frau einen anderen auch nur ansieht, und mein Zukünftiger will einfach nur wissen, wann ich mit wem fremdgehe, damit er sich keine Sorgen machen muss?«

Stella schlürfte an ihrem Kaffee und betrachtete sie für einen Moment lang schweigend. »Du siehst richtig erholt aus. Ich glaube, ich muss Mikael auch mal ausprobieren.«

»Lieber nicht. Würde dir nicht gefallen«, rutschte es aus ihr heraus, ehe sie sich klar darüber wurde, dass das nur weitere Fragen nach sich ziehen würde. Fragen, die sie unbedingt hatte vermeiden wollen. »Ich meine ...«

»Oha. Also bist du doch in ihn verknallt. Und wieso sollte ich es nicht mögen, wenn er dir offensichtlich gut tut? Gönnst du mir das nicht?«

»Stella, nein, das ist es nicht ...« Tony fuhr sich nervös durch die offenen Haare und musterte ihre hübsche Freundin eindringlich. Jetzt gab es eigentlich nur noch einen Ausweg. »Okay, weil du mich sonst nicht in Ruhe lassen wirst: Mikael steht auf SM. Ich habe mitgemacht, aus Neugier. War nicht schlecht.«

In Stellas Herzchengesicht schlich sich Unglauben. Ihre Augen quollen förmlich aus den Höhlen. »SM? Schlagen und solche Sachen? Tony, geht es dir gut?«

»Das war der geilste Fick meines Lebens. Und nein, du wirst mich nicht davon abhalten, ihn noch einmal zu sehen.« Sie nickte in Richtung der Tür. »So, und jetzt muss ich arbeiten. Wenn auch nur ein Wort diesen Raum verlässt, bist du geliefert, Stella.«

»Tony, das ist bekloppt! Wer weiß, was der Typ vorhat! Du hast doch nicht mehr alle Tassen im Schrank!« Stella sprang vom Schreibtisch und baute sich vor ihr auf. »Jetzt wirf mir nicht vor, dass ich prüde bin, Madame, das bin ich nämlich nicht. Ich will nur nicht, dass dir dasselbe passiert wie mir. Mit diesem Arsch.«

Dieser Arsch war Stellas meistbenutzte Umschreibung für ihren Ex-Freund Tom, der nach der Trennung eindeutig zu weit gegangen war. »Tom ist ein Macho, der mit der Trennung nicht klarkam. Stalking ist eine ganz andere Nummer und hat mit SM nichts zu tun«, erklärte Tony fest und deutete nachdrücklich auf die Tür. Sie fragte sich, woher sie plötzlich diese Gewissheit hatte – nach einem Erfahrungsschatz von genau einem Treffen. »Ich glaube nicht, dass Mikael so ein schäbiges Verhalten nötig hätte. Aber es ist lieb, dass du dich um mich kümmerst, wirklich, Stella. Du kannst ja heimlich auf mich aufpassen, und wenn er zu weit geht, dann weiß ich, an wen ich mich wenden muss.«

»Als ob das so einfach wäre, wenn er anfängt, irgendwelche Psychospielchen mit dir zu spielen.« Stella schüttelte den Kopf. »Aber keine Sorge, ich passe auf dich auf. Und wenn der Typ dir ein Haar krümmt, bringe ich ihn um. Sag ihm das. Mit freundlichem Gruß, Stella Fitzgerald.«

Sie schob derart resolut das Kinn nach vorne, dass Tony auflachen musste. »Süße, jetzt lass mich alleine. Wir haben eine Firma zu retten, ganz nebenbei.«

»Lennart hat Geld aufgetrieben, behauptet er.«

Zum Glück ging Stella auf den Themenwechsel ein. Denn was genau diese Affäre mit Wertinger zu bedeuten hatte, darüber wollte Tony sich lieber keine Gedanken machen.

Nicht drei Monate vor der Hochzeit mit dem Traumtypen und Collegeschwarm Jon Leister.

***

Die Zeitverschiebung machte es immer etwas schwierig, mit Danny zu sprechen. Mikael lehnte sich in seinem Schreibtischstuhl zurück und rieb sich über die müden Augen. Draußen war es stockfinster, und sogar seine Nachbarin von schräg gegenüber, die er bereits als äußerst nachtaktiv kennengelernt hatte, hatte ihre Lichter gelöscht.

Endlich klingelte das Telefon und störte den Frieden einer ruhigen Nacht. Nach nur einem Läuten nahm er ab und meldete sich.

»Das habe ich lange nicht mehr erlebt, dass man dich so schnell an der Strippe hat. Nicht mehr seit Annie. Schieß los, Kumpel«, erwiderte Danny ihm. »Wie spät ist es bei dir? Zwei?«

»Drei Uhr Nachts.« Mikael seufzte und trank einen Schluck kalten Wassers, um sich wachzuhalten und seine Stimme freizubekommen. »Macht nichts. Ich kann sowieso nicht schlafen.«

»Dich hat's ja mächtig erwischt.« Im Hintergrund hörte er, wie der Fernseher anging. Wahrscheinlich war Danny gerade erst von der Arbeit nach Hause gekommen. »Dann versuche ich mich mal als Psychodoc. Was ist das Problem? Abgesehen davon, dass sie reich ist und deine Chefin, das hatten wir schon.«

»Ich habe mit ihr gespielt. Ein wenig, nichts Richtiges. Hat ihr gefallen, glaube ich.« Mikael atmete tief durch und starrte angestrengt aus dem Fenster in den dunklen Innenhof. »Das klingt im Nachhinein alles ziemlich dämlich.«

»Psychologie ist mein zweiter Vorname, das weißt du doch.« Danny lachte leise auf. »Außerdem bin ich ja Schuld an deinem Schlamassel.«

Was in der Tat stimmte. Wenn Danny ihn damals im ersten Semester nicht überredet hätte, auf diese *abgefahrene Party*, wie er es nannte, mitzukommen, er hätte seine Neigungen wahrscheinlich weiter ignoriert. Danny war Freund, Mentor und Vertrauter gleichermaßen. Nach ihren ersten Erfahrungen in der Szene hatten sie einen Pakt geschlossen: immer aufeinander achtzugeben, und vor allem darauf zu achten, dass sie bei ihren jeweiligen Spielpartnerinnen nicht zu weit gingen. Sie wussten so gut wie alles voneinander. Danny hatte ihm bei seiner ersten Session geholfen, Danny hatte ihm sein erstes Spanking verpasst, Danny hatte seine Zweifel zerstreut.

»Ich weiß nicht, ob ich das kann. Sie macht einen auf ganz großes Luder, aber im Grunde genommen hat sie keinerlei Erfahrungen mit unserer Szene. Ich hatte bisher nur erfahrene Spielpartnerinnen«, fasste Mikael seine Gedanken zusammen.

»Aber du hast alles, was es braucht. Es hat mich sowieso immer gewundert, dass du dich selbst so eingeschränkt hast. Glaub mir, es macht verdammt viel Spaß, eine Frau durch diese Phase ihres Lebens zu begleiten.«

Mikael konnte sich Dannys charmantes Grinsen lebhaft vorstellen. »Dir vielleicht.«

»Das würde ich nicht abstreiten.« Danny pfiff eine kurze Melodie vor sich hin. »Also, noch mal von vorn und in Ruhe. Sie wirft sich an dich ran, und du bist darauf eingegangen. Weiß sie, worauf du stehst?«

»Ja, natürlich.«

»Schritt eins wäre also erledigt. Sie ist nicht schreiend weggerannt, also kannst du davon ausgehen, dass sie es zumindest ausprobieren will. Das ist ein Anfang.«

»Ein Anfang wozu?«, sprach Mikael seine Zweifel aus und stieß sich mit aller Wucht vom Schreibtisch ab. »Ich habe mich saudämlich angestellt, glaube ich. Ich habe nur Standardzeug durchgezogen. Augenbinde, ein bisschen Dirty Talk, nichts Besonderes. Nichts Einfallsreiches.«

»Das reicht doch für den Anfang. Damit hast du sie wenigstens nicht verschreckt«, erklärte Danny ruhig. »Und weiter?«

»Mir fehlt der Fahrplan. Sie kann mir auch nicht helfen, weil sie keine Ahnung von ihren Grenzen und Tabus hat. Wo soll ich anfangen?« Er hatte große Lust, jetzt aufzustehen und irgendetwas zu zerschlagen. Diese dämliche Vase vielleicht, die er sich in einem Anfall von Idiotie gekauft hatte, um seiner Wohnung einen heimeligen Anstrich zu verleihen. »Du brauchst mir nicht zu sagen, wie erbärmlich das ist. Ein Dom, der keine Ahnung hat, was er will.«

Danny schwieg einen Augenblick. Mikael hörte im Hintergrund die Stimme einer Nachrichtensprecherin. »Das ist normal, Mika. Ich würde mir eher Sorgen um dich machen, wenn du dein Ding durchziehen würdest, komme, was da wolle. Mach es wie in jeder vernünftigen Beziehung. Sprich mit ihr. Beobachte sie. Finde heraus, was ihr gefällt. Take her slow, Homie.«

Wie in jeder vernünftigen Beziehung? Mikael drehte sich auf seinem Schreibtischstuhl einmal um sich selbst, ehe er eine Antwort darauf fand. »Wir haben keine Beziehung. Sie heiratet in drei Monaten.«

»Du weißt, was ich meine. Rede dich nicht mit solchen Kleinigkeiten heraus. Weißt du, als ich Shannon kennengelernt habe, habe ich ähnliche Zweifel durchgemacht. Ich wollte nie eine Beziehung ohne SM, weil ich dann einen Teil meiner Selbst hätte verleugnen müssen. Dann lieber gar keine Beziehung.« Der Fernseher wurde leiser. Offenbar ging Danny durch das Haus – eine Vermutung, die ein leises Piepsen bestätigte. »Verfluchte Mikrowelle!« Danny fluchte noch ein wenig weiter. »So, und dann kam Shannon. Keine Ahnung von Nichts, streng christlich erzogen und all der Quatsch. Ich konnte nicht anders als sie zu verführen. Sie war skeptisch und hat um meiner Willen mitgemacht. Ich habe langsam angefangen, um sie nicht zu überfordern. Und plötzlich hat sie festgestellt, dass es ihr gefällt. Auf einmal war ich der Feigling, weil ich mir keine dauerhafte Beziehung mit SM mehr vorstellen konnte. Wie soll das auch gehen? Darling, wenn du die Kinder nicht rechtzeitig abholst, gibt es Schläge? Sorry, Kinder, wir können euch nicht zum Golfen fahren, Mummy kann nicht so lang im Auto sitzen, weil Daddy ihr gestern den Hintern versohlt hat?« Er schnaubte und riss irgendeinen Deckel auf. »Ich war drauf und dran, Shannon den Laufpass zu geben.«

»Die Geschichte kenne ich. Ich war dein Trauzeuge, sollte es dir entgangen sein. Du hast mir vorher nächtelang die Ohren vollgeheult.«

»Ja, ich weiß, ich bin doch nicht blöd. Aber, pass auf, was ich sagen will ...« Wieder piepste es im Hintergrund. Die Mikrowelle forderte Dannys Aufmerksamkeit. »Ich bin verdammt froh, dass ich mich darauf eingelassen habe, egal, was mein Verstand gesagt hat. Wir hatten eine schöne Zeit zusammen, und ich hätte meine kleine Leia nicht, was wohl das Wichtigste ist.

»Und was hat das mit mir zu tun?«

»Dass du aufhören sollst, nachzudenken, weil du sonst das Beste verpasst. Schnapp sie dir. Mach es wie sonst auch. Genieß den Augenblick, solange du kannst.« Danny warf entnervt die Tür der Mikrowelle zu. »Sag mal, Technikgenie, kannst du nicht ein Küchengerät bauen, das auch alleinerziehende, gestresste Väter bedienen können? Am besten mit einer Hand, weil sie gleichzeitig ihrem Kumpel Ferndiagnosen stellen?«

Mikael lachte leise auf, obwohl ihm gar nicht danach zumute war. »Und dann?«

»Gibt es ja auch noch mich, den Meister der strengen Erziehung. Ruf an, wenn du Hilfe brauchst.« Danny pustete über etwas und kaute dann deutlich hörbar. »Du denkst zu viel, Mika. Beherzige das, was wir jeder Sub beibringen. Es geht um den Augenblick. Um deine aktuellen Gefühle. Nicht darum, was morgen ist, oder was die Gesellschaft von uns will, oder was wir selbst von uns verlangen. Nur um dich und deine Lust.«

»Mag sein. Werden wir ja sehen.« Mikael starrte aus dem Fenster in die Dunkelheit. Er hatte Dannys Faszination für seinen Beruf nie ganz verstanden. Nach dem Studium hatte Danny den direkten Weg an die Wall Street genommen und im Investmentbanking angefangen. »Etwas ganz anderes. Könntest du für mich ein paar Nachforschungen anstellen? Unter dem Siegel absoluter Verschwiegenheit?«

»Homie, du weißt, dass du dich auf mich verlassen kannst. Ich habe noch nie was ausgeplaudert.«

»Diese Firma, für die ich arbeite – Tony hat mir anvertraut, dass sie ihr noch zwei Monate gibt. Sie brauchen Geld, scheint es. Ich würde gern wissen, wie schlimm es steht. Was sich dagegen machen lässt. Solche Sachen eben, keine Ahnung. Das ist dein Job.«

»Habe ich auch schon gehört. Sind ein ziemlicher Übernahmekandidat. Angeblich sind irgendwelche Chinesen dran, aber auch einige Konkurrenten. Nicht mein Kerngeschäft, aber ich gleise ein Projekt auf. Dann sollte ich an alle Informationen herankommen. Was willst du damit anfangen?«

»Das weiß ich noch nicht. Aber ich will wissen, woran ich bin. Tony macht immer ein Geheimnis daraus.«

»Das verspricht, interessant zu werden.« Danny drehte den Fernseher lauter. »Pass auf, Mika, ich habe noch zu tun heute. Leia verlangt gerade nach ihrem Daddy. Wahrscheinlich hat sie schon wieder Albträume. Nachdem ich die schlimmste Krise weggeredet habe, kann ich dich doch allein lassen, oder? Ruf mich an, wenn du mich brauchst. Zeig dieser englischen Lady, was guter Sex ist. Du kannst das, da bin ich mir sicher.«

»Danke, Homie.« Dass Danny sich sicher war, war eine Sache. Aber ehe Mikael sie das nächste Mal sah, musste er herausfinden, was er jetzt eigentlich genau von ihr wollte.

Wohin er sie führen wollte. Und mit welchem Ziel.

Er warf einen Blick auf den Wecker. Vier Uhr morgens. Schlafen lohnte sich sowieso nicht mehr. Also ging er an sein Bücherregal, nahm wahllos eine Lektüre heraus und setzte sich wieder an den Schreibtisch. Wenn er schon übernächtigt war, wollte er die Zeit wenigstens nutzen und sich ein wenig inspirieren lassen.

***

Eine Woche konnte lang sein. Zum Glück lenkte die Arbeit sie ab. Auch Jon betreute mal wieder irgendein wichtiges Projekt. Er hatte nicht einmal die Zeit, weiter an der Hochzeitsfeier herumzuplanen. Tony schob die unauffällige Mappe, die Stella ihr kurz vor dem Abflug in die Hand gedrückt hatte, zurück in ihre Handtasche. Darin befanden sich ausgedruckte Internetseiten, Zeitungsberichte und sogar eine Kopie aus irgendeinem Psychologielehrbuch. All diese Sachen hatten eines gemeinsam: sie betonten, wie gefährlich das Spiel war, auf das sie sich mit Mikael eingelassen hatte. Und als ob es alles nicht genug wäre, hatte Stella eine Liste mit allen Notrufnummern, Frauenhausnummern und Psychologen in der Umgebung von Glasgow angefertigt und sie vorne in die Mappe geheftet.

Eigentlich war diese Sorge rührend, aber auf eine seltsame Weise bestärkte sie Tony darin, es mit Mikael und seiner ungewöhnlichen Art zu versuchen. Es versprach einen Kick – und allein die Tatsache, dass sie unter seinen Fingern tatsächlich gekommen war, sprach für sich. Jon hatte sie noch nie befriedigen können. Und die One-Night-Stands, die sie sich ab und an gönnte, waren meistens auch eher Reinfälle.

Gemütlich schlenderte sie in die Ankunftshalle, begrüßte Ian Radleigh, den Fahrer ihres Vaters, kaufte sich einen Kaffee und setzte sich mit Radleigh in die Nähe des Ausgangs, um auf

Gillian Wertinger zu warten. Ob sie genauso war wie ihr Bruder? Tony hatte noch nicht einmal ein Bild von ihr gesehen. Oder ob sie aussah, wie man sich eine Amerikanerin eben vorstellte? Platinblond?

Das Mädchen, das schließlich auf das Schild reagierte, das Ian in die Luft hielt, war alles, nur nicht platinblond. Ihre Füße steckten in locker geschnürten Armystiefeln, darüber trug sie eine quietschbunte Strumpfhose und einen viel zu großen schwarzen Strickpulli. Ob sich irgendwo unter dem Saum des Pullis ein Rock verbarg, war nicht zu erkennen. Die schwarzgefärbten Haare hatte sie für den Flug zu einem Zopf geflochten, aber die Frisur hatte sich längst aufgelöst. Am heftigsten war jedoch ihr Make-up: dunkle Ringe um die Augen, blasse Haut und ein knallroter Mund.

Sie zog einen einzigen Koffer hinter sich her, und hatte sonst nur eine abgewetzte Handtasche dabei.

»Gillian Wertinger, Tag«, sagte sie lässig und streckte eine Hand aus. Abschätzend legte sie den Kopf schief. »Mika sagte, dass mich seine neuste Tussi abholt.«

So hat er das garantiert nicht gesagt. Tony schlug ein. »Tony Miller. Und der freundliche Herr hier ist Ian Radleigh, der Fahrer. Ist das alles, was du an Gepäck hast?«

»Mehr hab ich nich«, nuschelte sie und zuckte dann mit den Schultern. »Schlimm?«

»Ian, wären Sie so freundlich und würden das Gepäck der Dame schon mal in den Wagen bringen?« Tony schickte ihm einen warnenden Blick, ehe er mit Gillys Koffer und ihrem Kabinentrolley abzog. »Und jetzt zurück zu uns beiden, Gillian. *Tussi* ist nicht unbedingt die Ausdrucksweise, die ich hören will.«

»Mika sagte, ich soll mich bedanken, weil Sie den Spaß zahlen. Aber ich will eigentlich gar nicht da hin«, antwortete sie schulterzuckend. »Ich mach's nur wegen Jayden. Weil er sonst enttäuscht wär. Aber mein Leben ist sowieso Müll, da ändert das auch nichts mehr.«

Wenn sie gewusst hätte, dass Mikaels Schwester ein derart schwieriger Patient ist, hätte sie sich niemals darauf eingelassen. Und wer Jayden war, wollte sie wahrscheinlich gar nicht wissen. Tony setzte sich als erste auf die Rücksitzbank des Mercedes und wartete, bis Gilly es sich bequem gemacht hatte.

»Vielleicht war dein Leben bisher Müll, das kann ich nicht beurteilen, kleiner Möchtegernpunk.«

»Goth«, korrigierte sie abschätzig. »Wenn Sie wissen, was das ist.«

»Zufälligerweise, ja.« Tony gab Ian das Zeichen, loszufahren. »Selbst wenn dein Leben bisher Müll war, kannst du es jetzt ändern. Jetzt hast du es selbst in der Hand, Gilly.«

»Ich bin nich halb so schlau wie Mika. Keine Chance.« Sie drehte den Kopf zum Fenster und blicke demonstrativ hinaus.

Tony atmete tief durch, um angesichts der schnoddrigen Art des Mädchens nicht die Geduld zu verlieren. »Ist ganz praktisch. Wenn du schwarz magst, wird dir die Schuluniform gefallen. Ich denke, wir sollten dich als erstes einkleiden, ehe du so auf dem Schloss auftauchst und dich gleich unbeliebt machst. Das habe ich damals geschafft, und es hat das erste Jahr noch härter gemacht.«

»Schuluniform?«, tönte es zurück. »Mika hat nichts davon gesagt, dass es so spießig ist. Ihr Engländer seid ja noch kranker als ich dachte. Er meinte, wäre 'ne gute Schule, auf der sogar ich die Chance auf einen Abschluss hätte. 'n englischer Abschluss ist besser als keiner, oder?«

»Spießig hin oder her, das Leben ist so.« Tony hob den Fuß an, soweit es eben ging, zog die Stoffhose nach oben und deutete auf die kleine Tätowierung über dem Knöchel. »Nur weil man sich äußerlich anpasst, heißt das nicht, dass du auch so denken musst wie sie. Gillian, ich kann dich nicht dazu zwingen, diese Chance wahrzunehmen, aber ich wünschte mir, du würdest es tun.«

»Nur weil Sie meinen Bruder ficken, haben Sie mir nichts zu sagen.«

Hat er ihr davon erzählt? Hat er seiner kleinen Schwester erzählt, dass er jetzt die Tochter des Chefs fickt? Tony starrte sie überrascht an und fand keine passende Antwort.

»Keine Sorge, ich hab's nich von ihm. Es klang nur so durch, wie er den Namen gesagt hat. Sie sind auch nicht die Einzige, also bilden Sie sich nichts drauf ein. Auch wenn Sie cooler sind als Annie, glaube ich.« Gillian grinste frech und sackte dann im Sitz weiter nach unten. »Mal sehen, wie lange die auf diesem tollen Internat das mit mir aushalten. Bisher bin ich noch von jeder Schule geflogen.«

Was kein Wunder ist, so wie du dich verhältst. Tony musste lächeln, als sie sich daran erinnerte, wie Miss Barrows diesen Satz zu ihr gesagt hatte.

Gilly würde ihr Wunder erleben, und spätestens in den Sommerferien würde Mikael seine kleine Schwester nicht wiedererkennen. Darauf traute Tony sich alles zu verwetten, was sie hatte.

***

»Wieso hast du dich die ganze Woche nicht gemeldet?« Tony begrüßte Mikael mit einer Umarmung. Sie fühlte sich vollkommen aufgekratzt nach diesem Besuch auf ihrer alten Schule, wo alles war wie damals. »Du hättest mich vor deiner Schwester warnen sollen. Ziemlich frech, die Kleine.«

»Entschuldige bitte.« Mikael schob ihr den Stuhl zurecht und lächelte sie unverbindlich an. »Gilly hatte es nicht einfach. Kein Überflieger, so wie ich. Unsere Eltern hatten nie das Geld für eine anständige Schule, und du weißt sicher, wie das in den USA ist. Sie hatte nie eine Chance.«

»Jetzt hat sie eine.« *Und wieso triffst du mich in einem langweiligen Café? Du weißt genauso gut wie ich, warum ich mich mit dir treffen wollte.* Tonys Mund wurde trocken, als sie darüber nachdachte, was genau sie von ihm wollte.

Nämlich all das, was Stella als hochgefährlich brandmarkte. Fesseln. Hilflosigkeit. Ungewissheit.

»Danke, Tony.« Er begann jetzt wirklich, über alle möglichen Belanglosigkeiten zu plaudern, über die Firma, über seine Kollegen, über Glasgow, und irgendwann sogar über das Wetter.

Tony wurde immer unruhiger. Dieser Gesprächsverlauf entsprach nicht ihren Erwartungen. Überhaupt nicht. »Hör mit dem Small Talk auf«, unterbrach sie ihn schließlich. »Wieso hast du dich nicht gemeldet? Und wieso sind wir hier, und nicht in deiner Wohnung?«

Er warf einen schnellen Blick aus dem Fenster, als wollte er ihr ausweichen. »Weil ich nichts überstürzen wollte. Du hast keine Ahnung von SM, gib es ruhig zu. Ich habe dich beobachtet, als wir uns das letzte Mal getroffen haben. Es macht dich auf eine gewisse Weise an, aber du hast deine Schwierigkeiten, dich darauf einzulassen.«

»Wieso gerate ich eigentlich immer an Männer, die viel zu rücksichtsvoll sind?«, entfuhr es ihr. »Jon fickt mich nicht richtig, weil er Angst davor hat, mir wehzutun. Du meldest dich nicht mal, weil ich mich überfordert fühlen könnte. Ich weiß, was ich tue, und ich weiß, was ich will.«

»Genau das ist das Problem, Tony. Wenn du dich darauf einlässt, geht es nicht darum, was du willst. Es geht nur darum, was ich will. Du gibst mir die Verantwortung, für alles. Für dein Wohlbefinden. Für deine Lust. Für deine Orgasmen.« Er faltete die Hände ineinander. »Ich bin seit zehn Jahren etwa in der Szene unterwegs. Um ehrlich zu sein, hatte ich noch niemals eine Spielpartnerin, die unerfahren war. Ich musste mir erst selber darüber klar werden, ob ich diese Verantwortung auf mich nehmen kann.«

Spielpartnerin? Dieses Wort stieß ein Messer durch ihr Herz. Tony biss sich auf die Lippe. Was sonst erwartete sie eigentlich? Es war klar, dass niemals mehr daraus werden würde. In drei Monaten heiratete sie Jon, und Mikael würde immer nur eine Affäre bleiben. Er hatte recht damit, es so klar zu bezeichnen.

»Das ist das eine. Und das andere ist, dass ich dir die Zeit geben wollte, mit deinen Gefühlen klarzukommen. Den meisten Menschen fällt es nicht so einfach, damit umzugehen, dass sie anders sind als die Norm. Dass es sie erregt, wenn sie gedemütigt werden, wenn man sie benutzt und wenn man ihnen Schmerzen zufügt.«

Allein der Gedanke schickte eine kleine Lustwelle durch ihren Körper. Tony spürte, wie sie feucht wurde. »Keine Panik. Solange es unter uns bleibt, habe ich damit kein Problem.«

»Du musst mir vertrauen, Tony. Vollkommen. Du musst aufhören, zu denken.«

Es war nur ein Spiel. Es war alles nur ein Spiel, das sie jederzeit beenden konnte. Es war ein Spiel, das ihr ihren ersten richtigen Orgasmus seit langem beschert hatte, den sie sich nicht selbst geschenkt hatte. »In Ordnung.«

»Ich werde deine Grenzen verletzen, Tony. Es ist eine Gratwanderung, für dich wie für mich. Ich muss dich kennenlernen, ehe ich mit dir spiele.«

Sie blickte geradewegs in seine blauen Augen. Offensichtlich war er ein genauso rationaler Typ wie sie. Er musste alles vorher klären, jedes Detail festmachen und über alles die Kontrolle behalten. »Das ist mir klar. Ich weiß im Prinzip, worum es dabei geht. Ich habe ein wenig dazu gelesen.«

»Ich verspreche dir, dass du es bald nicht mehr so leicht

nehmen wirst.« Er legte einen Geldschein auf den Tisch und stand auf. »Wenn du bereit bist, dich wirklich darauf einzulassen, dann komm mit. Und ich warne dich – das, was wir in London getan haben, war nur ein klitzekleiner Vorgeschmack.«

Ohne zu zögern stand sie auf und folgte ihm hinaus, zu seinem Wagen. Er öffnete ihr galant die Tür auf der Beifahrerseite und schlug sie danach so heftig zu, dass ein Ruck durch den Wagen ging.

Der Knall ging durch ihren ganzen Körper. Obwohl er nichts weiter getan hatte als eine Autotür zuzuwerfen, fühlte sie sich ihm vollkommen ausgeliefert.

Wie zur Hölle machte Wertinger das?

***

Sie hatten die Stadtgrenze kaum hinter sich gelassen, als er einen kleinen Parkplatz ansteuerte. Tony presste die Lippen aufeinander und bemühte sich darum, aus dem Fenster zu schauen. Möglichst unbeteiligt.

»Ich werde dich jetzt an einen Ort bringen, an dem wir ungestört spielen können. Ziemlich elegant, alles vorhanden, was das Herz begehrt, und diskret. Ich habe mit der Chefin gesprochen und ihr gesagt, dass ich heute möglicherweise mit einem absoluten Neuling vorbeikomme. Lady Alexa war so nett, uns ein Separee zu reservieren.«

Sollte dieses Geplapper dazu dienen, sie zu beruhigen? Tony wollte ihn schon anfahren, endlich die wirklich wichtigen Dinge in Angriff zu nehmen – ihren nächsten Orgasmus, beispielsweise.

»Weißt du, was ein stiller Alarm ist?«

Überrascht schüttelte sie den Kopf.

»Hast du jemandem, dem du vertraust? Wenn ja, dann will

ich, dass du denjenigen jetzt anschreibst. Mach eine Uhrzeit und ein Codewort mit ihm aus. Wenn du dich wohlfühlst, rufst du zu dieser Zeit an und sagst dieses Codewort. Wenn du dich nicht meldest oder das Wort nicht sagst, sollte derjenige bereit dazu sein, die Polizei zu rufen.«

Sein klarer Blick duldete keinen Widerspruch. Irgendwie leuchtete ihr der Zweck dieser Sache nicht ganz ein. Dennoch griff Tony nach ihrem Handy und schickte Stella eine kurze Textnachricht. Es war albern! Was sollte ihr schon passieren?

»Ich will, dass du dich fallen lässt und nicht in Panik ausbrichst, weil ich Dinge mit dir tue, die dein Verstand vielleicht ungewöhnlich findet. So kannst du sicher sein, dass ich nicht zu weit gehe. Ich habe nämlich zufälligerweise keine Lust auf ein Treffen mit der Polizei.« Mikael zwinkerte ihr verschwörerisch zu, als sie das Handy zurück in ihre Handtasche schob. »Regel Nummer eins kennst du ja bereits. Die Sklavin tut nur das, was ihr Herr ihr befiehlt. Regel Nummer zwei lautet, dass du niemanden anblickst, wenn er es nicht von dir verlangt, und dass du nur dann sprichst, wenn ich es dir erlaube. Verstanden?«

Sie nickte, ehe ihr Verstand gegen diese Regeln aufbegehren konnte.

»Belassen wir es für heute bei der dritten Regel: Wenn wir spielen, trägst du dieses Halsband. Immer.« Er griff auf die Rücksitzbank, schob seine Jacke beiseite und holte ein schwarzes Lederhalsband hervor. Die Schnalle war dezent, kaum zu sehen, und auch ansonsten war es schmucklos. »Es sei denn, ich befehle etwas anderes, natürlich. Nur falls du wieder auf die dumme Idee kommen solltest, meine Befehle in Frage zu stellen.«

Sein Tonfall war ruhig, obwohl in seinen Augen die Ironie aufblitzte. Er legte das Band vorsichtig auf ihren Schoß und blickte sie ruhig an. Tony kniff misstrauisch die Augen zusammen. Das Lederband war wirklich unauffällig; wahrscheinlich konnte man es sogar abends tragen, ohne dass es in der Öffentlichkeit wirklich auffiel.

Sofort waren wieder Bilder in ihrem Kopf. Mikael und sie, bei einem schicken Italiener, wie jedes andere frisch verliebte Paar. Er in einem legeren Anzug, sie in einem dezenten Cocktailkleid, mit Perlenkette, Perlenohringen, Hochsteckfrisur. Und diesem Halsband. Niemandem, der ihr nicht zu nahe kam, würde auffallen, dass es aus Leder war. Ihr Mund war belegt, als sie die Schnalle öffnete.

Es konnte nicht sein. Mikael und sie waren kein frisch verliebtes Paar, sie spielten, das war alles. Keine Abende beim romantischen Italiener. Keine Gefühle. Nur Sex.

Ihre Hände zitterten. Sie hatte Mühe damit, ihre Haare nach oben zu halten, das Band um den Hals zu legen und den Verschluss wieder zuzufingern. Er betrachtete sie dabei mit Engelsgeduld, mit einem gleichgültigen Gesichtsausdruck.

»Das geht das nächste Mal besser.« Er klang beruhigend und drohend zugleich. »Du hast gezögert, Julie. Das macht noch mal zehn Schläge, zusätzlich zu den zehn, die ich dir in London versprochen hatte.«

Schläge? Dieses Wort rief ein Zucken in ihrer Spalte hervor. Ihr Verstand schrie sie an, sofort aus diesem Auto auszusteigen, dieses Halsband abzunehmen und diesen verrückten Typen seine Spiele mit anderen Frauen spielen zu lassen.

Der Rest ihres Körpers befahl ihr, dazubleiben, seine Führung zu genießen und die Verantwortung für alles an ihn abzugeben. Für absolut alles.

»Noch eines.« Er startete den Wagen wieder. »Ich halte wenig davon, mich von dir mit Sir anreden zu lassen. Ich fand es schon immer ein wenig albern. Aber ein wenig Respekt muss sein, meinst du nicht, kleine Serva?«

Sie nickte, was ihn zu einem maliziösen Lächeln verführte.

»Du antwortest mir klar und deutlich, wenn ich dich etwas frage. Egal was ich frage, und ohne Zögern.«

»Ja, doch«, hörte sie sich selbst sagen, und ärgerte sich über ihre brüchige Stimme. Es musste an dem Halsband liegen, das genau über ihrem Kehlkopf lag und ihr die Luft abschnürte.

»Wie schön, dass wir uns einig sind.« Er bog von der Überlandstraße auf einen schmaleren, aber geteerten Feldweg ab. »Wie wäre es also mit ... Master?«

Ihre Lippen zitterten. »Ja«, hauchte sie.

»Das heißt: Ja, Master.« Ein Lächeln glitt über sein Gesicht. »Alle anderen sind für dich Sir oder Lady, wenn sie es nicht anders verlangen. Und keine Sorge, Lady Alexa weiß, dass das für dich neu ist. Sie werden jedenfalls am Anfang über kleinere Fehler hinwegsehen.«

Was tat sie hier eigentlich? Sie war hier aufgewachsen. In diesem Etablissement – Club – was auch immer, konnten alte Jugendkumpel sein. Ehemalige Klassenkameraden. Mitarbeiter ihres Vaters. Irgendein Typ von der Presse. Tonys Herz schlug schneller. »Mikael, ich weiß nicht, ob das eine gute Idee ist«, wagte sie sich vor. »Ich meine, man kennt mich hier, und außerdem ...«

»Außerdem habe ich dich nicht angesprochen, richtig? Julie, du legst es darauf an. Für deine Frechheit gebe ich dir die Wahl. Entweder noch einmal zwanzig Schläge – oder insgesamt zwanzig, allerdings nicht mit der Hand, sondern mit der Reitgerte.«

Ihr Verstand wollte widersprechen. Sie blickte ihn von der Seite her an. Er konzentrierte sich vollkommen auf das Fahren und klang unbeteiligt. Sein fein geschnittenes Gesicht zeigte keinerlei Emotion.

»Darf ich aus deinem Schweigen schließen, dass du dich nicht entscheiden kannst?«

In ihrem Unterleib zog es sich kalt zusammen. »Mikael, ich weiß nicht …«

»Du kannst jederzeit aussteigen«, erklärte er ruhig, bremste vor einer Hügelkuppe ab und drückte einmal kurz auf die Hupe, um ganz sicherzugehen. Diese übertriebene Vorsicht malte ein Grinsen in Tonys Gesicht und lenkte sie für einen Augenblick von ihren Gedanken ab. Nur Ausländer und Touristen fuhren so vorsichtig.

Nach dem Hügel bog er schon wieder ab.

»Dann muss ich wohl für dich entscheiden, wenn du es nicht kannst. Dann werden wir beides nehmen.«

Sie biss die Lippen aufeinander und klammerte sich seitlich am Autositz fest. Hatte er das von Anfang an beabsichtigt? Was zur Hölle hatte er vor? Und wieso – wieso erregte sie diese Vorstellung?

Hinter einer Hecke erreichten sie einen ziemlich unauffälligen Hof. Das Haus war vielleicht etwas größer als die meisten Häuser in der Umgebung von Glasgow, aber es fügte sich gut ein in die raue Landschaft.

»Was hast du denn erwartet? Ein finsteres Schloss mit einem noch dunklen Verließ?«

Warum las er nur ihre Gedanken? Tony kaute nervös auf ihrer Unterlippe herum. Stella hatte wahrscheinlich recht, wenn sie darüber nachdachte.

»Komm endlich!« Unbemerkt hatte er die Beifahrertür geöffnet. »Hör auf, zu denken.«

Unsicher stieg sie aus. Mit ihren Stöckelschuhen stellte der grobe Kies des Hofes ein ernstes Hindernis dar, aber Mikael hatte seinen Arm unter ihren geschoben, noch bevor sie das wirklich realisiert hatte. Er führte sie durch eine niedrige, zweiflügelige Eingangstür, die wirkte, als stammte sie direkt aus dem 19. Jahrhundert. Der Flur dahinter wirkte fast heimelig, wären die vollkommen blanken Steinwände nicht gewesen.

Eine Frau mittleren Alters trat aus einem Gang und lächelte ihnen freundlich zu. Tony fühlte sich sofort willkommen, als besuchte sie alte Freunde. Diese Frau hatte gar nichts Bedrohliches an sich, eher etwas Mütterliches. Sie trug einen bodenlangen, wallenden Rock und eine schlichte, schwarze Bluse. Ihre braun gefärbten Haare trug sie offen über den Rücken.

»Mika, Schätzchen!« Sie breitete ihre Arme aus und umarmte ihn. »Ich habe schon darauf gewartet, dass du endlich ankommst.«

Tony hatte alle Mühe, das Gesicht nicht zu verziehen, als sie ihn *Schätzchen* nannte. Das trug nicht gerade dazu bei, seine Autorität zu unterstreichen.

»Lady Alexa.« Er lächelte und schaffte es nur mit Mühe, sich aus ihrer Umarmung zu lösen. »Darf ich dir meine neue Spielpartnerin Julie vorstellen? Ich muss dich nicht daran erinnern, dass sie frisch dabei ist, oder?«

Alexa drehte sich zu ihr und streckte eine Hand aus. »Nein, das haben wir ja besprochen. Ich finde es süß, dass du dich darum sorgst, wirklich.«

Diese offene Begrüßung verunsicherte Tony noch mehr. Sie konnte sich beim besten Willen nicht vorstellen, dass diese Frau dominant war. Eher eine gute Seele für alles. Unsicher erwiderte sie den Händedruck.

»Tony …«, begann sie und erinnerte sich daran, dass Mika sie gerade anders vorgestellt hatte. »Julie Miller. Wie schön, Sie kennenzulernen.«

Ihre Unsicherheit wuchs, als beide, Mikael und Alexa, über ihre Worte einfach hinweggingen. »Mary lässt übrigens anfragen, wann du wieder Zeit für sie hättest, Mika-Schätzchen. Du hast sie ziemlich beeindruckt, scheint mir.«

Mikael grinste und schüttelte den Kopf. »In der nächsten Zeit wohl nicht. Bedauerlicherweise. Richte Mary meine besten Grüße aus, es liegt nicht an ihr.«

»Ah ja, die junge Liebe.« Alexa lächelte versonnen. »Dann will ich dich nicht länger aufhalten, Mika. Und du, Kindchen, komm ruhig zu mir, wenn du irgendetwas brauchst. Trost, Zuspruch, was auch immer. Ich muss wieder, fürchte ich. So gerne ich noch eine Weile mit euch beiden Hübschen geplaudert hätte.«

Mikael drängte Tony in den Gang, aus dem Alexa gekommen war. Tony warf einen schnellen Blick über die Schulter.

»Sie nennt dich Schätzchen? Das ist ja lächerlich«, flüsterte sie aufgeregt und vergaß darüber, dass er ihr verboten hatte, zu sprechen. »Und wer ist sie eigentlich? *Lady* Alexa, meine ich.«

Er öffnete eine Tür und stieß sie unsanft in den Raum. Das eisige Blitzen in seinen Augen schickte einen Schauder über ihren Rücken. »Ich hielt dich für klüger, Tony. Du willst es nicht begreifen, oder?«

»Oh, entschuldige.« Sie wollte sich zu ihm umdrehen und ihn darum bitten, endlich das Licht anzumachen. Nur eine einzelne Kerze stand auf einem kaum sichtbaren Tisch.

Seine Hand in ihrem Nacken hinderte sie daran. »Lass dich nicht täuschen. Lady Alexa ist härter, als sie wirkt. Viel härter. Wenn du es nicht glaubst, erlaube ich ihr vielleicht, einen Abend mit dir zu spielen.«

Irgendetwas an seinem Tonfall sagte ihr, dass er es ernst meinte. Tony schloss die Augen, obwohl es schon so finster genug war.

»Kannst du nicht das Licht anmachen?«, bat sie schließlich leise. »Das ist unheimlich.«

»Ist es das?« Er lachte höhnisch auf. »Und ich dachte immer, es wäre Frauen lieber, wenn das Licht aus ist.«

»Manchmal.« Unsicher faltete sie ihre Hände vor dem Bauch zusammen. Worauf wartete er eigentlich? Die Hand in ihrem Nacken sagte ihr deutlich, dass er auf irgendetwas wartete. Sie ging die Regeln durch, die er ihr gesagt hatte. »Oh, und entschuldige, dass ich sie nicht mit Lady angesprochen habe. Das habe ich ganz vergessen.«

»Schluss damit, Julie.« Er schob sie weiter in den Raum, auf die Kerze zu. »Du hast nur Fehler begangen, einen nach dem anderen. Du hast sie angesehen. Du hast sie falsch angesprochen. Du redest, ohne gefragt zu werden. Ich freue mich darauf, dich irgendwann an Lady Alexa weiterzugeben, damit sie dich dafür bestrafen kann.«

Sie stieß mit den Oberschenkeln gegen die Tischkante. Er drängte sich von hinten gegen sie. Tony konnte durch den Stoff hindurch spüren, dass er erregt war. Sein steifer Schwanz drängte sich gegen ihre Pobacken. Ihr Herz klopfte schneller.

Mikael packte ihre Arme und zog sie auf den Rücken. Etwas Seidiges berührte ihre Haut. Sie versuchte herauszufinden, was es war – und stellte dann fest, dass sie ihre Arme nicht mehr bewegen konnte. Sie zog leicht an den Fesseln, was er mit einem leisen Lachen quittierte.

»War es nicht das, was du dir gewünscht hast? Mir hilflos ausgeliefert zu sein, nicht zu wissen, was genau dich erwartet?«, flüsterte er in ihr Ohr. Sein heißer Atem strich ihren Hals entlang.

Plötzlich biss er ihr in den Nacken, nicht fest, eher spielerisch. Tony stöhnte auf und streckte den Rücken durch. Mikael hatte recht damit, das war genau das, was sie sich manchmal wünschte. Sofort verbot sie sich diesen Gedanken. Das war völlig absurd!

»Antworte mir endlich.«

Der harte Klang seiner Stimme durchdrang die Dunkelheit. Er drückte ihren Oberkörper nach vorn, in Richtung der Kerze. Tony keuchte auf, als ihre offenen Haare nach vorne fielen und nur wenige Zentimeter von der Flamme entfernt in der Luft hingen.

»Ja, Master«, antwortete sie zögerlich. Es jagte einen Kälteschauder durch ihren Körper, ihn so anzusprechen. »Das tut es.«

»Sehr schön.« Er zog an den Seilen, die ihre Arme auf dem Rücken hielten. Es schmerzte in den Schultern. »Ich verlange von dir, dass du erst dann kommst, wenn ich es dir ausdrücklich erlaube. Vorher will ich nichts hören – kein Betteln und Flehen, nichts. Hast du das verstanden?«

»Ja, Master.« Wenn sie an das kunstvolle Spiel seiner Zunge dachte, würde es gar keine so leichte Aufgabe werden. Er wusste, wie man eine Frau behandeln musste, um sie zum Orgasmus zu treiben. Nicht so wie Jon.

Die Hand in ihrem Nacken schob ihren Oberkörper weiter nach vorne. Tony schloss die Augen, weil die Helligkeit der Flamme schmerzte. Sie erwartete jeden Moment, verschmortes Haar zu riechen. Sollte sie ihn darauf hinweisen? Dass er ihre Haare zurückstreichen sollte?

Sie öffnete die Lippen, gerade in dem Moment, in dem er zärtlich über ihren Kopf strich. »Lass dich fallen, Tony«, flüsterte er beinahe zärtlich. »Du gehörst jetzt mir, und egal, was du tust, du wirst mich an nichts mehr hindern können. Es spielt keine Rolle.«

Ihre Lippen bebten bei diesem Gedanken. Als er sie noch weiter nach vorne drückte, wollte sie wirklich protestieren. Gerade vor ihr stand diese verdammte Kerze. Sie würde sich noch daran verbrennen!

Ein Klaps auf ihren Hintern lenkte sie von diesen Gedanken ab. »Bleib so.«

Seine Stimme duldete keinen Widerspruch. Tony bildete sich ein, einen Luftzug auf ihrer Haut zu spüren. Das schlichte Etuikleid, das sie für diesen Abend gewählt hatte, war eindeutig zu kalt für ein altes Steingemäuer.

Er schob das Kleid nach oben und strich mit beiden Händen über ihren Hintern. »Die Beine etwas auseinander.«

In der vornübergebeugten Haltung war es gar nicht so leicht, die Beine auseinander zu bekommen. Geduldig blieben die Hände auf ihrem Hintern liegen. »Und kein Wort«, erinnerte er sie.

Tony keuchte auf. Seine Finger strichen ihre Pospalte entlang. Ohne Vorwarnung griffen sie zwischen ihre Beine. Hart drang ein Finger in sie ein, einfach so und ohne weitere Spielchen.

»Sieh an, meine kleine Sklavin ist geil auf mich.« Der Finger bewegte sich ein paarmal in ihr hin und her, und zog sich dann genauso schnell zurück, wie er gekommen war. Nur einen Augenblick später spürte Tony einen Finger auf ihren Lippen. Sie roch ihren eigenen Duft und spürte ihre Feuchtigkeit. »Das zumindest muss ich dir nicht mehr beibringen. Wenn ich mit dir spiele, erwarte ich, dass du jederzeit bereit für mich bist.«

Der Finger bahnte sich seinen Weg zwischen ihre Lippen. Tony biss die Zähne aufeinander. Stella und sie hatten es irgendwann einmal im Rausch der Gefühle ausprobiert, aber irgendwie hatte sie es immer befremdlich gefunden, sich selbst zu schmecken. Und erregend. Jon würde es als pervers bezeichnen.

Die andere Hand streichelte ihren blanken Hintern. »Es ist gut für dich, dass du dich zumindest an die Anweisung gehalten hast, keine Unterwäsche anzuziehen. Alles in allem macht das das Bild etwas besser. Aber ich denke nicht, dass dich das vor einer ordentlichen Züchtigung bewahrt.«

Der Finger verschwand von ihren Lippen. Tony hielt unbewusst den Atem an. Was hatte er jetzt vor? Sie kannte ihn kaum, und sie hatte keine Ahnung von der Art von Sex, die er bevorzugte. Auf was für einen Unsinn hatte sie sich eingelassen? Stella hatte so verdammt recht gehabt!

Ein Schlag traf ihre rechte Pobacke. Sie atmete scharf ein und hielt die Luft an. Jeder Muskel spannte sich an, erwartete den nächsten Schlag. Abwechselnd prasselte es auf ihre Pobacken, so schnell, dass sie bald zwischen den einzelnen Schlägen nicht mehr unterscheiden konnte. Ein Brennen breitete sich auf ihrer Haut aus, das langsam ihren Rücken nach oben und die Schenkel nach unten kroch. Selbst dort, wo er sie nicht berührte, fing ihre Haut Feuer.

Tränen stiegen in ihre Augen, nicht, weil es schmerzte, sondern weil sie sich für diese Demütigung schämte. Er schlug sie, und selbst wenn es niemand je erfahren würde, sie würde es doch immer wissen. Er schlug sie, weil sie seinen Regeln nicht gehorchte.

Und das Schlimmste daran war, dass sie Erregung in sich aufsteigen spürte. Sie fühlte, wie ihre Brustwarzen sich unter dem Sommerkleid aufstellen, wie Gänsehaut sich auf ihrem ganzen Körper ausbreitete, wie es in ihrer Scham pochte. Obwohl alle ihre Empfindungen sich auf das Brennen konzentrierten, war es doch ihr Unterleib, in dem sich die ganze Spannung anzusammeln schien.

Selbst als er aufhörte und dem Geräusch nach einen Schritt zurücktrat, wuchs diese Erregung weiter an. Ob er sie jetzt nehmen würde? Ob er seine Drohung wahr machen würde und die Reitgerte für die nächsten Schläge nehmen würde?

»Wie viele Schläge waren das, Sklavin?«

Seine Stimme drang durch die Watte ihrer Gefühle. Sie fuhr sich hektisch mit der Zunge über die Lippen und schmeckte salzige Tränen. »Ich weiß nicht.«

»Dann wirst du in Zukunft laut zählen. Jeden einzelnen Schlag. Und für jedes Mal, wenn du dich verzählst, fange ich von vorne an.«

Von vorne? Schon jetzt spannte ihre Haut, als würde sie jeden Augenblick zerreißen. Sie zitterte, wegen der unnatürlichen Haltung, wegen der Demütigung, wegen der Gefühle, die er damit in ihr weckte.

»Vierzig. Der erste Teil deiner Strafe. Du hast dich gut gehalten.«

Sie saugte sein Lob auf, als wäre es süßer Wein. Also hatte sie es gut gemacht, obwohl sie keine Ahnung hatte? Tony seufzte erleichtert auf.

»Übrigens bedankt man sich normalerweise für die Züchtigung, Julie. Ehrerbietig.«

Erwartete er eine Antwort von ihr? Es war keine Frage gewesen, und eigentlich war es ihr verboten, zu sprechen. Unsicher drehte sie den Kopf zur Seite, aber er stand so hinter ihr, dass sie ihn nicht sehen konnte.

Seine Hände legten sich auf die brennende Haut ihres Hinterns. Sanft zog er ihre Pobacken auseinander. Sein Daumen glitt dazwischen, umkreiste sanft ihre Rosette. »Ich könnte deinen wunderschönen, verführerischen Arsch ficken, Julie. Was meinst du, soll ich es tun?«

Sein Daumen klopfte auf die empfindliche Haut, während die Hände weiter auf den brennenden Pobacken lagen. Sie wusste gar nicht, welchem dieser Gefühle sie zuerst nachgeben sollte. Langsam erst dämmerte ihr, was er meinte. Sie wollte ja sagen, schämte sich dafür, wollte widersprechen, und wusste, dass das nicht die Antwort war, die er erwartete.

»Hat dich schon einmal jemand auf diese Weise genommen?«

Er erwartete eine Antwort. Ihre Gedanken rasten. Manchmal – ganz selten – hatte sie davon geträumt. Sie hatte davon geträumt, wie es wäre, wenn sich mehrere Männer gleichzeitig an ihr bedienten. Wenn sie nur noch dalag, und sich um gar nichts mehr kümmern musste. Wie es wäre, wenn diese Männer sogar das letzte Tabu brachen. Aber Träume waren etwas ganz anderes, als es wirklich in die Tat umzusetzen. »Nein, Master.«

Sie spürte seinen Schwanz an ihrem Oberschenkel, warm

und steif und vor allem leicht feucht. Er musste Gleitgel verwendet haben, wo auch immer er das in diesem dunklen Raum gefunden hatte. Diese Erkenntnis durchzuckte sie wie ein Blitz. Es gab nur einen Grund, das zu tun, denn ihre Spalte war so feucht wie lange nicht mehr. Er wollte doch nicht ernsthaft diesen Abend auf diese Weise beginnen?

»Würde es dir gefallen?« Sein Daumen drückte gegen die Muskeln, hart und besitzergreifend. Wenn er es wollte, er würde es sowieso tun. Niemand in diesem Haus würde auf Schreie reagieren, da war Tony sich sicher. Sie konnte sich nicht gegen ihn wehren, nicht mit der Kerze auf dem Tisch und den gebundenen Händen.

»Ja«, antwortete sie schließlich leise und kaum hörbar. Dieser Klumpen von Erregung zog sich dabei weiter zusammen. Wie kam sie eigentlich dazu, ihm solche Dinge anzuvertrauen?

»Ich verstehe dich nicht, Sklavin.«

»Ja, Master.« Ihre Stimme brach. Sie verstand nicht, was mit ihr los war. Alles, was zählte, war dieses Pulsieren in ihrem Schoß, das immer stärker wurde, je länger sein Daumen um ihre Rosette kreiste.

Sein Schwanz näherte sich ihrer Pospalte. Er strich nahezu sanft über die brennende Haut. Provozierend bewegte er sich zwischen ihren Pobacken auf und ab. Tony erwischte sich dabei, wie sie schon wieder Luft anhielt, und wie sie halb hoffte und halb fürchtete, er würde es wirklich tun.

Dann stieß er wirklich in sie, kräftig und ohne lange auf sie Rücksicht zu nehmen – allerdings nicht in ihren Hintern, sondern zwischen ihre feuchten Schamlippen. Tony stöhnte, als er unbarmherzig immer tiefer in sie eindrang, ohne ihren Gefühlen irgendeine Beachtung zu schenken. Seine Bewegungen waren schnell und fordernd, er nahm sich das, was er von ihr wollte. Es interessierte ihn überhaupt nicht, ob sie dabei auch

Lust empfand. Diese Erkenntnis war unwahrscheinlich befreiend – er erwartete nichts von ihr, nur, dass sie bereit für ihn war.

Seine Hüften schlugen gegen ihre Pobacken und verstärkten damit das Brennen, das seine Hände hinterlassen hatten. Er gab den Rhythmus vor, in dem sie sich bewegten. Eine Hand umklammerte ihren Nacken und drückte sie nach vorne. Tony zischte auf, als sie die Hitze der Kerze spürte, doch er hielt in der Bewegung inne. Heiß flackerte es auf ihrer verschwitzten Haut, auf ihren Wangen. Sie hatte sich verschätzt: Es war ihr Gesicht, das auf die Flammen treffen würde, nicht ihre Brust, wenn sie nach vorne sackte und ihre Haltung verlor. Sie verdoppelte ihre Anstrengung darin, sich gegen seine Hand zu wehren und sich wenigstens ein wenig aufzurichten. Er antwortete mit einem ungehaltenen Knurren.

Die andere Hand suchte sich gewaltsam den Weg über ihren Ausschnitt zu ihren Brüsten. Das Etuikleid war im Nachhinein wirklich keine gute Wahl gewesen, denn es lag viel zu eng an, um ihm große Bewegungen zu erlauben. Seine Finger schafften es trotzdem, bis zur ihren Brüsten vorzudringen. Sie bohrten sich rund um ihre Nippel, griffen in ihre Weichheit und schickten schmerzhafte Nadelstiche durch ihren Körper.

Seine kraftvollen Stöße gingen geradewegs durch sie hindurch. Tony merkte, wie die angesammelte Erregung sich ihren Weg suchte. Ihr Körper schrie nach Erlösung, obwohl sie sich nicht erklären konnte, wie sie nach so einer demütigenden Behandlung überhaupt an Lust denken konnte. Mikael kümmerte es nicht. Er nahm sich das, was er brauchte. Sie konzentrierte sich auf seinen Schwanz, der immer tiefer in sie drang, auf den schnellen Rhythmus, mit dem er in sie stieß.

Deutlich wie nie zuvor nahm sie wahr, wie sein Glied sich noch mehr aufrichtete. Die Zuckungen wurden wilder. Die eine Hand umklammerte ihre Brust, während die andere sie wieder in Richtung der Kerze drückte. Seine Hüften trafen laut klatschend auf ihre.

Tony stöhnte laut auf, als er endlich kam. Sie konnte sich nicht dagegen wehren. Ihre eigene Erregung spülte über sie wie eine plötzliche Welle, unvorhersehbar und so heftig, dass es ihr beinahe die Füße wegzog. Ihre zittrigen Knie wollten sie nicht mehr tragen, aber sein Schwanz hielt sie aufrecht.

Sein Glied, das immer noch tief in ihr steckte, bewegte sich langsamer als zuvor, aber nicht weniger fordernd. Sie umschloss ihn, drängte ihn dazu, weiterzumachen. Sie wollte nicht nur diesen kleinen, gestohlenen Orgasmus, sie wollte mehr.

Sie wollte von ihm um den Verstand gebracht werden.

Mikael jedoch zog sich wortlos aus ihr zurück und ließ sie mit diesem Wunsch alleine. Die Spannung an ihren Schultern ließ nach, als er die seidigen Fesseln löste. Er drehte sie herum und setzte sie auf den Tisch. Tony starrte ihn mit großen Augen an. Die Gefühle überschwemmten sie. Wieso hatte sie das getan? Wieso erregte es sie, wenn er sie auf diese Weise behandelte, wenn er sie fickte, wie er es wollte?

Er nahm sie fürsorglich in seine Arme. »Ich habe dir doch verboten, zu kommen, meine aufmüpfige Sklavin.« Zärtlich küsste er ihren Scheitel. »Eigentlich sollte ich dich dafür auch bestrafen, oder? Was meinst du, wie viele Schläge sollen es dafür sein?«

Das ironische Funkeln in seinen Augen nahm den Worten die Schärfe. Tony kuschelte sich an ihn und genoss die Stärke, die er ausstrahlte. Ihm war es vollkommen gleichgültig, was sie empfand, darum spielte es auch keine Rolle, ob sie kam oder nicht. Sie musste nicht perfekt sein. Sie musste überhaupt nichts denken, war für nichts verantwortlich, solange er die Führung übernahm. »Ich erinnere mich düster an zwanzig Schläge mit der Reitgerte«, flüsterte sie aufgeregt.

»Die habe ich nicht vergessen, Sklavin. Aber ich denke, nur

mit langweiligen Peitschenschlägen kommen wir bei dir nicht weiter. Ich muss mir etwas anderes einfallen lassen.«

Tony schluckte, weil unter den zärtlich gesprochenen Worten die Drohung deutlich wurde. Es war nur ein Spiel, aber eines, das er durchaus ernst nahm.

Seine Hände glitten unter ihre Pobacken. Er zog sie nach vorne an die Tischkante. Ganz von selbst legten sich ihre Beine um seine Hüfte und drückten ihn an sich.

»Du bist umwerfend«, flüsterte er und rieb sich an ihrer feuchten Spalte. Langsam richtete sich sein Schwanz wieder auf. »Führ ihn dir ein, Julie.«

Seine Stimme genügte, um Gänsehaut auf ihrem Rücken hervorzurufen. Sie streichelte über sein wunderschönes Glied, spürte ihre eigene Feuchtigkeit und seinen Samen. Langsam und genüsslich sank sie auf seinen Schwanz. Seine Hände hoben sie leicht an, halfen ihr dabei, drückten sie enger an sich.

Seine Stöße waren sanfter als zuvor. Seine Nähe war betörend. Tony ließ sich von ihm festhalten, während er sie ganz zärtlich nahm. Der gestohlene Orgasmus hatte bei weitem nicht ausgereicht, um ihre Lust zu stillen. Die Erregung baute sich dieses Mal langsamer auf, deswegen aber nicht weniger stark. Ihr Kitzler rieb sich an seiner Haut. Kleine, elektrische Wellen zuckten durch sie hindurch. Seine Finger lagen einfach nur auf ihren Pobacken, verstärkten dort das Brennen, das er vorher entfacht hatte.

Alle ihre Muskeln schienen sich zusammenzuziehen, als der nächste Höhepunkt über sie kam. Das Zucken in ihrem Unterleib wurde immer stärker und fester, bis sie sich nicht länger zurückhalten konnte. Sie biss in seine Schulter, um die Anspannung loszuwerden. Ihr unterdrücktes Stöhnen brachte ihn dazu, sie noch etwas mehr anzuheben. Sein Schwanz bohrte sich noch tiefer in sie hinein.

Er kam kurz nach ihr. Sie spürte jeden seiner Stöße, als

würde er geradewegs in ihr Herz stoßen. Sein schneller Atem und sein Herzschlag verrieten seine Erregung. In seinen Augen lag ein stolzes und sehnsüchtiges Funkeln.

Tony kuschelte sich an seine starken Schultern und genoss den Halt, den er ihr gab.

Sie brauchte lange, bis sie wieder sprechen konnte und ihr Atem sich beruhigt hatte. »Sehen wir uns morgen Abend?«

»Wenn du willst.« Er nannte ihr seine Adresse und strich einmal durch ihre verschwitzten Haare. »Komm einfach vorbei, wann immer es dir passt. Ich bin kein Kochgenie, aber wir können uns Pizza liefern lassen. Oder indisch. Oder was immer du willst.«

Sie wollte ihn. Aber das würde sie jetzt nicht sagen. Tony lächelte. »Du wirst dir schon etwas einfallen lassen. Aber jetzt muss ich erst Stella schreiben. Nicht, dass sie sich zu viele Sorgen macht.«

***

Am nächsten Tag begrüßte Mikael sie mit einer knappen Umarmung an der Eingangstür und führte sie in seine Wohnung. »Wie war es bei deinem Vater?«

»Schön, wie immer. Daddy hat sich sehr gefreut, dass ich einen ganzen Nachmittag Zeit für ihn hatte.« Tony bemühte sich darum, ihn nicht zu offensichtlich neugierig anzusehen, seinen Duft nicht zu tief einzuatmen und seine Nähe nicht zu suchen. Bei jeder Bewegung spürte sie die Nachwirkungen des letzten Abends, und in seiner Nähe schien sich das Brennen noch zu verstärken.

»Danke, dass du hergekommen bist. Ich finde es hier schöner als in irgendeiner Bar.«

»Gemütlich.« Tony drehte sich einmal um sich selbst, um das Appartement ganz zu sehen. Viel Platz bot es nicht, aber es war gut geschnitten und hatte Fenster zum Innenhof – ein nicht zu bestreitender Vorteil bei dieser Innenstadtlage. Außerdem war es neu renoviert, und das Parkett glänzte frisch gewachst. Die offene Küche blitzte ebenfalls neu, und sogar die Türstöcke hatte der Vermieter erneuert. Mikaels Schreibtisch in der Ecke unter dem Fenster war penibel aufgeräumt, der Laptop lag genau entlang der Kanten ausgerichtet darauf. Nichts lag einfach so herum, rein gar nichts. Die Bücher auf den freischwebenden Regalböden über dem Schreibtisch waren nach Größe und Farbe sortiert.

Tony trat an das Sideboard neben dem Flachbildschirm und betrachtete die Bilder in den Silberrahmen. Diese Bilder waren das einzig wirklich Persönliche in diesem Appartement. Er hatte noch nicht einmal Poster oder Kunstdrucke an den perfekt geweißten Wänden.

Mikael sagte nichts, daher nahm sie die Bilder eines nach dem anderen in die Hand, um sie besser betrachten zu können. Auf dem ersten lächelte sie eine glückliche Familie an – er im Anzug, sie in einem hellblauen Sommerkleid, ein Baby in Rosa auf dem Arm. Ihre Augen strahlten mit den Diamanten um die Wette, die sie um ihren Hals trug.

»Mein bester Kumpel Danny. Mit Frau und Kind.« Unbemerkt war Mikael hinter sie getreten und legte nun eine Hand auf ihre Schulter. »Er ist bei einer der großen Wall-Street-Banken, im Investment. Du würdest ihn mögen.«

Der nächste Rahmen trug an der Ecke, nahezu unauffällig, einen kleinen Streifen Trauerflor. Er zeigte die Frau vom ersten Bild in einer Nahaufnahme – sie war auch aus der Nähe sehr schön, mit mandelförmigen, dunklen Augen, Locken mit helleren Strähnen und einem rosigen Kussmund. »Sie ist tot?«

»Autounfall, wie man sie so oft im Radio hört: Auf dem Highway Nummer soundso zwischen da und dort Behinderungen wegen einem Unfall auf der linken Spur. Hat ihn ziemlich hart getroffen, aber Danny lässt sich zum Glück nicht so leicht unterkriegen.«

Vorsichtig stellte sie das Bild zurück, wie um die Ruhe dieser Frau nicht zu stören. Sie wollte eine Frage stellen, schaffte es aber nicht, sie auszusprechen.

»Du liegst richtig«, sagte er stattdessen, und Tony fühlte sich ertappt. »Shannon war eine klasse Frau. Sie stammte aus einer streng christlichen Familie, die einen Hof irgendwo in Iowa hat. Studiert hat sie in Yale, Kulturwissenschaften. Sie war eine der klügsten Personen, die ich je kennengelernt habe, aber sie wollte immer auf den Hof zurück, Rinder treiben und Pferde züchten, solche Dinge. Sie war ziemlich unglücklich in der Stadt.«

»Wie haben sie sich kennengelernt?«, fragte Tony mit belegter Stimme und verdrängte die Freude darüber, dass er derart intime Dinge mit ihr teilte.

»Während eines Vortrags. Danny begleitete seinen Prof, sie war aus Interesse da. Liebe auf den ersten Blick. Ziemlich kitschig.« Mikael lachte auf, aber es klang nicht ganz echt. »Sie war wirklich toll. Die geborene Farmersfrau. Resolut auf eine sanfte Art. Kein Hausmütterchen, aber ein Familienmensch. Genau das richtige für Danny, der immer die große Karriere vor Augen hatte.«

Sie versanken gemeinsam in der Betrachtung des Bildes. Tony atmete tief durch, nahm ihren Mut zusammen und stellte die Frage, die sich ihr aufdrängte: »Sie teilte seine Neigungen?«

Er brummte zustimmend. »Das war nicht ganz einfach für Danny, aber sie war wirklich die perfekte Frau für ihn. Du hättest auf der Hochzeitsfeier dabei sein sollen. Alles streng christlich, und ich glaube, außer mir weiß bis heute keiner, wie viel mehr an Bedeutung in einem einfachen Ja stecken kann.«

Eifersucht stieg in ihr hoch, als sie ihn von dieser Frau

schwärmen hörte. Sie drängte das Gefühl sofort zurück. Sie hatte kein Recht darauf, eifersüchtig zu sein.

»Frag ruhig«, ermunterte er sie, als würde er ihre Unsicherheit spüren. »Ich habe dich hergebracht, also muss ich damit leben, dass du neugierig wirst.«

Tony schluckte. »Habt ihr sie euch geteilt?«

»Ab und zu.« Seine Finger strichen über ihre Schultern. Sanft begann er, sie zu massieren. »Manchmal haben wir sie gemeinsam bespielt, ja. Aber Danny kann verdammt eifersüchtig sein. Obwohl er wusste, dass ich ihm Shannon nie ausspannen würde. Würde dir das gefallen? Zwei Männer?«

Sie konzentrierte sich auf seine flüssigen Bewegungen, auf die Wärme, die von seinen Fingern ausging und die Verspannungen in ihren Schultern löste. »Ich weiß nicht. Es wäre seltsam, glaube ich.«

Für eine Weile massierte er stumm weiter. »Ja, frag ruhig, wer die junge Dame auf dem dritten Bild ist. Ich habe doch schon gesagt, dass ich mit deiner Neugier leben muss.«

Tony war so in Shannons Bild versunken gewesen und in der Vorstellung, was er und sein Freund alles mit ihr gemacht haben konnten, dass sie das dritte Bild schon fast wieder vergessen hatte. Die Frau darauf war eine klassische Südstaatenschönheit, groß, mit blonden, lockigen Haaren, einem Herzchengesicht, riesigen blauen Augen und einer schmalen Taille. Sie lehnte an einem Baum und blickte selbstvergessen in die Kamera. »Also?«

»Annie. Meine Ex.« Er sprach jetzt kaum hörbar. »Die High-School-Schönheit, die der Nerd sich zum Erstaunen aller geangelt hat. Sie kam aus einer etwas besseren Gegend, nicht reich, aber genug zum Leben. Sie war unwahrscheinlich süß. Als ich nach Boston gegangen bin, um zu studieren, ist sie so oft es ging zu mir gekommen. Sie ist nächtelang gefahren, nur um mich zu sehen. Für sie war es klar, dass wir heiraten, dass wir irgendwann nach Texas zurückgehen, wenn ich in meinem Job zu Geld gekommen bin, und dass wir das perfekte amerikanische Leben führen. Haus mit Pool und offener Küche. Drei Kinder, ein Hund, hellgrüner Rasen und Veranda, diese Sorte Leben.«

Wieso erzählte er ihr all das? »Wie lange wart ihr zusammen?«

»Fast elf Jahre.« Seine Finger arbeiteten sich jetzt ihren Hals entlang nach oben und spielten mit den kleinen Härchen an ihrem Haaransatz, die sich aus der Steckfrisur gelöst hatten. »Dann hat sie herausgefunden, was ich in Boston treibe, wenn sie nicht da ist. Ich habe sie nie gefragt, wie, weil es keine Rolle mehr spielt. Damit konnte sie nicht leben.«

»Wenn ich dich richtig verstehe, meinst du damit, dass du sie hintergangen hast. Ich kann es nachvollziehen, dass sie Schluss gemacht hat.«

»Ich auch, selbst wenn es nie etwas bedeutet hat für mich, wenn ich mit irgendeiner anderen Frau gespielt habe. Es ist nicht so, als ob ich es nicht versucht hätte – aber Annie fand alles, was über Blümchensex hinausging, eine Zumutung. Und anders herum konnte ich mich einfach nicht beherrschen. Ich habe es einfach nicht geschafft, meine Neigungen zu unterdrücken und der perfekte Ehemann zu sein. Es war meine Schuld, ganz alleine.«

»Wie lange ist das her?«

»Ein Jahr ungefähr. Danach habe ich beschlossen, dass ich eine Veränderung brauchte, dass mich die Forschung alleine nicht genug von ihr ablenkte. Also habe ich mich beworben – relativ wahllos, muss ich zugeben. Das einzige Kriterium war, dass es möglichst weit weg von allen Orten sein musste, an denen wir zusammen waren. Oder von denen wir zusammen geträumt haben.«

»Und kein Mensch träumt von Glasgow«, folgerte Tony

lächelnd. Es fühlte sich so verdammt richtig an, dass er ihr all das erzählte. Er vertraute ihr sein Gefühlsleben an – im Austausch für die Momente, in denen sie offen vor ihm lag, ohne jeden Schutz. »Wie bist du in die Szene gekommen?«

»Das war Danny.« Er trat einen Schritt zurück, strich dabei über ihren Arm und nahm ihre Hand in seine. Sanft führte er sie zu dem blauen Zweisitzer, der mitten im Raum stand. »Wir haben uns im ersten Semester kennengelernt. Er war schon länger dabei, und irgendwie hat er es bemerkt, dass mich solche Gedanken heimlich faszinierten.«

Tony kuschelte sich in eine Ecke des Zweisitzers und schlug die Beine unter. Er saß ihr gegenüber, einen Arm auf der Rückenlehne, den anderen scheinbar ruhig vor dem Körper. Er sah gut aus, stellte sie wieder einmal fest. Sie legte den Kopf schief und lächelte. »Ich habe fest damit gerechnet, dass wir heute ... spielen.«

»Ich wollte einfach nur mit dir reden«, gab er ehrlich zurück. »Möchtest du etwas trinken? Viel habe ich nicht da, aber ich kann dir einen Tee anbieten oder Saft oder Bier.«

Seine plötzlich so unbeholfene Art rührte sie mehr, als sie es sich selbst eingestehen wollte. »Wasser tut es auch. Danke, Mikael.«

»Ich will dich einfach nur kennenlernen«, brummte er verlegen. »Das macht es einfacher, mit dir zu spielen, weißt du.«

Tony wünschte sich mit aller Kraft, dass es wirklich nur daran lag. Und dass sie nicht gerade dabei war, sich in einen Mann zu verlieben, der nicht nur der beste Liebhaber aller Zeiten war, sondern der ihre Gefühle auch noch erwiderte.

Kapitel 7

Tony hatte das nächste Wochenende kaum erwarten können. Den ganzen Flug nach Glasgow über war sie aufgeregt gewesen wie ein kleines Mädchen am Weihnachtsabend. Ihr Dad hatte sie vom Flughafen abgeholt, sie hatte einen wunderschönen Abend zu Hause verbracht, und es doch nicht erwarten können, dass die Zeit endlich verging. Samstagmittag hatte sie sich mit Mikael getroffen, wieder in einem Café, und er hatte sie begrüßt wie eine alte Freundin.

Jetzt kniete Tony auf einem kalten Steinboden, und die Kälte kroch langsam, aber sicher ihre Beine nach oben. Ihre Arme hatte Mikael wie das letzte Mal auch auf dem Rücken gefesselt, und dann hatte er sie nach oben gezogen, bis sie gezwungen war, den Kopf zu senken, um dem Schmerz zu entgehen. Gespannt wartete sie darauf, dass irgendetwas passierte. Ihre Haut gierte nach Reizen, völlig egal welchen, denn alle anderen Sinne hatte er ihr genommen. Sie hörte nichts mehr, sie sah nichts mehr, und durch diese eng sitzende Latexmaske kam ihr alles vor wie in einem Traum. Im Auto hierher hatte er etwas von Bestrafung erzählt, aber sie war zu aufgeregt gewesen, um ihm wirklich zuzuhören. Wie oft sie wohl vergessen hatte, ihn richtig anzusprechen? Ihr Mund fühlte sich trocken an. Sie wollte über ihre Lippen lecken, wie sie es sonst immer tat, wenn sie nervös wurde. Die Maske lag eng an ihrem Gesicht an, und raubte ihr die Luft. Wenn sie es richtig ertastete, war es ein Reißverschluss, der sich über ihrem Mund befand – oder etwas, das einem Reißverschluss nachempfunden war.

Tony konnte nichts tun, um ihn zu irgendetwas zu bewegen. Sie konnte sich lebhaft vorstellen, wie dumm es klingen musste, wenn sie versuchte, durch die Maske hindurch mit Mikael zu sprechen. Wenn sie eines nicht wollte, dann das: sich lächerlich machen.

Doch machte sie das nicht längst? Kalt lief es ihr den Rücken hinunter. Diese Haltung hatte nichts mit gutem Sex zu tun, sondern nur mit Demütigung. Er wollte, dass sie auf dem Boden kniete, also tat sie es. Er wollte, dass ihr Gesicht unter einer Maske verschwand, und sie ließ ihn gewähren. Er hatte sie genauso drapiert, wie er sie sehen wollte.

Sie brauchte keinen Gedanken daran verschwenden, ob sie gut aussah und ihm gefiel.

Ein Schlag traf ihren Rücken. Sie schrie auf. Es brannte stärker als bei ihrem letzten Treffen. Der Schmerz sammelte sich an einem Punkt, etwas unterhalb ihres Schulterblattes. Wie gerne wüsste sie, was er tat! Wo er stand. Ob er noch einmal ausholte.

Wenigstens die letzte Frage wurde beantwortet, als die nächsten Schläge auf sie einprasselten. Seine Worte beim letzten Mal schossen ihr durch den Kopf: Er wollte, dass sie laut mitzählte.

Laut ging ja kaum, oder? Sie kniff die Augen zusammen, um die Tränen zurückzuhalten, und versuchte wenigstens in Gedanken mitzuzählen. Er machte es ihr nicht einfach. Diese schmerzhaften Punkte tanzten auf ihrem Rücken, auf ihren Armen und ihren Oberschenkeln. Der Rhythmus blieb immer gleich. Sie keuchte auf und hasste ihn dafür, dass er diese Perfektion an den Tag legte. Tony wollte wenigstens wissen, wieso er sie bestrafte, und was sie das nächste Mal anders machen konnte.

Genauso abrupt wie er angefangen hatte, hörte er wieder auf. Ob er sein Werk betrachtete? Ob er das Muster schön fand, das er auf ihre Haut gezeichnet hatte? Sie atmete heftig auf der Suche nach Luft. Außer dem beißenden Geruch des Latex brachte es nicht viel.

Die nächste Empfindung nach einem endlosen Warten in Stille und Dunkelheit war – im Vergleich zu den Schlägen – geradezu zärtlich. Etwas kitzelte an ihren Nippeln. Gänsehaut formte sich auf ihren Armen. Das Kitzeln wurde fordernder. Sie streckte sich ihm entgegen, soweit ihre Haltung es zuließ. Hatte er seine Züchtigung also schon beendet? Dann würde sie sicher bald ihre Belohnung dafür bekommen, dass sie nicht geschrien hatte, und auch sonst alles ertragen hatte. Tonys Brustwarzen richteten sich auf. Das zärtliche Kitzeln beruhigte sie. Sie wünschte sich, er würde sie endlich berühren und streicheln, mit seinen Händen, nicht nur mit irgendeiner weichen Feder. Tony stöhnte auf.

Auf den Schmerz, der sofort folgte, war sie überhaupt nicht vorbereitet gewesen. Sie schrie mehr aus Überraschung, als etwas in ihren linken Nippel biss. Sofort setzte dieses leise Kitzeln wieder ein. Die Feder strich um diese schmerzhafte Stelle herum und beruhigte ihre Nerven.

Bei der rechten Brust erwartete sie den beißenden Schmerz schon, darum war es weniger schlimm. Dafür ließ ihr Master sich diesmal nicht dazu herab, die Schmerzen mit sanften Berührungen zu stillen. Tony schluckte und konzentrierte sich auf dieses neue Gefühl, auf dieses Pochen. Oder war es ein Ziehen? Sie fand kein Wort dafür, spürte nur, dass es geil war.

Zwei Hände griffen an ihre Hüften. Hatte er wirklich so zarte, langfingrige Hände? Sie atmete hektisch ein, als ihr klar wurde, was das bedeutete. Mikael und sie waren nicht mehr allein. Wahrscheinlich schon lange nicht mehr. Irgendjemand hatte ihnen zugesehen. Ihr Herz begann zu rasen. Ein Finger schob sich zwischen ihre Oberschenkel und drang grob in sie ein. Etwas spielte gleichmäßig und fest mit ihrer Perle – so gleichmäßig, dass sie nur vermuten konnte, dass ein Vibrator daran schuld war. Irgendjemand spielte an ihr, ohne dass sie etwas dagegen tun konnte. Ohne dass sie wusste, wer es war.

Tony wollte aufschreien, dagegen protestieren, und ihn bitten, sofort abzubrechen, aber die Erregung, die der Finger und der Vibrator in ihr hervorriefen, war stärker. Die Feuchtigkeit zwischen ihren Beinen verriet sie. Von Mikael würde sie nur Hohn ernten. Also atmete sie tief ein und gab sich diesem geschickten Spiel hin.

Die Hände an ihren Hüften bedeuteten ihr, aufzustehen. Ihre tauben Beine brauchten einige Zeit, um festen Stand zu finden, Zeit, in der diese Hände sie liebevoll stützten. Ihre Arme wurden noch mehr nach oben gezogen. Zwei Schläge gegen die Innenseiten ihrer Oberschenkel zeigten ihr, dass sie die Beine weiter spreizen sollte.

Der Vibrator lag immer noch an ihrer Klitoris. Sie wollte einfach nur, dass dieses gleichmäßige Spiel aufhörte, und dass dieser Jemand zu Ende brachte, was er begonnen hatte. Die Lust sammelte sich in ihr, jagte über ihre Haut und ließ sie erschaudern.

Gerade als sich genug Energie für einen Orgasmus aufgebaut hatte, zogen sich alle Hände von ihr zurück. Deprimiert stöhnte sie auf. Sie versuchte, sich allein mit der Kraft ihrer Gedanken dazu zu bringen, zu kommen – egal, was Mikael davon halten würde. Sie wollte von diesem dauernden Warten erlöst werden, von diesem Gefühl, ihm vollkommen ausgeliefert zu sein.

So sehr sie sich auch vorstellte, dass er sie fickte, es half nichts. Ihre Erregung war auf einem hohen Niveau, aber nicht so weit, dass sie ohne weitere Berührung kommen würde. Woher wusste er das? Und wer war sonst noch in diesem Raum? Er hatte sie gefragt, ob sie ein Spiel mit zwei Männern mögen würde. Ob das seine Vorbereitung auf dieses Treffen gewesen war? Tonys Haut war längst schweißbedeckt. Zwei Männer? Meinte er das ernst? Wollte er sie mit irgendjemandem teilen, jetzt, da sie sich gerade erst kennengelernt hatten?

Woher wollte er wissen, wem er vertrauen konnte? Sie begann, am ganzen Körper zu zittern, nicht nur, weil die Haltung anstrengend war. Was hatte er vor? Zum wiederholten Male wünschte sie sich, er hätte ihr einen ihrer Sinne gelassen.

Der Schwanz drang gut gezielt in sie ein. Die weichen Hände packten ihre Hüften und zogen sie heran. Tony stöhnte, als das Glied für einen kurzen Augenblick tief in ihr ruhte. Es war nicht Mikael, so viel spürte sie. Dieser Mann war anders gebaut, bedeutend kürzer, dafür aber um einiges dicker. Sie schauderte unter dem Gedanken, dass irgendjemand sie nahm, von dem sie vielleicht nie erfahren würde, wer es war. Dieser Fremde bediente sich nach seinem Gutdünken an ihr, spielte mit der Erregung, die sich in ihr angesammelt hatte, und stieß fest in sie.

Zwei andere Hände – rauer, gedrungener – legten sich von vorne auf ihre Schultern. Sie strichen liebevoll über ihren Hals, während dieser Schwanz sie unerbittlich fickte. Tony war hin- und hergerissen. Sie wusste nicht, woran sie glauben sollte, an diese sanften, streichelnden Hände oder diesen unglaublich harten Schwanz, der fordernd in sie eindrang. Sie hatte keine Kraft mehr, um sich gegen ihre Gefühle zu wehren. Sie ließ sich wegtragen, ließ sich zerreißen und zusammenhalten, benutzen und verwöhnen.

Die rauen Hände wanderten in Richtung ihrer Brüste. Sie drängte sich ihnen entgegen, so gut es ging, was den Fremden hinter ihr dazu veranlasste, zwei harte Schläge auf ihren Hintern zu setzen. Sofort hielt sie wieder still und flüsterte stumme Wünsche, dass derjenige vor ihr sie weiter streicheln würde.

Er schien ihre Gedanken zu lesen. Seine Hände liebkosten ihre Brüste, ohne den schmerzenden Nippeln zu nahe zu kommen. Sie waren überall, fanden Punkte, von denen sie bisher noch gar nicht gewusst hatte, dass sie derartige Erregung hervorrufen konnten.

Der Orgasmus kündigte sich bereits mit den ersten Zuckungen an.

»Bitte, darf ich kommen, Master?« Sie würde seine Antwort nicht hören, und es war schwer, überhaupt etwas zu artikulieren unter dieser engen Maske, aber sie versuchte es wenigstens. Sie kämpfte gegen die Erregung an, aber der Schwanz hinter ihr war unerbittlich in seinem Verlangen. Ihre Muskeln zogen sich immer schneller um ihn zusammen, zogen ihn tiefer hinein, wollten ihn endlich spritzen spüren.

Sie schrie auf, als das Beißen an ihren Nippeln unerwartet verschwand und das Blut zurückfloss. Dieser grässliche Schmerz raubte ihr ihre Konzentration. Der Orgasmus kam über sie, schüttelte sie durch, und wenn nicht die Hände auf ihren Schultern gewesen wären, wäre sie erschöpft umgefallen.

Das immer noch harte Glied zog sich aus ihr zurück, ohne sich in sie ergossen zu haben. Das konnte nur bedeuten, dass das Spiel weiterging. Tony sackte gegen die starken Arme, die ihr Halt boten, und atmete stoßweise. Wie sollte sie das nur aushalten? Sie fühlte sich jetzt schon am Ende ihrer Kräfte!

Die Hände schoben sie sanft und bestimmt zurück auf den Boden. Sie wollte zusammensacken, um den letzten Zuckungen dieses Orgasmus nachzuspüren, um auszuruhen. Ein schmerzhafter Schlag genau zwischen ihre Beine kam ihr zuvor.

So müde sie auch war, sie versuchte wenigstens, die Haltung einzunehmen, die er von ihr verlangte: den Oberkörper leicht nach vorne gebeugt, die Arme nach oben überstreckt, die

Knie gespreizt, die Oberschenkel in einer geraden Linie mit ihrem Bauch.

Ein seltsames Glücksgefühl spülte über sie hinweg. Irgendjemand hatte sie einfach benutzt, Mikael hatte sie geschlagen und gedemütigt, ihr alle ihre Sinne geraubt – und dennoch fühlte sie sich so sicher und gut wie lange nicht mehr.

***

Zufrieden betrachtete Mikael sein Werk. Er nickte Lady Alexa kurz zu und zog sich mit ihr in eine Ecke zurück, obwohl er sicher war, dass Tony weder hörte noch sah.

»Lass ihr einen Augenblick«, flüsterte er und atmete tief durch, um seine eigene Erregung zurückzudrängen. Es ging nicht um ihn, noch nicht. Er musste dafür sorgen, dass Tony lernte, auf ihren Körper zu hören, ihren Empfindungen nachzugeben und ihm zu vertrauen.

Alexa lächelte versonnen und warf über die Schulter einen Blick zurück auf die Sklavin, die mitten im Raum auf dem Boden kniete und vor Anstrengung und Erregung zitterte. »Ich hätte sie nicht kommen lassen.«

»Habe ich es ihr erlaubt?« Mikael grinste verwegen und nickte anerkennend in Richtung des Strap-on, den sie trug. »Das war eine gute Idee für heute, Alexa. Wenn wir uns das nächste Mal sehen, werde ich mir etwas einfallen lassen.«

»Ich finde es faszinierend, wie gut sie auf Schmerz reagiert. Du hast wirklich Glück, Mika.«

Mikael brummte eine kurze Zustimmung und legte die Reitgerte und die Pfauenfeder beiseite. Er zögerte einen Augenblick, ehe er den Rohrstock griff. »Letzte Runde?«

»Für mich, ja. Ich lasse euch zwei Turteltäubchen dann lieber wieder alleine.« Lady Alexas Schritte hallten gebieterisch durch den Raum, obwohl die Sklavin es nicht hören konnte.

Mikael ließ den Rohrstock probeweise in seine Hand sausen und begrüßte den Schmerz, der seine Gedanken zur Ruhe rief.

Turteltäubchen? Es gab keine Turteltäubchen. Es durfte keine geben. So einfach war es. Er war nur eine Affäre für sie, wenn auch eine, die bleibenden Eindruck hinterlassen würde.

Diesmal positionierte Lady Alexa sich vor seiner hübschen Julie. Er betrachtete das Muster auf Julies Haut für einen Augenblick, stolz und glücklich. Dann gab er Lady Alexa das Zeichen, die letzte Runde zu beginnen.

***

Es war also tatsächlich ein Reißverschluss, den sie über ihren Lippen gespürt hatte. Jemand zog ihn wenig vorsichtig auf. Tony biss die Lippen zusammen, aus Angst, dass dieses Metall sich in ihre weiche Haut fressen würde. Allein bei dieser Vorstellung lief ihr ein Schauder über den Rücken, der wenig mit Erregung zu tun hatte.

Ein erster Schlag traf sie auf den Rücken. Sie schrie auf, weil er hart und ohne jede Rücksicht war. Das konnte nicht Mikael sein, niemals. Seine Schläge fühlten sich anders an, viel sanfter! Wenn es nicht Mikael war, der sie schlug, wo war er dann? Ob sie endlich seinen wunderschönen Schwanz kosten durfte? Ein zweiter Schlag traf sie quer über ihren Hintern. Der Schmerz jagte durch ihren gesamten Körper. Das war niemals Mikael, darauf würde sie schwören. Sie unterdrückte den Schrei, atmete tief durch und presste dann den Mund zusammen. Wenn es nicht Mikael war, würde sie diesem Fremden niemals die Genugtuung geben, sie schreien zu hören. Sie würde einfach ruhig atmen und diesen beißenden Schmerz ignorieren.

Schweiß lief über ihren Körper. Der dritte Schlag traf sie

knapp unter dem zweiten. Sie hatte das Gefühl, als ob ihre Haut beim nächsten Schlag platzen würde, so fest schlug der Fremde zu. Merkte er nicht, wie weh er ihr damit tat?

Etwas drängte sich gegen ihre Lippen. Sie biss die Zähne fest aufeinander. Es fühlte sich nicht an wie Mikaels Schwanz, ganz und gar nicht. Eher wie Silikon. Diese abgerundete Spitze schob sich weiter gegen ihre Zähne, als wollte sie in ihren Mund eindringen.

Wo war Mikael? In ihrem Kopf raste es. Der Mann hinter ihr konnte nicht Mikael sein, das wollte sie nicht glauben. Mikael würde sie niemals so unsanft behandeln. Verwendete Mikael einen Dildo, um sie zu verwirren? Befand sich noch jemand im Raum? Das letzte Mal hatte er von zwei Männern gesprochen, aber war das wirklich alles?

Das konnte Gott weiß wer sein! Der vierte Schlag brachte sie dazu, entgegen ihres Vorsatzes laut aufzuschreien. Sofort nutzte dieser Dildo seine Chance und schob sich zwischen ihre Zähne. Eine Hand packte ihren Hinterkopf und drückte sie gegen diesen Dildo.

Wie viele Menschen befanden sich in diesem Raum? Sie konnte nichts hören und nichts sehen. Er konnte Zuschauer eingeladen haben, und sie würde es nicht einmal merken.

Fünfter Schlag. Ihre Gedanken malten sich immer wildere Fantasien aus, wie viele Menschen gerade an ihr spielten, oder nur darauf warteten, an die Reihe zu kommen. Der Dildo drang tief bis in ihren Rachen. Sie verschluckte sich beinahe an ihrer eigenen Spucke, hasste sich selbst dafür, und konnte nicht anders, als über dieses Material zu lecken. Es schmeckte nicht ganz so stark nach Silikon, wie sie befürchtet hatte, nur nach Gleitgel und ihrem eigenen Saft.

Ihr eigener Saft? Dann hatte kein Fremder sie genommen, sondern dieser Dildo? Wahrscheinlich war es Mikael gewesen, der sie verwöhnt hatte, der sie bis kurz vor den Orgasmus getrieben hatte. Das sah ihm ähnlich! Erleichterung breitete sich in ihr aus und wurde vom sechsten Schlag nur leicht zurückgedrängt. Tony entspannte sich und öffnete die Lippen leicht. Es war Mikael, und weil er es war, würde sie sein Spiel mitmachen. Sieben. Er bewegte den Dildo in ihrem Mund so kunstvoll hin und her, als wäre es wirklich ein Schwanz. Sie spürte seine Wärme durch die Latexmaske hindurch und wusste, dass er ganz nahe bei ihr war. Sie begann, mit der Zunge um die Spitze herumzuspielen, als wäre es wirklich Mikaels Glied. Acht. Er zog sich aus ihr zurück. Tony wimmerte leise, erinnerte sich daran, dass er kein Bitten von ihr hören wollte, und fuhr sich mit der Zunge über die Lippen in der Hoffnung, dass dieses Signal bei ihm ankam. Neun.

Tony nahm den Schmerz kaum noch wahr. Ihr Rücken und ihr Hintern brannten. Sie stellte erstaunt fest, dass sich tief in ihrem Unterleib wieder Erregung aufbaute. Sie spürte, wie feucht sie wurde, je stärker der Schmerz ihre Umgebung verschwimmen ließ. Es war absurd. Zehn. Der Dildo kam zurück und drängte sich in ihren Mund. Er nahm ihr die Luft und drang tief in sie ein. Diesmal war er rücksichtsloser und begann, ihren Mund genauso zu nehmen wie zuvor ihre Möse. Schnell, heftig und ohne sich darum zu kümmern, ob sie Luft bekam. Oder ob ihr der Speichel aus dem Mund tropfte. Elfter Schlag. Der Fremde hinter ihr schlug wieder kräftiger zu, diesmal auf die Rückseite ihrer Oberschenkel.

Tony wünschte, sie könnte sich wenigstens mit der Hand diesen Speichel abwischen. Es war erniedrigend, und das wusste er. Genau das beabsichtigte er.

Zwölf. Ihre Lippen begannen, sich rau anzufühlen. Sie stöhnte leise auf. Dreizehn und vierzehn schnell hintereinander und so stark, dass sie einen Aufschrei nicht verhindern konnte. Der Dildo drang tiefer in sie ein und erstickte ihre Protestlaute im Keim. Sie hatte keine Chance gegen diese zwei

Männer. Immer tiefer drang das Silikon in ihren Mund, bis sich alles an ihr wund anfühlte. Das war gut. Sie liebte dieses Gefühl, nichts tun zu können, einfach nur von ihnen gefickt zu werden. Und gleichzeitig hasste sie sich dafür, weil es eindeutig nicht normal war. Diese harten Schläge erinnerten sie daran, bestraften sie für ihre Gedanken, und fachten diese verbotene Lust weiter in ihr an.

Fünfzehn. Sie konzentrierte sich lieber auf die Erregung in ihrem Unterleib als auf diesen rücksichtslosen Dildo. Sechzehn. Die Haut an ihrem Oberschenkel war offenbar noch empfindlicher als an ihrem Hintern, denn es brannte noch mehr. Siebzehn. Konnte es denn wirklich sein, dass es sie anmachte, von irgendwelchen Typen geschlagen und missbraucht zu werden? Und nichts anderes war es doch, oder? Achtzehn, quer über ihren Hintern. Sie wimmerte leise, denn mehr erlaubte der Dildo ihr nicht. Er hatte quer zu den bisherigen Striemen geschlagen, und überall dort, wo er einen alten Schlag kreuzte, fühlte sich ihre Haut an wie dünnes Pergament, bereit jeden Moment zu reißen. Neunzehn. Noch einmal quer, in die andere Richtung. Was tat dieser Typ da? Tony keuchte. Der Dildo schob sich bis in ihren Rachen, so tief, dass sie wirklich kaum noch Luft bekam. Panik stieg in ihr auf.

Und wurde ganz plötzlich mit einer einzigen Explosion hinweggefegt. Der zwanzigste Schlag traf sie genau zwischen ihre Beine, auf ihre empfindliche, angeschwollene Klitoris. Sie wollte schreien, um diesen Schmerz irgendwie loszuwerden, doch seine Hand drückte den Dildo immer noch fest in ihren Hals. Sie wollte sich dagegen wehren, doch die Fesseln hielten ihre Arme fest. Sie wollte aufstehen und weglaufen, weg von ihm und seinen perversen Spielchen, vor ihren eigenen Gedanken und ihrer eigenen Lust.

Endlich zog er den Dildo aus ihrem Mund. Sie schnappte nach Luft und wusste nicht, was schöner war – zu atmen oder keine Schläge mehr zu spüren. Nirgendwo einen Schwanz zu haben. Nichts zu fühlen außer der kalten Luft des Raumes, die ihren Schweiß trocknete.

Sowohl Schmerz als auch Lust verbanden sich bald zu einem angenehm hintergründigen Pochen, das durch ihren Körper ging und alle ihre Nerven in Anspruch nahm. Da war nichts anderes, nur dieser Schmerz, der ihr Lust bereitete, und diese verfluchte Lust, die immer größer wurde. Hatte er sie schon alleine gelassen? Ja, sie war einmal gekommen, keine Frage, aber das konnte doch nicht alles sein, oder? Sie wollte Mikael spüren, nicht irgendeinen Kunstschwanz. Er konnte sie doch jetzt nicht alleine lassen? Ihre Schultern schmerzten immer mehr von dieser unnatürlichen Haltung, in die er sie gezwungen hatte. Wieso war er gegangen und hatte sie allein gelassen?

Wieder stieg die Panik in ihr auf. Wo war Mikael? Oder war er überhaupt nicht hier gewesen, und hatte er sie irgendwelchen Typen überlassen? Irgendwelchen Fremden?

Ihr Herz schlug immer schneller, bis sie glaubte, es würde gleich zerreißen. Wieso hatte sie diese Sache mitgemacht? War sie vollkommen bescheuert?

Beruhigend legte sich eine Hand in ihren Nacken. Seine Wärme flutete durch ihren Körper. Es konnte nur seine Wärme sein, redete sie sich ein. Seine Hände, die jetzt vorsichtig ihren Rücken hinabstrichen und irgendeine kühlende Flüssigkeit auf ihrer Haut verteilten. Er strich über ihren Hintern, massierte ihre Oberschenkel, und wanderte von dort wieder nach oben.

Ein Zittern ging durch ihren Körper. In freudiger Erwartung öffnete sie ihre Beine noch etwas mehr. Seine Finger streichelten sanft um ihren Spalt, mieden die Stellen, an denen dieser zwanzigste Schlag sie getroffen hatte. Vorsichtig erkundeten sie ihre Schamlippen.

Dann spürte sie einen Luftzug zwischen ihren Beinen. An den Innenseiten ihrer Oberschenkel breitete sich Wärme aus, als wäre sein Körper ihrem an dieser Stelle ganz nah. Mikaels Finger zogen ihre Schamlippen auseinander. Seine Zunge strich einmal kräftig über ihren Spalt und leckte ihre Feuchtigkeit gierig auf. Nach einer kurzen Pause tanzte sie vorwitzig über ihre Klitoris, und ließ sie allen Schmerz vergessen.

Er musste auf dem eiskalten Boden liegen, unter ihr, und sie mit vollkommener Hingabe lecken. Dieses Bild gefiel ihr, weil es ausnahmsweise ihr die Oberhand in diesem Spiel ließ. Mikael ließ sich freiwillig dazu hinab, nur um ihre Lust zu steigern. Seine geschickten Finger unterstützten sein Zungenspiel. Sein Atem strich über ihre feuchte Haut und rief Gänsehaut hervor. Mikaels Zunge schlug gegen ihren Kitzler und schickte ganze Schauder durch ihren Körper. Tony stöhnte ihre Erregung heraus und genoss dieses herrliche Gefühl, das er in ihr hervorrief.

Ihre Lust steigerte sich immer mehr, bis sie schließlich dachte, sie würde es nicht mehr aushalten. Zwei Finger schoben sich in ihre Spalte und fickten sie in genau dem Rhythmus, den ihr Körper jetzt brauchte. Jede Faser an ihr war reine Lust.

Jon hatte es niemals auch nur versucht, sie mit seiner Zunge so weit zu bringen. Mikael dagegen ließ ihr keine andere Wahl. Er leckte sie, bis sie den Orgasmus einfach nicht mehr zurückhalten konnte.

Seine Finger stießen in sie, während ihre Muskeln sich um sie schlossen. Sie bat ihn keuchend um seinen Schwanz, um irgendetwas, das ihr mehr Halt gab als diese zwei Finger. Er küsste sie weiter, genau auf diese empfindliche Stelle, die dieser Fremde zuvor so grob geschlagen hatte. Tony schrie ihre Verzweiflung darüber hinaus, dass er ihr nicht irgendetwas erlaubte, das sie mehr ausfüllte als seine Finger, und stöhnte gleichzeitig. Sie verspürte nur noch pure Lust, die er nur langsam verebben ließ.

Dafür kehrte dann der Schmerz mit aller Gewalt zurück. Sie hatte sich noch nie in ihrem Leben so müde gefühlt wie jetzt.

***

Mikael löste zuerst ihre Fesseln und massierte sanft ihre Muskeln, um das Leben zurückzubringen. Dann trug er sie zu dem einfachen Bett an der hinteren Wand des Raumes und legte sie darauf. Jetzt erst nahm er ihr vorsichtig die Maske ab, streichelte sanft über ihr hübsches, gerötetes Gesicht. Vorsichtig zog er die Ohrenstöpsel heraus und küsste ihre verschwitzte Stirn.

Sie blickte ihn wortlos mit riesigen Augen an. Mit Augen, in denen er versinken konnte. Er setzte sich neben sie, strich über ihren Körper, um ihr das Aufwachen aus dieser herrlichen Ekstase zu erleichtern.

»Wie fühlst du dich?«, fragte er leise, als sie sich einigermaßen beruhigt hatte.

»Gut. Leergefickt?« Das freche Glitzern kehrte in ihre Augen zurück. »Zwanzig, richtig?«

Er musste grinsen. Tony war unverbesserlich. »Wirklich?« Mikael schloss sie in seine Arme. »Wenn ich sagen würde, dass das nicht stimmt?«

»Dann können wir gerne die Striemen zählen.«

Diese Frau war schlicht umwerfend. Mikaels Herz brandete über vor Zuneigung und Dankbarkeit ihr gegenüber. »Sag mir ehrlich, wenn dir etwas nicht gefallen hat.«

»Das hat nichts mit dir zu tun. Ich brauche Urlaub.« Sie streckte sich aus und räkelte sich verführerisch auf dem Bett. »Jon hat mich gestern angerufen und gesagt, dass ihr alle Unterlagen zusammenhabt. Für den Augenblick könntest du dir auch freinehmen, Genie.«

»Was schlägst du vor?« Seine Finger strichen sanft über ihre Brust. Die feinen Härchen auf ihrer Haut richteten sich auf. Mikael widerstand dem Drang, sie zu nehmen oder sich einfach nur von ihr einen blasen zu lassen. Nicht heute. Dazu war er zu aufgewühlt. Dazu waren eindeutig zu viele Gefühle im Spiel.

»Ich will diese Sache noch eine Weile genießen, ehe ... na, du weißt schon. Wenn ich Jon geheiratet habe, werde ich wohl kaum noch spielen können, das wäre dann doch zu auffällig. Aber bis dahin bin ich frei. Ich brauche Urlaub, du brauchst Urlaub, und keiner von uns kann derzeit sinnvoll etwas für die Firma tun. Wir müssen auf Jon und seinen ominösen Investor vertrauen.« Sie seufzte auf und schüttelte den Kopf, als wenn sie die Erinnerung an ihre Arbeit und ihre Sorgen damit loswerden könnte. »Ich habe mir überlegt, dass wir uns für eine Woche nach Frankreich zurückziehen könnten. Ich wäre ja trotzdem erreichbar, aber wir könnten ungestört ... du weißt schon.«

Er zuckte mit den Schultern, als wäre es ihm vollkommen gleichgültig. Dabei war es das keineswegs. Dass sie Probleme damit hatte, sich fallenzulassen, dass ihre Firma wichtiger war als das Spiel, das konnte er verstehen. Aber wieso sie etwas derart Intimes vorschlug wie einen Urlaub und gleichzeitig an ihren Verlobten dachte, verwirrte ihn. Mikael beschloss, seine Rolle weiter zu spielen. »Du hast in dieser Sache keine Wünsche zu äußern, Julie.«

»Aber ... Ich meine ...«

»Wenn, dann entscheide ich, wann und wo wir spielen.« Er seufzte hörbar auf. »Du wirst es nie lernen, mein kleines Dummerchen.«

»Es war nur ein Vorschlag!«

»Du warst nicht gefragt.« Er gab ihr eine spielerische Ohrfeige, was sie mit einem zynischen Augenverdrehen beantwortete. »Wenn du es unbedingt willst – eine Woche. Eine Woche, in der du tust, was ich will. Alles.«

Sie nickte entschlossen. »Genau das meine ich doch.«

»Aber nicht in deinem Urlaub. Den nimmst du dir schön alleine. Ich will mich nicht zwischen dich und Jon drängen.« Er lachte einmal auf und stand auf. Am liebsten hätte er sie einfach nur geküsst und umarmt. Aber wenn er das tat, dann würde er ihr endgültig verfallen. Es war besser, Spiel und Gefühle zu trennen. »Ich erwarte dich vorne an der Bar, wenn du so weit bist. Dein Flieger geht in drei Stunden. Falls du ihn bekommen willst, sollten wir uns beeilen. Es ist der Letzte, der heute rausgeht, das hast du mir vorher sehr vehement erklärt. Du wolltest den Sonntag mit Hochzeitsplänen verbringen.«

Er ignorierte ihren sehnsüchtigen Blick und verließ nahezu fluchtartig den Raum. Eine Woche war viel zu wenig, um Klarheit darüber zu bekommen, wohin diese Affäre führen sollte. Und schon wieder hatte er sich in die falsche Frau verliebt.

Kapitel 8

Zurück in London brach der Alltag mit aller Macht über Tony herein. Die Erinnerungen an das letzte Wochenende in Glasgow wurden von den Zahlen und Nachrichten ganz normaler Arbeitstage verdrängt, so schnell, dass ihr ihre eigenen Erinnerungen bald vorkamen wie ein Traum. Oder wie eine verdammt gelungene Fantasie, von der ihr allerdings eine schmerzende Rückseite geblieben war, die sie nicht allzu lange still sitzen ließ.

»Meinst du wirklich, dass du jetzt abhauen kannst?« Stella drehte nervös einen Kugelschreiber zwischen ihren Fingern. »Was soll das auf einmal? Und dann auch noch alleine? Ohne Jon?«

Tony verstand, worauf die Frage abzielte, aber sie würde den Teufel tun und Stella die ganze Wahrheit verraten. »Hör zu, Süße, ich brauche das. Ich bin durcheinander. Ich bin überarbeitet. Ich kann mich nicht mehr konzentrieren. Die Unterlagen sind zusammengestellt und liegen bei Jon. Er verhandelt für uns mit den Investoren, und ehe es dort keine Vorverträge gibt, werde ich sowieso nicht erfahren, wer alles im Rennen ist. Das gehört zum Spiel.«

»Und wenn es schneller geht?«

»Dann ruft Jon mich an, ich steige in den nächsten Flieger und bin innerhalb eines halben Tages hier. Ich fahre nach Frankreich und nicht ans andere Ende der Welt.« Tony schob ihrer Freundin eine Mappe zu. »Bis ich wieder hier bin, kannst du dich mit Lennart an das nächste Projekt machen. Ich will, dass ihr kreativ seid und überlegt, wie wir unsere Forschung aus dieser alten Firma retten können. Was man sonst damit anfangen könnte. Was man anderes in Glasgow ansiedeln könnte. Solche Dinge eben. Findest du alles in der Mappe.«

»Du glaubst nicht mehr daran, dass du die alte Gießerei erhalten kannst?«

»Keinesfalls in dieser Form. Unsere Forschungsabteilung läuft, aber mit diesen Produkten kommen wir nie auf einen grünen Zweig.« Tony schüttelte den Kopf, legte die Hände in den Nacken und lehnte sich zurück. »Stella, Süße, ihr kommt auch ohne mich klar. Ich brauche Urlaub, ganz einfach.«

»Was nichts mit einem gewissen Herrn Ingenieur aus der tollen Forschungsabteilung zu tun hat, oder?« Stella drückte die Mappe an sich und warf ihr einen bitterbösen Blick zu. »Ich kenne dich zu gut, Tony. Du verheimlichst mir etwas.«

»Er hat damit zu tun, ja. Ich brauche Abstand, um mir klar zu werden, was ich will.« Tony versuchte, möglichst unverfänglich zu klingen. Sie betete stumm darum, dass Stella keine weiteren Fragen stellte. »Dass ich mich in ihn verknallt habe, weißt du doch schon. Du solltest gestern die Save-the-date-Mail von Jon in deinem Postfach gefunden haben. Verstehst du, was ich meine?«

»Und dieser Typ kommt wirklich nicht mit?«

»Nein, versprochen.« Tony schloss die Augen und seufzte sehnsüchtig auf. »Okay, Stella, ich gebe zu, dass ich kurzzeitig die fixe Idee hatte, mit ihm zusammen in den Urlaub zu fahren. Aber der Mann hat Anstand und hat abgelehnt. Was nichts daran ändert, dass die Idee mit dem Urlaub gut ist. Ich fahre nach Frankreich, lasse mich ein wenig verwöhnen, genieße das Wetter und das Essen, und bereite mich emotional auf die Hochzeit vor. Ende der Durchsage.«

Stella schaute sie sichtlich misstrauisch an. »Ist das dein Ernst, Tony? Ich lasse dich nicht mit einem Verrückten in den

Urlaub fahren, weißt du. Ich mache mir Sorgen um dich. Du warst zwei Wochenenden in Folge in Glasgow, und jetzt wirkst du, als ob man dir deine Lieblingsdroge entzogen hätte.«

»PMS?«, gab Tony zurück und verdrehte die Augen. »Du interpretierst zu viel, Stella.«

»Du hattest noch nie PMS, Kopfschmerzen, Bauchschmerzen oder sonst etwas.« Stella tippte ungeduldig mit dem Fuß auf den Boden. »Also, fährst du wirklich alleine?«

»Ruf ihn doch an und frag ihn, verdammt. Ja, ich fahre alleine.« *Auch wenn es mir lieber wäre, das nicht zu tun. Aber Urlaub ist eine verdammt gute Idee, auch ohne ihn.* »Gibt es sonst noch etwas oder können wir endlich in die Mittagspause aufbrechen? Ich brauche einen Kaffee und irgendetwas zu essen, ich habe Hunger.«

»Das hast du auch noch nie gesagt, Madame Diätenwahn.« Stella nickte, als wenn ihre Theorie sich gerade bestätigt hätte. »Ich sage doch, er verändert dich.«

»Dann ist es Zeit für mich, mich zurück zu verändern, oder?« Tony stand auf und zog Stella in eine feste Umarmung. »Süße, ich weiß deine Sorgen zu schätzen, wirklich, aber geh mir nicht auf die Nerven. Ich habe einen Fehler gemacht, als ich mich in diesen Typen verknallt habe, aber ich verspreche dir, dass alles gut werden wird.«

»Wann sagst du es Jon? Dass du dich verknallt hast, meine ich?« Stella wand sich aus ihren Armen. »Dass er dich langweilt und all das, was wir auf deinem Junggesellinnenabschied bequatscht haben?«

»Nie?« Tony wusste nicht, was sie Stella noch alles sagen konnte, nur um sie zu beruhigen. Dieses offensichtliche Unverständnis verwirrte sie, denn dass Stellas Sorge nicht nur auf Angst beruhte, war allzu deutlich. Stella fand die Vorstellung, was Mikael mit ihr machte, genauso pervers und abartig, wie Jon sie finden würde. Es war seltsam, auf einmal nicht mehr alles mit ihr teilen zu können. »Lass gut sein, Stella. Ich bin gestresst. Lass mich am Donnerstag in diesen Flieger steigen, und eine Woche später bekommst du deine alte Tony zurück. Deal?«

»Deal.«

***

Stella hatte gerade die Tür hinter sich zugezogen, als das Telefon klingelte. Tony warf einen entnervten Blick auf das Display und hob erst ab, als sie die schottische Vorwahl erkannte.

»Tony Miller?«, meldete sie sich.

»Kannst du reden, Julie?«

Allein dieser Klang ihres Namens weckte sofort wieder die Lust auf ihn. Niemand sprach ihn auf diese naive, amerikanisch-französische Art aus wie er. »Ich habe gerade Mittagspause. Kommt also darauf an.«

Hektisch blickte Tony zur Tür. Stella konnte jederzeit hereinkommen und sie abholen. »Nur ein paar Sekunden«, fügte sie deshalb an.

»Gut, lange brauche ich auch nicht. Ich habe mir das mit dem Urlaub noch einmal überlegt. Ich werde dich begleiten. Ich werde einen Flug von hier aus buchen und dich in Nizza am Flughafen erwarten. Eine Woche, in der du mir gehörst. In der du tust, was ich will. Alles.«

Tony verkniff sich einen lauten Jubelschrei, weil er sofort Stella auf den Plan gerufen hätte. »Ja, natürlich. Gerne.«

»Das solltest du nicht sagen, ehe du nicht meine Bedingungen kennst. Und außerdem war das keine Frage, sondern eine Feststellung.« Sie sah sein Lächeln durch die Telefonleitung hindurch. »Von jetzt an wirst du keinen Orgasmus haben, bis ich es dir wieder erlaube. Keinen einzigen. Egal wie du ihn herbeiführen willst.«

Tony runzelte die Stirn. Wie stellte er sich das vor? Jon ... da war noch Jon. Mikael ging jetzt eindeutig zu weit. Er tat genau das, von dem er behauptet hatte, er würde es nicht tun wollen: Er drängte sich in das Leben, das sie mit Jon führte.

»Das geht nicht«, widersprach sie heiser. »Ich meine ... Jon ... er wird sich Gedanken machen.«

Als ob Jon dich jemals zum Orgasmus gebracht hätte. Und Vorgespielte zählen nicht, dachte sie dann und hatte das unbestimmte Gefühl, dass er dasselbe dachte.

»Das ist dein Problem. Und außerdem wird heute noch ein Paket für dich ankommen. Du wirst schon wissen, was du damit anfängst.«

»Mikael, bitte«, fing sie an, aber er unterbrach sie sofort.

»Du vergisst dich, Sklavin. Dafür werde ich mir etwas ausdenken. Außerdem werde ich dich für jeden Orgasmus bestrafen, den du hast, ehe ich es dir erlaube, meine süße Julie.«

»Ja, Master.« Sie könnte sich selbst für diese Worte ohrfeigen. In dieser nüchternen Umgebung, in der ihr das letzte Wochenende wie ein Traum vorkam, waren solche Gedanken einfach nur unangebracht. Stella hatte recht. Er war ein Verrückter.

Mikael legte ohne eine Verabschiedung auf und ließ sie mit ihrer Verwirrung alleine. Wie auf Kommando ging die Tür wieder auf.

»Kommst du endlich, alte Trantüte?« Stella streckte ihren Kopf in ihr Büro. »Erst Hunger haben und dann nicht loskommen! Hier, ist gerade noch per Eilboten für dich gekommen.« Sie trat ein und legte ein Päckchen auf ihren Schreibtisch. »Und jetzt ab zum Lunch, Süße, ich brauche einen Kaffee.«

Tony starrte sprachlos dieses Paket an. Wie im Traum tapste sie hinter Stella her, als wäre sie ferngesteuert. Sie wollte es öffnen, um herauszufinden, was er sich ausgedacht hatte, und sie wollte es einfach wegwerfen, ihn nie wieder sehen und alles vergessen.

Sie wollte alles gleichzeitig.

***

Vorsichtshalber hatte Tony die Tür abgesperrt, ehe sie das Päckchen öffnete. Es konnte nur das Päckchen sein, von dem Mikael gesprochen hatte, alles andere wäre einfach zu viel des Zufalls. Vorsichtig zerschnitt sie die Klebebänder und öffnete den Pappdeckel. Ein ordentlich zusammengefaltetes Blatt Papier flatterte ihr entgegen. Sie widerstand ihrem ersten Impuls und legte das Papier auf den Schreibtisch, um es später zu lesen. Danach hob sie die erste Schicht des Packpapieres heraus. Es war ein seltsam beklemmendes Gefühl. Wenn – falls – es wirklich von Mikael war, konnte es nur mit Sex zu tun haben. Alles andere ergab keinen Sinn, oder?

Oder hatte er sie nur ärgern wollen? Tony blies sich kühlende Luft über ihr Gesicht. Allein der Gedanke an ihn genügte, um sie feucht werden zu lassen.

Verdammter Wertinger. Wie auch immer er das anstellte.

Ihre Finger hatten alle Mühe, zwischen dem Packpapier den eigentlichen Inhalt des Päckchens herauszufischen. Und auch, als sie ihn endlich in den Händen hielt, wollte ihr Verstand eine Zeitlang gar nicht begreifen, was er ihr geschickt hatte: zwei relativ unscheinbare Kugeln, die mit einem Bändchen verbunden waren. Silikon, schwarz, mit einem schicken, hellblauen Muster.

Die Muskeln in ihrem Unterleib zogen sich in freudiger Erwartung zusammen, ehe ihr Verstand protestieren konnte. Mit zittrigen Händen entfaltete sie den Papierbogen. Mikaels Schrift war wie erwartet, ordentlich, fest und vor allem sehr gut lesbar.

Ich denke, Du weißt, was ich Dir geschickt habe. Ich will, dass Du es trägst, bis ich Dir etwas anderes erlaube.

Mikael

Wie zur Hölle stellte er sich das vor? Sie konnte doch kaum im Büro herumlaufen und Liebeskugeln tragen? Unschlüssig starrte sie auf dieses Spielzeug in ihren Händen und versuchte, möglichst ruhig zu atmen. Das war vollkommen unmöglich! Mikael war verrückt, wenn er das von ihr verlangte. Er mischte sich ein, wo es nichts einzumischen gab.

Wie im Traum griff sie nach dem Telefon, als es klingelte.

»Und? Hast du mein Paket erhalten?«

Seine freundliche, geradezu nichtssagende Stimme riss sie aus den Gedanken. »Du spinnst wohl«, antwortete sie mit belegter Stimme, die ihre Erregung nur zu deutlich verriet. Sie räusperte sich. »Das ist vollkommen absurd!«

»Ist es das? Du wolltest, dass ich mit dir in den Urlaub komme. Ich habe gesagt, dass ich es nur tue, wenn du meine Bedingungen akzeptierst. Zugegeben, ich kann mich an kein klares Ja erinnern, wie es einer Sklavin würdig gewesen wäre, aber du hast auch nicht widersprochen.«

»Mikael, das geht eindeutig zu weit.« Hastig packte sie alles in die Schachtel zurück und schob sie unter den Schreibtisch. Möglichst weit weg von ihr selbst, um ja nicht darüber nachzudenken. »Ich kann doch nicht auf der Arbeit ... das geht nicht!«

»Vertrau mir. Und ob man es merkt, ist nur eine Frage deiner Selbstbeherrschung. Probiere es wenigstens aus.«

Seine Stimme klang jetzt so sanft und bittend, dass sie keinerlei Ähnlichkeit hatte mit diesem Mikael, den sie von ihren Spielen kannte. Als läge es ihm wirklich am Herzen. Tony atmete tief durch. Psychospielchen. Das waren also die Psychospielchen, vor denen Stella sie gewarnt hatte. »Ohne mich.«

»Dann fährst du wohl ohne mich in den Urlaub, meine süße, kleine Serva.«

Psychospielchen und Erpressung in Reinform. »Als ob mich das stören würde!«

»Das tut es. Ich weiß genau, dass ein Teil von dir geradezu danach lechzt, es auszuprobieren. Dass du im ersten Moment von der Vorstellung überwältigt warst, wie schön es sich anfühlen könnte. Ehe du nachgedacht hast.«

Sein Selbstbewusstsein war abartig. Woher wollte er das wissen? »Es ist sowieso besser so. Ich heirate bald.«

»Wie du meinst. Aber dann wirst du ohne mich in deinen Urlaub fahren. Das liegt in deiner Hand. Etwas ganz anderes, und ehe ich es vergesse: ich schicke dir nachher ein paar Testreihen. Du solltest sie dir ansehen. Ich will dir nicht zu viel verraten, um dich nicht voreinzunehmen, aber sie sehen verdammt gut aus.«

Wie schaffte er es nur, so plötzlich das Thema zu wechseln? Tony unterdrückte nur mit Mühe ein gequältes Aufstöhnen und hörte sich seine neuesten Erkenntnisse an.

***

Die Leere ihrer durchgestylten Wohnung empfing sie mit wohltuender Kühle. Jon würde nicht vor zehn Zuhause sein, der Anrufbeantworter blinkte ausnahmsweise nicht, und nach dem Lunch mit Stella hatte sie auch keinen Hunger. Die perfekten Voraussetzungen für einen schönen Abend, mit einem Vollbad, ein wenig Musik und ganz viel Entspannung nach diesem Wochenende.

Tony beäugte sich kritisch im Spiegel, während sie die Businesskleidung gegen eine gemütlichere Yogahose und ein einfaches T-Shirt tauschte. Noch sah man leichte Rötungen auf ihrer Haut, aber bei Weitem nicht so stark, wie sie erwartet hatte. Jon würde wahrscheinlich nichts merken, und auch sonst niemand, den sie nicht ausdrücklich darauf hinwies. Wertinger verstand etwas von dem, was er tat.

Unwillkürlich wanderte ihr Blick zurück zu ihrer Handtasche. Sie hatte sein ungewöhnliches Geschenk eingepackt, weil sie es ja kaum im Büro herumstehen lassen konnte. Eigentlich hatte sie es irgendwo auf dem Weg in eine Mülltonne werfen wollen – aber seltsamerweise hatte sie nicht einen Mülleimer auf ihrem Weg gefunden.

Oder finden wollen. Nur weil sie sich gegen seine Psychospielchen verweigerte, hieß das ja nicht, dass sie nicht ihren Spaß haben konnte. Wenn sie es wollte, zu ihren Bedingungen, ohne irgendwelche dämlichen Spielchen.

Hastig kniete Tony sich vor die Handtasche und holte diese unauffälligen Kügelchen heraus. Sie fühlten sich schön an, warm und auf eine unbeschreibliche Weise weich. Prüfend ließ sie diese Kugeln zwischen ihren Handflächen herumrollen. Das sanfte Vibrieren schlich sich über ihre Handgelenke, die Arme nach oben und durch ihren ganzen Körper.

Sie konnte es auch ohne ihn ausprobieren. Sie brauchte keinen gottverdammten, gut aussehenden Mikael Wertinger mit seinen Psychospielchen. Tony legte sich auf das Bett und zog die Yogahose und den schlichten Seidenslip wieder aus. Sie behielt das T-Shirt an, und betrachtete sich für eine Weile in dem Spiegel an der Schrankwand. Ihr flacher Bauch gefiel ihr. Die Brüste zeichneten sich unter dem dünnen Stoff gut ab, voll, und vor allem nicht zu klein. Ihre Brüste waren das einzige, das sie an ihrem Körper schon immer gemocht hatte, auch früher, als sie einige Kilo mehr auf den Rippen gehabt hatte. Sie schloss die Augen und beschwor die Erinnerung herauf, wie sich seine Hände auf ihren Brüsten anfühlten.

Jons Hände. Sie brauchte keinen Wertinger, verdammt. Tony fühlte die Gänsehaut, die langsam hart werdenden Nippel, dieses leichte Kribbeln. Jons immerzu perfekt manikürte Hände, die sie streichelten, die um ihre Brustwarzen strichen, seine Zähne, die sie bissen, leicht, spielerisch. Genau so.

Ganz von selbst öffnete sie ihre Beine ein wenig mehr. Die Hand mit den Liebeskugeln wanderte dazwischen. Tony ließ diese glatten Oberflächen über ihre Klitoris gleiten und stellte leicht verwundert fest, dass allein diese Gedankenspielerei genügt hatte, um sie feucht werden zu lassen. Der leichte Druck, mit dem sie über ihren Kitzler glitt, schickte einen ersten Schauer durch sie hindurch.

Kurz entschlossen schob sie die erste Kugel in sich hinein. Sie brauchte genaugenommen weder Jon noch Mikael, noch irgendeinen anderen, idiotischen Kerl, der ihr sagte, was sie tun und lassen sollte. Mit fiebrigen Fingern schob sie die zweite Kugel hinterher, ehe ihr Verstand protestieren und sie aus diesem wunderschönen Gefühl reißen konnte. Es fühlte sich toll an, ganz anders als irgendein dämlicher Schwanz. Einfach nur ausgefüllt, sanft und fordernd zugleich. Ihre pochenden Muskeln schlossen sich um diese wunderbaren Kugeln.

Vorsichtig strich sie über ihre Schamlippen und hob gleichzeitig das Becken leicht an. Die Kugeln stießen aneinander und riefen ein wunderschönes Kribbeln hervor.

Vergiss Mika. Er ist auch nur ein Kerl. Tony bewegte ihre Hüften. Sofort verstärkte sich das sanfte Vibrieren. Sie konnte jede einzelne Muskelfaser in ihrem Unterleib spüren, wie sie sich zusammenzogen, um diese Kugeln fester zu halten.

Um seinen Schwanz tiefer hinein zu locken. Um sein pulsierendes Glied dazu zu überreden, fester zuzustoßen. Um ihn überall zu spüren. Tony schloss nun doch die Augen. Ihre Hüften bewegten sich in dem Rhythmus, den er vorgab. Schnell. Unerbittlich. Fordernd. Er kümmerte sich kein bisschen darum, ob es ihr gefiel. Das war nicht sein Problem.

Ihre Finger wanderten zu ihrer Klitoris. Sie umkreisten den

Kitzler, strichen über die empfindliche Haut. Er schaffte es, sie noch fester zu stoßen. Seine Eier klatschten gegen ihre Haut. Tonys Finger schlugen vorsichtig auf die Perle, zuerst zaghaft, dann immer schneller und fester. So, wie er sie nahm. In seinem Tempo, bis er endlich seinen Samen in sie spritzte.

Tony stöhnte auf. Sofort schob sich ihre andere Hand über ihren Mund. Er hasste es, wenn sie ihn anbettelte. Sie hatte nichts zu sagen, wenn es um ihre Orgasmen ging. Ein zweiter Schwanz schob sich zwischen ihre Lippen. Gierig saugte sie an ihren Fingern, und stellte sich vor, sie könnte ihn überall gleichzeitig spüren. In ihrem Mund, zwischen ihren Schenkeln, und ganz tief in ihrer Vagina, dort, wo die Kugeln gegen ihre Muskeln schlugen.

Natürlich beließ er es nicht bei diesem einen Mal. Obwohl ihr Kitzler sich schon ganz wund anfühlte, was keine Überraschung war nach diesem Wochenende, drang er wieder in sie ein. Er fragte nicht danach, ob es ihr gefiel. Er nahm sie einfach, bis sie sich vollkommen erschöpft fühlte.

Tony verbiss sich ein Stöhnen. Ihre Hand schlug gegen ihre Klitoris, immer schneller und fester. Er gönnte ihr keine Erholungspause, egal, wie schmerzhaft es war. Ganz egal, wie stark der Orgasmus sie durchzuckte. Er nahm sich das, was er wollte, erbarmungslos.

Wie durch Watte hörte sie das Türschloss, das wieder zufiel. Sie musste die Zeit vergessen haben! Wenn Jon sie so fand!

Die Erregung war genauso schnell weg, wie sie gekommen war. Tony sprang auf, schlüpfte in die Yogahose und blies sich eine Haarsträhne aus dem Gesicht. Sie atmete einmal tief durch und setzte ein möglichst nichtssagendes Lächeln auf.

Dann erst merkte sie, dass sie das Wichtigste vergessen hatte. Bei jeder Bewegung spürte sie dieses herrliche Vibrieren in ihrem Unterleib, leicht, unaufdringlich, aber nicht zu ignorieren.

»Da bist du ja, Darling. Machst du dir wieder Sorgen, weil du zugenommen haben könntest? Du siehst fantastisch aus wie immer.« Jon steckte seinen Kopf durch die Schlafzimmertür. »Ich habe uns dein Lieblingsgericht mitgebracht. Chicken Curry Madras und Mangocreme als Nachspeise. Kommst du?«

Sie biss die Lippen aufeinander und nickte ihm zustimmend zu. Egal. Da musste sie jetzt durch, bis sie nach dem Essen unauffällig ins Bad verschwinden und diese verräterischen Kugeln irgendwo verstecken konnte.

Bereits der erste Schritt versprach, dass diese Aufgabe schwieriger werden würde als gedacht. Was würde Jon tun, wenn er herausfand, dass sie sich in seiner Abwesenheit selbst befriedigt hatte? Ob es ihn in irgendeiner Weise berührte?

***

Nach dem Abendessen hatte sie endgültig das Gefühl, in ihrer eigenen Lust zu baden. Tony hoffte, dass Jon ihre geistige Abwesenheit auf einen stressigen Tag schob, und dass er ihr nicht anmerkte, wie erregt sie war.

Wobei nur ein Blinder übersehen würde, dass ihre Nippel unter dem T-Shirt hart waren, dass ihre Wangen rot glühten und ihre Augen glänzten. Jon ging jedenfalls mit keinem Wort darauf ein. Nicht einmal, als sie nach dem Essen sofort ins Bad verschwand, machte er irgendeine Bemerkung.

Haltsuchend klammerte sie sich am Waschbecken fest. Wertinger und seine dummen Spielchen. Wieso hatte er sich vorhin in ihre Fantasie geschlichen? Es durfte nicht sein. Sie war doch nicht etwa abhängig von ihm, so wie Stella es fürchtete? Sie hatte keinen Grund dazu. Nur eine Tür weiter erledigte der Traumtyp des ganzen College gerade den Abwasch und wartete auf sie. Nur noch ein paar Wochen, und alles wäre perfekt. Einfach alles.

Hastig zog sie die Yogahose und den durchweichten Slip aus. Sie vermied jeden Blick in den Spiegel. Es gab nichts Peinlicheres als den Anblick geiler Menschen, die vollkommen den Verstand verloren. Es gab nichts Peinlicheres als sie, die sie auf diese billige Masche dieses Perverslings hereinfiel.

Sie biss sich auf die Unterlippe und zog an dem Rückholbändchen. Sofort tanzten die Kugeln auf und ab, als wollten sie sich dagegen wehren. Die Erregung zuckte wieder durch ihren Körper. Ihr Mund fühlte sich ganz trocken an.

Sie musste dem ganzen Spiel ein Ende setzen, ehe sie Wertinger ganz verfiel. Sie hatte Jon. Jon, der ein liebenswerter, zuvorkommender Mensch war. Jon. Jon. Jon.

Tony hämmerte sich diesen Namen in ihr Gehirn, damit es die nächste Fantasie etwas besser ausgestaltete. Mikael war eine Affäre gewesen, eine nette, zugegeben, eine interessante, aber nicht mehr. Sie hatte Jon.

Eilig wusch sie die Kugeln ab und schob sie unter die Handtücher, die in dem Schränkchen unter ihrem Waschtisch lagerten. Da würde Jon niemals hinsehen, und morgen konnte sie die Kugeln in aller Ruhe entsorgen.

Und damit jede Erinnerung an Wertinger. Ein Spritzer kalten Wassers vertrieb den Glanz aus ihrem Gesicht und ein neuer Slip half gegen die Hitze zwischen ihren Beinen, ehe sie zu Jon in die offene Küche zurückging.

Er erwartete sie mit zwei Gläsern Champagner.

»Du siehst toll aus, Darling.« Er legte den Kopf schief und nickte anerkennend. »Hast du dir eigentlich schon Gedanken über das Hochzeitskleid gemacht?«

»Nein.« Sie seufzte, nahm den Champagner entgegen und lehnte sich gegen die Arbeitsplatte, nur um nicht umzufallen. »Nein, wirklich nicht. Ich habe mir etwas überlegt, Jon. Ich brauche Ruhe, um mich auf die Hochzeit vorzubereiten. Mir wächst gerade alles über den Kopf.«

»Den Eindruck hatte ich auch.« Liebevoll strich er über ihr Gesicht. »Und?«

»Ich fliege diesen Donnerstag nach Frankreich. Bei der Gelegenheit kann ich mich nach einem Hochzeitskleid umsehen, was denkst du? Ich wollte es sowieso in Frankreich kaufen. Sie haben dort in Sachen Mode immer noch mehr Stil als wir auf unserer Insel, da kann man sagen, was man will.«

»Das behauptest du nur, weil deine Mutter Französin war.« Sein Daumen strich über ihre Lippen. »Wie lange willst du dort bleiben?«

»Eine Woche. Das ist doch in Ordnung, oder? Im Augenblick brauchst du mich doch nicht?« Ein seltsames Glitzern trat in seine Augen. Tony schluckte. War er verletzt, weil sie ihn nicht dabeihaben wollte? War er stolz, weil sie darauf vertraute, dass er die Lage allein im Griff hatte? Wirklich deuten konnte sie diesen Ausdruck nicht.

»Nein, ich brauche dich nicht in der nächsten Zeit. Die Verhandlungen sind zäh, aber sie laufen. Notfalls gibt es Telefon und Internet, nicht wahr, Darling?« Er küsste sie auf die Stirn. Seine Lippen fühlten sich schrecklich kalt an auf der Hitze, die in ihrem ganzen Körper zu herrschen schien. »Darf ich dir vorher die Einladungslisten schicken? Ich denke, ich habe niemanden vergessen, aber man weiß ja nie. Und dann sollten wir uns bei Gelegenheit Gedanken über die Presse machen.«

»Presse? Du übertreibst, Jon.«

»All die Regenbogenblätter brauchen etwas, über das sie schreiben können. Ich weiß, du stehst nicht gern in der Öffentlichkeit, aber die Holding deines Vaters zählt zu den größten Vermögen im Land. Kein Adelstitel, aber notfalls tut es auch ein neureicher Industrieller, wenn die Seiten voll werden müssen.«

Von jedem anderen hätte sie es nicht hingenommen, aber bei Jon klang es einfach wie eine nüchterne Feststellung, wenn er ihren Vater als neureichen Industriellen bezeichnete. Und in gewisser Hinsicht stimmte das auch. »Wir sind doch nur ein kleines Licht gegen all die Millionäre und Milliardäre hier in London.«

Gespielt ungläubig zog er die Augenbrauen nach oben. »Belüg dich nicht ständig selbst. Vielleicht seid ihr keine Milliardäre, aber genau die Art Mensch, von dem man lesen will. Bodenständig. Unauffällig. Vollkommen normal. Ich habe selber nicht daran gedacht. Unser Wedding-Planer hat mich darauf aufmerksam gemacht. Sie meinte, das Beste wäre es, wenn wir mit irgendeinem Verlag Exklusivrechte vereinbaren. Dann ist es einfacher, die Kontrolle darüber zu behalten, welche Bilder verbreitet werden.«

Tony spürte, wie Panik in ihr aufstieg. »Ich will keine Presse auf meiner Hochzeit. Ich will meine Freunde, meinen Daddy, und meinetwegen deinen Chef, aber sonst niemanden, klar?«

»Und was ist mit den Geschäftspartnern deines Vaters? Mit der bevorstehenden Übernahme können wir gute Publicity brauchen.«

Was zur Hölle ging hier vor? Sie hatte keine Lust darauf, ihr Privatleben in irgendwelchen Blättern ausgebreitet zu sehen. Das ging niemanden etwas an. Es reichte, wenn in den einschlägigen Börsennews der Name ihrer Firma auftauchte. Tony wollte schreien, und brachte nur ein heiseres Stöhnen zustande. »Nein, Jon. Keine Presse. Kein großes Fest. Das will ich nicht!«

»Aber so gehört es sich einfach.« Er streichelte über ihre Haare, als würde er ein trotziges Kind beruhigen. »Tony, mein Schatz, deine Bescheidenheit ehrt dich, aber finde dich damit ab, dass du zu den Reichen und Schönen gehörst, und dass du damit leben musst, wenn die Journaille dann und wann über dich herfällt.«

»Heiratet nicht irgendeine Prinzessin irgendwann? Dann

lass uns genau diesen Tag nehmen, und die Sache ist gegessen.« Ihr war einfach nur zum Heulen zumute. »Jon, bitte, es ist unser Tag!«

»Und wir werden ihn genau so feiern, wie es sich gehört. With pomp and circumstance, wie es so schön heißt. Mama freut sich schon, meine Schwestern sind ganz aufgeregt, und dein Daddy lässt es sich sicher nicht nehmen, dich zum Altar zu führen.«

»Verdammte Scheiße, Jon, du weißt nicht, was du mir antust.« Ob Wertinger genauso über ihren Kopf hinweg planen würde? Irgendwie konnte sie es sich bei ihm nicht vorstellen. Obwohl er in jeder nur erdenklichen Hinsicht mit ihr spielte, ging das einfach nicht. Er würde es niemals tun.

Und wieso dachte sie schon wieder an Wertinger?

»Gib mir Zeit, mich mit diesem Gedanken anzufreunden, Jon. Ich werde in Frankreich darüber nachdenken, wie ich damit umgehen will, einverstanden?«

»Das klingt gut, Darling. Jetzt muss ich dich leider alleine lassen. Ich wollte noch etwas lesen, ehe ich schlafen gehe. Ich bin müde, mein Schatz.«

Als ob es damit erledigt war! Tony starrte ihm hilflos hinterher und fühlte sich einfach nur benutzt. Dass Jon Wert auf Äußerlichkeiten legte, war ihr immer klar gewesen. Bis heute hatte sie sich jedoch nicht vorstellen können, dass er auf ihren Gefühlen herumtrampelte, nur weil die Gesellschaft etwas anderes wollte als sie.

Sie zwang sich, diesen Gedanken zu vergessen. Sie waren einfach beide überarbeitet, das war es. Und genau dagegen würde der Urlaub helfen.

Ohne Wertinger. Und garantiert ohne Jon.

Kapitel 9

Tony brauchte einen ganzen Tag, um sich von diesem Schock zu erholen. Erst am Mittwochmorgen fühlte sie sich halbwegs normal, weniger wackelig auf den Beinen und vor allem bereit für neue Abenteuer. Jon schlief noch, wie immer. Er war ein notorischer Nachtarbeiter, und meistens einer der letzten, die im Büro seiner Kanzlei aufkreuzten.

Letzten Endes siegte die Neugier. Außerdem wollte sie sich selbst beweisen, dass das alles nichts mit Mikael zu tun hatte. Und sie wollte Jon eines auswischen, weil er immer noch darauf bestand, eine Hochzeit mit allen Schikanen zu feiern. Mehr als genug Gründe, um diese Kugeln noch einmal einzusetzen.

Tony zwang sich, an irgendetwas anderes zu denken, vorzugsweise an irgendetwas Seltsames. Diese Kugeln waren medizinisch sinnvoll, hieß es. Rückbildungsgymnastik nach der Schwangerschaft. Vorher schon, um die Muskulatur auszubilden.

Nicht, dass sie daran dachte, bald schwanger zu werden. Aber man wusste ja nie. Wenn Jon schon wegen der Hochzeit so ein Theater machte, wollte er sicher bald auch einen süßen, kleinen Erben.

Genau. Nur darum ging es. Um die potenzielle Schwangerschaft einfacher zu machen. Das hatte mit Sex nichts zu tun, und mit Wertinger schon dreimal nicht. Sie schloss die Augen, schob die Kugeln in ihre Vagina und ignorierte die Feuchtigkeit an ihren Fingern.

Dieser Gedanke sollte reichen, um sie den Tag über von diesem wunderbar ausgefüllten Gefühl abzulenken, und auch von diesem sanften Vibrieren. Es war einfach nur vernünftig im Hinblick auf ihre Zukunft mit Jon. Nichts weiter.

Als sie in den Spiegel blickte, um sich zu schminken, sah sie in ihren Augen nur zu deutlich die Lüge.

***

An diesem Abend gab sie Jon keine Chance, sich mit Arbeit oder Müdigkeit herauszureden. Tony hatte schon den Tag kaum überstanden. Bei jeder Bewegung hatte sie ihn in sich gespürt. Ihn, der anscheinend immer genau wusste, was sie brauchte, und trotzdem nur sein eigenes Vergnügen verfolgte. Kaum zuhause, war es schwer gewesen, der Versuchung zu widerstehen. Sie hatte die Kugeln zurück in ihr sicheres Versteck unter dem Waschbecken bugsiert, sich frisch gemacht und versucht, möglichst normal zu wirken, als Jon aus dem Büro kam. Sie hatte das Abendessen wie auf Kohlen verbracht, und sich die ganze Zeit eingebildet, dieses wundervolle Ziehen in ihrem Unterleib weiterhin zu spüren, obwohl da nichts mehr war.

Kaum hatte Jon den letzten Bissen gegessen, stand sie auf, schob sich zwischen ihn und den Tisch und blickte lächelnd auf ihn hinab. Jon starrte sie zuerst verwirrt an, dann legte er zögerlich einen Arm um ihre Taille.

»Ich brauche dich, Jon«, flüsterte sie. »Wenn ich morgen fliege, sehen wir uns eine ganze Woche nicht.«

»Ich werde dich auch vermissen«, antwortete er ernsthaft und schob mit der freien Hand nervös seine Brille nach oben. »Darling, wollen wir uns noch einen Wein aufmachen? Der Weißwein im Kühlschrank ...«

»... darf bleiben, wo er ist.« Sie strich über sein glatt rasiertes Kinn und hob seinen Kopf an. »Ich will dich, Jon. Jetzt.«

Ehe er widersprechen konnte, begann sie damit, sein Hemd aufzuknöpfen. Weil er Anstalten machte, aufzustehen, setzte sie sich einfach auf seinen Schoß. Er starrte sie überrascht an. Tony lächelte. Wenn er nicht den Anfang machte, dann musste sie es eben selbst in die Hand nehmen. Wenn es wirklich nur ein langweiliges Sexleben war, das zwischen ihr und der perfekten Ehe stand, dann konnte man das durchaus ändern.

Endlich hatte sie das Hemd von seinen Schultern gezogen. Das Unterhemd folgte. Er ließ es wehrlos geschehen, nahm nur besorgt seine Brille ab und deponierte sie auf dem Esstisch. Tony zog die Unterlippe zwischen die Zähne. Ihr wäre es lieber, wenn er jetzt die Führung übernehmen würde, keine Frage, aber wenn Jon langweilig war, dann musste sie das eben in die Hand nehmen.

Es war ja nicht so, dass sie das nicht konnte. Sie stand auf und zog ihn mit sich nach oben. Für eine Sekunde hatte sie die Vorstellung, wie er sie auf genau diesem Esstisch nahm. Von hinten. Einfach so. Das jedoch würde Jon niemals tun, also zog sie ihn mit sich in das Schlafzimmer und drückte ihn auf das Bett.

»Was wird das?«, stieß er jetzt doch hervor und zog die Augenbrauen hoch. »Tony, was soll das?«

Ich will, dass du diese Erinnerung an Mikael Wertinger einfach aus mir herausfickst, verdammt. Ich will, dass du mich genauso befriedigst wie er. Weil ich dich heiraten will. Weil ich mich irgendwann einmal in dich verliebt habe und ich mich weigere, das alles wegzuwerfen. Weil du mir besser gefällst als er. Weil wir zwei zusammenpassen, und das mit Mika nie etwas werden würde. Tony atmete tief durch und schenkte ihm als Antwort nur ein Lächeln. Dann zog sie einfach möglichst schnell ihr Kleid aus, warf den BH auf die Seite und ging vor ihm in die Knie. Er roch gut, wie immer. Granatapfel, Zitrone und ein Hauch von Rasierwasser, unaufdringlich, aber markant. Sie nestelte seine

Hose auf und zog sie ihm herunter. Die Boxershorts waren schon eine größere Herausforderung, zumal er ihr kaum dabei half.

Wieso sollte er das auch tun? Tony schob die Gedanken ausnahmsweise nicht beiseite, die sich ihr aufdrängten. Die Kugeln, die sie den ganzen Tag über in sich gespürt hatte, hatten sie viel zu geil zurückgelassen, um jetzt noch auf ihre Gedanken zu achten. Wieso auch sollte er ihr helfen? Es war ihre Aufgabe, ihn zu verwöhnen. Selbst wenn sie die Führung übernahm, blieb sie doch seine Liebessklavin, die nichts weiter zu tun hatte, als seiner Lust zu dienen.

Hingebungsvoll leckte sie über sein Glied. Eine Hand spielte mit seinen Hoden, während die andere über seine Brust strich und dann seinen Arm nahm. Auffordernd legte sie seine Hand auf ihren Kopf, in der Hoffnung, dass er wenigstens so tun könnte, als würde es ihm gefallen. Und wirklich – sein Schwanz richtete sich noch ein wenig mehr auf. Seine Hand griff in ihre Haare und hielt ihren Kopf fest, so, dass sie ihm nicht mehr entkommen konnte. Tonys Zunge tänzelte über seine Eichel, schmeckte seine Lust und fuhr die deutlich hervortretenden Äderchen nach. Sein leises Stöhnen war Bestätigung genug dafür, dass es ihm gefiel. Sie spielte mit seiner Vorhaut und ließ ihre Zunge immer schneller über seinen Schwanz gleiten. Ein erster Vorbote seiner Lust tropfte auf ihre Zunge, den sie verlangend in ihrem Mund verteilte. Sie umschloss seinen Schaft mit ihren Lippen. Er drängte sich ihr ein wenig entgegen. Diese kleine Aufmunterung war alles, was sie brauchte, um noch eifriger weiterzumachen. Ihre Lippen hielten ihn fest, während ihre Finger seine Hoden streichelten und ihre Zunge seine Eichel neckte. Das Pulsieren in seinem Schwanz wurde im gleichen Maße heftiger, in dem sie ihre Bemühungen verstärkte. Ein leichtes Zucken kündigte seinen Höhepunkt an.

Er wollte sich zurückziehen, aber Tony ließ es nicht zu. Sie behielt seinen Schwanz einfach in ihrem Mund, griff mit den Händen fester um seine Hoden, und massierte ihn, bis er seine Gefühle nicht mehr kontrollieren konnte.

Zum ersten Mal in ihrer Beziehung kam er in ihren Mund. Sein Samen spritzte auf ihre Zunge, lief ihre Kehle hinab und füllte sie aus. Gierig schluckte Tony alles hinunter, genoss seinen Geschmack in ihrem Mund.

Dann blickte sie fragend und unsicher auf. Jon starrte auf sie, als wäre sie ein vollkommen unbekanntes Wesen. Jetzt erst erhellte sich seine Miene ein wenig.

»Tony, du bist unersättlich, weißt du das?«, flüsterte er heiser und rutschte auf dem Bett zurück. »Du musst das nicht meinetwegen machen, weißt du?«

»Halt den Mund«, befahl sie ihm und kniete sich über ihn. Spielerisch nahm sie seine Hände, führte sie über seinem Kopf zusammen und hielt sie dort fest. »Keinen Widerspruch, mein Schatz. Kein Wort will ich hören, verstanden?«

Mit einer Hand spielte sie sanft an seinem Glied, bis er sich erholt hatte. Dann führte sie es selbst in ihre feuchte, pochende Möse ein. Er schloss die Augen und stöhnte leise, geradezu verträumt, auf. Tony bewegte sich zuerst langsam, um sich selbst an dieses Gefühl von seinem Schwanz in ihr zu gewöhnen, und dann immer schneller. Sie nahm sich das, was sie brauchte, ohne sich um ihn zu kümmern. Er hatte seinen Spaß schon gehabt, jetzt wollte sie zu ihrem Recht kommen.

Ihre Muskeln zogen sich erwartungsvoll zusammen und hielten sein Glied in ihr fest. Ein warmes Pulsieren ging von ihrem Unterleib aus, durch ihren ganzen Körper hindurch. Ihr Kitzler rieb über seine Haut, immer, wenn sie sich ganz auf seinen Schwanz hinabsinken ließ. Es fühlte sich beinahe an wie seine Hand, die daran spielte, oder wie Mikaels geschickte Zunge, nur dass sie alleine über ihre Erregung bestimmte.

Tony spürte, wie die Erregung sich sammelte und für einen Orgasmus bereit machte. Kurz hielt sie inne, küsste Jon und wartete, bis sein Atem sich beruhigt hatte. Dann begann sie wieder damit, ihn zu verwöhnen. Seine Hüften hoben sich ihr entgegen. Sie schloss alle anderen Gefühle aus, konzentrierte sich nur noch auf dieses immer stärker werdende Pulsieren in ihrer Möse, auf die Nippel, sie sich schmerzhaft hart zusammenzogen. Sie richtete sich auf und nahm ihn noch tiefer in sich auf. Seine Hände schlossen sich um ihre Hüften und drückten sie fest auf seinen Schwanz. Tonys Finger kreisten um ihre Nippel, während seine Hände auf ihren Pobacken lagen und sie festhielten. Sie ritt ihn in dem Rhythmus, den ihre Erregung vorgab, bis schließlich die Erlösung über sie hereinbrach.

Die ganze aufgestaute Lust eines viel zu langen Tages schwappte über sie hinweg und riss auch die letzten Zweifel mit sich fort. Sein Glied stieß fester in sie hinein. Diesmal spritzte er noch heftiger als vorher, jedenfalls glaubte sie das. Es fühlte sich so an, als würde er sich zeitgleich noch weiter in sie bohren. Sie stöhnte ihre Lust hinaus und ergab sich dem Zittern, das durch ihren ganzen Körper ging. Dann sank sie erschöpft über ihm zusammen, ohne seinen Schwanz aus ihrer Spalte zu entlassen.

Erleichtert kuschelte sie sich in seine Armbeuge und genoss seine vertraute Nähe. Es hatte also überhaupt nichts mit Wertinger und seinen Spielchen zu tun, sondern nur mit ihr. Wenn sie es wollte, konnte sie Jon durchaus dazu bringen, etwas wagemutiger zu sein. Sie musste es sich einfach nur selbst eingestehen und ihm gegenüber klarmachen.

Jon küsste sie liebevoll auf den Haaransatz. »Du bist faszinierend, Tony. Ich werde dich niemals unglücklich machen, das verspreche ich.«

Es war alles nur eine Frage des Willens. Die Sache mit Mikael war vorbei, jetzt, da sie aus seinem Spiel ausgestiegen war. Und mit Jon würde sie sich sicherlich noch irgendwann darüber einig werden, wie guter Sex auszusehen hatte.

Vielleicht würde es ein Stück harter Arbeit werden, aber das war es ihr wert. Nur wegen irgendeines dahergelaufenen Amerikaners mit seinen Psychospielchen würde sie ihre Beziehung nicht wegwerfen.

Niemals.

Kapitel 10

Der Flughafen von Nizza empfing Tony mit warmer, trockener Luft und dem – wenigstens eingebildeten – Geruch nach Meer. Ungeduldig wartete sie auf das Gepäck, um dann endlich hinaus auf das Land zu kommen. Sie hasste Nizza. Die Stadt war viel zu laut, ungeordnet und ungepflegt für ihren Geschmack. Bis Sainte-Maxime waren es, selbst wenn alles gut ging, immer noch eineinhalb Stunden Fahrt. Sie sehnte sich jetzt schon nach einer ausgiebigen Runde im Pool, vielleicht sogar einem kleinen Spaziergang hinunter ans Meer. Ungefähr so musste der perfekte erste Urlaubstag verlaufen.

Endlich hatte sie ihren Koffer in der Hand und konnte zu den Mietwagenagenturen gehen. Entgegen ihrer sonstigen Gewohnheiten hatte sie sich dazu hinreißen lassen, sich einen schicken Sportwagen zu reservieren. Anscheinend war das Grund genug für den geschäftigen Typen hinter dem Schalter, alles doppelt und dreifach zu prüfen. Dass er kein vernünftiges Englisch sprach und ihr Französisch bestenfalls mangelhaft war, machte die Sache nicht einfacher.

Genervt schob sie ihm ihre Dokumente über die Theke, in der Hoffnung, es würde schneller gehen, wenn er sich einfach nur heraussuchte, was er brauchte. Plötzlich legte sich eine Hand auf ihre Schulter. Schwer und besitzergreifend.

Tony hielt die Luft an und drehte sich betont langsam um. Wenn es jetzt irgendein dämlicher Tourist war, der sich beschweren wollte, weil sie so lange brauchte, konnte er etwas erleben!

Die blauen Augen, in die sie schaute, trieben ihr die Luft mit einem Keuchen aus den Lungen.

»Nicht umkippen, meine Süße. Ich gehe doch recht in der Annahme, dass du gerade ein Auto für uns besorgt hast?«

Er hatte doch gesagt, er würde nicht mitkommen! Nicht, wenn sie sich nicht an seine Bedingungen hielt, was sie ziemlich eindeutig nicht getan hatte. »Was machst du hier?«, stammelte sie und drehte sich wieder halb zu dem Typen hinter dem Schalter um, der irgendetwas von ihr wollte. »Ich meine …«

»Ich muss doch sehen, ob meine kleine Serva sich an ihre Anweisungen gehalten hat.«

Er sagte es so trocken wie *Ich bin zufällig hier, weil ich morgen einen Geschäftstermin habe. Wollen wir einen Kaffee trinken?* Tony schluckte und schüttelte entgeistert den Kopf. Der Franzose hinter dem Schalter beugte sich über die Theke und redete wild auf sie ein.

»Ich glaube, du musst unterschreiben, sonst gibt er dir die Schlüssel nicht.« Mikael deutete ruhig an ihr vorbei. »Beeil dich lieber. Ich will doch wissen, wie viele Orgasmen du in den letzten Tagen hattest. Und wie oft du deine Liebeskugeln getragen hast.«

Sofort schoss die Röte in ihre Wangen. Der Franzose mochte schlecht Englisch sprechen, dafür würde es sicher noch reichen. Ob er sich zusammenreimte, was hier abging? Tony beugte sich über die Papiere und unterschrieb hektisch. Der Franzose gab ihr ihren Führerschein und die Kreditkarte zurück.

»Es ist besser, wenn ich fahre.« Mikael zog seinen Geldbeutel heraus und reichte seinen Führerschein über die Theke. Tony nickte wortlos, als der Franzose bestätigt haben wollte, dass er noch einen Fahrer versichern musste. »Du bist zu abgelenkt, Julie. Also, wie viele Orgasmen waren es?«

Am liebsten hätte sie sich hinter dieser armseligen Zimmerpalme versteckt, die neben der Theke Urlaubsfeeling verbreiten sollte. Tony rang die Hände und blickte sehnsüchtig über die Theke hinweg. Der Franzose ließ sich Zeit damit, die Papiere auszufüllen.

»Und wieder zögerst du, meine kleine Serva. Du weißt doch, dass das bestraft werden muss.«

Tony fühlte sich, als müsste sie aufschreien und weglaufen gleichzeitig. Wie konnte er nur! Es reichte doch, dass er einfach hier auftauchte und ihren ersten Urlaubstag zerstörte!

Wie beiläufig rückte er jetzt näher an sie heran und beugte sich über die Theke, als wollte er dem Franzosen bei der Arbeit zusehen. Dass er dabei ihre Brust streifte, machte die Sache nicht besser. Tony unterdrückte ein Stöhnen und hasste ihren Körper dafür, dass er sie verriet. Zwischen ihren Beinen wurde es schon wieder feucht. Ob dieses leichte Leinenkleid auch wirklich nichts verriet? Unsicher wechselte sie das Gewicht von einem Bein auf das andere. Wahrscheinlich konnte ihr jeder ihre Erregung ansehen, der Augen im Kopf hatte.

»Also?« Triumphierend drehte er sich um und hielt den Schlüssel zwischen zwei Fingern. »Darf ich dein Gepäck nehmen, Madame?«

Sie schaffte es einfach nicht, ihm zu widersprechen. Er nahm ihren Koffer und hievte ihn auf einen Gepäckwagen. Wie zur Hölle hatte er es geschafft, sich damit anzuschleichen? Tony betrachtete das Spiel seiner Muskeln unter seinem T-Shirt. Seine Schultern waren ziemlich verführerisch, das musste man ihm lassen. Die Jeans betonte seine Hüften. Obwohl er insgesamt schmächtiger war als Jon wirkte er in diesem Augenblick viel stärker. Viel bestimmter.

Tony eilte hinter ihm her, als er den Parkplatz mit den Mietwagen ansteuerte. Ein schwarzer Porsche Panamera sprang auf den Schlüssel an und blinkte ihnen freundlich entgegen.

»Schick«, bemerkte er und zog die Augenbrauen nach oben. »Ich bin mal gespannt, ob unser Gepäck da reinpasst.«

»Was zufälligerweise daran liegt, dass ich nicht mit dir gerechnet habe.« Sie stemmte die Arme in die Seite und machte keine Anstalten, ihm beim Einladen der Koffer zu helfen. »Du solltest nicht hier sein, Mikael. Ich wollte mich in Ruhe auf die Hochzeit vorbereiten. Allein.«

Er grinste sie an und schlug die Heckklappe zu. Höflich hielt er ihr die Beifahrertür auf. »Du weißt, wie du dieses Spiel beenden kannst. Sag dein Codewort, und ich bin weg.«

Tony schnaubte und kletterte an ihm vorbei in den Wagen. Sie achtete darauf, ihm dabei ja nicht zu nahezukommen. Was bildete er sich eigentlich ein? Einfach so in ihr Leben zu platzen? »Du spinnst, Mikael.«

»Nicht mehr als du. Also? Sag es lieber jetzt, hier am Flughafen. Das macht es mir einfacher, nach Hause zu kommen.«

Konnte er das wirklich ernst meinen? Sie biss auf ihrer Lippe herum und zuckte dann mit den Schultern. »Mal sehen. Ich glaube, mir macht es mehr Spaß, dich von Sainte-Maxime hierher trampen zu sehen.«

»Ich mag aufmüpfige Frauen.« Er gab der Tür einen Schubs und schickte ihr durch das Fenster einen Handkuss. Dann schob er den Gepäckwagen nachlässig auf die Seite und stieg auf den Fahrersitz. »Ich wollte schon immer mal einen Porsche fahren. Dafür laufe ich notfalls zurück.«

»Ich nehme dich beim Wort.« Tony überkreuzte schützend die Arme vor der Brust. Verstohlen beobachtete sie ihn dabei, wie er den Sitz und den Rückspiegel auf seine Größe einstellte, die Seitenspiegel verstellte und am Gurt herumspielte. Dann atmete er hörbar durch.

»Ich brauche die Adresse, fürs Navi. Oder magst du es eingeben?« Er bedachte sie mit einem herablassenden Blick. »Und dann will ich immer noch eine Antwort. Du hast mir noch nicht gesagt, wie viele verbotene Orgasmen du diese Woche hattest.«

Diese Kälte raubte ihr den Atem. »Fahr einfach auf die Autobahn Richtung Fréjus«, stammelte sie dann. »Ich glaube nicht, dass die Straße einen Namen hat, keine Ahnung. Ich finde den Weg auch so.«

»Das hoffe ich für dich, meine kleine Sklavin.«

***

Der Verkehr aus der Stadt hinaus forderte bald seine ganze Aufmerksamkeit. Aber selbst wenn das nicht gewesen wäre – Mikael hätte trotzdem nicht mehr mit ihr geredet. Es war ein ziemliches Wagnis gewesen, doch nach Nizza zu fliegen, egal, was sie davon hielt. Ohne Ankündigung. Er war sich zwar ziemlich sicher gewesen, dass sie ihm nicht würde widerstehen können, aber wirklich durchschaute er Tony noch nicht.

Danny hatte ihm gesagt, dass er sie auf jeden Fall verlor, wenn er jetzt nicht alles auf eine Karte setzte. Also hatte er im Grunde nichts zu verlieren gehabt, außer ein paar Euro für einen Billigflug und ein klein wenig Stolz. Nichts, das der Rede wert war, wenn eine solche Frau als Preis winkte.

Er sah ihr das Unwohlsein an. Sie starrte aus dem Fenster, die Arme über der Brust verschränkt und die Beine fest übereinander geschlagen. Sie kämpfte mit sich, gegen ihn, gegen ihre eigene Lust. Wenn er ehrlich war, bereitete es ihm ein diebisches Vergnügen, sie in eine solche Lage zu versetzen.

»Ich gehe doch richtig davon aus, dass wir in dieser riesigen Villa allein sein werden, oder?«, brach er das wohlige Schweigen, als sie endlich Fréjus hinter sich gelassen hatten und auf die landschaftlich reizendere Küstenstraße einbogen.

»Natürlich. Für die Sommerfeste haben wir einen Caterer. Alles andere ist doch finanzieller Wahnsinn.« Sie rutschte auf ihrem Sitz nach vorne und seufzte laut. »Was hältst du davon, wenn wir heute noch einen Strandspaziergang machen? Das Wetter ist traumhaft. Es gibt ein wunderschönes Restaurant in Sainte-Maxime. So weit ist es zu Fuß gar nicht. Oder wir könnten die Räder nehmen ...«

»Julie, was habe ich dir über Regeln gesagt?« Er lächelte milde. »Weil wir gerade dabei sind, alle deine Verfehlungen aufzuzählen – wo ist eigentlich dein Halsband?«

»Zuhause!«, giftete sie zurück, und für einen Augenblick fürchtete er, es übertrieben zu haben. »Mikael, bitte ...«

»Du hast mich darum gebeten, mitzukommen«, erinnerte er sie und drehte die Musik lauter. »Lass mich überlegen, was eine angemessene Strafe für alle diese Fehler wäre. Kein Halsband. Reden, ohne gefragt zu sein. Andauernder Widerspruch. Julie, meine Liebste, ich fürchte, du wirst niemals eine gute Sklavin werden. Nie.«

Und genau das war es, was er am meisten fürchtete. Dass ihre Lust einzig und allein von der ungewohnten Situation herrührte. Es gefiel ihr, wenn er die Führung übernahm, weil es etwas anderes für sie war. Doch ob es bei ihr wirklich weiter ging als nur dieser Reiz des Unbekannten? Er musste es einfach herausfinden. Danny hatte recht damit, dass diese eine Woche seine einzige und letzte Chance war, darüber Gewissheit zu erlangen.

Entgegen ihrer sonstigen Gewohnheit antwortete sie nichts, sondern blickte ihn aus großen Augen an. »Fahr einfach durch Sainte-Maxime durch. Beauvallon ist ein Stück weiter Richtung Saint-Tropez«, sagte sie schließlich heiser.

»Das weiß ich auch noch. War ja zu eurem Sommerfest schon mal hier«, bemerkte er ruhig und bremste an einer Engstelle ab. »Ab jetzt redest du nur noch, wenn du gefragt wirst. Verstanden?«

»Ja.«

Er zog die Augenbrauen hoch. Sie drehte den Kopf weg, aber er war sich sicher, Röte in ihren Wangen gesehen zu haben.

»Ja, Master.«

* * *

Mikael trieb sie in den Wahnsinn. Sie wusste nicht, ob sie Stella anrufen sollte, ob sie ihn einfach vor die Tür setzen oder ob sie dieses Spiel genießen sollte. So oder so, alles fühlte sich falsch an.

Seufzend schloss Tony die Tür ihres Kleiderschrankes. Der Sinn dieses Urlaubs war jedenfalls jetzt schon grandios verfehlt. Natürlich war es feige gewesen, es einfach auf diese Art und Weise enden zu lassen und ihm nicht einmal ins Gesicht zu sagen, dass sie sich für Jon entschieden hatte.

Leise Schritte kündigten ihn an. Sie drehte sich nicht um und hielt sich an den Schrankgriffen fest. Zärtlich strich er über ihre verspannten Schultern.

»Du bist eine wunderschöne Frau, Julie.« Sein Atem strich über ihren Hals und schenkte ihr eine Gänsehaut. Im Spiegel konnte sie ihn beobachten, seine scharf konturierten Gesichtszüge, seine strahlenden Augen, seine geschickten Hände.

Sie hielt diesen Anblick einfach nicht aus. Tony schloss die Augen und hoffte, dadurch diesen verwirrenden Gefühlen in ihrem Herz zu entkommen.

Warm legte sich etwas auf ihren Kehlkopf. Leder? Er zog das Halsband so eng, dass sie kaum noch Luft bekam. Panik stieg in ihr auf. Seine Hände strichen beruhigend über ihren Rücken. Sie schluckte, um dieses Engegefühl loszuwerden, aber es half nichts.

Sie musste nur ein Wort sagen, und er würde aufhören. Tony öffnete die Augen wieder und stellte sich diesem Anblick. Entgegen ihrer Erwartungen war dieses Halsband nicht aus

Leder, sondern aus silbern glänzendem Metall. Anders als das, das sie in London gelassen hatte, war es massiv und auffällig. Anscheinend war nur die Innenseite gefüttert, damit es nicht auf der Haut scheuerte.

Ein leises Klacken ließ sie zusammenfahren. Mikael hielt einen kleinen Schlüssel so, dass sie ihn sehen konnte.

»Vorhängeschlösser können ungemein praktisch sein, findest du nicht auch, Julie?«

Er hatte es doch nicht wirklich hinten mit einem Schloss gesichert? So, dass sie definitiv nicht mehr herauskam? Tonys Atem beschleunigte sich. Wie stellte er sich das vor? Es gab Sachen, die einfach nicht akzeptabel waren!

Er trat von ihr weg. Sie beobachtete ihn über die Schulter hinweg, um zu sehen, wo er den Schlüssel verstaute. Mikael schien ihre Absicht zu erraten, denn er drehte sich so, dass sie nichts sah. Rein gar nichts.

»Und weil du anscheinend einige Regeln nicht beherzigen willst, muss ich leider zu etwas härteren Maßnahmen greifen«, fuhr er fort, mit einem falschen Bedauern in der Stimme, das ihr durch Mark und Bein ging. Als er sich wieder umdrehte, baumelte ein Gummiball an seinem Finger. »Darf ich?«

Seine Frage klang so höflich und zurückhaltend, und gleichzeitig wusste sie doch, dass er keinen Widerspruch dulden würde. Tony wusste, dass nur noch dieses verdammte Codewort sie jetzt retten würde.

Aber – wollte sie das überhaupt? Wenn sie auf ihren Körper hörte, dann nein. Wenigstens ihr Körper wollte, dass er blieb und seine Spielchen mit ihr spielte. Und einen vernünftigen Grund, es nicht zu tun, gab es nicht.

Außer dieser Hochzeit.

Seine Nähe beruhigte ihren Herzschlag. Beinahe liebevoll strich er über ihre Lippen, wartete, bis sie sich ihm freiwillig öffnete, und schob dann den Ball zwischen ihre Zähne. Tony unterdrückte den Reflex, diesen Ball auszuspucken, nur mühsam. Ehe sie sich wieder gefangen hatte, hatte er diesen Knebel mit festen Lederbänden hinter ihrem Kopf verschnürt.

Verspielt zog er an ihrer Unterlippe. Tony spürte, wie der Speichel sich in ihrem Mund sammelte, wie er nach vorne floss und dann aus ihren Mundwinkeln tropfte. Sie hasste diesen demütigenden Anblick von sich selbst.

»Du bist wunderschön«, wiederholte er leise. »Aber auch das wird dich heute nicht retten. Wie war das mit dem Strandspaziergang? Das Wetter ist wirklich schön. Was meinst du?«

Sie wollte protestieren und konnte nur unverständliche Worte gurgeln. Er grinste zufrieden.

»Deutlich, meine süße Julie. Wenn du es nicht schaffst, dich deutlich zu äußern, wieso sollte ich auf dich hören?«

Idiot! Sie kniff die Augen zusammen, was er mit einem leichten Klaps auf ihre Wange kommentierte.

»Zieh dich aus. Ich erwarte dich in fünf Minuten im Wohnzimmer.«

Ihr Körper schrie danach, dass er sie noch einmal berührte, sanft und beruhigend. Aber er tat es nicht. Er ließ sie einfach vor dem Spiegel stehen und schlug die Tür hinter sich zu.

In einem ersten Reflex wollte sie diesen schrecklichen Gummiball einfach vom Kopf ziehen. Es ging sicher, egal, wie fest der Knoten war. Irgendwie. Dann wischte sie sich den Speichel ab und drehte sich halb um. An dem Metallband baumelte wirklich ein zierliches Vorhängeschloss. Nichts, das man nicht aufbrechen konnte.

Schließlich gewann doch ihre Lust die Oberhand, diese Lust, die weiß Gott woher kam. Der Reißverschluss klemmte natürlich, sodass sie noch länger brauchte. Hastig warf sie ihre Kleidung in eine Ecke und schlüpfte aus den Riemchensandalen. Dann lief sie ins Wohnzimmer hinunter, kam sich dabei mehr als dumm vor und wollte doch nur rechtzeitig da sein, um ihn nicht noch zorniger zu machen.

Um ihm nicht noch mehr Grund zu geben, sie zu bestrafen.

»Beinahe könnte man meinen, du machst das absichtlich, Julie.« Er saß auf dem großen Sofa und bedeutete ihr, sich einmal um sich selbst zu drehen. »Hier.«

Aus dem Handgelenk warf er ihr etwas Schwarzes zu. Sie fing es ungeschickt auf. Ein Dildo. Gerade, glatt und scheinbar harmlos. Ihr Herzschlag beschleunigte sich sofort wieder. Die Empörung, die ihr Kopf ihr vorgaukeln wollte, wurde durch das erwartungsvolle Ziehen in ihrer Möse verraten.

»Ich will, dass du ihn dir reinschiebst. Nicht mehr.«

Sein kalter Blick ruhte auf ihr. Tonys Hände waren eiskalt und zittrig. Irgendwie war diese Vorstellung erregend. Und erniedrigend. Und geil. Und abstoßend.

Sie schob ihre Gedanken beiseite und zog mit zwei Fingern ihre Schamlippen beiseite. Sie spürte, wie feucht sie bereits war, atmete tief durch und setzte den Dildo an. Er nickte ihr zu, woraufhin sie alle Hemmungen fallen ließ. Er wollte es so.

Sie schob den Dildo in einer einzigen Bewegung in sich hinein. Ihre Muskeln empfingen ihn mit einem freudigen Zucken. Er fühlte sich viel zu groß an. Sie stöhnte auf.

»Anlegen.«

Sein Tonfall hatte sich von einer Minute auf die andere vollständig geändert. Sie fing zwei kleine Metallklammern auf, die eigentlich ganz harmlos aussahen.

Jetzt war es sowieso schon egal. Tony suchte seinen Blick und streichelte ihre Nippel, bis sie hart wurden. Der Schmerz durchzuckte sie weniger heftig als das letzte Mal, vielleicht, weil sie es selbst in der Hand hatte, vielleicht, weil sie wusste, was auf sie zukam.

»Wunderschön, Julie.« Er lächelte stolz. »Lehn dich auf diesen Sessel dort.«

Sie kam sich vor wie ferngesteuert, als sie hinüber ging. Bei jedem Schritt zogen die Klemmen an ihren Brüsten und schickten kleine Schmerzwellen durch ihren Körper. Sie stützte sich auf die Rückenlehne und blickte ihn fragend an.

»Streck den Arsch raus.«

Unsicher folgte sie seinen Anweisungen. Der Dildo übte einen kaum erträglichen Druck auf ihre Möse aus. Die Klemmen zogen immer schmerzhafter. Das hatte mit Lust nichts mehr zu tun.

»Die Beine etwas mehr auseinander.«

Er presste seine flache Hand gegen ihre Schamlippen, als sie seinem Befehl nachkam, und hielt den Dildo in ihr fest. Jede noch so kleine Bewegung schickte ganze Schauder durch ihren Körper. Sie wünschte sich, er würde endlich diesen Dildo nehmen, und sie damit ficken, oder wenigstens ein wenig mit ihr spielen.

Und gleichzeitig schmerzten ihre Brüste immer mehr. Sie wusste nicht, ob sie ihn dafür hassen sollte, dass er es schaffte, Lust und Schmerz zu verbinden.

Eine seiner Hände strich über ihren Hintern. Plötzlich traf sie der erste Schlag, leicht und verspielt und beinahe beiläufig. Mit dem zweiten ließ er sich Zeit, bis die Gänsehaut sich wieder gelegt hatte. Dann folgten sie immer schneller, immer fester, abwechselnd auf ihre beiden Pobacken. Die andere Hand lag weiter beruhigend zwischen ihren Beinen, hielt den Dildo fest und schenkte ihr Trost, indem sie einfach nur warm auf ihr lag.

Tony wollte protestieren, schreien, irgendetwas, aber der Gummiball in ihrem Mund verhinderte jede Äußerung. Die Erkenntnis durchzuckte sie kalt: Wenn es ihr jetzt zu viel wurde, würde sie nicht einmal dieses verfluchte Codewort sagen können! Mikaels flache Hand traf weiter auf ihre Haut. Wärme breitete sich in ihr aus, je schneller er zuschlug. Ihr

Atem ging nur noch stoßweise. Egal, wie sehr sie sich gegen dieses Gefühl wehren wollte – in ihr stieg Lust auf. Mehr als jemals zuvor. Sie wollte ihn ganz. Sie wollte von ihm zu diesen wunderschönen Höhen getragen werden.

Er hörte genauso plötzlich auf, wie er angefangen hatte. Zwischen ihnen herrschte Stille. Die Wärme breitete sich weiter in ihr aus und übertönte das Brennen ihres Hinterns.

Mikaels leise Schritte klangen durch das viel zu große Wohnzimmer, als er um den Sessel herumging. Er ging davor in die Hocke und nahm ihre Hände zwischen seine. Ein kalter Gegenstand glitt zwischen ihre Finger.

»Lass es fallen, wenn es dir zu viel wird, okay? Es ist ein kleines Glöckchen. Wenn ich einfach nur langsamer machen soll, bewege es einfach zwischen den Händen, verstanden?«

Seine rechte Hand wanderte langsam zu ihrer Wange. Sein Zeigefinger strich liebevoll über ihre Nase und ihre Lippen. Dankbarkeit und Erleichterung breiteten sich in Tony aus. Mikael wirkte so ehrlich besorgt um ihr Wohl, dass es ihr beinahe zu viel wurde. Ihre Blicke trafen sich, und sie versank in diesen wunderschönen Augen, die nichts vor ihr verheimlichten. Seine Nähe machte sie wahnsinnig. Sie wollte ihn spüren, überall. Für einen Moment hatte sie das Gefühl, er würde sich nach vorne beugen, um sie zu küssen.

Dann stand er einfach auf und verschwand wieder aus ihrem Blickfeld.

»Stillhalten«, befahl er kurz angebunden, als hätte er ihren Wunsch erraten, sich nach ihm umzudrehen.

Also versuchte sie, anhand seiner Schritte zu erraten, was er vorhatte. Auf dem glatten Steinboden des Wohnzimmers waren seine Schritte jedoch kaum zu hören. Irgendetwas raschelte, aber es konnte von seiner Hose bis zu irgendeinem anderen Stück Stoff alles sein.

Ein leises Zischen rief Gänsehaut bei ihr hervor. Irgendetwas sauste haarscharf an ihrem Rücken vorbei. Der Luftzug ließ sie schaudern. Tonys gesamter Körper spannte sich an.

Die Schläge kamen schnell und präzise. Tony wollte schreien, aber der Gummiball erstickte jeden Laut. Der Schmerz ging durch ihren ganzen Körper, folgte diesen zischenden Lauten. Das Brennen wanderte von ihrem Rücken über ihren Hintern zu ihren Oberschenkeln und wieder zurück. Ihre ganze Umgebung bestand nur noch aus diesem ekelhaften, intensiven Schmerz, den er ihr zufügte.

Tränen traten ihr in die Augen. Ihm fehlte die Sanftheit, mit der er sie bisher behandelt hatte. Kalt und präzise, das traf es noch am besten. Dazu kam das immer stärker werdende Ziehen in ihren Brüsten.

»Du zählst nicht«, bemerkte er kühl und machte eine kleine Pause. »Muss ich wirklich von vorne anfangen?«

Von vorne? Er hatte keine Ahnung, wie weh ihr jetzt schon alles tat! Tony keuchte einen Protest, und gleichzeitig klammerten sich ihre Finger fester um den metallischen Gegenstand, den er ihr gegeben hatte.

»Und pass auf, dass du den Dildo nicht verlierst, meine liebste Julie.«

Sie brauchte einige Atemzüge, um seine Worte ganz zu erfassen. Dafür drängte sich dann der Dildo umso stärker zurück in ihre Empfindungen.

»Die Beine weiter auseinander.«

Wie sollte das gehen? Tony bemühte sich darum, und spürte, wie der Dildo nach unten glitt. Das machte er doch absichtlich! Er legte es darauf an, dass sie seine Aufgaben nicht erfüllte! Wieder regte sich in ihr der Widerspruch, und wurde schließlich von Trotz abgelöst. Sie konzentrierte sich auf den Dildo und die Erregung, die er in ihr hervorlockte. Ihre Muskeln zuckten. Sie spannte sich an, wollte ihn festhalten, und spürte doch, wie er ihr immer weiter entglitt.

Die ersten Schläge spürte sie kaum, so sehr nahm diese Aufgabe sie gefangen. Sie zuckte zusammen, als der Dildo mit einem lauten Geräusch zu Boden fiel. Als der Schmerz wieder in ihre Gefühle vordrang, verband er sich mit der Erregung. Beides zusammen jagte durch ihren Körper, ließ sie zittern und immer schwächer werden. Sie atmete schwer und keuchend. Schweiß lief über ihr Gesicht.

Wenn er sie jetzt nehmen würde, sie würde sofort kommen. Die Schläge prasselten jetzt auf die Innenseiten ihrer Oberschenkel, immer nah vorbei an ihren empfindlichsten Stellen. Der Schmerz war kaum noch zu ertragen. Tony spielte mit dem Gedanken, diesen dummen Gegenstand fallen zu lassen. Und gleichzeitig spürte sie, wie die Hitze in ihr immer größer wurde. Sie klammerte sich an diesem Gegenstand fest, und atmete gegen den Schmerz an. Ihr Körper schien sich aufzulösen. Alle Empfindungen außer diesem Brennen verschwanden.

Irgendwann hörte er auf. Sie zitterte am ganzen Körper. Ihre Knie waren so schwach, dass sie fürchtete, sie würden unter ihr nachgeben.

Eine zärtliche Berührung glitt über ihre Klitoris. Seine Finger rieben an ihrer Perle, bis ihr lustvolles Stöhnen den ganzen Raum erfüllte. Er verteilte ihre Nässe zwischen ihren Beinen, bis hinauf zu ihrem Poloch. Dabei strich er um ihre Rosette, als wollte er sie dort nehmen. Seine Finger glitten nur einmal schnell in sie hinein und wieder hinaus, nicht genug, um diesen Platz zu füllen.

»Julie, ich habe dir doch gesagt, dass du diesen Dildo nicht verlieren darfst.«

Das vorgetäuschte Verständnis unterstrich seine Belustigung nur noch. Schamvolle Röte stieg in ihre Wangen.

»Heute legst du es wirklich darauf an, meine dumme, kleine Sklavin.« Kaltes Metall biss sich in ihre Schamlippen, so wie das Metall, das ihre Nippel immer noch fest umklammert hielt. Gleichzeitig spielten zwei Finger wieder an ihrer Perle. Die Erregung machte den Schmerz erträglicher.

Viermal spürte sie dieses schreckliche Beißen. Dann trat er von ihr zurück. Die Luft kühlte ihre erregte Klitoris, strich über ihren Spalt und beruhigte sie ein wenig. Ein leises Pochen ging von diesen vier Klemmen aus, das sich mit dem Pochen der Erregung wunderbar vertrug.

Sie spürte dieser neuartigen Empfindung nach. Es war wunderbar. Seltsam. Verlockend. Sie wollte mehr davon.

»Genieße den Schmerz, Julie.«

Obwohl seine Worte das Kommende ankündigten, war sie doch nicht vorbereitet auf das, was sie jetzt überrollte. Seine Finger kehrten zu ihren Schamlippen zurück. Er packte alle vier Klemmen gleichzeitig und zog sie ruckartig nach unten.

Sie schrie in den Gummiball und spürte die Tränen auf ihren Wangen. Und die Erregung, die sich in ihr weiter aufbaute.

Seine Finger streichelten sanft über ihre überreizten Schamlippen. Sie wimmerte hilflos. Sein heiseres Lachen drang bis in ihr Herz ein.

Dann schob er den Dildo wieder in sie. Ein paar Mal bewegte er ihn schnell rein und raus, so, als würde er sie endlich ficken. Der Schmerz wurde von der aufsteigenden Erregung vollkommen abgelöst. Wenn er nur ein kleines bisschen weitermachte, nur ein paar Augenblicke!

Die erste, noch sanfte Welle des nahenden Höhepunktes ließ sie erschaudern. Sofort hörte er auf. Sie keuchte enttäuscht.

»Du musst lernen, dich zu beherrschen, Sklavin. Habe ich irgendetwas davon gesagt, dass du kommen darfst? Ich dachte, nach der Lektion von heute muss ich dir die Regeln nicht noch einmal erklären.«

Seine Finger strichen dabei vielsagend über die brennende Haut an ihrem Rücken. Sie verstärkten die Erinnerung an seine

Schläge und nahmen zugleich den stärksten Schmerz von ihr.

Tony schüttelte den Kopf, in der Hoffnung, dass er dann weitermachte. Seine Finger wanderten über ihren Rücken. Neckend, verführerisch. Sie kraulten ihren verspannten Nacken knapp über dem Halsband, bis sie sich etwas entspannte.

»Kein Wort, Julie. Noch nicht.«

Der Druck um ihren Kopf löste sich. Sie spuckte den Gummiball aus, sobald die Schnüre locker waren. Er landete mitten auf dem teuren Sofa und hinterließ einen deutlich sichtbaren, nassen Fleck.

Endlich konnte sie wieder richtig schlucken. Sie wurde die Trockenheit in ihrer Kehle los, aber der Geschmack in ihrem Mund blieb. Er umrundete sie einmal, schlug leicht gegen ihren Oberschenkel und blieb schließlich vor ihr stehen.

Mikael war noch immer voll bekleidet. Tony sah ihm seine Erregung an. Wieso nahm er sie nicht endlich? Er nahm ihr das Glöckchen weg und lächelte herablassend.

»Biete mir deine Brüste dar.«

Ihre Hände glitten unter ihre Brüste und hoben sie an. Sie hoffte halb, dass er hier sanfter war, halb hoffte sie, dass er auch hier diese Verbindung aus Lust und Schmerz hervorrief.

Breitbeinig stand er vor ihr. Eine schlanke Reitgerte lag in seiner rechten Hand. Er hielt dieses Instrument drohend vor seinem Körper und schlug einmal spielerisch in seine eigene Handfläche.

»Und jetzt, meine liebste Sklavin, jetzt will ich dich schreien hören. Lass die Augen auf.«

Sie folgte seinen Bewegungen mit ihrem Blick. Er holte aus. Der gut gezielte Schlag traf ihre rechte Brust und streifte über ihren Nippel. Er riss dabei die Klammer fort. Das Klackern von Metall auf Stein biss sich durch Tonys Gefühle.

Und wurde eine Sekunde später vom Schmerz verdrängt. Das Blut bahnte sich seinen Weg zurück.

Tony schrie.

Er schlug auch an der linken Brust die Klammer einfach ab. Weitere Schläge trafen ihre Brüste, hart und ohne jedes Erbarmen.

Als er endlich aufhörte, liefen Tränen über ihre Wangen. Die Erregung, die er zuvor in ihr heraufbeschworen hatte, war verschwunden.

Zwei schnelle Schritte brachten ihn an ihre Seite. Seine starken Hände zwangen sie in die Knie. Der Schmerz raubte ihr fast die Sinne. Nur am Rande bekam sie mit, wie er endlich seine Hose öffnete und seinen Schwanz herausholte.

Willig öffnete sie die Lippen. Sie wollte ihn verwöhnen, damit er sie endlich nahm.

Er ließ es jedoch nicht zu. Hart griff er in ihre Haare und hielt ihren Kopf fest. Mikael drang einfach in sie ein. Tony unterdrückte den Würgereflex und versuchte, ruhig zu atmen.

Er benutzte ihren Mund genauso rücksichtslos, wie er sie zuvor geschlagen hatte. Mühsam kämpfte sie die Panik nieder, als er immer tiefer in ihren Mund vordrang. Sein Glied pochte zwischen ihren Lippen.

Tonys Hände wanderten nach oben an seinen festen Hintern. Ihre Finger krallten sich in seine Hose. Die Beiläufigkeit, mit der er ihren Mund fickte, verstärkte ihre Gefühle nur noch. Er hatte sich noch nicht einmal ausgezogen dafür. Sie war nur sein Spielzeug, das er nach Belieben benutzte. Sein stoßweiser Atem belohnte sie für ihre Unterwerfung.

Ihre Zunge glitt um seinen Schwanz und passte sich dabei seinem Rhythmus an. Dieser Rhythmus ging durch ihren ganzen Körper, und sofort war der verweigerte Orgasmus wieder zum Greifen nahe. Tony bewegte sich unruhig, um die Beine ein wenig zu schließen, um sich vielleicht durch die bloße Berührung ihrer Oberschenkel zum Orgasmus zu bringen.

»Die Beine auseinander«, stieß er hervor und griff gröber in ihre Haare. Sein Glied wurde noch größer. Ihre Zunge spürte seinen Orgasmus zuerst. Das Zucken, das seinen Erguss ankündigte.

Er drückte ihren Kopf mit seinen Händen nach vorne und verhinderte, dass sie ihm auswich. Sein Samen spritzte tief in ihre Kehle. Tony konnte nicht anders, als möglichst viel davon zu schlucken. Und dennoch lief ihr sein Sperma seitlich aus den Mundwinkeln und tropfte auf ihren Körper.

Nur ein paar Wimpernschläge nach seinem Orgasmus brach auch ihr eigener Höhepunkt sich endlich Bahn. Dieses unbeschreibliche Glücksgefühl genügte, um sie über diese Klippe zu stoßen, dieses herrliche Gefühl, ihm seine Wünsche erfüllt zu haben. Ihr ganzer Unterleib schien sich zusammenzuziehen. Sie stöhnte unterdrückt, weil er sie immer noch an sich presste, versuchte, Luft zu bekommen und nicht an seinem Saft zu ersticken.

Noch ehe dieses Hochgefühl wieder verebbte, ließ er sie los, und trat einen Schritt zurück. Mit zusammengekniffenen Augen schloss er seine Hose. Nur eine leichte Röte auf seinen Wangen verriet, dass er soeben noch erregt gewesen war.

Tony wimmerte flehend auf. Sie wollte sehen, wie sehr sie ihn erregte. Sie wollte spüren, wie geil er sie fand. Hilfreich bot er ihr eine Hand an und half ihr beim Aufstehen. Alles fühlte sich wackelig an.

Mikael wischte den nutzlosen Gummiball zur Seite, setzte sich auf den Sessel und zog sie auf seinen Schoß. Sein warmer Atem streichelte ihre nackten Schultern.

»Bitte«, flüsterte sie schwach. »Bitte, Mikael, nimm mich.«

Er schüttelte den Kopf und strich liebevoll über ihre schweißnassen Haare. »Das war für deinen Ungehorsam, Julie. Wenn du dich nicht dauernd vergessen würdest, würde ich dich liebend gerne ficken. Aber noch hast du dir das nicht verdient. Und beschwer dich nicht. Ich habe durchaus bemerkt, dass du kleines Miststück dir gerade einen Orgasmus gestohlen hast.«

Mikaels Hände waren wieder so sanft, wie sie es von ihm kannte. Diese Verwandlung verwirrte sie. Genauso wie ihre eigenen Gefühle. Sie war sicher gewesen, während dieser Session nur Schmerz gefühlt zu haben. Nichts anderes.

Und trotzdem war ihre Möse immer noch feucht. Trotzdem zuckten die Muskeln in ihrem Unterleib wie kurz vor dem Orgasmus. Trotzdem wollte sie es wieder erleben.

Er öffnete vorsichtig den Verschluss an ihrem Halsband, nahm es ihr ab und hob sie auf. Seine starken Arme trugen sie nach oben in ihr Schlafzimmer.

Liebevoll legte er sie in ihr Bett. Am liebsten hätte Tony ihn darum gebeten, bei ihr zu bleiben. Nicht nur wegen diesem latenten Gefühl der Erregung, das in ihr lauerte, sondern weil seine Nähe beruhigend war.

»Danke, Tony.« Er wirkte für einen Augenblick unschlüssig, ob er sich zu ihr beugen und sie küssen sollte. »Ruh dich eine Weile aus. Ich kümmere mich um das Abendessen.«

Und wie zur Hölle sollte sie sich ausruhen, in diesem Zustand? Sie wollte ihn anflehen, zu bleiben, einfach nur zu bleiben, doch ehe ein erstes Wort über ihre Lippen kam, hatte er die Tür bereits geschlossen.

Es war nur ein Spiel. Und wenn sie das Halsband nicht trug, spielten sie nicht. So einfach war die Sache für ihn.

Den Rest ihrer Zeit gehörte sie Jon.

Kapitel 11

Sie hatten einen herrlich normalen Urlaubstag verbracht, am Pool, unter einer nicht zu warmen Sonne, mit köstlichen Drinks, die Mikael ihnen gemixt hatte. So normal es eben sein konnte, wenn man sich in jeder Sekunde danach sehnte, dass man endlich, endlich gefickt wurde. Wenn man nicht wusste, wie man liegen sollte, weil jedes Stück Haut zu brennen schien, und der knappe Bikini eigentlich alles offenbarte, jede einzelne Strieme an ihrem Körper.

Tony wartete sehnsüchtig darauf, dass er das Halsband wieder hervorholte. In jeder seiner Gesten suchte sie nach irgendeinem Anzeichen dafür, dass er endlich diese andere Seite an ihm wieder hervorkehrte. Aber er war einfach nur Mikael, ein wenig unsicher in der riesigen Villa, vollkommen begeistert von technischen Details und wahnsinnig zuvorkommend.

»So langsam habe ich Hunger. Nachdem ich deine Kochkünste gestern schon genießen durfte – was hältst du davon, wenn wir heute irgendwo zum Essen gehen?« Tony räkelte sich vielsagend auf der Liege und warf das Buch mit den zerknitterten Seiten zu Boden. Viel gelesen hatte sie nicht, sondern es eher den ganzen Tag nervös zwischen ihren Händen geknetet.

»Manchmal glaube ich, du kannst Gedanken lesen.« Sein Lächeln wurde ein wenig breiter. »Was schlägst du vor?«

»Keine Ahnung. Nichts Verrücktes. Es gibt ein paar Promischuppen in Saint-Tropez, aber da bekommen mich keine zehn

Pferde hin. Irgendwo finden wir schon was.« Sie stand auf und schlüpfte in die rosafarbenen Flipflops. »Kannst du überhaupt noch fahren? Ich jedenfalls nicht«, merkte sie dann mit einem Seitenblick zu dem leeren Cocktailglas an.

Mikael verzog ebenfalls das Gesicht. Für eine Sekunde trafen sich ihre Blicke, und dann brachen sie zeitgleich in Gelächter aus, ohne dass es einen wirklichen Grund dafür gegeben hätte.

»Kochst du?«, schlug er schließlich vor und blickte sie von unten her fragend an.

»Nicht, wenn es schmecken soll. Aber für solche Fälle gibt es ein paar nette Restaurants, die auch liefern. Nach was ist dir denn?«

»Such du etwas aus. Ich gehe inzwischen nach oben. Wenn du bestellt hast, dann komm nach.«

Sein Tonfall ließ keinen Zweifel an seinen Absichten. Dieser Hauch einer Andeutung genügte schon, um die Feuchtigkeit zwischen ihre Beine zu treiben. Tony flüchtete geradezu aus seiner Nähe, damit er die verräterische Röte in ihrem Gesicht nicht sah.

***

Mikael stand am Fenster ihres Schlafzimmers und blickte scheinbar völlig in Gedanken versunken auf den Garten hinaus. Die karierten Badeshorts waren verschwunden. Stattdessen trug er jetzt ein weißes Hemd, das er energisch hochgekrempelt hatte. Dazu hatte er eine enge, schwarze Hose gewählt, die seine schmale Hüfte hervorragend betonte. Er sah verdammt gut aus. Tony leckte sich erwartungsvoll über die Lippen und blickte sich um. Auf dem dunkelblauen Seidenlaken ihres Bettes lagen ihr Halsband und ein geöffnetes Korsett.

»Zieh es dir an.«

Er hielt es noch nicht einmal für nötig, sich nach ihr umzudrehen. Tony schlüpfte aus den Flipflops und hoffte, dass das ihn dazu brachte, ihr Aufmerksamkeit zu schenken. Dann hakte sie ihr Bikinioberteil auf. Er schien weiterhin den Garten spannender zu finden als sie. Unsicherheit stieg in ihr auf. Fand er sie nicht schön genug?

Ihr Mund wurde trocken. Heute würde sie alles richtig machen, das nahm sie sich jedenfalls vor. Jede Faser ihres Körpers schrie nach seiner Aufmerksamkeit, aber er betrachtete einfach weiter den Garten. Ihr Bikinihöschen flog zu den Schuhen auf den Boden. Das erwartungsvolle Ziehen in ihrem Unterleib ließ ihr keine andere Wahl, als zu ihrem Bett zu staksen und nach dem Korsett zu greifen.

»Ich hoffe, es passt dir. Ich musste schätzen«, sagte er ganz beiläufig.

Tony kämpfe damit, das Korsett um ihre Taille zu legen und diesen ungewohnten Verschluss mit diesen vielen kleinen Haken vorne zu schließen. Es bereitete ihr Mühe. Ihre Finger waren viel zu zittrig, um die Haken in die zugehörigen Ösen zu bringen. Es dauerte gefühlte Ewigkeiten, bis die Leiste endlich geschlossen war. Ewigkeiten, in denen ihre Lust auf ihn weiter anwuchs.

Unsicher drehte sie sich so, dass sie sich selbst in ihrem Spiegel sehen konnte. Der bordeauxrote Stoff der Korsage leuchtete auf ihrer Haut. Er endete knapp unter ihren Brüsten und hatte einen hohen Beinausschnitt. Insgesamt, beschloss sie, verdammt sexy. Genau so, wie sie es sich immer gewünscht hatte.

»Komm her, damit ich es schnüren kann.«

Die wenigen Schritte kamen ihr unendlich lang vor. Er sah sie immer noch nicht an, was das seltsame Gefühl noch verstärkte. Tony fühlte sich so sexy und begehrenswert wie selten zuvor, aber ihn kümmerte es offenbar überhaupt nicht.

Nicht einmal als er die Schnüre in seine Hände nahm, berührte er sie. Geschickt zog er die Schnürung enger, arbeitete von oben und von unten abwechselnd zur Mitte, und nahm ihr immer mehr die Luft zum Atmen. Seine Finger berührten ihre Haut nicht mehr als unbedingt notwendig, und auch dann mit einer kalten Präzision, die nur darauf ausgerichtet war, die Schnürung fester zu ziehen.

Tony biss sich auf die Unterlippe, um nicht vor Enttäuschung aufzuwimmern. Seine Kälte verletzte sie. Und dabei hatte sie bisher nicht einmal etwas falsch gemacht.

Er zog ein letztes Mal fest an und trieb die Luft aus ihren Lungen. »Du wirst dich daran gewöhnen, glaub mir«, sagte er beruhigend, als sie heftig nach Luft schnappte. »Atme einfach ganz normal weiter, okay?«

Tony versuchte es, auch wenn ihr das Herz bis zum Hals schlug. Das Korsett schnürte ihre Taille eng ein, und betonte ihre Brüste dadurch umso mehr. Es sah verdammt gut aus.

»Das Halsband«, erinnerte er sie kalt.

Die ersten Schritte waren unsicher. Dann gewöhnte sie sich an diese Enge um ihre Taille. Es gab ihr das Gefühl, noch aufrechter zu gehen als sonst, stolzer und viel selbstbewusster. Sie legte das Halsband um, versuchte, den Verschluss einzuhaken, und sah Mika fragend an.

»Komm her.« Zwischen Daumen und Zeigefinger hielt er das zierliche Vorhängeschloss. »Ich mag deine Brüste, Julie, habe ich dir das eigentlich schon einmal gesagt? Gerade jetzt, mit diesen Striemen – wunderschön.«

Sie spürte, wie Röte in ihre Wangen schoss. Er schloss das Metallhalsband mit zielgerichteten Griffen und strich einmal über ihren Rücken. Ein Schauder lief durch ihren Körper, allein von dieser einen zärtlichen Berührung.

»Ich glaube, unser Abendessen kommt gerade vorgefahren.

Wärest du so nett und holst es an der Tür? Ich decke inzwischen den Tisch.«

Tony fuhr zu ihm herum. Widerspruch lag auf ihrer Zunge, aber dann erinnerte sie sich gerade noch rechtzeitig an seine Regeln. Darum blitzte sie ihn nur wütend an.

Er lächelte herablassend. »Was denn? Du siehst fantastisch aus, mein Schatz.«

Ihr Verstand protestierte sofort. Ihre Möse dagegen sprach eine ganz andere Sprache. Unsicher verschränkte Tony ihre Arme vor dem Körper und suchte in seinem Gesicht nach irgendeinem Anzeichen dafür, dass er es nicht ernst meinte.

»Es hat gerade geklingelt, Julie. Was hast du denn?«

Sie schnappte nach Luft und hatte sofort diesen Gedanken in ihrem Kopf: Wenn sie das Codewort aussprach, dann würde er an die Tür gehen. Garantiert. Aber dann wäre auch das Spiel vorbei.

»Ich kann doch nicht so an die Tür«, antwortete sie schließlich auf seine Frage und wich seinem forschenden Blick aus. »Das geht nicht, Master.«

Das letzte Wort kam wie von selbst hinterher, ohne dass sie wirklich darüber nachdachte. Er kommentierte es mit einem zufriedenen Lächeln.

»Ich sehe, langsam lernst du es. Das muss belohnt werden, findest du nicht auch?«

Ihr Körper sprang sofort darauf an. Ihre Nippel reckten sich ihm sehnsüchtig entgegen, wollten von ihm berührt werden.

»Wenn du vorher etwas aufmerksamer gewesen wärest, hättest du gesehen, dass hinter deiner Tür ein Morgenmantel hängt. Zieh ihn dir über und dann geh endlich zur Tür. Ich habe Hunger. Ich bin im Esszimmer, falls du mich suchst.«

Damit verließ er den Raum, ohne sie noch einmal anzublicken oder gar anzufassen. Tony stöhnte enttäuscht auf, drehte sich um und sah den weißen Morgenmantel hinter der

Tür hängen, der heute Morgen auch noch nicht hier gewesen war. Sie griff danach und starrte unschlüssig auf den nahezu durchsichtigen Stoff. Dieser weiche Satin würde es höchstens schlimmer machen, keinesfalls aber etwas verbergen. Ewig würde der Bote bestimmt nicht warten. Sie zog dieses Hauch von Nichts über und drehte sich einmal vor dem Spiegel. Das unschuldige Weiß lenkte den Blick geradezu auf ihr rotes Korsett. Auf das Halsband. Auf ihre unbedeckten Brüste. Zwischen ihre Beine. Schwindel überkam sie. Mikael wusste doch sicher, dass sie es hasste, im Mittelpunkt zu stehen. Oder überhaupt die Aufmerksamkeit von Fremden zu bekommen.

Und dennoch hatte er ihr diesen Befehl gegeben. Er musste sich irgendetwas dabei denken. Sicher würde er sie schützen, wenn etwas wirklich gefährlich war. Er würde die Tür wahrscheinlich selbst öffnen, wenn sie sich wirklich weigerte, aber solange sie das Codewort nicht sagte, würde sie die Konsequenzen dieser Weigerung spüren. Sie atmete einmal durch, strich sich durch ihre Haare und hoffte, dass sie nicht gerade den größten Fehler ihres Lebens machte. Ihre Knie zitterten, als sie den schnellsten Weg zur Eingangstür nahm. Aufregung schoss durch ihren Körper, als ihr Verstand begriff, wie sie irgendeinem Fremden gegenübertreten wollte.

Jetzt war es auch zu spät. Ihre Hand lag bereits am Türgriff und hatte die Eingangstür einen Spalt weit aufgezogen. Der Typ mit der Lieferbox lächelte sie unverbindlich an, spulte seinen Text ab und hielt ihr einen Zettel und einen Stift hin.

Tony unterschrieb hektisch und hoffte, dass sie nicht zu rot geworden war. Vielleicht hielt er das Halsband einfach für irgendein neues Modeschmuckstück. Vielleicht sah sie einfach nur aus, als würde sie mitten in den Vorbereitungen für irgendeine Abendveranstaltung stecken und einfach erst halb angezogen sein. Wahrscheinlich sah er jeden Tag mehr als genug seltsame Societyladys, die noch seltsamere Dinge trugen. Dennoch wurde sie den Eindruck nicht los, dass der Blick dieses Typen sich auf ihre Brüste fixierte. Sie gab ihm das Geld aus ihrem Geldbeutel, der auf dem Sideboard neben der Tür bereitlag, nahm die Box entgegen und schlug ihm die Tür vor der Nase zu.

»Danke, Julie.« Mikael schob eine kleine Vase mit einer einzelnen Blume darin zurecht, als sie in die Küche kam. Die Blüte stammte eindeutig aus dem Garten der Villa, so vertrocknet und armselig wie sie nach diesem heißen Tag aussah. Und trotzdem ging Tony bei dieser kleinen Geste das Herz auf.

Sie stellte die Box ab und war augenblicklich mit ihm versöhnt dafür, dass er sie in diese peinliche Lage gebracht hatte. Er machte sich daran, das Essen auszupacken und in Geschirr umzufüllen.

»Setz dich doch schon. Ich kümmere mich darum. Ich verspreche auch, nichts nachzuwürzen.«

Sie lachte auf, froh, die Anspannung irgendwie wieder loszuwerden.

»Ohne Morgenmantel, wenn ich bitten darf.«

Und sofort war das Pochen in ihrem Unterleib wieder in voller Stärke zurück. Unsicher schlüpfte sie aus dem seidigen Kleidungsstück und hängte es ordentlich über einen Stuhl. Sie zog ihren eigenen Stuhl zurück und merkte, wie das Lächeln auf ihrem Gesicht einfror. Auf der Sitzfläche lag dieser verdammte, schwarze Dildo.

»Ist etwas, Julie?«

Mikael klang so unschuldig, dass sie es ihm beinahe abgenommen hätte. Die Lust sammelte sich pochend in ihrem Unterleib. Bemüht regungslos schüttelte sie den Kopf und nahm das Spielzeug mit spitzen Fingern auf.

Sie blickte auf, geradewegs in seine blauen Augen. Er brauchte gar nichts sagen, um seinen Befehl deutlich zu machen.

Tony schnappte nach Luft und tat dann genau das, was er

sich wünschte. Sie schob den Kunstschwanz zwischen ihre Schamlippen, langsam und gleichmäßig, so, dass er es gut sehen konnte.

Wenigstens hatte sie jetzt seine volle Aufmerksamkeit.

Ihre Muskeln schlossen sich willig um den Dildo, hielten ihn fest und schrien nach mehr.

»Setz dich.«

Er schob ihr die Schüssel mit dem Reis zu. Tony stöhnte auf. Im Sitzen bohrte sich der Dildo noch tiefer in sie. Sie fühlte sich schon jetzt vollkommen ausgefüllt. Mikael legte ihnen ungerührt das Essen auf, lächelte ihr aufmunternd zu und sprach über alltägliche Themen, als sei es das Normalste auf der Welt, dass sie ihm nur im Korsett und mit einem Gummischwanz in ihrer Möse gegenüber saß.

Tony hasste sich selbst für die Hitze, die sich in ihrem ganzen Körper ausbreitete, für die Feuchtigkeit zwischen ihren Beinen und den verräterisch schnellen Atem – und doch genoss sie jede einzelne Sekunde.

***

Nach dem Abendessen, bei dem sie nur ein paar hastige Bissen hinuntergewürgt hatte, hatte er sie in das Wohnzimmer geschickt, mit eindeutigen Anweisungen. Er gab ihr Zeit, bis er die Küche gemacht hatte.

Das konnte schnell gehen. Oder auch langsam. Tonys Arme wurden bereits schwer. Sie kniete auf dem Steinfußboden, die Beine gespreizt und den Oberkörper aufrecht. Ihre Hände lagen auf ihrem Hinterkopf, ihre Ellenbogen hatte sie so weit wie möglich zurückgezogen. Auf diese Weise kamen ihre Brüste hervorragend zur Geltung. Er mochte ihre Brüste, das hatte er deutlich gesagt.

Ihr Mund war trocken. Die ungewohnte Haltung schmerzte,

und die Haut brannte immer stärker, dort, wo er sie gestern geschlagen hatte. Jede Sekunde des Wartens zog sich, steigerte ihre Lust, ihre Vorfreude auf das, was er sich heute einfallen ließ.

»Sehr schön, Julie.« Sie hatte gar nicht gemerkt, dass er eingetreten war. »Das, nur zu deiner Information, ist die Grundhaltung jeder Sub. Wenn ich also von dir verlange, die Grundhaltung einzunehmen, wirst du das tun. Sofort und ohne Zögern. Das Kinn noch etwas höher. Hast du das verstanden, Sklavin?«

»Ja, Master.«

Seine Finger strichen zärtlich über ihre Unterarme und nahmen die Schwere mit sich. Nur Sekunden später strich glatte Seide über ihre Haut.

»Beug dich nach hinten.«

Automatisch öffnete sie die Beine weiter, um das Gleichgewicht zu wahren. Er bedeutete ihr mit bestimmten Gesten, dass sie die Hände an ihre Unterschenkel legen sollte. Ihre Pobacken ruhten auf ihren Fersen. Es war mehr als nur unbequem. Es verbog ihr Rückgrat, zog in den Schultern und im Nacken.

Und es gab ihm perfekten Zugriff auf ihre Vagina und ihre Brüste.

Ein Seil aus Seide wand sich um ihre Unterarme und unter ihren Schenkeln hindurch. Er zog die Fesseln fest. Tony stöhnte auf. Schon wieder war sie ihm ausgeliefert, diesmal mehr als jemals zuvor. Sie konnte sich überhaupt nicht mehr bewegen, ohne dass er es zuließ.

Mikael wickelte den seidenen Strick auch noch um ihren Unterleib. Die komplizierten Kreuzmuster, zu dem er ihn wob, legten sich auf ihre Haut und das Korsett. Die Schnüre zogen sich zwischen ihren Brüsten hindurch nach oben. Sie beobachtete ihn dabei, wie er ihren Busen einschnürte, ihm eine vollkommen unnatürliche und zugleich sehr erregende Form gab. Eine letzte Schlinge legte sich um ihren Hals.

»So gefällst du mir, Sklavin.« Seine Finger griffen unter ihr Kinn und zwangen sie dazu, ihn anzusehen. »Ich hoffe, du hast es bequem. Allzu schnell werde ich dich nicht aus dieser Haltung erlösen.«

Dieser Gedanke machte ihr Angst und steigerte zugleich ihre Lust. Es war seltsam, aber das Ziehen in ihrem Unterleib war mit jedem Knoten schneller geworden. Sein maliziöses Lächeln ließ jedenfalls nichts Gutes ahnen.

Er drehte sich langsam um und griff über die Rückenlehne des Sofas hinweg. Eine Augenbinde kam zum Vorschein.

»Du bist zu neugierig, Sklavin.« Zwei weitere Knoten später war sie vollkommen blind. Sofort schien ihr Gehör schärfer zu werden und ihre Haut empfindlicher. Jeder Luftzug konnte bedeuten, dass er endlich irgendetwas tat, um ihre Lust zu lindern. Irgendetwas klirrte.

Die plötzliche Kälte an ihren Schamlippen brachte sie dazu, überrascht aufzuquieken. Er ließ sich davon nicht beirren. Während seine Finger mit ihrer Perle spielten, zog die andere Hand gleichzeitig den Dildo aus ihr heraus. Die Erleichterung währte nur kurz. Er schob etwas Eiskaltes in ihre Möse. Ihre Muskeln wehrten sich dagegen. Sie versuchten, den Eindringling wieder herauszupressen. Ungerührt drang er mit dem Dildo wieder in sie ein, bewegte ihn und damit dieses eiskalte Etwas ein wenig hin und her und ließ dann wieder von ihr ab.

Es war grauenvoll schön. Tony schwitzte und fror, genoss dieses wilde Zucken in ihrem Unterleib, diese schmerzende Kälte. Es war überwältigend.

Sie spürte seine Blicke, die jede Zuckung ihres Körpers aufnahmen. Obwohl sie ihn nicht sehen konnte, wusste sie doch, dass sie ihm gefiel.

»Möchtest du, dass ich dir einen Orgasmus schenke?« Seine Hand drückte den Dildo in sie.

Sie wollte, dass er sie endlich fickte. Danach sehnte sie sich. »Ja, Master«, sagte sie trotzdem leise. »Ja, das möchte ich.«

»Dann bitte mich darum.«

Die Röte stieg in ihre Wangen. »Bitte, Master, schenken Sie mir einen Orgasmus.«

»Etwas Eindringlicher, Julie. Ich glaube es dir nicht. Außerdem hast du gestern vergessen, dich bei mir für die Züchtigung zu bedanken.«

Ihre nächsten Worte gingen in einem lauten Stöhnen unter. Das leise Summen kündigte einen Vibrator an, und nur einen Wimpernschlag später legte sich dieses gleichmäßige Vibrieren genau auf ihren Kitzler. Ihr ganzer Körper verkrampfte sich in dieser unnatürlichen Haltung, in die er sie gezwungen hatte. Ihre Brüste reckten sich ihm entgegen. Die Kälte in ihrem Unterleib löste sich langsam auf. Dafür wurde das Pochen in ihrem Lustzentrum immer stärker.

Diesmal entzog er ihr den Reiz nicht, als ihr Atem schneller wurde und sie ihren Höhepunkt hinausschrie. Der Vibrator blieb auf ihrer Perle liegen. Es schmerzte mehr als jeder Schlag, den er ihr gestern verpasst hatte. Der Orgasmus wollte nicht aufhören, ging durch jede Faser ihres Körpers und riss an ihren reglosen Armen. Sie wollte sich ihm entgegenrecken und sich ihm entziehen. Sie wollte seinen Schwanz in sich spüren, nicht nur irgendeinen Dildo.

Selbst als die letzte Welle verebbt war, machte er weiter. Ihre überreizte Klitoris schrie nach Ruhe, aber das kümmerte ihn nicht.

Leise flehte sie ihn an, eine kleine Pause zu machen. Er schaltete den Vibrator eine Stufe schneller, was sie abermals zum Schreien brachte.

»Es geht nicht um deine Wünsche, Sklavin.« Seine kalte

Stimme ging durch sie hindurch. Sie wimmerte. »Merk dir das endlich.«

Irgendwann, als ihr ganzer Körper sich nur noch taub anfühlte, nahm er diesen Vibrator endlich von ihr und löste die Fesseln. Sie fiel in seine Umarmung. Er richtete sie auf.

»Grundhaltung«, befahl er knapp.

Weder ihre Arme noch ihre Beine schienen zu ihr zu gehören. Sie bewegte sich und schaffte es tatsächlich, sich in die geforderte Haltung zu bringen.

»Jetzt streck die Arme zur Seite.«

Als ob sie ihre Arme noch bewegen konnte! Tony biss die Zähne zusammen und streckte die tauben Arme aus. Ohne Vorwarnung tropfte etwas Heißes auf ihre rechte Handfläche. Sie schrie und zuckte zurück.

»Die Arme«, wiederholte er kühl. »Oder möchtest du lieber wieder bestraft werden?«

»Nein, Master.« Diesmal war sie darauf gefasst. Das heiße Wachs tropfte langsam über ihre Handfläche und ihr Handgelenk. Die dünne Haut über ihren Adern bot keinen Schutz gegen diese Hitze. Es schmerzte. Es brannte.

Tony spürte die Tränen in ihren Augen. Sie atmete nur noch stoßweise und flach. Die heißen Tropfen trafen auf ihren Nacken und schenkten ihr Schauder aus Angst und Lust. Die Wachsspuren bewegten sich quälend langsam den linken Arm hinab bis zu ihrer linken Handfläche. Als er endlich dort ankam, hatte die Hitze sich in ihrem ganzen Körper ausgebreitet. Sie nahm nur noch am Rande wahr, dass er eine schwere, runde Kerze auf ihrer Hand platzierte. Diese Vielzahl an Empfindungen überforderte sie.

Ein Eiswürfel glitt über ihre rechte Brust und verstärkte diese Verwirrung nur noch. Erschrocken zuckte sie zusammen. Heißes Wachs fiel auf ihre sowieso schon überreizten Handflächen. Ihr Körper wusste nicht mehr, woran er glauben sollte – an die Hitze auf ihren Armen und in ihrem Inneren oder an diese plötzliche Kälte auf ihrer Brust. Ihre Nippel zogen sich hart zusammen. Sie stöhnte leise auf.

Auch auf die zweite Brust legte sich ein Eiswürfel. Zärtlich massierte er sie, spielte mit ihren Brustwarzen. Sie wollte so gerne seine Hände spüren, und stattdessen glitt dieses Eis unerbittlich weiter über ihre Haut. Bei jeder Regung ihres Körpers tropfte Wachs heiß auf ihre Handflächen.

Ihre Arme fühlten sich immer schwerer an und zitterten immer mehr. Der Strom an heißem Wachs auf ihren Handflächen ließ nie nach.

Tony wimmerte und bat ihn darum, diese Kerzen doch wegzunehmen.

»Leise, Sklavin. Oder muss ich dich wieder knebeln?«

Er klang so sanft, dass sie beinahe versucht war, ihm zuzustimmen. Nur seine Hände griffen jetzt fester zu. Die harten Nippel waren überreizt und schickten eine pochende Welle nach der anderen in ihren Unterleib.

Seine Hände wanderten nach oben. Die Halsschlagader fühlte sich an, als würde sie noch heftiger pulsieren, als er mit den Eiswürfeln darüber strich. Er erreichte ihre Lippen. Die Eiswürfel schrieben kleine Kreise auf der dünnen Haut. Tony presste wie aus Reflex die Lippen zusammen.

Mikael schob einen Würfel zwischen ihre Lippen und stieß an ihre Zähne. »Meine kleine, widerspenstige Sklavin«, rügte er gespielt sanft.

Wie in Trance öffnete sie sich ihm jetzt doch. Die Kälte breitete sich schmerzhaft in ihrem Mund aus.

»So ist es brav. Immer schön lutschen.«

Wie konnte er so etwas sagen? Die Demütigung, die in dieser despektierlichen Bemerkung lag, trieb ihr die Röte in das Gesicht.

Ihre Arme zitterten noch mehr, als die Wut sich in ihr ausbreitete. Die Kerzen auf ihren Händen bestraften sie sofort mit einem Schauer aus heißem Wachs.

Und nur eine gefühlte Sekunde später ergoss sich ein heißer Schwall über ihre Brüste. Klebrig und flüssig zugleich. Hatte er sich jetzt tatsächlich selbst einen runtergeholt und einfach so auf ihre Brüste abgespritzt? Seine Finger zogen vorsichtige Kreise auf ihrer Haut und verteilten diese klebrige Flüssigkeit weiter. Es fühlte sich ganz danach an.

Sie protestierte, doch die Eiswürfel in ihrem Mund verhinderten, dass sie klare Worte zustande brachte. Ein Finger schob sich zwischen ihre Lippen. Es schmeckte herb und ein wenig bitter. Also hatte sie recht mit ihrer Vermutung. Wie konnte er das tun? Sie wollte ihn doch verwöhnen! Ein weiterer heißer Schauer tropfte auf ihre Hände. Tony knurrte ungehalten, was er mit einem leichten Klaps auf ihre Wange quittierte.

Dann wurde es still. Sie spürte nicht einmal mehr einen Luftzug, nur noch die ansteigende Anstrengung in ihren weit ausgestreckten Armen. Diese Kerzen zu balancieren war schwerer als eine ganze Stunde Aerobic. Und es tat bedeutend mehr weh. Sie atmete tief durch und schwor sich, dass sie es ihm nicht noch einmal so leicht machen würde. Jedenfalls hatte er es geschafft, ihre Erregung, die Wachs und Eis zuvor derart hochgeschaukelt hatten, wieder vollkommen zu vertreiben.

Die heißen Schauer kamen immer öfter, je müder ihre Arme wurden. Auch ihre Knie schmerzten. Sein Sperma auf ihrer Brust war längst getrocknet. Wo war er? Hatte er sie etwa alleine hier gelassen? Wie lange sollte sie darauf warten, dass er endlich etwas tat?

»Mikael?«, fragte sie schließlich unsicher, als sie diese Spannung nicht mehr aushielt. Er reagierte nicht. »Mikael?«

Der Schlag traf sie unvorbereitet und brachte sie aus dem Gleichgewicht. Die linke Kerze fiel ihr aus der Hand und knallte auf den Boden. Der zweite Schlag brachte auch die andere Kerze zum Kippen. Sie atmete hastig ein und aus. Es fühlte sich anders an als gestern. Was zur Hölle tat er da?

»Das, meine dumme, kleine Serva, ist ein Paddle. Breit und ziemlich fest, und mit ein paar kleinen Gemeinheiten versehen.« Sie spürte beim nächsten Schlag, was er damit meinte. An einigen Stellen schien sich der Schmerz geradezu in ihre Haut zu beißen.

»Vertrau mir doch einfach, Julie.«

Die falsche Anrede. Reden ohne gefragt zu sein. Sie stöhnte auf, weil sie ihren Fehler erkannte. Er hatte sie natürlich nicht vergessen. Er hatte nur testen wollen, wie lange sie es schaffte, sich an seine Anweisungen zu halten.

Noch viermal traf dieses neue Spielzeug auf ihren Hintern. Der Schmerz war ihr willkommen, und fachte die Lust sofort wieder an.

»Wie viele Schläge waren das, meine süße Julie?«

»Sieben, Master.« Sie erinnerte sich gerade noch rechtzeitig an seine dauernden Ermahnungen. »Ich danke Ihnen dafür, Master.«

»Sehr gut. Mein kleines Dummerchen lernt ja doch.« Seine Hand griff in ihren Nacken. »Aber dass du die Kerzen hast fallen lassen, Julie – davon bin ich wirklich enttäuscht. Leg dich flach auf den Boden, die Hände neben das Gesicht.«

Unsanft gab er ihr einen Schubs nach vorne. Sie kam mit den tauben Handflächen zuerst auf und schaffte es gerade so, den Fall abzubremsen. Sie streckte sich auf dem Boden aus und genoss die Umarmung dieser Steinfliesen, als wäre es Mikael, der sie auffing.

»Die Beine breit.«

Sie spürte seinen Fuß zwischen ihren Oberschenkeln. Das Leder seines Schuhs fraß sich zwischen ihre Schamlippen und traf auf ihren empfindlichen Kitzler. Ihr Verstand wollte sich dagegen wehren, aber er schickte damit eine Welle der Lust durch ihren Körper. Jede Berührung bewegte den Dildo, der immer noch in ihr steckte. Wollüstig stöhnte sie auf.

Heiß tropfte es auf ihre Wirbelsäule, direkt über dem Rand des Korsetts. Er hörte nicht damit auf, sie mit seinem Schuh zu reizen. Beides zusammen ergab eine unfassbare Mischung aus leichtem Schmerz, Demütigung und Lust. Das Wachs fand seinen Weg auch auf ihren Hintern, wo er alles daran setzte, die frischen Striemen damit zu verzieren. Tony atmete immer schneller, und fühlte sich bald ganz fremd in ihrem eigenen Körper.

Es war einfach unglaublich. Der nächste Höhepunkt überfiel sie, ehe sie es wirklich realisierte. Sein Schuh schob den Dildo tiefer in sie, traf wieder auf ihren Kitzler. Ein heißer Tropfen traf genau zwischen ihre Pobacken. Sie schrie auf. Lust schüttelte ihren geschwächten Körper und schickte Tony in einen Schwebezustand, in dem sie noch nie zuvor gewesen war.

Als statt seiner Schuhspitze plötzlich seine geschickten Finger an ihrem Kitzler spielten, war es um sie geschehen. Mit der anderen Hand zog er ihre Pobacken auseinander. Es kümmerte sie nicht mehr, dass das Wachs ihrer Rosette gefährlich nah kam, und auch nicht, dass die Hitze schmerzte. Seine Finger an ihrer Perle, das war es, was zählte. Seine Finger, die ihre Lust so meisterlich lenkten.

Irgendwann zog Mikael sie nach oben. Tony schwebte immer noch in dieser herrlich schönen Welt, als er sie auf das Sofa legte und ihre Beine mit sanftem Druck auseinander dirigierte. Zärtlich streifte er ihr die Augenbinde ab. Er holte den Dildo aus ihr heraus und verteilte ihre eigene Nässe auf ihren Oberschenkeln, ehe er das Spielzeug zur Seite legte.

Tony liebte diesen Blick in seinen Augen. Der Schmerz fühlte sich sofort nur noch halb so schlimm an. Beinahe vorsichtig drang er in sie ein. Er genoss jeden Millimeter, den er sich eroberte. Tonys Hüften reckten sich ihm gierig entgegen und forderten ihn dazu auf, ihr endlich diesen Wunsch zu erfüllen.

Er bewegte sich genau in dem Rhythmus, den sie brauchte. Immer schien er zu ahnen, wie sie ihn gerade spüren wollte. Tonys Finger krallten sich in seinen Nacken. Sie schlüpften unter den Kragen seines Hemdes und rissen an seiner Haut. Wenigstens einen kleinen Teil des Schmerzes, mit dem er sie normalerweise quälte, würde sie ihm heimzahlen.

Er stöhnte heiser auf und zog sie fester an sich heran. Sein Glied schien sie ganz auszufüllen. Sie spürte dieses Pochen, wenn ihre Muskeln sich fester um ihn schlossen und ihn tiefer in sich zogen. Ihre Beine klammerten sich um seine Hüfte, um ihn noch tiefer in ihre Möse zu drücken.

Und dann kam sie zum dritten Mal an diesem Abend. Dieser Orgasmus war noch intensiver als die beiden zuvor und raubte ihr beinahe das Bewusstsein. Er kam fast gleichzeitig mir ihr. Sein Schwanz richtete sich in ihr auf, wurde noch größer und fordernder, und spritzte seinen Samen endlich dahin, wo er hingehörte – tief in sie.

Mikael blieb noch für einen Augenblick in ihr. Ihre Blicke trafen sich, und Tony lächelte schüchtern. Wahrscheinlich konnte er ihr Herz deutlich hören, so laut und schnell, wie es gerade schlug. Er strich zärtlich über ihre verschwitzte Stirn und erwiderte ihr Lächeln. Vorsichtig zog er sich aus ihr zurück, was ihr ein weiteres Stöhnen entlockte. Erschöpft sanken sie nebeneinander auf das große Sofa.

»Nur einen Augenblick, bis ich wieder laufen kann.« Tony gähnte und kuschelte sich in seine Armbeuge. Ausnahmslos alles an ihr schmerzte. »Bitte, Mikael, bitte bleib heute Nacht bei mir. Ich brauche deine Nähe.«

Er strich liebevoll über ihre Stirn. »Natürlich, Tony. Wie du willst.«

Sie blickte zu ihm hoch und hoffte, dass er sie küsste. Dass er das tat, was ganz normale verliebte Menschen taten. Ob er dasselbe fühlte wie sie? Aber für ihn war es nur ein Spiel, das hatte er mehrmals betont. Eines, das ihnen beiden etwas gab, das sie brauchten. Nicht mehr.

Er war viel zu sehr Gentleman, um sich zwischen sie und Jon zu drängen.

Kapitel 12

Am anderen Morgen suchte Mikael das Haus vergeblich nach Tony ab. In der Küche zeugte ein Glas mit Saftresten davon, dass sie zumindest irgendwann hier gewesen sein musste seit gestern Abend.

Dieses wortlose Verschwinden passte gar nicht zu ihrer Art. Er machte sich Sorgen deswegen. Sie waren gestern beide zu müde gewesen, um auch nur ein Wort zu sprechen. Also hatte er auf diese eindeutigen Zeichen vertraut, darauf, dass sie sich an ihn gekuschelt hatte und in seinen Armen eingeschlafen war. Das konnte nur bedeuten, dass es ihr wirklich gefallen hatte, und dass er nicht zu weit gegangen war.

Aber wirklich sicher konnte er sich erst sein, wenn er mit ihr über ihre Gefühle gesprochen hatte. Was, wenn er sie unbewusst verletzt hatte? Ihm war es erst ein einziges Mal passiert, dass eine Sklavin abgestürzt war, und damals hatte er Danny gehabt, der ihm beistehen konnte. Heute wäre er ganz auf sich allein gestellt.

Er trat auf die Terrasse hinaus und hörte ein leises, gleichmäßiges Wasserplatschen. Der Pool lag etwas den Hang hinab, unterhalb einer Steinmauer, und war vom Haus aus nicht einzusehen. Das gab dem ganzen Garten einen herrschaftlichen Anstrich. Mikael rannte die schmale, gewundene Treppe an der Seite der Veranda hinunter.

Tony hatte die Gegenstromanlage des Pools eingeschaltet. Sie bewegte sich gleichmäßig und ruhig, ging mit ihrer Kraft sparsam um. Statt des knappen Bikinis trug sie einen sportlichen Badeanzug. Das Wasser glitzerte auf ihrer Haut und den fein definierten Rückenmuskeln. Die Striemen und roten Stellen, an denen das heiße Wachs ihre Haut getroffen hatte, spielten mit dem Muster der Wassertropfen um die Wette.

Er betrachtete sie versonnen. Ihre Bewegungen waren energisch, aber nicht übertrieben. Sie kraulte elegant. Das war das treffendste Wort, das ihm dafür einfiel. So, wie sie sich immerzu bewegte. Gelegentlich hatte er das Gefühl, dass sie ihre ganzen Gefühle in das Wasser hineinschlug. Der Anblick war zu verführerisch, obwohl er eigentlich noch müde war vom letzten Abend. Sie musste ihn längst bemerkt haben, ließ sich aber nichts anmerken. Eilig schlüpfte er aus seinen Kleidern und sprang kopfüber in den Pool. Er tauchte neben ihr wieder auf und schüttelte sich das Wasser aus den Haaren.

Sie ließ ihn noch eine Weile zappeln, ehe sie endlich nach vorne kraulte und den Knopf knapp unterhalb der Wasseroberfläche betätigte, der die Gegenstromanlage ausschaltete. Mikael ließ ihr die Zeit, die sie brauchte, um sich auf ihn einzulassen. Ihr herrlicher Anblick war Entschädigung genug für diese Wartezeit.

»Ich habe mich schon gefragt, wo du bleibst.« Sie grinste keck und legte den Kopf schief. »Falls du wissen willst, wie mein Rücken aussieht …«

»Genau darum bin ich hier.« Er streckte eine Hand aus und zog sie zu sich. Ihr schmaler Körper war im Wasser noch leichter. Mikael zog sie in seine Arme. Ihre Hüfte drängte sich gegen seine. »Nur darum, kleines Dummerchen.«

Sie schlang ihre Arme um seinen Hals und schmiegte sich an ihn. Ihr rechtes Bein schlängelte sich um seine Hüfte. Durch den dünnen Badeanzugstoff spürte er ihre Schamlippen, ihre erregten Nippel, ihre angespannten Muskeln. Mikael stöhnte auf. Er wollte sie. Jetzt.

Sie biss ihn spielerisch in den Hals.

»Zieh dich aus, Julie«, forderte er sie heiser auf und hielt ihre Hüften fest, während sie aus den Trägern des Badeanzugs schlüpfte. Ihre Brüste wippten in dem klaren Wasser auf und ab. Mikaels Mund wurde trocken. Er packte diese verführerischen Nippel und gab ihre Hüfte für eine Sekunde frei, in der sie den Badeanzug ganz loswerden konnte. Ihr Hintern tauchte für einen Augenblick aus dem Wasser auf. Die Striemen und roten Stellen leuchteten auf ihrer hellen Haut. Einige Blutergüsse waren dunkler als andere, dort, wo er besonders fest zugeschlagen hatte.

Er liebte sie für diese Zeichnung auf ihrer Haut.

Tony presste sich herausfordernd an ihn. Wahrscheinlich wartete sie darauf, dass er sie für diese forsche Art tadelte, dass er irgendetwas tat, das in Richtung SM ging. Aber danach war ihm gerade nicht. Noch nicht.

Er wollte sie einfach nur lieben, so, wie sie es verdient hatte.

Sie schlang ein Bein um seine Hüfte. Ihre weiche Möse stieß gegen sein erregtes Glied und glitt verführerisch daran auf und ab. Mikael hielt sie fester, einen Arm an ihrem Hintern, einen um ihre Schultern, um ihr im Wasser Halt zu geben. Er selbst lehnte sich gegen die Poolumrandung, um ja nicht im falschen Augenblick auszugleiten.

Tony rieb sich an seinem Schwanz und entlockte ihm ein weiteres, wohliges Stöhnen. Ihre Augen glänzten im Sonnenschein. Langsam wanderte ihre linke Hand über seine Brust und unter Wasser. Ihre schlanken Finger umschlossen erst seinen Schaft, rieben ihn, wanderten weiter und spielten mit seinen Eiern. Erst ein wenig zaghaft, dann immer wagemutiger, so lange, bis Mikael glaubte, es nicht mehr auszuhalten. Ihre Vagina so kurz vor seinem Glied, ihre Hand an seinen Hoden, das war fast zu viel.

Aber auch nur fast. So viel Selbstbeherrschung hatte er noch. Auffordernd hob er sie ein kleines Stück nach oben. Sie hob die Hüfte an und führte seinen Schwanz zu ihrer Möse. Er keuchte enttäuscht auf, als sie nur mit seiner Eichel über ihren Kitzler strich und ihm mit einem kräftigen Griff verbot, in sie einzudringen.

»Fick mich, Julie«, flüsterte er zwischen zusammengepressten Zähnen. Ihre Hand strich an seinem Schaft auf und ab und verstärkte das Pochen in seinem Körper.

»Meinst du?« Ihre Finger klopften jetzt leicht auf seine Eichel. Gleichzeitig strich einer ihrer Finger über ihren Kitzler. Er blickte zwischen ihnen nach unten. Das klare Wasser verbarg nichts. Sie spielte an sich selbst, und lächelte ihn mit perfekter Unschuld an. »Ich bin müde, Mikael. Von gestern.«

»Unsinn.« Sein Griff um ihren Hintern wurde fester. »Du bist unersättlich, Julie.«

Die Röte in ihren Wangen verriet sie. Dennoch setzte Tony ihr aufreizendes Spiel noch ein paar Augenblicke fort. Dann endlich packte sie wieder seinen Schaft und führte ihn zu ihrer Möse.

Sie sank auf ihn und legte jetzt auch noch das zweite Bein um seine Hüften. Mikael beschränkte sich darauf, ihr Halt zu geben. Sie waren sich so nah wie selten zuvor. Er konnte durch ihre kühle Haut ihren Herzschlag fühlen, ihre Nähe, ihre Lust.

Tony konnte sich nur wenig bewegen, weil ihr der Halt fehlte. Umso intensiver fühlte er das Zucken ihrer Muskeln, die sein Glied tief in ihr festhielten. Ihr leises, fast schon unhörbares Keuchen an seinem Hals war in diesem Augenblick erregender als alle Schreie, zu denen er sie sonst trieb.

Ihre Bewegungen beschleunigten sich ein wenig. Seine Hand drückte gegen ihre Pobacken, um sie darin zu unterstützen. Fordernd biss sie in seinen Hals. Der leichte Schmerz durchzuckte ihn und ließ seinen Schwanz noch größer werden.

Plötzlich hielt sie inne. Er stöhnte auf und drückte gegen ihre Pobacken.

»Heute geht es nach meinem Kopf, Mikael«, flüsterte sie in sein Ohr. Ihre heiße Zunge glitt über sein Ohrläppchen und seinen Hals hinab. »Und wehe, du kommst vor mir.«

Sie unterstrich ihre Worte mit einem Biss in seinen Hals. Sie saugte seine dünne Haut zwischen ihre Zähne. Mikael schloss die Augen und legte den Kopf in den Nacken. Er genoss diesen leichten Schmerz und dieses Gefühl, dass sie sich bei ihm jetzt genau das holte, was sie brauchte.

Ihre Hüftbewegungen wurden wieder schneller und energischer. Sein Schwanz stieß fester und tiefer in sie hinein. Ihr heiseres Stöhnen schickte ganze Erregungsschauder über Mikaels Rücken.

Er spürte ihren Orgasmus mehr, als dass er ihn an ihrem verschwommenen Blick erahnte. Sie gab endlich seinen Hals wieder frei und bewegte sich weiter auf seinem Schwanz. Ihre Muskeln zuckten und gaben ihm ein herrlich intensives Gefühl der Enge.

Mikael kam kurz nach ihr. Er drückte ihre Hüften fest gegen seine, damit sie sich ihm ja nicht entziehen konnte, spürte ihre Wange an seinem Hals und ihren warmen Atem auf seiner Haut. Am liebsten würde er sie nie wieder loslassen.

Für ein paar Augenblicke blieb sie an seine Schulter gelehnt. Als sie sich aus ihrer Umarmung löste, erlaubte sie ihm einen langen Blick in ihre dunklen Augen. Mikael hasste es, sie jetzt schon gehen zu lassen. Am liebsten hätte er den ganzen Tag mit ihr in dieser innigen Umarmung verbracht.

»Ich habe noch nie ein Foto von dir gesehen. Von früher, meine ich«, begann er unsicher. Er wollte mehr von ihr wissen.

Er wollte verstehen, was in dieser Frau vorging, die diese unglaublich starken Gefühle in ihm auslöste.

»Ich von dir auch nicht, Mikael.« Sie legte ihren Kopf in den Nacken und paddelte an der Wasseroberfläche herum. »Das liegt daran, dass ich Fotos von mir hasse. Ich habe mich nie gemocht.«

»Aber du siehst wunderschön aus, Julie.«

»Jetzt, ja. Weil ich mir ein teures Fitnessstudio leisten kann, zur Kosmetikerin gehe und mir jede Woche eine Stunde mit dem Personal-Trainer vorschreibe. Es ist ziemlich einfach, gut auszusehen, wenn Geld keine Rolle spielt.« Verspielt planschte sie herum und spritzte ihm eine Handvoll Poolwasser ins Gesicht. »Irgendwo müsste Dad noch eine Kiste mit alten Fotos haben. Soll ich dir beweisen, wie hässlich ich war?«

»Das glaube ich erst, wenn ich es gesehen habe.« Er küsste sie auf die Wange. »Gib mir nur ein paar Sekunden, um mich umzuziehen.«

»Anzuziehen, meinst du wohl.« Sie löste sich aus seinen Armen und schwamm mit drei kräftigen Zügen durch den Pool. »Bis gleich, Mika. Ich hoffe, ich finde diese Kiste.«

***

»Also, glaubst du mir jetzt, dass ich hässlich war? Ich habe mich gehasst, ich habe meine Klassenkameraden gehasst und ich habe jeden verdammten Spiegel gehasst. Und die Bilder von meiner Mutter. Sie war eine wunderschöne Frau, elegant, ladylike, immer perfekt angezogen, sagt Dad.«

Mikael nahm ihre Hände zwischen seine und hauchte liebevolle Küsse auf ihre Fingerspitzen. »Genau wie du jetzt. Du bist zauberhaft, Julie.«

Tony räusperte sich verlegen und zog ihre Hände hastig zurück. Sie legte die letzten Fotografien von der Couch zurück in die Kiste und schob sie mit einem wütenden Fußtritt auf die Seite. »Enttäuscht?«

»Wieso? Weil du nicht immer so schön warst wie jetzt? Weil du ein kleines, pummeliges Mädchen mit Pickeln warst, das nicht wusste, wie es sich gut anziehen sollte? Julie, darauf kommt es doch nicht an.« Seine Finger streichelten über ihren Arm. Seine Schulter gab ihr Geborgenheit, und sein herber Duft hüllte sie ein. »Du würdest mir auch mit fünf Kilo mehr noch gefallen. Du bleibst deswegen doch immer noch du.«

Sie lächelte unsicher und wischte sich eine feuchte Haarsträhne aus der Stirn. »Ist es okay, wenn du heute den Tag alleine verbringst? Nimm das Auto und sieh dir die Umgebung an, oder so. Ich habe vorher eine Nachricht von Jon bekommen. Irgendetwas stimmt mal wieder nicht.«

»Ich dachte, du willst Urlaub machen.« Er drehte unsicher das Wasserglas zwischen seinen Händen. Diese plötzliche Abfuhr konnte alles bedeuten. »Ich verstehe es, wenn es sein muss. Und nur, wenn wir heute Abend endlich nach Saint-Tropez fahren und irgendwo am Hafen essen gehen.«

»Versprochen.« Sie deutete einen Kuss an. »Der Kenner sagt übrigens Saint-Trop'.« Tony verdrehte die Augen und deutete ein Würgegeräusch an. »Schickimicki, High Society, wenn du mich fragst. Aber wenn wir schon mal da sind, sollten wir den Laden von Monsieur Desgardes heimsuchen. Ich hoffe, du stehst auf Austern und Co.«

»Habe ich noch nie probiert«, antwortete er unruhig und biss sich auf die Unterlippe. Dieses nagende Gefühl, ihr und vor allem diesem perfekten Schwiegersohn von Verlobten unterlegen zu sein, drängte sich wieder nach oben.

»Ich rufe an. Mama kannte den Monsieur von früher, darum sollten wir kurzfristig einen Tisch bekommen. Beziehungen sind alles, nicht wahr?« Sie zwinkerte ihm zu und schüttelte dann lachend den Kopf. »So, jetzt muss ich aber wirklich. Es klang dringend. Unsere Hausbank droht mal wieder damit, uns das Geld abzudrehen.«

»Irgendwie leuchtet mir das alles noch nicht ganz ein. Die Forschungsabteilung ist verdammt gut, wenn ich das unbescheiden so sagen darf. Dein Dad hat ein paar richtig tolle Leute versammelt ...« Die Worte brachen aus ihm heraus, ehe er wusste, wie ihm geschah. Mikael wollte nicht, dass sie ging, um mit ihrem Verlobten zu telefonieren. Selbst wenn es nur um die Firma ging rief allein der Gedanke brennende Eifersucht in ihm hervor.

»Mein Dad hat keine Ahnung von Betriebswirtschaft. Er gehört an eine Universität«, unterbrach sie ihn und lächelte milde. »Gute Forschung alleine bringt keinen Gewinn.«

»Und wieso ist es eigentlich ein Problem?« Er blickte sich demonstrativ um. »Soweit ich es verstanden habe, wirft der Rest eures kleinen Imperiums genug ab, oder?«

»Von Querfinanzierung halte ich nichts. Wenn sich irgendetwas nicht trägt, muss es sich entweder verändern oder wir müssen es abstoßen. Sonst ist das Vermögen schneller weg als wir sentimentale Gefühlsduselei sagen können.«

Er zwang sich dazu, sein Wasserglas anzublicken, als sie den Rock zurechtzupfte und mit ihrem wiegenden, verführerischen Gang das Wohnzimmer durchquerte. Er hoffte, dass sie ihm nicht ansah, wie es ihm gerade ging. Sie ließ ihn sicher nicht absichtlich spüren, dass sie in einer ganz anderen Liga spielte als er, aber es reichte, um ihm einmal mehr klarzumachen, wie wenig er in ihrem Leben verloren hatte. »Was wollen wir morgen machen? Tagsüber, meine ich?«

»Lass dir etwas einfallen«, rief sie über die Schulter hinweg, schon halb auf der Treppe. »Heute Abend brauche ich etwas Erholung, okay? Und morgen hätte ich auch nichts gegen einen Strandtag einzuwenden.«

»Bei dem man jede Strieme sehen wird, Julie«, flüsterte er zu seinem Glas und hasste sich für diesen erregenden Gedanken.

Julie machte ihn wahnsinnig. Er wollte diese Frau beherrschen, besitzen, und auf Händen tragen.

Er liebte sie, und hatte gegen ihren Verlobten doch schon verloren.

Kapitel 13

»Ich habe ein paar sehr interessante Dinge über dein Saint-Trop' herausgefunden.« Mikael massierte sanft ihre Schultern. »Was hältst du von einem Abend außer Haus?«

Tony war sich ziemlich sicher, dass er nicht von einem gewöhnlichen Abendessen und vielleicht einem Discobesuch sprach. So nett es gestern bei Monsieur Desgardes gewesen war, noch einmal bekam sie Mikael nicht in ein Edelrestaurant. Austern waren eindeutig nicht sein Ding. »Seit wann werde ich gefragt?«, erwiderte sie deshalb und grinste ihn herausfordernd an.

»Ich möchte, dass du das Korsett und dein Halsband trägst. Und sonst nichts.« Seine Lippen glitten über ihren Hals, während er diese Befehle gab. »Mach dich hübsch für mich, meine süße Julie.«

Diesmal beobachtete er jede ihrer Bewegungen. Tony spürte seinen Blick auf ihrer nackten Haut, als würde er sie wirklich berühren. Sie erlaubte sich selbst, für den Augenblick nicht darüber nachzudenken, wie peinlich es vielleicht aussah, und stattdessen in seiner Aufmerksamkeit zu schwimmen. Er saß in dem gemütlichen Sessel unterhalb des Fensters und bewegte sich kaum. Seine Erregung war durch die enge Hose deutlich zu sehen.

Tony verkniff sich ein zufriedenes Lächeln. Sie beschloss, für ihn eine Show daraus zu machen. Ihre Finger glitten ihren flachen Bauch hinunter und spielten an ihrem Kitzler, so, dass er eine gute Sicht darauf hatte. Mit einer Hand zog sie ihre

Schamlippen auseinander. Ihr Zeigefinger drang in ihre Möse ein und spielte mit ihrem Kitzler. Sie genoss seinen gierigen Blick, der sie eindeutig aufforderte, jetzt nicht aufzuhören.

Tony wurde immer wagemutiger, je länger er stillhielt. Ihr Finger hinterließ feuchte Spuren auf ihrer Haut. Sie spielte mit ihren Nippeln, bis sie hart wurden, und schloss genießerisch die Augen. Die Lust pulsierte durch ihren ganzen Körper. Nahezu traumwandlerisch griff sie nach dem offenen Korsett. Diesmal gelang es ihr, die Häkchen zu schließen, ohne dass es zu Problemen kam. Die vertraute Enge des Halsbandes gab ihr noch mehr Sicherheit.

Wie von selbst wanderten ihre Finger zurück zwischen ihre Schenkel. Sie strich über ihre erregte Perle, bis das Pulsieren fast unerträglich wurde. Gerade noch rechtzeitig erinnerte sie sich an seine Regeln und blickte fragend zu ihm auf. Die Lust pochte schmerzhaft stark in ihrem Unterleib.

»Bitte«, brachte sie hervor und suchte seinen Blick.

Wortlos stand er auf, trat hinter sie und schnürte das Korsett. Er trieb ihr die Luft aus den Lungen, noch mehr als beim letzten Mal. Das leise, willkommene Knacken des Vorhängeschlosses, mit dem er den Metallring zusätzlich sicherte, entrang ihr ein Stöhnen.

Tony sehnte sich nach ihm und seinen Berührungen. Und wirklich, seine Finger streichelten zärtlich über ihre Schultern und massierten ihren verspannten Nacken. Sie drängte sich an ihn. Sein erregtes Glied an ihrem Hintern zu spüren, fachte ihre Lust weiter an.

»Habe ich dir eigentlich erlaubt, dich selbst anzufassen?« Die Hand in ihrem Nacken hörte auf, sie zärtlich zu streicheln. Seine Finger bohrten sich in ihre Haut. »Meine süße Julie, hast du schon wieder alles vergessen?«

Sie versuchte sofort, den Kopf zu schütteln. Sein eiserner Griff verhinderte es. »Nein, Master. Ich dachte ich würde dir gefallen. Ich bitte um Verzeihung«, flüsterte sie mit belegter Stimme.

»Was für ein Glück für dich, dass es mir tatsächlich gefallen hat«, antwortete er kühl. »Dennoch rettet dich das nicht vor einer Strafe. Was meinst du, wäre für dieses Verhalten angemessen?«

Alles an ihrem Körper zog sich zusammen. Das Kribbeln in ihrer Möse wurde noch stärker. Wenn sie ehrlich mit sich selbst war, dann war es wirklich die Sehnsucht nach dem Schmerz, die sie antrieb. »Zehn Schläge?«, schlug sie unsicher vor.

»Strafinstrument?«

Sein Griff wurde nicht weicher. In ihrem Magen bildete sich ein eisiger Klotz. »Ich weiß nicht … Reitgerte?«

»Knie dich auf den Sessel, die Arme auf die Rückenlehne. Warte auf mich.«

Mikael schickte sie mit einem unsanften Schubs auf den Weg. Sie tapste hinüber und nahm die Position ein, die er verlangte. Tony hörte das Schlagen der Türe und seine Schritte auf dem Gang. Das heiße Pulsieren war nun zu einem eher latenten Gefühl geworden, das nur darauf wartete, von ihm wieder geweckt zu werden.

Wieder war es nur das Schlagen der Tür, das ihn ankündigte. Sie atmete tief durch und versuchte, sich zu entspannen.

»Die Reitgerte erschien mir etwas zu wenig dafür, dass du dich beinahe zu einem verbotenen Orgasmus gebracht hättest, Sklavin.« Klatschend traf irgendein Instrument seine Hand. Sie widerstand dem Drang, sich nach ihm umzudrehen. »Ich persönlich liebe dieses Instrument hier. Es läuft unter dem Namen Hundepeitsche. Biegsam, aber fest. Sie ist genauer als eine Gerte, nicht so schlank, vielleicht. Ich mag den Schmerz, den sie hervorruft. Zielgerichtet, großflächig, stark.«

Die Demütigung trieb ihr Tränen in die Augen. Sie erwartete, dass er sie mit seiner Hand ein wenig vorwärmte, um es ihr einfacher zu machen. Der erste Schlag traf sie hart und ging durch ihren ganzen Körper.

»Ich will, dass du laut zählst.«

Also zählte sie. Jeder Schlag fachte die Lust mehr an, und raubte ihr die Kontrolle über ihren Körper. Es fühlte sich an, als würde sie schweben, als würde sie immer weiter und vollkommen unaufhaltsam aus ihrem Körper getrieben und stattdessen an einem Ort sein, an dem alles sich schön und geborgen anfühlte.

»Zehn«, keuchte sie schließlich.

»Sehr gut, Sklavin. Das genügt.« Seine Hand streichelte sanft über die geschundenen Stellen an ihrem Hintern. Ganze Schauder schickte er damit durch ihren Körper. »Steh auf.«

Damit riss er sie endgültig aus diesem wunderbaren Schwebegefühl. Tony spürte jetzt erst das ganze Ausmaß des Schmerzes. Sie brauchte einige Zeit, bis sie seine Hand greifen und aufstehen konnte. Sie flüchtete geradezu an seine Seite und vermied dabei jeden Blick auf dieses schreckliche Gerät in seiner Hand.

Seine Kraft gab ihr genug Halt, um aufzustehen. Das Brennen auf ihrer Haut wurde immer stärker. »Ich danke dir für diese Strafe, Master.«

Er lächelte stolz. »Und jetzt komm. Die Nacht ist zwar noch lang, aber je eher wir dort sind, umso besser.«

Tony verschränkte unsicher die Arme über ihren nackten Brüsten. Eigentlich gab es keinen Grund, ihm nicht zu vertrauen. »So?«, flüsterte sie trotzdem.

»Hältst du mich für vollkommen verrückt? Nein, zieh deinen Mantel über und leg dir einen Schal um. Ich habe keine Lust darauf, in irgendeinem französischen Knast zu landen wegen Erregung öffentlichen Ärgernisses.« Ein amüsiertes Blitzen ging durch seine Augen. »Für dieses ungefragte Reden kannst du dir auch noch eine geeignete Strafe ausdenken. Ich vertraue auf deine Fantasie, Julie.«

Erleichtert atmete sie auf. Der Stoffmantel, den sie mitgenommen hatte, war dick genug, um alles darunter zu verbergen. Mit einem Halstuch zusammen würde es möglicherweise etwas ungewöhnlich wirken für diese Jahreszeit, aber lieber galt sie als verfroren als dass jeder merkte, was wirklich vor sich ging.

»Und beeil dich, meine kleine Sklavin.«

***

Der Klub, auf den er ziemlich zielstrebig zusteuerte, weckte in Tony Fluchtreflexe. Nur sein starker Arm zwang sie weiter, auf diesen hellerleuchteten Eingang zu, über dem in strahlend bunten Lettern *Les Trois Rois* stand. Sie hatte schon einiges von diesem Klub gehört – was man eben munkelte. Er tauchte in den Partyguides nicht auf, führte angeblich eine elitäre Gästeliste und ließ trotzdem nach einem seltsamen System auch Normalsterbliche ein. Das *Rois* war eine der wenigen Locations in Saint-Tropez, in denen Geldbeutel und Aussehen keine Rolle für den Einlass spielten. Tony hatte trotzdem ein mieses Gefühl dabei, gerade dorthin zu gehen. Sie trug einen Sommermantel aus der letzten Saison, einen einfachen Feinstrickschal und schlichte, schwarze Pumps. So würde sie in keinen dieser Klubs kommen, egal, wie gut sie die Besitzer kannte oder wie ungewöhnlich die Gästeliste war. Mikael sah nicht besser aus, was die Partytauglichkeit betraf. Er hatte ein schwarzes Hemd gewählt, das seine hellen Augen leuchten ließ, und trug dazu eine figurbetonte, eng geschnittene schwarze Hose. Viel zu schlicht für jeden Klub, und dann kam da noch diese College-Umhänge-Tasche aus schwarzem Leder dazu, die einen Türsteher in Saint-Trop' bestenfalls zum Lachen bringen würde.

Bisher hatte sie noch nie das Verlangen gehabt, hier im *Rois* ihr Glück zu probieren. Sie hasste schon das Getue um die richtigen Promischuppen, wieso sollte sie dann in einem derart geheimnisumwitterten Klub ihr Glück versuchen?

Mikael reihte sich nicht in die Schlange der Wartenden ein, sondern ging an den roten Absperrungen vorbei direkt auf den Türsteher zu. Dieser verschränkte in einer eindeutigen Geste die Arme vor der Brust und schickte ihnen einen wütenden Blick zu.

Tony wünschte sich, sie könnte ihm Boden versinken. Die Menschen in der Schlange zischten ihnen ungehalten entgegen, was sie von einem solchen Verhalten hielten: nämlich gar nichts. Als Mikael dann auch noch an ihren Hals griff und den Schal nach unten zog, bis man das metallene Halsband aufblitzen sah, wurden ihre Knie endgültig weich.

Der Türsteher nickte nur, trat zur Seite und zog einen Türflügel auf. Sie schlüpften hindurch, dann fiel der Flügel krachend wieder zu.

Schummriges Halbdunkel und schwarzer Marmor auf dem Boden empfingen sie. Tony kuschelte sich enger an Mikaels Arm und folgte ihm den hämmernden Bässen entgegen. Mikael drängte sie auf die Garderobe zu, die unauffällig an der rechten Seitenwand abging.

»Nimm den Mantel ab«, befahl er leise und strich dabei beruhigend über den Rücken. »Vertrau mir, Julie.«

Ihr wurde ganz flau im Magen. Das konnte nicht sein Ernst sein! Er wusste, wie viel es ihr bedeutete, dass nichts, aber auch gar nichts, nach außen drang. Dass niemand außer ihnen beiden wusste, was vor sich ging.

Die Frau hinter der Theke lächelte freundlich, begrüßte sie auf Französisch und wechselte dann in ein nahezu akzentfreies Englisch.

»Madame, Schal und Mantel bitte. Wir legen Wert auf die

korrekte Kleiderordnung«, erklärte sie ruhig und streckte eine perfekt manikürte Hand mit knallroten Fingernägeln aus. Vor dem Hintergrund ihres weißen, einfachen Sommerkleidchens leuchteten diese Fingernägel geradezu obszön auf. Tony begann unsicher damit, den Schal abzuwickeln.

»Stehen Sie auf der Gästeliste, Sir?« Mit der anderen Hand tippte sie etwas in einen Computer, der geschickt hinter dem Tresen verborgen war. »Sonst bräuchte ich noch Adresse, Ausweis, Kreditkartennummer ...«

»Das habe ich gestern bereits geklärt. Wertinger. Meine Begleitung heißt Julie Miller, selbe Adresse.« Mikaels sanfte Hand blieb in ihrem Nacken liegen. Tony reichte den Schal über die Theke und wartete unsicher auf eine Reaktion der Frau, wenn sie erst das Halsband bemerkte. Doch sie tippte einfach weiter. Also fügte Tony sich in ihr Schicksal und knüpfte den Mantel auf.

»Wunderbar, Sir, da haben wir Sie ja. Wahrscheinlich hat der Chef es Ihnen gestern schon alles erklärt, aber ich sage es lieber noch mal. Keine Fotos, keine Namen. Wenn etwas an die Presse gelangt, werden Sie von unseren Anwälten hören. Vertrauen Sie darauf, dass wir herausfinden, wer geplaudert hat. Und wie immer gilt: safe, sane and consensual.«

Tony kam beim letzten Knopf an. Ihre Hände zitterten. Mikael half ihr dabei, den Mantel abzunehmen – ganz Gentleman. Wenn es nicht so absurd gewesen wäre, sie hätte diese Geste mehr als süß gefunden.

Die Dame hinter der Theke nahm den Mantel entgegen. »Sehr hübsch, Madame. Sie brauchen sich wirklich nicht hinter einem Mantel verstecken«, kommentierte sie mit einem wohlwollenden Blick. Tony hatte das Gefühl, dass sie weniger das Korsett damit meinte als vielmehr die Zeichnung auf ihren Brüsten, die sich immer noch schwach auf ihrer Haut zeigte. »Dürfte ich noch kurz einen Blick in die Tasche werfen, Sir?

Nichts gegen Sie persönlich, aber wir nehmen die Firmenpolitik sehr ernst.«

Mikael stellte die Tasche auf dem Tresen ab und trat neben Tony. Er öffnete den Verschluss. Das leise Klacken ging durch ihren ganzen Körper. »Bitte«, sagte er leise und hob den Deckel an. Die Frau hinter der Theke lächelte, als er noch vor ihr hineingriff und irgendetwas herausholte. Tony beobachtete gebannt, wie die Empfangsdame die Tasche abklopfte. Sie wüsste zu gerne selbst, was sich darin befand, so geheimnisvoll, wie Mikael getan hatte.

»Nimm die Hände auf den Rücken, Julie«, sagte er plötzlich und hielt ihr Handschellen aus Metall vor die Nase. »Du hast ein paarmal zu oft gezögert.«

Die Frau schien das nicht zu kümmern. Sie setzte ungerührt ihre Überprüfung fort und tippte wieder etwas in den Computer. Tony hielt die Luft an und legte dann doch die Hände auf den Rücken. Sie hoffte, dass er wusste, was er gerade tat. Die Handschellen rasteten mit einem lauten Ratschen ein, das ihr durch Mark und Bein ging. Probeweise zog sie daran, konnte ihre Arme aber nur noch wenige Millimeter bewegen.

»Danke, Sir. Ich wünsche Ihnen viel Spaß heute Abend.« Die Frau lächelte vielsagend. Mikael nahm die Tasche an sich, ohne dass Tony einen Blick hinein erhaschen konnte. Noch einmal griff er in das Tascheninnere.

»Dreh dich um, Julie.« Ihr Körper gehorchte ihm, als wäre sie ferngesteuert. Die Anspannung wuchs. Er machte irgendetwas an ihrem Halsband, berührte sie dabei aber nicht. »Jetzt können wir. Nicht dass jemand auf die Idee kommt, dich ohne meine Erlaubnis zu benutzen.«

Die Frau hinter der Theke lachte hell auf. »Sir, auf diese kleine Schönheit müssen Sie wirklich aufpassen. Ich bin mir sicher, dass sie einschlägt wie eine Bombe.«

»Nur ihre Erziehung lässt noch etwas zu wünschen übrig.«

Wie kamen diese beiden eigentlich dazu, so über sie zu reden? Die Wut über diese demütigende Behandlung sammelte sich in ihrem Magen, und nur mit Mühe schaffte sie es, die Worte zurückzuhalten, die sie Mikael ins Gesicht schleudern wollte. Er zog an ihrem Halsband, und sie drehte sich folgsam um.

Eine feine Silberkette ging von ihrem Halsband bis zu seiner Hand. Er beachtete sie mit keinem Blick mehr, sondern ging einfach los. Tony folgte ihm sofort. Dadurch, dass es in der Öse an ihrem Nacken festgemacht war, lag das Silberkettchen auf ihrer Schulter auf und erinnerte sie bei jedem Schritt kalt daran, dass er es war, der jetzt über sie bestimmte.

Erst nach ein paar Schritten wurde ihr klar, was er gerade gesagt hatte. Was es bedeutete. Wenn sie bisher gedacht hatte, ein wenig Angst vor diesem Abend zu haben, dann wurde der kalte Klumpen in ihrem Magen jetzt zu einem ganzen Felsen.

***

Mikael führte Tony durch einen großen Raum, der sich auf den ersten Blick in nichts von gewöhnlichen Diskotheken in Saint-Tropez unterschied. Die Materialen waren edel, die Leuchten an der Decke strahlten ein dezentes Licht aus, und die Musik wummerte technolastig aus den Boxen. Erst auf den zweiten Blick bemerkte sie, woran sich dieser Raum von den Klubs unterschied, die sie normalerweise besuchte. Kaum einer der Anwesenden war vollständig bekleidet, selbst für die für gewöhnlich schon freizügigen Verhältnisse in Saint-Tropez war der Umgang mehr als nur offenherzig. Einerseits beruhigte es sie, denn ihr Outfit war bei weitem nicht das gewagteste in diesem Raum. Andererseits trieb es ihr die Schamesröte in die Wangen. Die Regeln, die er ganz zu Beginn ihrer Affäre aufgestellt hatte, waren wie ein sicherer Rettungsanker. Sie senkte den Blick und vermied jeden Augenkontakt mit den Anwesenden, konzentrierte sich nur darauf, ihm durch den Raum zu folgen.

Neben der Bar boten kleine Sitzecken so etwas wie Privatsphäre. Mikael suchte eine der Sitzinseln aus und warf die Tasche auf die Sitzfläche. Er bedeutete Tony mit einem Ruck an der Kette, sich neben ihn zu setzen.

Sanft strich er über ihren linken Arm. »Ich bin bei dir, Julie. Vertrau mir.«

Sie blickte wortlos zu ihm auf und saugte seine tröstende Nähe auf.

»Ich will, dass du heute Abend endlich voll und ganz annimmst, was du bist. Mein kleines Spielzeug. Das Instrument meiner Lust. Nicht mehr und nicht weniger.« Seine Lippen huschten über ihren Hals, während er sprach. Der warme Atem strich über ihre Haut. »Hör auf zu denken und lass es geschehen.«

Er richtete sich auf, als ein Kellner erschien. Sein altmodisch wirkender Frack schien nicht ganz in diesen Klub zu passen. Sein weißes Hemd leuchtete im unruhigen Licht. »Sir, willkommen im *Trois Rois*. Was wünschen Sie?«

»Für mich eine Weißweinschorle, bitte. Und für die Dame …« Mikael schickte ihr ein strahlendes Lächeln. »Einen Martini bianco.«

Der Kellner nickte und verschwand hinter der bläulich leuchtenden Theke. Tonys Blick folgte ihm unruhig, als er die Getränke auf sein Silbertablett lud und zu ihnen zurückkam. Mikael tat nichts ohne Absicht, und sein Lächeln gerade eben verhieß nichts Gutes. Der Kellner stellte die Getränke vor ihnen auf dem niedrigen Beistelltisch ab und wandte sich sofort den nächsten Gästen zu.

»Trink, Julie«, forderte Mikael sie auf und schob den Martini an den Tischrand. Tony fixierte das Glas wie einen Feind und zog vielsagend an ihren Handschellen. »Beug dich einfach vor. Das geht schon.«

Ihm zu widersprechen hatte keinen Sinn, soviel hatte sie schon verstanden. Sie beugte sich nach vorne, bis ihre Brüste ihre Oberschenkel berührten. Gerade so konnte sie mit den Lippen das Glas erreichen. Sie schlürfte einen Schluck, während er sein Weinglas in aller Form aufnahm und davon nippte.

»Ein Anblick für Götter, Julie.« Er stellte das Glas mit einem lauten Knall ab. »Und jetzt setz dich aufrecht hin, die Beine ein wenig auseinander. Du weißt doch, dass eine Sklavin immer zugänglich zu sein hat, nicht wahr?«

»Ja, Master.« Ihr Körper folgte seinen Anweisungen. Sie atmete so tief durch, wie das Korsett es eben zuließ. Er griff in seine Tasche und holte einen Gegenstand heraus.

»Du redest mir heute zu viel, Julie. Zu viele dumme Fragen.« An seinem Finger baumelte ein Knebel. Es war nicht der Gummiknebel, dessen Bekanntschaft sie schon gemacht. Dieser hier war geformt wie ein etwas zu kleiner, dafür ziemlich dicker Penis. Allein der Gedanke, dieses Ding in ihrem Mund zu spüren, trieb die Feuchtigkeit zwischen Tonys Schenkel. Sie verbiss sich den Protest, weil sie an diesem Abend eigentlich noch gar nichts gesagt hatte.

Wenn er der Meinung war, dass sie zu viel redete, stand es ihr nicht an, dagegen zu protestieren. Bereitwillig öffnete sie den Mund. Das Atmen wurde schwerer. Mikael verschloss die Riemen hinter ihrem Kopf, die den Knebel an seinem Platz halten würden.

»Wenn es dir heute zu viel wird, kreuze beide Zeige- und Mittelfinger. So.« Er machte ihr die Geste vor und wartete, bis sie ihr Einverständnis gab. »Wenn du einfach nur eine Pause brauchst oder ich langsamer machen soll, nimm nur die rechte Hand.«

Wieder nickte sie und versuchte ein Lächeln, was mit dem Knebel im Mund fast nicht möglich war. Es fühlte sich beinahe an wie ein echter Penis, nur dass das Plastik sich nicht bewegte.

»Dein Mund, mein Schatz, gehört heute Abend nur mir.« Er strich über ihre Wange und ihre Lippen. »Ich mag ihn zu gerne, um ihn zu teilen. Aber dafür hast du ja noch zwei andere Löcher, ist es nicht so?«

Diese Ankündigung ließ sie erschrecken. Tony suchte seinen Blick, um von ihm beruhigt zu werden. Mikael schien es jedoch zu ahnen und lehnte sich auf dem Sofa zurück.

»Du bist außerdem zu aufsässig, meine süßeste Serva. Ich werde dir jetzt vorführen, wie eine Sklavin sich zu verhalten hat. Siehst du diese junge Dame dort an der Theke? Ihr Herr sitzt zwei Sitzinseln weiter und beobachtet sie. Ich denke, sie kann mir eher Befriedigung verschaffen als du.«

Das war der Gipfel aller Demütigung des heutigen Abends. Tony wimmerte einen Protest gegen den Knebel. Er dagegen winkte der jungen Frau am Tresen auffordernd zu. Sie blickte erst an ihnen vorbei, nickte leicht und stand schließlich auf. Außer einer Kette um ihren Bauch, halterlosen Strümpfen und einem durchsichtigen Spitzen-BH war sie vollständig nackt. Ihre gebräunte Haut leuchtete verführerisch auf. Wortlos sank sie vor Mikael auf die Knie, nahm die Arme hinter den Kopf und hielt den Blick auf den Boden gerichtet.

Genießerisch betrachtete er sie und leckte sich über die Lippen. Er klopfte mit der flachen Hand auf seinen Oberschenkel und wartete, bis sie sich darauf gesetzt hatte. Tony versuchte, irgendetwas von dem mitzubekommen, was er dieser Frau erzählte. Das leicht herablassende Lächeln, das auf ihrem Gesicht auftauchte, verunsicherte sie noch mehr.

Mit einem Kuss auf die Wange schickte er sie wieder los. Sie stand auf, drehte sich um und bückte sich, bis sie sich mit den

Unterarmen auf dem Tischchen abstützen konnte. Tony keuchte enttäuscht auf, als Mikaels Hände tatsächlich begannen, an der Möse dieser fremden Frau herumzuspielen.

Seine Hände. Die Hände, die nur ihr gehören sollten. Die ihr so viele unvergessliche Abende geschenkt hatten. Die Eifersucht und die Wut verbanden sich zu einem einzigen Glühen in ihrem Unterkörper.

»Sieh zu und lerne, wie eine Sklavin sich zu verhalten hat, meine süße Julie. Kein Widerspruch, nur absolute Unterwerfung.«

Er öffnete mit einer Hand seine Hose und zog aus der hinteren Hosentasche ein Kondom. Nur kurz ließ er von der Spalte dieser anderen Frau ab, um die Packung aufzureißen und sich den Gummi über seinen steifen Schwanz zu ziehen. Tony verfolgte jede seiner Bewegungen mit Eifersucht. Sie sah die Lust dieser anderen Frau. Weil sie nur zu gut wusste, wie geschickt seine Hände waren, konnte Tony sich vorstellen, wie erregt die andere bereits war.

»Nimm dir daran ein Beispiel, Julie.« Seine Hände waren zurück an dem Hintern der fremden Sklavin. Seine Finger umspielten ihren Kitzler und rieben die Feuchtigkeit über ihre Haut. Die Kette, die ihn mit Tony verband, hatte er sich um das Handgelenk geschlungen. Ab und zu schlug das feine Silber gegen ihre dunkle Haut und brachte sie zum Zittern. »Diese hübsche Sklavin ist nicht so aufmüpfig wie du. Sie weiß, wo ihr Platz ist«, erklärte er ruhig. Nur sein schnellerer Atem zeugte von seiner Erregung. Die Frau vor ihm auf dem Tisch zitterte am ganzen Körper, war jedoch ansonsten vollkommen still.

Plötzlich drang sein Daumen in ihren Hintern ein. Tony keuchte auf. Die Sklavin, die er sich gerade vornahm, verzog nur kurz das Gesicht. Mikael wartete ruhig, bis sie sich entspannt hatte, dann bewegte er seinen Daumen umso schneller und heftiger. Die fremde Serva wimmerte leise. Tony fühlte die aufsteigende Erregung in ihrem Schoß. Es war vollkommen absurd, aber es fühlte sich gut an.

Mikael lächelte ihr kurz zu, dann zog er den Daumen zurück und stieß stattdessen sein erregtes Glied in ihren Hinterausgang. Die Serva stöhnte auf und bewegte sich, um dem schlimmsten Druck zu entgehen. Mikaels Hände packten ihre Hüfte und zog sie fester zu sich heran.

Fasziniert beobachtete Tony, wie das Gesicht der Serva sich zuerst noch mehr verzog, nur um irgendwann eindeutig lustvoll zu werden. Ihre Lippen waren fest aufeinandergepresst, doch in ihren Augen zeigte sich ein Glühen. Mikael stöhnte dagegen laut auf, etwas, das er bei ihr noch nie getan hatte. Er stieß sie schnell und fest, bog sich ihr entgegen und zog sie weiter zu sich. Tony ertappte sich selbst bei dem Wunsch, jetzt mit dieser Fremden den Platz zu tauschen.

An dem Zittern, das durch seinen Körper ging, und an dem Flackern seiner Augenlider merkte Tony dann doch, dass er zum Höhepunkt kam. Die Sklavin keuchte unterdrückt und versuchte, still zu bleiben. Vier schnelle Schläge prasselten auf ihren Hintern, ehe Mikael sein Glied wieder aus ihr herauszog.

Tony konnte ihren Blick nicht von diesem Glied abwenden, das gerade alle Lust dieser fremden Frau geschenkt hatte. Ein auffordernder Klaps von Mikael auf ihren Hintern genügte. Sie glitt aus ihrer unbequemen Position auf dem Tisch zurück in die Grundhaltung. Ihre Augen leuchteten dankbar auf. Mikael entsorgte das Kondom mit einem Taschentuch, streichelte sanft ihre Wange und blickte ihr für eine Zeit lang in die Augen. Sie beugte sich nach vorne und küsste liebevoll zuerst die Spitze seines Schwanzes, und dann seine Eier. Seine Hand strich durch ihre schwarzen Haare und drückten ihren Kopf nach unten. Die Serva senkte den Oberkörper und nahm die Hände nach vorne. Demütig küsste sie jetzt auch noch Mikaels Füße, ehe sie sich wieder aufrichtete.

»Ich danke Ihnen, Herr«, flüsterte sie heiser.

»Du kannst deinem Herrn sagen, dass du mich sehr glücklich gemacht hast«, antwortete er zärtlich und schenkte ihr sein strahlendstes Lächeln. Fürsorglich half er ihr auf und zog sie an sich. Er hielt sie im Arm und wartete, bis das Zittern in ihrem Körper nachgelassen hatte. Dann küsste er sie innig auf den Mund und schickte sie mit einem letzten Klaps auf den Hintern zurück an die Theke.

Ihr Gang war etwas wacklig, mehr jedoch war ihr nicht anzumerken. Tony beobachtete sie eifersüchtig, bis sie wieder auf ihrem Platz saß, als wäre nichts geschehen.

»Falls es dich interessiert – und ich sehe an deinen Augen, dass es das tut – ja, ihr Herr hat ihr aufgetragen, an diesem Abend jedem anderen Mann zu dienen, der nach ihren Diensten verlangt. Mach dir keine Gedanken, es gefällt ihr, sonst wäre sie nicht hier.« Er saß wieder voll angezogen neben ihr und wischte sich Schweiß von der Stirn. »Ich bin mir sicher, dass es dir genauso gefallen hat wie mir, Julie.«

Tony senkte den Blick und nickte dann zustimmend. Er streckte seine Hand aus und griff zwischen ihre Schenkel. Nicht liebevoll, sondern fordernd und prüfend. Sein anerkennendes Lächeln war Balsam auf ihre Wut.

»Du lernst, Julie, wie schön. Noch einen Schluck Martini, ehe ich dir sage, wie es weitergeht?« Er zog etwas aus seiner Tasche und warf es ihr in den Schoß. Sein herablassendes Lächeln feuerte die Lust in ihr weiter an. »Ach, ich vergaß, meine Serva. Der Knebel.«

Sie senkte hastig den Kopf, um diesem Lächeln zu entkommen. Erstarrt blickte sie auf das Latex in ihrem Schoß. Sie erkannte die Maske, die sie schon einmal getragen hatte.

»Ich weiß, wie schwer es dir fällt, dich gehen zu lassen, weil du immer Angst hast, erkannt zu werden. Praktischerweise gibt es dafür Abhilfe. Ich helfe dir, sie anzulegen. Komm her, meine süße Julie.« Sie zitterte, als er ihre Haare zusammenfasste und ein letztes Mal den Schweiß von ihrem Gesicht wischte.

Ehe sie sich ihm und seinen Spielchen vollkommen hingab.

***

Dem Geräuschpegel nach zu urteilen hatte er sie in einen Nebenraum geführt. Tony konnte nicht anders, als seiner Führung zu vertrauen, als dieser Kette zu folgen, die immer wieder ruckartig an ihrem Halsband zog.

Mikael schubste sie nach vorne. Sie stieß gegen ein mit Leder bezogenes, abgerundetes Möbelstück. Die obere Kante befand sich genau auf einer Höhe mit ihrer Hüfte. Er zog sie an der Kette nach vorne, bis ihr Oberkörper auf dem Leder auflag. Das Silber klirrte leise, als er es irgendwo befestigte. Seidige Schnüre strichen ihre Oberschenkel. Er zog ihre Beine auseinander und fesselte sie an dieses Ding, auf dem sie lag.

»So mag ich dich, Julie. Offen und zugänglich.« Seine Hand griff hart in ihre Möse. »Perfekt, um dich mit irgendjemandem zu teilen, meinst du nicht?«

Sofort versteifte sich ihr Körper. Er konnte das nicht wirklich ernst meinen. Oder etwa doch? Angestrengt lauschte sie nach Schritten, aber da war nichts. Stattdessen tropfte etwas Kaltes auf ihren Hintern. Seine geschickten Finger verteilten diese Kälte zwischen ihren Pobacken. Spielerisch rieb er über ihre Rosette. Tony keuchte gegen den Knebel und versuchte, sich genauso zu entspannen, wie sie es bei dieser fremden Frau gesehen hatte. Seine Hände halfen ihr dabei, indem sie über ihren Kitzler strichen und ihre Lust unweigerlich anfachten.

Nach allem, was sie heute bereits erlebt hatte, brauchte es

nicht lange, bis der erste Orgasmus sich ankündigte. Tony versuchte, die Bitte nach einem Orgasmus wenigstens zu wimmern. Der Knebel verhinderte selbst das. Seine Finger zogen an ihrer Perle, und brachen die letzte Mauer zwischen ihr und diesem Höhepunkt. Er riss sie mit, machtvoll und schmerzhaft stark. Sie wünschte sich einen Schwanz, den ihre Muskeln umklammern, an dem sie sich festhalten konnte.

Seine Finger waren alles, was er ihr gab. Gierig glitten sie in sie hinein und wieder heraus. Erst als der Höhepunkt verebbt war, schob er ein vibrierendes, rundes Ding in ihre Möse. Sie wehrte sich dagegen. Ihre überreizten Nerven sehnten sich nach Ruhe. Seine Hände waren unerbittlich.

Irgendwann ruhte dieses vibrierende Ding in ihr und schickte weitere Wellen durch ihren Körper. Wenige Sekunden später ging ein stechender Schmerz durch ihren ganzen Körper, der von ihren Schamlippen ausging. Tränen traten in ihre Augen. Vier weitere Klemmen folgten der, die er angesetzt hatte, und dann eine letzte, die er genau auf ihrem Kitzler anbrachte. Der Schmerz raubte ihr den Atem. Nur die lederne Oberfläche unter ihrem Bauch hielt sie noch aufrecht.

»Verlier das Vibroei nicht, Julie. Das letzte Mal hast du ja kläglich versagt«, mahnte er sie trocken und schlug zweimal auf jeden ihrer Hinterbacken. Sie konzentrierte sich auf dieses sanfte Rotieren, das ihre Lust wach hielt, obwohl doch gerade erst der Höhepunkt über sie hinweggerauscht war.

Ein beißender Schmerz schlang sich um ihre Oberarme. Das Knallen ging durch den ganzen Raum. Tony atmete bald nur noch stoßweise, genau in dem Rhythmus, den er mit seiner Peitsche vorgab. Das Gefühl, zu schweben, hüllte sie vollkommen ein. Das Brennen auf ihrer Haut kam heute erst später, lange nachdem der erste, stechende Schmerz schon verhallt war.

Es fühlte sich gut an, und das Brennen blieb, als er irgendwann aufhörte, den Riemen auf ihre nackte Haut prasseln zu lassen.

Genauso wie das unwirkliche Gefühl, nicht mehr ganz in ihrem eigenen Körper zu sein. Sie fühlte jede Stelle so klar wie nie zuvor, und dennoch fühlte es sich fremd an. Mikaels – sie hoffte jedenfalls, dass es seine Hände waren – Mikaels Hände legten sich auf ihren Hintern und massierten zärtlich ihr Poloch. Ein leichtes Pochen stieg von dort aus in ihre Möse, wo der Vibrator immer noch in derselben Geschwindigkeit rotierte.

Etwas Hartes strich über ihre Rosette. Tony hielt die Luft an, als es sich daran machte, in sie einzudringen. Es war weder Mikaels Finger, noch war es sein Schwanz, dazu war es viel zu schmal. Dennoch kämpfte dieses Ding mit dem Widerstand, den ihre Muskeln ihm boten. Gewaltvoll drang es in sie ein.

Der ungewohnte Druck trieb ihr den Schweiß auf die Stirn. Schmerzhaft zog sich ihr Unterleib zusammen. Kurzzeitig war sie versucht, das Notsignal zu geben – und dann begannen ihre Muskeln, sich zu entspannen. Mikael bewegte dieses Ding vorsichtig hin und her, ganz langsam, überaus zärtlich. Zuerst ließ der Druck nach. Dann fühlte es sich immer besser an, als würde er sie in ihre Möse ficken, und dabei jeden einzelnen, empfindlichen Nervenstrang gleichzeitig reizen.

Just in dem Augenblick, in dem der nächste Höhepunkt sich ankündigte, rutschte der Vibrator nach unten. Tony versuchte alles, um ihre Muskeln anzuspannen und dieses Spielzeug aufzuhalten, aber es half nichts. Krachend fiel der Vibrator auf den Boden. Sofort ließ Mikael von ihr ab. Das leise Surren des Geräts klang geradezu obszön durch den Raum, bis er es endlich aufhob und ausschaltete.

»Was habe ich dir gesagt, meine kleine Serva? Du willst es wohl nicht anders.«

Seine Stimme jagte ganze Schauer über ihren Rücken. Er

griff wieder an dieses Ding in ihrem Hintern und bewegte es, diesmal jedoch ohne jede Zärtlichkeit. Sie atmete gegen den Schmerz an, den er damit verursachte. Eine Hand, die offenbar in einem Lederhandschuh steckte, spielte zeitgleich an ihren Schamlippen. Die Finger drangen in sie ein, zogen an den Klemmen und strichen grob über ihre weiche Haut.

Tony wollte ihre Lust hinausschreien, doch der Knebel ließ nur ein leises Wimmern zu. Die Finger bewegten sich immer schneller und tiefer in ihr, und auch dieses schmale, harte Ding fickte sie vollkommen rücksichtslos.

Der nächste Orgasmus kündigte sich an, und er versprach, noch stärker zu werden als der zuvor. Mikael schien es zu spüren, denn er erhöhte die Geschwindigkeit noch. Diese fremde, grobe Hand in dem Lederhandschuh hielt für eine Sekunde inne, dann packte sie wieder zu. Eine nach der anderen riss die Hand in dem Lederhandschuh die Klemmen herunter. War es Mika? Oder hatte er wirklich irgendjemanden dazugeholt? Ihr Kopf malte sich immer faszinierendere Bilder aus.

Jede Klemme, die er entfernte, trieb sie weiter auf den Orgasmus zu. Der Schmerz, als das Blut in ihre Schamlippen zurückströmte, war zu viel. Tränen stiegen in ihre Augen. Sie wollte atmen, und konnte durch den Knebel und die Maske doch nur wenig Luft holen. Ihr wurde schwarz vor Augen.

Endlich zog Mikael auch die Klemme herunter, die er genau auf ihren Kitzler gesetzt hatte. Tonys Körper zuckte in seinen Fesseln, während der Orgasmus sie völlig einnahm und nichts, aber auch gar nichts mehr sonst von Bedeutung war.

Die letzte Welle war kaum über sie hinweggerauscht, als diese lederbekleideten Hände sie grob packten. Anscheinend hatte jemand ihre Fesseln an den Füßen gelöst, denn sie konnte ihre Beine frei bewegen. Auch die Handschellen öffneten sich klackend. Ehe sie sich über diese neu gewonnen Freiheit freuen – oder diese Tatsache auch nur ganz realisieren konnte –

drehten die Hände sie herum. Jede Strieme auf ihrem Rücken begann von neuem, zu pochen und zu brennen.

Ihre Arme wurden über ihren Kopf gezogen. Die Hände schoben sie noch ein wenig nach oben, bis ihr Kopf frei hing. Diese Haltung schmerzte schon jetzt in ihrem Nacken, und sie bekam noch weniger Luft als zuvor. Panik stieg in ihr auf und verdrängte die letzten Wellen dieses gewaltigen Höhepunktes, den er ihr geschenkt hatte.

Die Handschellen rasteten wieder ein. Sie lag mit dem Rücken auf diesem Möbelstück. Ihre Arme hingen am Kopfende frei nach unten, genauso wie ihr Kopf. Ihr Hintern lag dafür fast voll auf. Mikael fesselte ihre Beine wieder an dieses Möbelstück, auf dem sie lag. Das schmale Ding steckte immer noch in ihr, und es drückte sich dadurch tiefer in sie hinein.

»Du hast wirklich schöne Brüste.«

Sie war sich nicht ganz sicher, ob das wirklich Mikaels Stimme war. Die rauen Hände griffen an ihre Brustwarzen und zogen sie nach oben. Der Schmerz, der davon ausging, jagte durch ihren ganzen Körper.

»Weißt du, wie solche Brüste zu sein haben, Sklavin? Mit Samen beschmutzt, denn das bringt sie noch besser zur Geltung.«

Die Vorstellung, irgendjemand würde ihre Brüste benutzen, um sich damit zum Abspritzen zu bringen, tauchte in ihrem Kopf auf. Sofort stieg auch die Nässe wieder in ihre Möse.

»Schade, dass du auf diesem Strafbock etwas zu hoch liegst, um deine Brüste zu benutzen. Das muss dann wohl warten.« Die Hände ließen ihre Brüste los. Ihre steifen Nippel reckten sich Mikael entgegen. Sie wollte, dass er mit ihren Brüsten spielte. Sie wünschte sich gerade nichts sehnlicher, als dass er sein Glied zwischen ihren Brüsten rieb und seinen Samen über ihr Gesicht und ihren Hals spritzte.

Stattdessen spürte sie die Wärme eines Körpers zwischen

ihren Beinen. Die behandschuhten Hände griffen an ihre Hüfte und hoben sie noch etwas an. Dafür hatte er also genug Raum bei seiner Fesselung gelassen. Tony keuchte unterdrückt auf. Sein harter Schwanz drängte gegen ihre sowieso schon überreizten Schamlippen. Rücksichtslos drang er in sie ein. Ihre feuchte Spalte empfing ihn willig. Ihre Muskeln zuckten um seinen Schwanz.

Der Schmerz, den er ihr mit den Klemmen und der Peitsche zugefügt hatte, war noch nicht ganz verebbt. Mit jedem Stoß lebte er wieder neu auf und verband sich mit der anwachsenden Lust. Das Pochen breitete sich von ihrer Vagina in ihrem ganzen Körper aus. Die Luft wurde immer knapper. Kopfüber drückte das Metallhalsband gegen ihren Kehlkopf. Sie konnte wegen der Maske nur durch die Nase atmen. Schwarze Schatten tanzten vor ihren Augen, obwohl sie doch durch die Maske nichts sehen konnte.

Er nahm sie mit der Gewalt eines Mannes, der viel zu lange auf seinen Teil an diesem Spiel hatte warten müssen. Sein Schwanz drang immer wieder aufs Neue in sie ein. Sie spürte ihn überall. Er füllte ihre gesamte Möse aus. Er rieb sich an dem Ding in ihrem Hintern und trieb sie gemeinsam mit diesem harten Teil einem weiteren Höhepunkt entgegen.

Sie kamen beinahe gleichzeitig. Tony fühlte, wie sich sein Glied in ihr aufrichtete und seinen heißen Samen in sie spritzte. Sie genoss das Ziehen, das dieser Orgasmus in ihren Unterleib schickte. Sie verlor beinahe die Besinnung, als ihr die Luft immer mehr ausblieb.

Alles verschwamm, und ihr Körper schien nur noch aus pulsierender Lust, diesem Ding in ihrem Hintern und seinem in sie stoßenden, harten Schwanz zu bestehen. Er fickte sie weiter, bis auch dieser Orgasmus vergangen war, und zog sich erst dann vorsichtig aus ihr zurück.

Zuerst löste Mikael die Fesseln an ihren Beinen, dann befreite er ihre Arme. Seine Finger strichen über ihre Haut und regten den Blutfluss wieder an. Er zog Tony nach oben an seine Brust und hielt sie, bis ihr Atem sich beruhigt hatte. Dann streifte er ihr die Latexmaske ab und strich ihre Haare aus der Stirn. Sein dankbarer Blick war Belohnung genug. Die dünne Silberkette hielt er immer noch locker in der Hand.

Zweifelnd blickte sie sich um. Sie waren allein in einem Raum, dessen Mittelpunkt ein lederbezogener Bock auf vier Beinen bildete. Die Tür war fest verschlossen. Eine lange Peitsche lag neben dem Strafbock auf dem Boden.

Tony war beinahe enttäuscht, dass er ihr den Knebel aus dem Mund nahm und sie danach einfach in seine Umarmung zog. Die ganze Zeit das Gefühl zu haben, seinen Schwanz mit ihrer Zunge zu verwöhnen, war einfach zu überwältigend gewesen.

»Darf ich dir noch einen blasen, Master?«, fragte sie und erschrak über ihren eigenen Wagemut, sobald sie ihre Worte hörte.

»Ich bin müde, Julie.« Liebevoll streichelte er über ihr Gesicht und erwiderte ihren sehnsuchtsvollen Blick. »Aber wenn du willst, sage ich nicht nein.«

Sie sank zwischen seine Oberschenkel und streichelte vorsichtig seine Hoden, bis sie seine wachsende Erektion spürte. Liebevoll nahm sie seinen halb erschlafften Schwanz zwischen ihre Lippen. Sie legte all ihre Sehnsucht nach ihm in ihre Berührungen. Endlich richtete sich sein Schwanz ganz auf. Sein Stöhnen wurde lauter. Sie sah das Flackern seiner Augenlider, das schnelle Heben und Senken seines Brustkorbes. Erleichtert setzte sie ihre Arbeit fort. Sie neckte mit ihrer Zunge seine Eichel, drängte in die kleine Öffnung an der Spitze. Es dauerte nicht lange, bis sie das herrliche Zucken spürte, das seinen Höhepunkt ankündigte.

Mikael spritzte in ihren Mund und zog sich sofort aus ihr

zurück. Tony genoss sein Aroma und schluckte seinen Samen hinunter. Seine Hände griffen unter ihre Arme und zogen sie nach oben an seine Brust.

Tony wünschte sich so sehr, dass er sie endlich küsste, wie er diese Fremde vorhin geküsst hatte. Er hauchte jedoch nur einen Kuss auf ihre Wange und sank erschöpft in die Kissen des Sofas.

»Gib mir ein paar Augenblicke Ruhe«, flüsterte er erschöpft.

»Müde?«, hänselte sie zufrieden zurück und zuckte zusammen, als seine Hand über ihren Hintern strich und die Erinnerung an den Schmerz der Peitsche wieder aufweckte. Er traf auf dieses Ding in ihrem Hintern und schnipste vielsagend dagegen.

»Du bist anstrengend, meine geile Serva. Viel zu anstrengend für einen einzelnen Mann. Ich lasse dir den Plug noch eine Weile. Damit du dich an dieses Gefühl gewöhnen kannst. Das nächste Mal kommst du mir nicht so leicht davon. Immerhin hast du noch eine kleine Strafe offen. Und dann noch die Strafe dafür, dass du dein Spielzeug heute verloren hast. Das ist wirklich zu viel für mich alleine.«

Und da war er wieder, der Zweifel, ob er wirklich nur alleine oder ob nicht doch jemand anderes mit im Raum gewesen war.

Aus ihr selbst nicht erklärbaren Gründen fand sie gerade diese letzte Vorstellung unwahrscheinlich erregend.

***

»Das war verdammt gut, Mikael. Aber wie kamst du auf diese dumme Idee, gerade hier nach einem Klub zu suchen?« Sie traten nebeneinander hinaus in die milde Nacht. In ihrem Mantel kam Tony sich noch immer etwas zu warm gekleidet vor, aber im Großen und Ganzen fühlte sie sich wohl. »Und – wieso zur Hölle gibt es überall auf der Welt solche Klubs?«

»It's Saint-Tropez, Baby.« Er lächelte auf sie hinab und zog sie fester an sich. »Weil eine ganze Menge Leute, von denen du es wahrscheinlich lieber nicht wissen willst, sich nicht mit langweiligem Blümchensex zufriedengeben. Das hat mit pervers nichts zu tun, wenn ich deine Gedanken lesen darf. Nur mit Lust.«

»Lass uns nach Hause fahren und reden«, schlug sie vor und knabberte an ihrer Unterlippe herum. Irgendwie wirbelten viel zu viele Gedanken in ihrem Kopf herum, um sie in einer einzigen Nacht unterzubringen. »Irgendwie überfordert mich das alles.« Tony bemerkte seinen fragenden Blick und schickte eilig hinterher: »So schön es ist, Mikael. So viel Spaß es mir macht. Aber ich will auch verstehen, was genau dahintersteckt.«

»Du denkst zu viel, das steckt dahinter. Du denkst zu viel und erlaubst dir nicht, einfach den Regungen deines Körpers nachzugeben.« Er hielt ihr die Beifahrertür des Porsche auf und beugte sich zu ihr hinunter, um ihr einen vorsichtigen Kuss auf die Wange zu drücken, ehe die Tür sich schloss.

»Trotzdem, Mikael. Ich will es einfach wissen«, bestand sie darauf. Der laute Motor dröhnte durch ihren ganzen Körper. Sie kuschelte sich in ihren Sitz und beobachtete ihn von der Seite, wie er das Auto konzentriert durch die kleinen Straßen von Saint-Tropez steuerte. »Bitte.«

»Ich habe doch nicht Nein gesagt, oder, meine liebste Julie? Natürlich können wir uns noch auf einen oder zwei Drinks zusammensetzen und reden. Nichts lieber als das.«

Sein Tonfall und sein mildes Lächeln nahmen ihr die Angst, sich mit ihrem Drängen vollkommen lächerlich gemacht zu haben. Sie fühlte, dass es ihm damit ernst war, und dass er es nicht nur dahinsagte wie andere.

»Danke, Mikael.«

Tony hoffte, dass er endlich mehr sagte. Dass er endlich aussprach, was ihn bewegte.

»Nichts zu danken, Julie. Es ist meine Pflicht als Dom, mich um meine Partnerin zu kümmern«, grummelte er schließlich. »Ich nehme das ernst.«

Seine Pflicht? Wenn sie nicht so müde gewesen wäre, am liebsten hätte sie jetzt ihre Faust gegen das Armaturenbrett geschlagen. Ja, natürlich, es war nur ein Spiel, im Grunde genommen – aber war da wirklich nicht mehr? Diese intensive Nähe, diese schützende Wärme, die er ausstrahlte, auch wenn sie nicht spielten – bedeutete ihm das gar nichts?

Tony wusste nicht, was sie darauf erwidern sollte, also blickte sie schweigend in die glitzernde Mittelmeernacht hinaus, und sortierte die Gedanken in ihrem Kopf, um ihn nicht zu lange zu nerven.

Wenn es nur seine Pflicht war, dann brachte sie es besser schnell hinter sich. Auch wenn sie es nicht so ganz glauben wollte ... Tony biss unbewusst an ihrem linken Daumennagel herum. Nein, wirklich glauben wollte sie es nicht, dass von seiner Seite nicht doch Gefühle im Spiel waren. Und das, beschloss sie, das würde sie in den letzten zwei Tagen dieses Urlaubs schon noch herausfinden.

Selbst wenn sie sich damit wahrscheinlich selbst um ihr Vergnügen brachte.

***

Mikael schenkte ihnen leichten Weißwein ein, während Tony sich rasch umzog. Ihre federnden Schritte kündigten sie an. Er biss sich auf die Unterlippe, um nicht zu viel zu sagen. Sie trug einen nachtblauen Morgenmantel über ihrem kuscheligen Pyjama. Er verstand dieses Zeichen nur zu gut. Bisher hatte sie zu mehr als nur aufreizender Nachtwäsche gegriffen. Heute war ihr offenbar nach kuscheln.

Sie holte noch eine Tüte Erdnussflips aus einem Vorratsschrank, lächelte entschuldigend und wies ihm den Weg hinüber ins Wohnzimmer.

»Ich habe Hunger«, murmelte sie und riss die Tüte auf.

»Verständlich.« Mikael schob ihr das Weinglas zu und beobachtete sie dabei, wie sie hastig Erdnussflips in sich hineinschaufelte. »Also, was willst du wissen?«

»Alles. Wieso macht es mich an, wenn ich Schmerz fühle?«, fragte sie, während sie kaute.

»Frag tausend Psychologen, und du bekommst tausend und eine Antwort. Nimm es hin, Tony. Es ist einfach so. Solange du dich gut damit fühlst, ist es doch in Ordnung, oder?« Mikael rutschte auf dem breiten Sofa herum. Endlich schaffte er es, sich im Schneidersitz darauf zu setzen, das Glas Wein in der Hand.

»Es ist doch alles verwirrender, als ich dachte. Es macht mich unsicher. Ich meine, ich bin eine emanzipierte Frau. Ich habe mich immer für selbstbewusst gehalten ...« Unruhig drehte sie die Flipstüte zwischen ihren Händen.

»Das bist du auch, Tony, sonst würdest du es niemals schaffen, dich zu unterwerfen. Es gehört jede Menge Mut und Selbstbewusstsein dazu, die Kontrolle abzugeben.« Er atmete tief durch. »Wenn du ausgeschlafen bist, würde ich gern mit dir über ein paar Sicherheitsaspekte sprechen. SM ist ziemlich riskant, und langsam bewegen wir uns in Bereiche, in denen ich mich mit Absicherung besser fühlen würde.«

Ihre großen Augen richteten sich auf ihn. Er wollte schon zu einer weiteren Erklärung ansetzen, wieso er als dominanter Part Sicherheitsleinen haben wollte, da ergriff sie wieder das Wort.

»Woher weißt du eigentlich, wie sich die Peitschen anfühlen? Oder die anderen Dinge?« Eine herrlich frische Röte trat in ihre Wangen. »Ich hoffe, das geht nicht zu weit …«

»Nein, Tony. Jede Frage ist akzeptabel. Und diese ganz besonders.« Er hielt sich nur mühsam davon ab, sie in seine Umarmung zu ziehen. »Ich probiere es an mir selbst aus. Früher nur mit Danny. Jetzt ab und zu mit Alexa. Ein verantwortungsvoller Dom sollte immer wissen, was er tut. Einmal abgesehen davon kann es ganz reizvoll sein, die andere Seite kennenzulernen. Auch wenn ich nie deine Fähigkeit haben werde, aus Schmerz Lust zu ziehen. Ich habe mich eindeutig für die dominante Seite entschieden, aber dann und wann hat das Unbekannte seinen Reiz.«

Ungläubig schüttelte sie den Kopf und schob sich eine weitere Handvoll Erdnussflips in den Mund. »Und das andere, das ich gerne wissen würde … Ich meine, ich habe gerade einmal angefangen, zu entdecken, was es alles gibt in der Szene. Worauf stehst du, Mika?«

»Das war mal direkt«, antwortete er grinsend. Am liebsten hätte er die Wahrheit gesagt: *Auf dich. Auf alles, was dich erregt und dich deine Umgebung vergessen lässt. Darauf, dich in jeder Hinsicht zu kontrollieren.* »Sagen wir einfach, es ging schon in die richtige Richtung, was wir gemacht haben. Ich bringe meine Partnerinnen gerne in Situationen, die sie selbst als absolut demütigend empfinden. Wenn der Verstand sich dagegen wehrt …« Er räusperte sich und spürte, wie diese klare Frage ihm dann doch die Röte ins Gesicht trieb. »Ich füge gerne Schmerzen zu. Nicht jeder Dom steht auch auf Schmerzen, aber bei mir trifft es zusammen.«

»Ich dachte immer, es gehört zusammen. Schmerz und alles.« Sie warf vor lauter Hektik ein paar Flips auf den Boden. »Ist das nicht richtig?«

»Nur zum Teil. Mein Kumpel Danny, beispielsweise, teilt mein Faible für Peitschen nicht. Er fügt seinen Partnerinnen nur ungern Schmerz zu. Dafür liebt er Bondage.« Mikael zuckte mit den Schultern und zog die Unterlippe zwischen die Zähne. »Ich weiß nicht, ob ich nicht zu schnell vorgegangen bin. Sag mir, wenn du dich nicht gut fühlst, okay? Egal, was es ist, bitte.«

»Mir geht es gut, Mika.« Sie lächelte unsicher und schob die Erdnussflips über den Couchtisch. »Ich habe noch nie etwas Ähnliches erlebt. Ich danke dir dafür, Mika.«

»Es ist eine vielschichtige Sache, Tony, und wir zwei stehen ganz am Anfang.« Er schüttelte den Kopf, um dieses Schuldgefühl loszuwerden, das ihn allzu häufig nach einer Session beschlich. »Wenn ich deine Fragen erst einmal beantwortet habe, wie wäre es dann mit einem anderen Thema? Dem Essensplan für die nächsten Tage, beispielsweise?«

Sie fuhr sich nervös durch ihre offenen Haare und blickte ihn von unten her an. »Restaurant, Restaurant, Restaurant? Oder hast du plötzlich das Kochen entdeckt?«

Nur ein großer Schluck Wein hielt ihn davon ab, diese Frau in seine Arme zu ziehen und ihr seine Liebe zu gestehen. Sie war bereits vergeben, und er tat besser daran, sich nicht zu eng an sie zu binden. Gefühle machten alles nur viel komplizierter.

Kapitel 14

Ihr herrlich-blumiger Duft weckte ihn. Ihr blumiger Duft verbunden mit kaltem Wasser, das aus ihren langen Haaren auf seinen Arm tropfte, als sie sich über ihn beugte.

»Mikael, ich fürchte, wir müssen aufstehen. Ich habe gestern noch einen Termin mit dieser dämlichen Hochzeitskleid-Tussi gemacht.« Sie knuffte ihn in die Seite, als er die Decke wieder über den Kopf zog. »Kommst du mit? Als persönlicher Berater?«

Tony hatte ihn nicht gerade ernsthaft darum gebeten, sie zu begleiten, wenn sie das Kleid für diese Hochzeit aussuchte, oder? Mikael verbiss sich eine ätzende Bemerkung darüber und kämpfte gegen den Wunsch, einfach unter dieser Decke zu bleiben. »Was soll ich da? Frauensache«, brummte er in das Kissen, als sie einfach nicht wegging.

»Komm doch mit. Du kannst auch ohne mich shoppen gehen und dir einen schönen Tag in Saint-Trop' machen.« Ihre Finger suchten sich den Weg unter die Bettdecke und kitzelten ihn herausfordernd. »Du findest sicher etwas Schönes für deine Schwester.«

»Wundervoll.« Er gähnte übertrieben deutlich. »Tony, bitte.«

»Komm schon. Heute Mittag treffen wir uns in einem Restaurant an der Strandpromenade wieder, und dann sehen wir weiter. Es sind nur ein paar Stunden!«

Was hatte Danny gesagt? Er sollte sie am besten keine Sekunde mehr aus den Augen lassen, wenn er sie wirklich für sich gewinnen wollte. Aber Brautkleider kaufte man mit der besten Freundin. Dem schwulen Kumpel. Dem Sandkastenfreund aus der Nachbarschaft.

Und nicht mit einem ernst zu nehmenden Liebhaber.

Wenigstens wusste er jetzt, wie er diese Sache von ihrer Seite aus einzuschätzen hatte.

»Ich komme mit, in Ordnung«, sagte er schwerfällig und schälte sich aus der Decke. »Dafür hilfst du mir, etwas für meine Schwester auszusuchen. Ich habe kein Händchen für Frauen.«

Sie ließ seine Bemerkung mit einem leisen Auflachen im Raum stehen und zog ihn nach oben. »Beeil dich ein bisschen. Es ist schon neun Uhr vorbei, und ich sollte eigentlich um zehn dort sein. Ich hasse Kleider kaufen.«

***

Irgendetwas musste ihm noch einfallen, ehe sie zurück nach London flogen. Irgendetwas Spektakuläres. Er wollte sie nicht an Jon verlieren. An überhaupt niemanden.

Unruhig tigerte Mikael in der Küche herum, während sie in ihrer Suite die Einkäufe einräumte. Das Hochzeitskleid war in Auftrag gegeben, tausend andere Kleinigkeiten ebenfalls, und der Rest, den sie gekauft hatte, hatte gerade so in den Porsche gepasst. Es war ihm zwar ein Rätsel, wie sie all diese Sachen nach Hause schleppen wollte, aber das war nicht sein Hauptproblem. Das Hauptproblem war, dass er sich schon wieder in die falsche Frau verliebt hatte. Sein Handy klingelte. Er warf einen Blick darauf. *Unbekannte Nummer.* In der Firma hatte er sich abgemeldet, Danny wusste, dass er im Urlaub war. Die Neugier siegte.

Am anderen Ende meldete sich eine freundlich klingende Dame, die sich als Kommissarin der Glasgower Polizeidienststelle vorstellte.

Mikael warf einen unsicheren Blick zur Treppe ins Obergeschoss und trat dann aus der Küchentür nach draußen auf die sonnige Terrasse. Tony war sicher noch eine Weile beschäftigt.

»Ehe Sie sich wundern, Mister Wertinger, wir haben Ihre Nummer von Alexandra Stuart erhalten. Sie meinte, Sie könnten uns weiterhelfen.«

»Worum geht es denn?« Irgendwie war es seltsam, Lady Alexas ganzen Namen zu hören. Trotz des unguten Gefühls in seinem Magen musste er lächeln.

»Keine Sorge, nicht um Sie. Wir haben hier einen Fall auf dem Tisch, der uns Kopfschmerzen bereitet. Eine junge Dame wurde von ihrer Freundin in die Notfallabteilung des Krankenhauses eingeliefert. Übel zugerichtet, wenn ich das so beschreiben darf, eindeutige Vergewaltigungsspuren, relativ hässliche Sache also. Und sie ist ziemlich verwirrt. Sie besteht darauf, dass sie es so wollte, und zugleich will sie ihren Freund definitiv nicht mehr sehen. Sie bekommt Panikattacken, wenn wir sie nach ihm fragen. Dafür hat sie die ganze Zeit von Ihnen geredet. Irgendwie ist sie der Meinung, dass sie bei Ihnen sicher wäre. Tja, und da bräuchten wir eben ihre Hilfe. Vielleicht können Sie herausbekommen, was los war. Der Psychologe meint, es könnte funktionieren. Vergewaltigung ist kein Spaß, aber jemanden deswegen fälschlich anzuklagen auch nicht.«

»Um wen genau geht es denn?« Ihm fiel nur eine einzige Frau ein, die in Frage kommen konnte, wenn Alexa die Verbindung zwischen ihnen beiden war. Aber er wollte es von dieser Polizistin selbst hören.

»Mary MacAllister. Journalistin, rotblond, recht groß, dunkle Augen …«

»Ich weiß, von wem sie sprechen.« Er hörte Schritte auf der Treppe. »Passen Sie auf, ich bin gerade im Urlaub. Ich komme am Donnerstag zurück nach Glasgow. Dann tauche ich bei Ihnen auf und wir können überlegen, was wir tun können, okay? Das letzte Mal, als ich Mary gesehen habe, hatte ich schon das komische Gefühl, dass da irgendetwas nicht stimmt mit ihr und ihrem Freund. Aber das soll nichts heißen.«

Zu seinem Glück gab die Polizistin sich damit zufrieden und versprach, dass man auf seine Freundin Mary aufpassen würde. Er schaffte es gerade noch, sich höflich zu verabschieden, ehe Tony zu ihm trat und ihm von hinten die Arme um die Schultern legte.

»Wer war das, Mikael?«

Sie klang süß und besorgt, und zugleich ziemlich eifersüchtig. Mikael räusperte sich vielsagend und wusste, dass sie sich mit irgendeiner Ausrede nicht zufrieden geben würde. *Wunderbar. Auch das noch.* »Die Glasgower Polizei. Irgendetwas stimmt nicht mit Mary.«

»Und wer ist Mary?«

Jetzt war es ziemlich eindeutig Eifersucht, die in dieser spitz hervorgebrachten Frage aufblitzte. In jeder anderen Situation hätte er zufrieden gelächelt. Aber nicht dann, wenn die Frau seiner Träume gerade das Kleid für die Hochzeit mit einem anderen geordert hatte. »Mary ist eine meiner Spielpartnerinnen aus Glasgow. Im besten Fall ist sie während einer Session abgestürzt. Im schlechtesten Fall hat ihr Freund die Sache überspannt und ihr wirklich Schaden zugefügt.«

Tonys brütendes Schweigen forderte ihn dazu auf, mehr zu sagen. Er löste sich aus ihrer Umarmung und drehte sich hilflos zu ihr um. »Weißt du, manchmal passiert das. Aus irgendwelchen Gründen kann es vorkommen, dass der Dom die Sache überspitzt und damit psychologische Reaktionen hervorruft, die nicht allzu erfreulich sind. Das nennt man Absturz. Unschön und nicht gerade erstrebenswert. Anscheinend ist

Mary das passiert. Eine Freundin hat sie ins Krankenhaus gebracht, und jetzt geht eben diese ganze Ermittlungsmaschinerie los.«

»Und der andere Fall?« Tiefe Falten zeigten sich auf Tonys Stirn. »Was ist mit dem anderen Fall?«

»Dann hat er ihr Vertrauen ausgenutzt. Auch das gibt es. Doms, die nicht wissen, wo sie aufhören sollten. Oder die es sogar genießen, einem anderen Menschen dauerhaften Schaden zuzufügen. Reichlich krank, wenn du mich fragst.«

Sein Herz setzte für eine Sekunde aus, als er ihre Reaktion bemerkte.

»Ich dachte, es wäre alles harmlos«, stammelte sie dann und wich seinem Blick aus. »Ich meine ...«

»Nein, harmlos ist es nicht. Es ist verdammt riskant. Das versuche ich doch schon die ganze Zeit, dir zu erklären.« Sie trat einen halben Schritt von ihm zurück. Mikael spürte, wie dieses Thema sie plötzlich wieder dazu brachte, über all das nachzudenken, was zwischen ihnen passiert war. Es musste auch selten dämlich klingen, wenn er das, was andere taten, als *reichlich krank* bezeichnete, obwohl schon das, was er mit ihr tat, von den meisten Menschen als pervers angesehen würde. »Warte, ich hole uns etwas zu trinken, und dann erkläre ich es dir. Alles.«

Sie zögerte einen Augenblick und atmete tief durch. »Setz dich. Ich gehe.«

Er verstand, dass sie einen Augenblick brauchte, um sich wieder zu sortieren, also nickte er nur und deutete auf den runden Sessel am Rande der Terrasse. Sie lächelte schüchtern und verschwand geradezu fluchtartig in die Küche.

***

Eine sonnige Terrasse war nicht gerade der geeignete Ort, um düstere Gedanken zu haben. Mikael wusste nicht, ob ihm das gerade entgegenkam oder ob es nur die Verwirrung weiter anstachelte, die in seinem Kopf herrschte. Er nippte an der Weißweinschorle, um Zeit zu gewinnen.

»Ich hätte vielleicht schon früher ein paar deutliche Worte mit dir wechseln sollen. Aber du hast es so genossen. Du warst so wunderbar unbeschwert, da wollte ich dich nicht mit all den Schattenseiten konfrontieren«, begann er schließlich und rückte unruhig etwas in Richtung der Armlehne. Wie selbstverständlich saßen sie nebeneinander auf dem aus dunklem Rattan geflochtenen, runden Sessel, der so groß war, dass sie beide darauf gemütlich herumlümmeln konnten.

»Ich wollte es auch nicht wissen. Sonst hätte ich mich nie darauf eingelassen.« Sie zog die Beine an, als würde sie frieren. »Deine Sorge ist süß, Mika, aber mir geht es gut. Wirklich.«

»Trotzdem. Stell deine Fragen lieber jetzt als irgendwann. Jetzt passt es gerade.«

»Ich habe keine Fragen, eigentlich. Ich muss mich wohl nur damit abfinden, dass mich aus welchen Gründen auch immer die Vorstellung, einfach nur benutzt zu werden, erregt. Dass mich Schmerz erregt. Dass ich das Gefühl liebe, dir ausgeliefert zu sein.« Sie blickte immer noch über die Terrasse und den Hang hinweg, dorthin, wo zwischen den nächsten Häusern ein kleiner Fleck Mittelmeer aufblitzte. »Und dass ich damit nicht alleine bin.«

»Genau das ist die Gratwanderung, die ich meinte. Ich verletze deine Grenzen, ich spiele mit deinem Schmerz und bringe dich dazu, Dinge zu tun, gegen die dein Verstand sich wehrt. Es wäre ziemlich einfach, dir in so einer ungeschützten Situation Schaden zuzufügen. SM funktioniert nur auf der Basis von Vertrauen.« Er trank einen weiteren Schluck und hoffte, dass diese düstere Stimmung von selbst wieder verschwand. Es passte einfach nicht zu dieser herrlichen Umgebung. »Auf Respekt und auf Austausch. Du schenkst mir deinen Körper, für eine bestimmte Zeit, und ich habe dafür zu sorgen, dass du es genießt, dass du keinen Schaden nimmst, und dass es dir am Ende einer Session genauso gut geht wie zuvor.«

Tony setzte sich auf, wobei das schlichte Sporttop, das sie heute über dem Bikini trug, ein wenig verrutschte. »Ich kann es mir vorstellen, wie das ohne Beziehung funktioniert. Aber mit Beziehung? So wie bei deinem Kumpel und seiner Frau?«

»24/7 ist noch mal ein anderes Thema. Auch Vanillapaare leben zusammen, ohne dass sich alles permanent um Sex dreht, oder? Ich meine, die Problematik wird bei einer 24/7-Beziehung nur deutlicher ...« Er verhaspelte sich, weil er nicht wusste, wie er all die Gefühle, die ihn selbst plagten, ausdrücken sollte. Wieso fragte sie nach einer Beziehung? Wieso gerade jetzt? »Danny und Shannon hatten ganz bestimmte Regeln, an die sie sich immer gehalten haben. Sie hatten Codes dafür, dass es einem der beiden nicht nach mehr war, sondern nur nach ganz gewöhnlichem Sex. Und das Safeword, natürlich. Ich kenne es auch anders, Beziehungen, in denen 24/7 wirklich gelebt wird, in jeder Hinsicht. Es ist ja auch verlockend. Jederzeit die Nähe der Frau zu spüren, die ich liebe. Auch wenn es nur über die etwas vage Verbindung ist, die entsteht, wenn ich morgens die Liebeskugeln mit auf die Arbeit gebe. Es hat seinen Reiz, aber es ist mir persönlich zu viel Verantwortung und zu riskant. Der eine Teil begibt sich in eine gewisse psychische Abhängigkeit. Dafür will und kann ich die Verantwortung nicht übernehmen.«

»Egoist.« Tony rutschte tiefer in den Sessel hinein. »Darf ich dir noch eine persönliche Frage stellen?«

Jetzt konnte Mikael der Versuchung doch nicht länger widerstehen. Er nahm das Weinglas in die andere Hand und streckte seinen Arm aus. Sie nahm seine Einladung sofort an und kuschelte sich an seine Brust. »Natürlich, Tony.«

Sie legte eine Hand auf seine Brust und blickte zu ihm auf. »Wieso benutzt du meinen richtigen Namen, wenn wir spielen?«

»Weil ich glaube, dass du dich hinter Tony Miller versteckst. Ich akzeptiere deine Entscheidung, nicht auf den ersten Blick mit dem Vermögen deiner Eltern in Verbindung gebracht zu werden. Du wolltest dir selbst etwas erarbeiten und nicht immer gleich die *Erbin des MacMillan-Vermögens* sein. Aber die Frau, die ich schätze, hat noch viel mehr Facetten als diese nüchterne, toughe Tony Miller.« Der Duft ihrer Haare stieg zu ihm auf. Ihr Shampoo roch rosig und herb nach Grapefruit. Es überdeckte den Chlorgeruch des Pools, der immer noch von ihrer Haut ausging, weil sie am Morgen schon wieder ihr übliches Trainingsprogramm hinter sich gebracht hatte.

Sehnsüchtig wartete er auf eine Erwiderung. Sie jedoch blickte ihn einfach nur weiter an.

»Ich habe mich noch nie so verstanden gefühlt wie bei dir, Mika. Es ist zwar vollkommen irrational, aber gerade weil du meine offensichtlichen Wünsche missachtest, scheinst du mich zu verstehen«, gestand sie schließlich leise und drängte sich noch näher an ihn. »Jon dagegen. … Jon fragt mich dauernd nach meinen Wünschen. Er hat mir noch nie klargemacht, was er will.«

Jon. Er hasste diesen Namen. Mikael ließ das Schweigen zu, das sich zwischen ihnen entspannte. »Und wie genau stellst du dir vor, dass es jetzt weitergeht?«, fragte er schließlich mit belegter Stimme.

»Keine Ahnung. Das wird sich zeigen.« Sie drehte den Kopf zur Seite und wand sich aus seinem Arm. »Sind ja noch zwei Monate oder so bis zur Hochzeit. Das kann ich nicht über Nacht entscheiden, Mika. Es hängt so viel daran.«

»Ich meine diese Frage ernst, Tony.« Er widerstand dem Drang, sie mit Gewalt zu sich umzudrehen. Er wollte sie. Er wollte jeden Morgen an ihrer Seite aufwachen. Es war verdammt schwer, die Beherrschung zu wahren und die Macht, die sie ihm in manchen Augenblicken freiwillig gab, nicht auszunutzen. »Tony, ich weiß nicht, wie du dazu stehst, aber …«

»Sei ruhig, Mikael. Wir haben noch einen ganzen Tag morgen. Mach es nicht kaputt.«

Er schluckte, nahm seinen ganzen Mut zusammen und sprach es aus. »Ich liebe dich, Tony. Ich möchte dich nicht verlieren.«

»Sei still, habe ich gesagt. Was hältst du davon, wenn wir morgen einen Ausflug machen? Die römische Arena in Fréjus sollte man sich nicht entgehen lassen. Die Kathedrale ist sehenswert. Gute Restaurants gibt es dort auch. Und heute … ich weiß nicht. Irgendein Restaurant in Saint-Maxime? Das wir mit den Rädern erreichen können? Irgendwie ist mir nach Ruhe.«

Soviel zu dem Thema, irgendetwas Spektakuläres zu tun, um sie für sich zu gewinnen. Sie wirkte in ihrer Ablehnung so hilflos, dass er sie am liebsten an seine Brust gezogen hätte. Und gleichzeitig schmerzte es mehr als jede Abfuhr, die er bisher erhalten hatte. Sogar mehr als die Trennung von Annie. Mikael ballte die Fäuste, um die Wut im Zaum zu halten. Seine Fingernägel schnitten in die weiche Haut und erinnerten ihn daran, dass ihn und Tony nichts verband außer ein paar netten, abwechslungsreichen Tagen. Während Jon schon immer zu ihrem Leben gehörte. Während Jon ihr die Kredite besorgte, die sie brauchte. Während Jon sich in derselben Gesellschaftsschicht bewegte, in die sie hineingeboren war.

Das Leben war einfach nicht fair. »In Ordnung, Tony. Dann lass uns vergessen, dass jemals etwas war.«

Sie nickte leicht und seufzte auf, als würde sie auf irgendeinen anderen Satz warten. »Danke, Mika. Lass es uns erst einmal vergessen. Und dann sehen wir weiter.«

Kapitel 15

Die Mail, die kurz vor der Mittagspause in ihren Account flatterte, riss Tony aus ihrer Konzentration. Zwei Wochen lang hatte er sich nicht gemeldet, und sie sich nicht bei ihm. Zwei Wochen, seit sie aus dem Urlaub zurückgeflogen waren. Zwei Wochen, seit er am Flughafen ohne einen Blick zurück die Maschine nach Glasgow genommen hatte und sie die Maschine nach London. Zwei Wochen, in denen der Schmerz nur langsam vergangen war und sie immer an Mikael erinnert hatte. Zwei Wochen seit diesem unglaublichen Erlebnis und vor allem den letzten beiden Tagen dieses Urlaubs. Mikael hatte kein Wort mehr verloren über Sex und Beziehung, und trotzdem – oder gerade deshalb? – hatte Tony das Gefühl gehabt, dass sich ein Urlaub zweier frisch Verliebter genau so anfühlen musste. Sie hatte lange nicht mehr so viel gelacht wie mit ihm.

Der Betreff war eindeutig: *Privat – Gilly,* stand dort kurz angebunden. Sie öffnete und überflog den Text, den er offensichtlich hastig geschrieben hatte.

Sorry, falls ich dich störe. Gilly ist heute Vormittag irgendwann abgehauen. Jedenfalls ist sie nicht zum Unterricht aufgetaucht und nirgends zu finden. Keine Ahnung, was in dem Kind schon wieder vorgeht. Wenn du was von ihr hörst, sag Bescheid. Mika

Tony löschte die Nachricht sofort, weil der Absender sie an zu viele Dinge erinnerte, die bei der Arbeit nur störten. Gilly war einfach schwierig, das war los, und wenn selbst Miss Barrows mit ihr nicht fertig wurde, konnte man sie getrost als hoffnungslos einstufen. Aber darüber und vor allem darüber, wie sie Mikael die Wahrheit über seine kleine Schwester beibrachte, würde sie sich in der Mittagspause mit Stella Gedanken machen. Nicht jetzt, da die neuesten Vertragsentwürfe frisch auf ihrem Schreibtisch lagen und es bedeutend Wichtigeres gab.

Heute war Stella an der Reihe, das Mittagessen zu besorgen. Tony stellte sich innerlich bereits auf diese schrecklichen Gemüsepizzen ein, auf die Stella in der letzten Zeit ganz verrückt war, als sie in den Besprechungsraum hinüberging. Obwohl sie den Beginn der Mittagspause mal wieder überzogen hatte, war es dort verdächtig ruhig. Ein ungutes Gefühl schlich sich in ihren Magen. Vorsichtig schob sie die Tür auf und fand Stella tatsächlich alleine. Vor ihr auf dem Tisch lag ein Karton mit dieser unvermeidlichen Gemüsepizza. Und daneben eine nagelneue Ausgabe irgendeines Regenbogenmagazins.

»Stella, Süße, was ist los? Wo ist der Rest?« Tony hielt sich am Türrahmen fest und versuchte, einen Blick auf das Magazin zu erhaschen. Stella hatte eigentlich keinen Hang zur Klatschpresse. »Oder bin ich ausnahmsweise zu früh?«

»Setz dich und mach die Tür zu. Sofort.«

»Eher *mach die Tür zu und setz dich*«, witzelte Tony hilflos und schob sich einen Stuhl zurecht. »Also, was gibt es? Du siehst aus, als hätte eine Bombe eingeschlagen.«

»Hat sie auch. Wenn du es so ausdrücken willst.« Stella schob ihr das Magazin zu. Das billige Papier knisterte auf dem Tisch.

Im ersten Augenblick überflog sie nur die Schlagzeilen und wollte Stella schon auslachen. Dann setzte ihr Gehirn die Worte und die Bilder zusammen. *»Sorge um Millionen-Erbin«*, stand dort in einer leuchtend gelben Schrift. Darunter war ein Bild, das ganz eindeutig sie und Mikael auf der Strandpromenade in Saint-Tropez zeigte. Sie riss die Zeitung an sich und blätterte hastig darin herum.

»Seite 22. Direkt nach den Hollywood-News«, bemerkte Stella leise. »Ich hab's vorhin im Vorbeigehen an der Kasse gesehen.«

Der Artikel war genauso reißerisch aufgemacht wie die Überschrift es vermuten ließ. Bunte Urlaubsbildchen umrahmten einen Text. Dazwischen schaute dieses schreckliche Foto hervor, das sie bei der Zeugnisübergabe auf dem Internat zeigte. Ganz am Anfang des Artikels prangte ein Bild von Jon und ihr.

Bislang führte sie ein ganz gewöhnliches Leben. Julie MacMillan-Chablois (30), Alleinerbin des Chablois-Vermögens und der schottischen Traditionsfirma MacMillan & Co., ist bisher weder durch exzessive Partys noch durch andere Ausschweifungen aufgefallen. Sie ist kein It-Girl, ruht sich nicht auf Daddys Geldbörse aus. Ganz im Gegenteil: Die smarte Millionenerbin gilt als bescheiden, zurückhaltend und bodenständig. Sogar an der Uni war ihre Herkunft nur wenigen bekannt. Sie wollte nie auf den ersten Blick mit dem Millionenerbe in Verbindung gebracht werden.

»Wir machen uns Sorgen«, so ein Vertrauter. »Sie hat sich verändert. Wir erkennen sie kaum wieder.«

Dabei steht sie kurz vor der Hochzeit mit dem aufstrebenden Anwalt Jonathan Leister (34). Sie sind seit Collegezeiten ein absolutes Traumpaar. Er ist der Sohn von Sir Edward Leister – sie das Bindeglied der alten Gentry-Familie aus Sussex zum modernen Industrieadel. Jonathan Leister setzt die lange Anwaltstradition seiner Familie fort. Die Hochzeit ist das Society-Event im September.

Doch während er an der Rettung für die angeschlagenen MacMillan-Werke in Glasgow bastelt, vergnügt sie sich in Saint-Tropez. Der sexy Unbekannte an ihrer Seite heißt Mikael Wertinger und ist Ingenieur in der Firma ihres Vaters. Seiner Schwester zahlt sie das teure Schulgeld für ein schottisches Eliteinternat. Dass nun auch noch scharfe Details des Liebesurlaubes bekannt geworden sind, lässt die Sorge nur noch größer werden. Die beiden Liebesurlauber wurden gesehen, wie sie das Les Trois Rois *verlassen haben – einen der exklusivsten Klubs in Saint-Tropez. Das Pikante: Angeblich handelt es sich bei diesem Nobelschuppen um einen Fetischklub. Der Rücken der hübschen Chablois-Erbin zeigte eindeutig Spuren von Misshandlung.*

»Vielleicht war der Druck am Ende doch zu viel für sie«, sagt eine Freundin. »Mikael kontrolliert sie in jeder Hinsicht. Sie ist quasi abhängig von ihm. Und das gerade jetzt, wo die Firma sie braucht.«

Müssen wir uns Sorgen um die unauffällige Erbin machen? Um die Firma und die Hochzeit auf jeden Fall – und um sie selbst auch, wenn sie es nicht schafft, sich aus seinem Griff zu befreien.

Tony brauchte eine Weile, bis sie den Artikel ganz verdaut hatte. »Stella?«, fragte sie dann mit belegter Stimme. »Hast du mit denen gesprochen?«

»Denkst du das wirklich von mir? Tony, bitte. Wie lange kennen wir uns schon?« Stella hob entrüstet beide Hände. »Außerdem ging ich davon aus, dass du alleine fährst. Da schicke ich doch keine Paparazzi hinterher! Ich habe extra noch mit Wertinger telefoniert. Er hat dasselbe erzählt wie du!« Stella kniete sich an ihre Seite und nahm ihre zittrigen Hände zwischen ihre.

Genau wie Jon davon ausging, dass sie alleine fuhr. Genau wie jeder andere, inklusive ihr selbst. Es gab nur eine einzige Person, die gewusst hatte, dass sie zusammen nach Frankreich fuhren. Und zu welchem Zweck.

»Mikael«, brach es aus Tony hervor. Sie wollte es nicht begreifen. »Stella, er war der einzige, der davon wusste!«

Stella wurde bleich. »Und wenn es einfach Zufall war? Ich meine, in Saint-Tropez wimmelt es vor Paparazzi nur so …«

»Die hätten uns höchstens beim Essen gesehen. Aber der

Rest?« Tony wischte die Zeitschrift beiseite. Sie sprang auf und stürmte zurück in ihr Büro.

Stella hob das Magazin wieder vom Boden auf und folgte ihr hektisch. »Scan mir das ein, Stella. Falls er so tut, als wüsste er von nichts. Ich schicke es ihm.«

»Tony, mach keinen Scheiß.« Stella zog das Magazin eng an ihre Brust. »Du solltest dringend Jon anrufen, glaube ich.«

Tony schüttelte nur den Kopf, weil sie schon eine ganz andere Nummer gewählt hatte. »Raus, Stella. Das kläre ich alleine«, herrschte sie ihre Freundin an. Ungeduldig klopfte sie auf dem Schreibtisch herum, während an der anderen Seite der Leitung das Freizeichen erklang.

»Wertinger«, meldete er sich endlich. Sofort sah sie sein Lachen wieder vor sich, offen und aufmerksam.

Tony schluckte. »Sag mal, was zur Hölle soll diese Aktion? Und tu nicht so, als ob du von nichts wüsstest. Du bist der einzige, der es wusste, verdammt. Mika, wie konntest du nur?«

Eine neue Mail blinkte auf. Tony warf nur einen kurzen Blick auf den Absender und leitete es sofort an Mikael weiter. Dennoch verschaffte diese kurze Atempause ihm die Möglichkeit, das Wort zu ergreifen.

»Tony, was soll das? Sag mir doch, was los ist«, bat er ruhig. »Worüber regst du dich denn auf?«

»Du hast es auf dem Rechner, verdammtes Arschloch!«

Sie hörte das Klicken, als er die Mail öffnete. Dann gab sie ihm genau zehn Sekunden, um den Anhang zu überfliegen.

»Weißt du jetzt, von was ich spreche? Du warst die einzige verdammte Person auf diesem Planeten, die wusste, dass wir zusammen dort waren. Nicht mal der verfickte Essensbote aus dem Restaurant wusste, dass ich irgendjemanden bei mir in der Villa habe!« Sie schrie beinahe in den Telefonhörer. Es war einfach zu viel, um ruhig zu bleiben. »Nur du kanntest alle diese Details! Und dieses scheiß Foto von mir bei meiner Zeugnisfeier existiert auch nur noch in der Fotokiste von Daddy, weil ich es hasse! Wie konntest du nur!«

Irgendwann musste sie dann doch Luft holen.

»Tony, es tut mir leid, wirklich. Ich war es nicht. Ich bin doch nicht bescheuert.«

Er klang so ehrlich besorgt und geknickt, dass sie es ihm beinahe geglaubt hätte. Aber noch einmal würde sie auf diesen Trick nicht hereinfallen.

»Ich stand schon so kurz davor, Jon die Wahrheit zu sagen und die Hochzeit abzublasen. Ich dachte, es hätte dir auch etwas bedeutet.« Tränen stiegen in ihren Augen nach oben. Ihre Stimme brach. »Noch mal falle ich auf die Nummer nicht rein, Mistkerl.«

»Julie, bitte, es bedeutet mir doch auch ...«

»Nenn mich nicht so. Ich will nichts mehr von dir hören, verdammt noch mal. Ich weiß, ich bin nur Chefin im weiteren Sinne und kann dich nicht rauswerfen, aber ich denke, so viel Anstand hast du doch noch, oder? Und melde dich ja nie wieder bei mir, verstanden? Geht das in deinen kleinen, perversen Kopf?«

Sie schaffte es gerade noch, den Hörer aufzulegen, ehe die Tränen sie überwältigten. Es war einfach zu viel.

***

»Danny, es ist zum Kotzen. Ich war es nicht. Aber wie zur Hölle soll ich ihr das klarmachen? Sie will mich nicht mehr sprechen.« Das Telefonat mit seinem besten Kumpel tat gut, auch wenn es sich am Anfang komisch angefühlt hatte, ihm wirklich alles zu erzählen. Schonungslos. »Ich habe doch nicht diese Traumfrau an der Angel und mache dann so etwas. Das ist doch bekloppt! Und schon gar nicht würde ich meine

Schwester da mit reinziehen! Ich war so froh, dass sie sich endlich von irgendjemandem hat helfen lassen, das mache ich doch nicht kaputt!«

»Sei froh, dass sie dich nicht angezeigt hat und vergiss es. Du hast dich in ihr getäuscht, Homie. Die Frau ist eine Nummer zu groß für dich.« Danny sprach nur aus, was er selber dachte. »Lass es dabei bewenden, bitte. Ich hasse den Tag, an dem ich dir geraten habe, dein Glück bei ihr zu versuchen. Aber wer konnte das denn ahnen?«

»Das passt nicht zu ihr, das versuche ich doch die ganze Zeit, dir zu erklären. Sie hat damit bestimmt nichts zu tun.« Mikael hatte das Telefon auf Lautsprecher gestellt, um die Hände freizuhaben. Gerade war er dabei, die Urlaubsschnappschüsse aus seinem Handy zu löschen. Er wollte nichts mehr haben, das ihn an sie erinnerte. Gar nichts. »Und wieso sollte sie das tun? Sie schadet sich doch nur selber, nicht mir. Mir ist es schnuppe. Dann gehe ich eben irgendwo anders hin. Deutschland, meinetwegen. China. Keine Ahnung. Sie leidet doch darunter.«

»Das stimmt auch wieder. Dann denk nach, Mika. Wenn du es nicht warst und Tony nicht, wer sonst könnte hinter dieser Nummer stecken? Diese Freundin?«

»Stella wusste nichts. Sie hat mich vor dem Urlaub angerufen, weil sie sichergehen wollte, dass ich nicht mit Tony nach Südfrankreich fahre. Etwas übertrieben fürsorglich, die Kleine, aber sie liebt Tony. Die Zwei kennen sich seit der Schule. Nein, Stella würde so etwas nicht tun.« Er kam am Ende der Urlaubsfotos an, legte das Handy zur Seite und nahm sich die Dokumente auf dem Schreibtisch vor.

»Ihr Verlobter? Kannst du dir das vorstellen?«

»Im Leben nicht. Der Typ macht sich doch gerade zum Gespött der High Society. Seine Tussi geht nicht nur fremd, nein, sie lässt sich auch noch schlagen.« Mikael konnte den ätzenden

Unterton nicht mehr zurückhalten. »Wahrscheinlich war es wirklich Zufall. Ein gelangweilter Journalist reicht.«

»Kennst du nicht diese Journalistin in Glasgow? Meinst du, sie könnte bei ihren Kollegen etwas herausfinden?«

»Mary? Miss MacAllister wohnt derzeit in der Geschlossenen. Totaler Absturz, bestenfalls.« Mikael wusste nicht, wieso seine Aggression sich so plötzlich gegen Mary, Danny und eigentlich jeden richtete. Er schlug mit der Faust auf den Schreibtisch und kämpfte gegen dieses dunkle Verlangen an, irgendjemandem wehzutun. »Hör auf, Danny. Du hast recht, diese Frau war eine Nummer zu groß für mich. Ich suche mir einfach einen anderen Job und vergesse sie. Ende.«

Am anderen Ende der Leitung blieb es eine Weile still. »Nein, irgendwie hört sich das auch falsch an«, bemerkte Danny dann leise. »Da steckt mehr dahinter. Wie heißt ihr Verlobter eigentlich? Vielleicht kann ich etwas in Erfahrung bringen. Ist zwar nicht deine Gesellschaft, aber wir haben einige gute Beziehungen. Er ist doch bei einer Großkanzlei, oder?«

»Jonathan Leister. Anwalt bei Watt, Jones & Tolley, mit Schwerpunkt auf Firmentransaktionen. Ganz toller Hecht.«

»Zufälligerweise kenne ich den Sohn des Kanzleigründers. Wie praktisch.« Danny pfiff leise in den Telefonhörer und machte damit deutlich, woher er diesen Sohn kannte. »Mal sehen, was ich über Jonny-Boy herausfinden kann. Und diese Stella?«

»Stella Fitzgerald. Ich denke nicht, dass du über sie etwas herausfindest. Sie ist recht unauffällig.«

»Lass mich mal machen, Junge. Noch jemand, den ich auf meine Liste setzen sollte?«

»Ich denke nicht. Wir haben unsere Beziehung nicht gerade an die große Glocke gehängt. Alexa hat ihre Leute schon abgeklopft, weil sie es hasst, wenn irgendetwas an die Öffentlichkeit kommt. Schlecht für das Geschäft. Genauso in dem Klub in Frankreich. Ich glaube nicht, dass es darüber ging. So was traue ich niemandem aus der Szene zu. Das ist unterste Schublade.«

»Das kriegen wir hin, Homie. Ich finde heraus, wer dir da ans Bein pissen will. Oder ihr. Oder euch beiden, keine Ahnung. Dann machen wir denjenigen fertig und sorgen dafür, dass deine Tony ihren Irrtum einsieht. Übernächste Woche habe ich Urlaub. Dann stecke ich die Kleine zu ihren Großeltern nach Iowa und fliege zu dir, okay?«

Dieser energische Überschwang seines Kumpels überwältigte ihn vollkommen. Mikael stimmte leise zu und zerriss die Einladung zu diesem verhängnisvollen Firmenfest, die ihre Unterschrift trug.

»Und deine Schwester? Wenn ich das richtig verstanden habe, ist sie ja auch betroffen. Scheiß Journalisten, ehrlich. Ich kann verstehen, wieso Gilly da abhaut.«

»Hat mich heute Morgen angerufen. Sie wollte nicht sagen, wo sie steckt, sie besteht darauf, dass ich ihr nicht helfe, und wirkte halbwegs normal.« Mikael atmete tief durch. »Ich halte es für das Beste, wenn ich sie zu nichts dränge. Gilly wird gerne halsstarrig.«

»Die taucht schon wieder auf. Ist ja nicht das erste Mal, dass sie verschwunden ist. Ihr Handy funktioniert noch. Die Polizei weiß Bescheid. Mehr kannst du gerade nicht tun«, beruhigte Danny ihn. »Ich finde die Sache mit deiner Traumfrau gerade wichtiger. Ich habe da so einen Plan, Mika, vorausgesetzt, wir finden heraus, was und wer dahintersteckt.«

»Danny, nimm dir nicht zu viel vor.«

»Was soll's? Ich wollte dich schon lange mal besuchen. Der Klub deiner verehrten Lady Alexa klingt spannend, und deine verwöhnte Luxusgöre will ich mir auch noch vornehmen. Mehr als genug Gründe, um den Flug zu rechtfertigen, oder? Abgesehen davon ist *good ol'Europe* immer eine Reise wert.«

»Übertreib es nicht«, bat Mikael leise und unterdrückte einen wütenden Schrei. »Ich gehe jetzt zum Sport. Ich muss dringend Dampf ablassen.«

Damit legte er auf und wusste nicht, woran er glauben sollte. Daran, dass Danny es vielleicht wirklich schaffte, herauszufinden, wer hinter dieser hinterhältigen Story steckte, oder darauf, dass sowieso alles zu spät war.

Er hätte doch bei diesem Vorsatz bleiben sollen, den er nach der Trennung von Annie gefasst hatte: keine Beziehung mehr. Ob mit oder ohne SM, es war als Single schlicht einfacher. Alles.

Kapitel 16

Tony wollte einfach nur vergessen. Stella hatte sich längst verabschiedet, nach endlos langen Versuchen, sie doch zum Mitkommen zu überreden. Heute war ihr nicht danach, vernünftig zu sein. Sie wollte hier an dieser Bar sitzen, die aussah wie tausende andere schicke Edelbars dieses Planeten auch, einen Cocktail nach dem anderen trinken und nachher einen Typen abschleppen. So wie früher, als es keinen verfluchten Mikael Wertinger in ihrem Leben gegeben hatte.

Sie hatte sich ihren Favoriten längst ausgesucht. In einer Hotelbar wie dieser konnte man sicher sein, hauptsächlich auf Banker, Juristen und Berater auf Geschäftsreise zu treffen – alles ein dankbares Klientel. In ein paar Tagen würden sie London wieder verlassen. Es gab keine falschen Hoffnungen, keine Versprechungen und keine Verwicklungen. Nur Abwechslung für einen Abend. Der Mann hatte eine sportliche Figur, trug einen gut sitzenden Seidenanzug, Manschettenknöpfe am Hemd und blitzende, schwarze Anzugschuhe. Seine dunkelbraunen Haare hatte er zurückgegelt. Und er hatte ihr einen Drink spendiert. Das reichte. Sie lächelte, als ihre Blicke sich kreuzten.

»Jack Horton«, sagte er schließlich und schob sich ein wenig näher an sie heran. »Consultant bei Derner & Partner. Und Sie? Was machen Sie beruflich?«

»Spielt das eine Rolle?« Er war also wirklich Berater. Es war eigentlich fast schon traurig, wie treffsicher sie die Berufe der klassischen Hotelbargänger vorhersagen konnte. »Ich bin auch in der Beratung. Ich war ein paar Jahre bei Ihrer Konkurrenz«, fuhr sie dann fort. »Jetzt nur noch firmenintern. Das ist weniger Stress.«

»Ich kann mich glücklich schätzen, dass ich Sie heute Abend hier getroffen habe ...«

»Miller. Tony Miller.« Sie seufzte leise auf. »Ach, Jack ... Darf ich Jack sagen? Sie brauchen nicht um den heißen Brei herumreden, Jack. Sie sind hier, weil Sie alleine in London sind, ich bin hier, weil ich alleine in London bin, und jeder von uns hat gerade gewisse Bedürfnisse. Haben Sie hier ein Zimmer?«

Manche Männer reagierten verschreckt auf eine derart direkte Ansage. Das waren die, die später sowieso nichts taugten. Dann gab es die Sorte Mann, die sich zuerst noch herausreden wollte mit einer Freundin zuhause und letztlich doch mitging. Und es gab die Sorte Mann, von der Jack war. Er lächelte, trank sein Bier aus und reichte ihr eine Hand, um ihr vom Barhocker zu helfen.

»Ja, ich wohne hier, Tony. Für ein paar Tage.« Er reichte ihr ihre Handtasche und führte sie aus der Hotelbar zum Aufzug. Er duftete nach Tabak, stellte Tony fest, als sie nebeneinander in den elften Stock fuhren. Und er machte glücklicherweise keine peinlichen Versuche, bereits im Aufzug das Fummeln anzufangen.

Erst als die Tür hinter ihnen verschlossen war, legte er sein förmliches Auftreten ab.

»Zieh dich aus«, befahl er kurz angebunden.

Obwohl sie vorher hätte schwören können, dass es im Urlaub allein an Mikael gelegen hatte, sprang ihr Körper auf diesen Tonfall sofort an. Sie zog die Kleidung aus und wartete gespannt darauf, wie es sich entwickeln würde.

»Leg dich auf das Bett. Auf den Rücken.«

Wieder gehorchte ihr Körper. Sie kniff die Augen zusammen, um ihn gegen das sanfte Licht des Hotelzimmers besser sehen zu können. Er war noch immer vollständig bekleidet, was ihr das Gefühl gab, ihm ausgeliefert zu sein. Es war gut. Es war alles genau so, wie zu der Zeit als Mikael mit ihr gespielt hatte.

Trotzdem sprangen in ihrem Kopf die Warnglocken an. Jack kniete sich vor sie.

»Mach die Augen zu. Wehe du bewegst dich.«

Seine kalte Stimme schickte ihr Schauder über den Rücken. Das war es – Mikael hatte immer ein Safeword gehabt, oder irgendwelche Zeichen, die sie ihm notfalls geben konnte. Jacks Finger strichen über ihren Oberschenkel. Sein Gewicht lag auf ihren Beinen und hielt sie fest. Langsam aber sicher näherten seine Finger sich ihrer Möse.

Dieses Unwohlsein war ein ganz anderes als das, das Mikael in ihr hervorrief. »Jack, bitte hör auf. Ich fühle mich nicht gut.«

»Du stehst doch auf so was, habe ich gelesen.« Sein Grinsen wurde breiter. »Zier dich nicht, Schätzelchen. Oder was ist dein Problem?«

»Hör auf, Jack!« Sie schrie ihn aus voller Kehle an und strampelte sich frei. Noch stand er zwischen ihr und der Zimmertür. Tony wurde schwindelig. »Lass mich in Ruhe!«

»Keine Panik, Schätzchen.« Er hob beide Hände und hörte nicht auf, sie anzugrinsen. »Ich tue dir auch nichts. Ich habe da nur so einen Auftrag. Mein Chef will, dass ich dir zeige, was passieren kann, wenn man auf den Falschen reinfällt.«

Dieser Schock war noch schwerer zu verdauen als der davor. Tony erstarrte und beobachtete ihn misstrauisch, wie er unter sein Jackett griff. Wieder blickte sie zur Tür. Es war vielleicht peinlich, nackt auf einen Hotelflur zu laufen, aber bedeutend besser, als hier von einem Verrückten vergewaltigt zu werden, der irgendetwas von einem Auftrag faselte. Steckte

Mika dahinter? Mika, der ihr beweisen wollte, wie gut er sie im Griff hatte? Wie gut sie es bei ihm hatte?

Ein schweres Bündel flog auf ihren nackten Bauch und trieb ihr die Luft aus den Lungen. Sie tastete unruhig danach und behielt Jack dabei im Blick. Es fühlte sich an wie Fotopapier. Das oberste Bild zeigte Mikael und sie auf der Strandpromenade in Saint-Tropez. Es war dasselbe Bild, das auch dieses Magazin geziert hatte.

»Mit einem schönen Gruß von meinem Auftraggeber. Er lässt Ihnen ausrichten, dass Sie nicht vergessen sollten, was Sie an ihm haben. Das sind übrigens die Originale, keine Angst. Die Zeitung hat keine Abzüge mehr.« Jack lächelte sie an und legte dann den Kopf schief. »Eigentlich sollte ich mich bei Ihnen noch bedanken. Das war einer der angenehmeren Aufträge der letzten Zeit. Wenigstens konnte ich in der Sonne warten, bis meine Zielobjekte sich zeigten. Gute Nacht, Miss Miller.«

Damit drehte er sich um und marschierte aus dem Zimmer. Das laute Schlagen der Hoteltür rief Tony ganz in die Wirklichkeit zurück. Konnte es wirklich sein, dass Mikael einen Detektiv angeheuert hatte, nur um an diese Bilder zu kommen? Wieso zur Hölle sollte er das tun? Es war vollkommen absurd. Alles war absurd. Und alles fühlte sich unwirklich an, ganz so, als würde es nicht ihr, sondern jemand ganz anderem passieren.

Aber wer sonst würde so etwas tun? Für Stella würde sie die Hand ins Feuer legen. Jon? Jon machte sich mit den Zeitungsberichten nur selbst lächerlich. Es entsprach überhaupt nicht seiner Art – immerhin stand er damit nach außen nicht als der perfekte Gentleman da, der er gerne vorgab zu sein.

Die Tränen ließen ihre Sicht verschwimmen. Sie packte den Bilderstapel in ihre Handtasche, richtete ihr Make-up und die Kleidung notdürftig und stakste an die Hotelrezeption, um sich ein Taxi rufen zu lassen.

Manchmal, in ganz seltenen Fällen, sollte sie doch auf Stella hören und früher nach Hause gehen.

***

Als sie nach Hause kam, brannte tatsächlich noch Licht. Jon saß über Akten gebeugt am Küchentisch. Eine geöffnete Flasche Wein mit zwei Gläsern stand daneben.

»Ich habe auf dich gewartet, Darling«, begrüßte er sie überflüssigerweise und drückte einen kurzen Kuss auf ihre Lippen. »Was ist los? Du wirkst ganz durch den Wind.«

»Nichts ist los.« Sie setzte sich, schenkte das Weinglas voll und starrte vor sich hin. »Sag mal, Jon, wieso darf dieses Magazin das? Mein Privatleben an die Öffentlichkeit kehren, meine ich?«

»Nun ja ... wie ich schon einmal sagte, du gehörst zu den Reichen und Schönen in diesem Land. Es gibt da so etwas, das Informationsinteresse der Öffentlichkeit heißt«, begann er zu dozieren.

»Erspar mir die Details, Jon. Was hat mein Privatleben in einer Zeitung zu suchen?« Sie stürzte einen großen Schluck hinunter, obwohl sie eigentlich schon zu viel getrunken hatte an diesem Tag.

»Gerade im Zusammenhang mit der Firma. Das Interesse der Öffentlichkeit und der Investoren, alles darüber zu erfahren, was in diesem Unternehmen eine Rolle spielt, ist ein gewichtiger Faktor. Das Informationsinteresse der Öffentlichkeit erstreckt sich in Ausnahmefällen auch auf private Umstände.« Er trank ebenfalls einen Schluck, allerdings einen kleinen und vorsichtigen. Energisch schob er seine Brille zurecht und zog die Augenbrauen hoch, als sie ihn noch einmal unterbrach.

»Und diese Vermutungen über mein Sexualleben? Das hat

mit der Firma nichts zu tun. Das ist doch vollkommen irrelevant.«

»Es interessiert durchaus. Du bist die Alleinerbin, Darling, dein Wort zählt. Wenn du von irgendjemandem beeinflusst wirst, hat das Auswirkungen«, meinte er lapidar und schob die Akten zur Seite.

»Auch dann, wenn es mich gefährdet? Wenn ich es psychisch nicht aushalte, dass wegen irgendwelcher Vermutungen jeder denkt, ich wäre pervers oder so?«

»Reg dich nicht auf, Darling. Es war nur eine dumme Behauptung in einem Nebensatz. Sie haben keine Beweise. Noch einmal schreiben sie das sicher nicht«, beruhigte er sie lächelnd. »Hör auf, zu trinken. Ich habe andere Nachrichten für dich, die weitaus wichtiger sind.«

»Keine Beweise?« Sie nahm ihre Handtasche auf den Schoß und kramte den Stapel mit den Bildern heraus. »Da hast du deine Beweise, Jon. Und jetzt sag mir, wie ich verhindern kann, dass dieses abgefuckte Magazin noch einmal so etwas schreibt.«

Er nahm die Bilder zur Hand und blätterte sie beiläufig durch. Tony wappnete sich innerlich gegen einen Wutausbruch oder irgendein Zeichen von Enttäuschung, aber da kam nichts. »Wenn es die Wahrheit ist, dürfen sie es erst recht berichten«, überlegte er dann laut. »Aber das werden sie sicher nicht tun. So etwas will kein Mensch lesen.«

Tony bekam große Lust darauf, ihm jede Einzelheit dieses Urlaubs zu schildern, nur um überhaupt eine Reaktion von ihm zu ernten. »Und jetzt?«

»Jetzt hörst du mir zu und lässt dieses Weinglas los. Du bist bereits betrunken, Darling.« Er rümpfte die Nase und schüttelte den Kopf. »Das Patentamt hat unsere Anträge zurückgewiesen. Angeblich gibt es bereits bestehende Patente.«

»Was heißt das?«

»Dass irgendeiner schneller war. Die Gegenseite war es jedenfalls nicht, keine Sorge. Die waren genauso verwundert wie ich. Ich werde morgen herausfinden, wer sie hält und über einen Kaufpreis verhandeln«, erklärte er ruhig und schob seine Brille zurecht. »Allerdings schwächt das unsere Verhandlungsposition.«

»Noch schwächer kann sie eh kaum werden.« Tony fühlte sich zutiefst erschöpft. Eigentlich hatte sie von Jon irgendetwas erwartet, irgendeine Reaktion. Trost. Zorn. Egal was. Sie griff nach dem Wein und trank das Glas in einem Zug aus. »Ich gehe schlafen. Darüber zerbreche ich mir morgen den Kopf, okay?«

»Ist vielleicht besser so, Darling. Ich schicke dir eine Mail mit allen Optionen.« Sein mildes, verständnisvolles Lächeln trieb ihr die Tränen in die Augen.

Sie hasste ihn dafür.

Kapitel 17

»Tony Miller«, meldete sie sich nach einem tiefen Atemzug. Cherie hatte ihr einen gewissen Mister Cunningham von *irgendeiner amerikanischen Bank* angekündigt. Tonys Kopf schmerzte vom Alkohol am Abend zuvor. Viel Geduld würde sie nicht mit ihm haben.

»Daniel Cunningham, BT Investments. Habe ich die Ehre, mit Miss Julie MacMillan-Chablois zu sprechen?«

Sie riss sich zusammen, um ihn nicht sofort dumm anzufahren. Dieses gestelzte Gerede ging ihr jetzt schon auf die Nerven. »Ich bevorzuge die einfachere Variante, Mister Cunningham. Worum geht es?«

»Ich wollte nur sichergehen. Was ich mit Ihnen zu besprechen hätte, geht nur uns beide etwas an. Ich habe mir die Zahlen Ihres Unternehmens angeschaut. Dass Sie kurz vor dem Aus stehen, ist ja kein allzu großes Geheimnis mehr. Auch, dass die Verhandlungen nicht allzu gut laufen. Aber, um ehrlich zu sein – so schlecht sehe ich die Lage gar nicht. Wissen Sie, normalerweise gehen wir mehr in Richtung neue Technologien. Im derzeitigen Marktumfeld jedoch würde ich gern etwas Solideres ins Portfolio aufnehmen.«

»Ich würde Ihnen gerne glauben, Mister Cunningham, aber ich habe alle Optionen durchgespielt, unter anderem mit Ihrer Muttergesellschaft. Entweder, die Zinsen würden uns erdrücken, oder der Kaufpreis ist zu niedrig. Wenn es also auf eine dieser beiden Optionen hinausläuft, können wir beide uns die Zeit gerne sparen. Außerdem haben wir ein Angebot auf dem

Tisch, das wenigstens akzeptabel klingt. Ich glaube kaum, dass Sie das überbieten können.« Tony öffnete die Mail, die Cherie ihr weitergeleitet hatte. »Haben Sie die Anhänge offen? Ich bin bei Nummer Eins.«

Wieso wurde sie das Gefühl nicht los, dass er sich gerade so ein Lachen verkniff? »Sie haben einen entscheidenden strategischen Fehler gemacht, wenn ich das sagen darf. Sie haben Ihr Unternehmen als alte Industrie dargestellt. Ich mache Ihnen ein anderes Angebot. Sie strukturieren um, in Richtung Kunststoffe und verwandte Materialien. Ich habe Sie meinem Chef als Start-up verkauft, de facto. Dafür bekommen Sie von mir Risikokapital. Als Mezzanine-Anleihe, denke ich. Das müssen wir uns steuerlich noch ansehen, aber da lässt sich einiges machen.«

Tony scrollte über die Unterlagen, die er an die Mail angehängt hatte. »Darf ich nachfragen, wie Sie darauf kommen, uns unter die Arme zu greifen?«

»Sagen wir, ich habe einfach mal wieder Spaß dran gehabt, irgendetwas Reelles zu prüfen. Und Ihre Zahlen, soweit ich sie bisher einsehen konnte, sind gar nicht so schlecht. Sie sind da wohl selbst etwas voreingenommen, wenn Sie erlauben. Aber das verstehe ich schon: Wahrscheinlich wollen Sie nicht in irgendeine sentimentale Gefühlsduselei verfallen, nur weil es die Stammfirma Ihrer Holding ist.«

Sentimentale Gefühlsduselei. Sie hatte genau diese Worte benutzt, als sie mit Mikael über die Zukunft ihrer Firma gesprochen hatte. Kurz wurde ihr schwarz vor Augen. »Gibt es sonst noch etwas? Auf den ersten Blick sieht das alles zu gut aus, um wahr zu sein.«

»Einen Datenraum haben Sie bereits, oder? Die Übernahme müsste doch schon initiiert worden sein? Unsere Anwälte müssten es natürlich noch einmal abschließend prüfen, aber mein Chef hat es eigentlich schon abgesegnet.«

»Ich spreche mit dem Chef, dann bekommen Sie meine Antwort. Aber ich denke, Sie wird ziemlich positiv ausfallen. Stellen Sie sich auf Arbeit ein.«

»Das klingt fabelhaft.« Er lachte auf. Es war ein sanftes, betörendes Lachen, das Tony einen Schauder über den Rücken jagte. »Eine Kleinigkeit noch, Miss Miller. Ihre aktuellsten Patentanträge sind ja leider geplatzt. Das ist bedauerlich, aber kein Beinbruch, nach allem, was da angeblich noch in der Pipeline ist. Könnten Sie mir nur verraten, wieso zur Hölle Sie sich von ihrem Ingenieursgenie getrennt haben? Ich habe da etwas von einer Kündigung gehört ...«

»Wenn Sie denken, Sie können uns in die Firmenpolitik reinreden, nur weil Sie bei uns investieren – vergessen Sie das lieber gleich, Mister Cunningham. Unser Chef ist da etwas eigen«, blockte sie ab. Wieso wusste er bereits davon, dass die Anträge nicht durchgegangen waren? Jon hatte es gestern Abend kurz vor Büroschluss erfahren, hatte er behauptet.

Ehe sie dazu kam, ihn danach zu fragen, ergriff Cunningham schon wieder das Wort.

»Ein paar kritische Nachfragen wird er sich gefallen lassen müssen, wenn Sie unser Geld wollen, Madam. Telefonieren Sie mit Ihrem Chef. Wenn Sie mir heute noch Zugang zum Datenraum geben können, wäre das wundervoll. Ich bin nächste Woche sowieso in London. Dann können wir uns treffen und die Kleinigkeiten besprechen.«

Das Glücksgefühl, das Tony übermannte, war so groß, dass sie am liebsten aufgesprungen wäre, um im Raum herumzutanzen. »Das kriegen wir hin, Mister Cunningham. Wir sehen uns dann nächste Woche.«

»Ich freue mich darauf, Miss Miller.« Wieder lachte er leise auf. »Und wenn ich Ihnen noch einen Rat geben darf, Madam: Fragen Sie Ihren Hausanwalt nach dem Wort *Interessenkollision*. Ich habe aus einer sehr zuverlässigen Quelle erfahren, dass seine Kanzlei ihre potenziellen Käufer seit Jahren vertritt. Und, wenn Sie gerade dabei sind, fragen Sie ihn nach einem Mister Frank D. Jones und dem Abend des sechzehnten Juni letzten Jahres. New York City, *Terrace Bar*, falls er sich nicht mehr erinnern kann. Sie werden erstaunt sein, Madam, das verspreche ich Ihnen.«

***

Seit dieser Andeutung, die Cunningham gemacht hatte, saß Tony wie auf Kohlen. Der Zeiger auf der Uhr schien geradezu rückwärts zu wandern. Endlich hörte sie Jons feste Schritte auf dem Flur, das Kratzen des Schlüssels im Schloss, das leise Klacken der Wohnungstür. Er stellte seine Aktentasche ab, zog Mantel und Schuhe aus und kam mit einem breiten Lächeln herein.

»Da bin ich endlich, Darling. Entschuldige, dass es später wurde. Amerika mal wieder.«

»Sicher?« Sie verschränkte die Arme vor der Brust und lehnte sich an den Esstisch. Jon holte sich ein Glas aus dem Schrank und trank einige große Schlucke Leitungswasser.

»Was soll das, Darling?«, fragte er schließlich und drehte sich zu ihr um. Immer noch wirkte er sehr von sich selbst überzeugt. »Welche Laus ist dir heute über die Leber gelaufen?«

»Keine.« Im ersten Moment war sie versucht, ihm ins Gesicht zu schleudern, dass sie ganz alleine einen passenden Investor gefunden hatte. Dann hielt sie sich doch zurück. »Jon, welches Spiel spielst du eigentlich gerade?«

»Inwiefern, mein Schatz?« Er trank noch einen Schluck und deutete dann auf den Esstisch. Sie setzten sich. »Ich bin müde. Es war ein langer Tag.«

»Ich habe heute einen Anruf erhalten. Ich weiß nicht recht, ob ich ihm Glauben schenken soll. Mein Gesprächspartner meinte, deine Kanzlei würde unsere Käufer vertreten. Findest du das nicht seltsam?« Sie legte ihre Hände auf den Tisch und war stolz darauf, dass sie dabei nicht zitterte. »Könnte das nicht zu einer gewissen Interessenkollision führen?«

»Könnte, muss es aber nicht. Ehe es in die richtigen Verhandlungen gegangen wäre, hätte dein Dad sowieso noch eine Kanzlei in Glasgow zwischengeschaltet, so wie ich ihn kenne. Er vertraut keinem Engländer, schon gar keinem mit einem Adelstitel, und Großkanzleien sowieso nicht.«

»Ich werde den Eindruck nicht los, dass er damit recht hat«, bemerkte sie und hatte das Gefühl, dass es ihr den Boden unter den Füßen wegzog.

»Mach keine Szene daraus, Darling. Wir waren uns doch einig, dass wir Glasgow loswerden müssen.« Er zuckte mit den Schultern. »Das hast du selbst gesagt, wenn ich dich daran erinnern darf.«

Es fehlte nur noch, dass er etwas sagte wie *Wenn wir erst geheiratet haben, braucht es dich sowieso nicht mehr zu interessieren. Dann spielst du Mummy für unsere süßen Kinder, und alle werden glücklich.* »Jon, diese Firma bedeutet mir zufälligerweise sehr viel. Sie ist einer der größten Arbeitgeber in Glasgow ...«

»Sentimentaler Unsinn. Außerdem habe ich wirklich alles getan, was in meiner Macht stand, Darling. Mehr war einfach nicht möglich.«

»Und Frank D. Jones, was sagt der dir?« Wenn Cunningham mit dieser ersten Sache schon recht hatte, dann wollte sie eigentlich gar nicht wissen, was genau dahinter steckte. Es konnte jedenfalls nichts Gutes sein.

»Das ist der Sohn unseres Kanzleigründers.« Obwohl Jon sein überhebliches Lächeln beibehielt, hatte Tony den Eindruck, dass er blasser geworden war. »Ein brillanter Anwalt, mit Lehrauftrag in Harvard ...«

»Sechzehnter Juni letzten Jahres? *Terrace Bar*, New York?«, unterbrach sie ihn kühl. »Was hat das mit dieser ganzen Sache zu tun?«

Jetzt wich alle Farbe aus seinem Gesicht. »Das war in der Woche, als ich in New York war, wegen dieser Redberg-Transaktion ...«, stammelte er und wich ihrem Blick aus. »Wir sind abends noch etwas trinken gegangen, wie man es eben so macht.«

Bei jedem anderen Mann hätte sie jetzt das Geständnis irgendeines One-Night-Stands erwartet. Nur nicht bei Jon. Das konnte sie sich beim besten Willen nicht vorstellen. »Und weiter?«

»Nichts weiter. Wir haben getrunken, waren irgendwann betrunken, und dann sind wir nach Hause.«

»Zu dir oder zu Frank?« Es rutschte ihr heraus, bevor ihr Verstand ganz erfasst hatte, was sie ihm gerade unterstellte.

»Tony, bitte, ich war ziemlich betrunken ...«

Sie konnte ihr beinahe hysterisches Lachen nicht mehr unterdrücken. Stellas Worte drängten sich in ihren Kopf: *Dann ist er eben schwul. Wäre ja nicht das erste Mal, dass dir das passiert. Ich sage nur: Liam.* »Jon, kann es sein, dass du eigentlich gar nicht auf Frauen stehst? Dass das alles hier ... dass dieses perfekte Leben ... dass das alles nur Tarnung und Schauspiel war, damit es nicht rauskommt?«

»Was, meinst du, würde mein hochverehrter Herr Papa dazu sagen? Sein einziger Sohn eine Schwuchtel?«, verteidigte er sich zornig. »Außerdem ... was geht dich das an, Tony? Es hat doch immer alles gepasst.«

»Du tust mir leid, Jon«, flüsterte sie und senkte den Blick. »Du bist deswegen doch kein anderer Mensch. Dann ist es eben so. Damit muss dein Vater sich eben abfinden. Genauso wie meiner dank der etwas übereifrigen Presse damit leben muss, dass sein Töchterchen auf Schläge steht.«

»Es war eine einmalige Sache, Darling. Es kommt nicht wieder vor. Lass uns im September heiraten, und alles wird gut. Du hast dich in etwas verrannt, als du dich auf Wertinger eingelassen hast. Das war einfach zu viel Druck für dich.«

Sie biss sich auf die Unterlippe. Der Verdacht drängte sich immer mehr auf. Ihr wurde eiskalt, obwohl sie so stark schwitzte wie nie zuvor in ihrem Leben. »Kann es sein, Jon, dass du hinter dieser Pressenummer steckst?«

»Vergiss diesen Artikel, Darling. Nächste Woche ist schon wieder etwas anderes wichtiger. Und wenn wir erst heiraten, kümmert es keinen mehr, was vorher war. Wir sind eine alte und ehrbare Familie, und wenn ich dich heirate, dann wird das alles schon seine Richtigkeit haben. Außerdem hat dieses Magazin ja nur Behauptungen aufgestellt, nicht wahr? Und keine Beweise gebracht.«

»Dann hast du auch Jack Horton angeheuert, um mich zu überwachen? Weißt du, wie viel Angst ich hatte? Meine Güte, Jon, der Typ hätte mich vergewaltigen können!«

»Hätte er sich nicht getraut. Jack Horton ist übrigens ein Tarnname, nur falls du auf die Idee kommen solltest, ihn anzuzeigen«, gab er zu und blickte sie über den Brillenrand triumphierend an. »Außerdem, Darling – stehst du da nicht drauf? Oder habe ich das falsch verstanden? Hast du dich am Ende geirrt?«

»Du hast das inszeniert, um dich als mein Retter aufspielen zu können? Wie krank ist das bitte, Jon?« Alles um sie herum brach zusammen. Die Wohnung löste sich in ihre Einzelheiten auf, wie ein verpixelter, alter Fernsehbildschirm, der einfach kein klares Bild mehr zustande brachte, egal, wie sehr man die Augen zusammenkniff. »Hast du irgendwann einmal darüber nachgedacht, was das für mich bedeutet?«

»Wenn du dachtest, ich räume Wertinger das Feld und verliere dich vielleicht an ihn – falsch gedacht, Darling«, antwortete er und hob die Stimme. »Von irgendeinem dahergelaufenen Amerikaner lasse ich mir mein Leben garantiert nicht kaputt machen.«

Sie starrte ihn an und brauchte ein paar Sekunden, um eine Antwort darauf zu finden. »Jon, das war's. Mir ist egal, wen du im September heiratest. Aber garantiert nicht mich.«

»Du brauchst mich. Ohne meine Beziehungen bekommst du das Geld nie.« Jon richtete sich triumphierend auf. »Pass auf, Darling, das ist der perfekte Deal. Ich verspreche auch, dass ich dich garantiert nie von irgendwelchen Affärchen abhalten werde. Solange es etwas dezenter läuft als mit Wertinger. Und solange es nichts Dauerhaftes ist.«

»Das ist alles, worum es dir geht? Jon, du bist noch kranker als ich dachte.« Tony stand auf und rückte den Stuhl ordentlich zurecht. »Was kümmert es dich eigentlich? Es gibt einen Haufen schwuler Männer heutzutage, die dazu stehen. Als ob es irgendjemanden stören würde.«

»Tony, bitte. Ich weiß, ich hätte es dir irgendwann sagen sollen. Aber es passte doch alles. Es passte schon immer, von Anfang an.«

»Jon, versuch nicht, mich aufzuhalten. Versteh es. Es ist aus. Ich werde den Teufel tun und dein Alibi-Weibchen spielen.« Sie fühlte sich vollkommen leer. Leer und benutzt und hintergangen. »Ich rufe jetzt Stella an, ob ich bei ihr einziehen kann, bis ich etwas Eigenes gefunden habe.«

»Tony, bitte. Das kannst du mir nicht antun!«

Sein niedergeschlagener Blick erinnerte sie an einen geprügelten Hund. »O doch, Jon. Falls du dich daran erinnerst: Mein Ruf ist bereits hinüber. Sollen sie doch denken, was sie wollen. Keine Sorge, Mister Leister, dein kleines Geheimnis ist bei mir sicher. Ich bin nicht nachtragend. Und was diese kleine Interessenkollision angeht – sei so gut und mach ganz einfach kein Drama aus dieser Trennung. Dann behalte ich auch das für mich. Ich will einfach nichts mehr von dir hören.«

Kapitel 18

Cherie stand unsicher in der Tür und drehte dabei die Hände ineinander. Tony blickte nur kurz von ihrem Bildschirm auf und schüttelte den Kopf. Cherie blieb jedoch einfach stehen und machte damit mehr als deutlich, dass sie nicht gehen würde, bis Tony sich angehört hatte, was ihr auf der Seele lag. Also ergab sie sich in ihr Schicksal und nickte ihrer Sekretärin seufzend zu.

»Wir haben ein Mädchen unten am Empfang sitzen. Ziemlich verwahrlost, würde ich sagen. Sie behauptet, sie wäre Mikael Wertingers Schwester, und würde Sie kennen, Tony.«

Der Name Mikael Wertinger war in diesen Räumen seit dem letzten Mittwoch genauso Tabu wie Jon Leister. Eigentlich hatte Tony sich vorgenommen, am Wochenende mit Mikael zu telefonieren und sich bei ihm zu entschuldigen. Sie wusste, dass sie einen Fehler gemacht hatte. Aber irgendwie hatte sie es nicht geschafft. Was sollte sie auch sagen? Dass sie die dümmste Kuh auf Erden war? Außerdem hatte sie genug damit zu tun gehabt, der Presse zu entkommen. Irgendwie hatten die Journalisten Wind von ihrer Trennung bekommen, und seitdem hatte Cherie alle Hände voll damit zu tun, Presseleute abzuwimmeln. Es war Horror, aber nebensächlich im Vergleich zur Rettung der Firma.

Tony nickte kühl. »Sie soll reinkommen. Am besten sofort. Ich muss nachher noch mit der Bank telefonieren, und mit unserem neuen Anwalt. Es geht alles nicht halb so schnell, wie ich gehofft hatte.«

»Machen Sie sich nichts draus, Tony. Die Sache läuft doch, oder?«

»Mister Cunningham tut sein Möglichstes. Mal sehen, wie es heute Nachmittag läuft. Ich bin um vier mit ihm verabredet.« Tony seufzte auf und schob unschlüssig einige Papiere auf dem Schreibtisch hin und her. »Bringen Sie Gilly rein. Ehe sie wieder abhaut. Mal sehen, ob ich sie überreden kann, in die Schule zurückzugehen.«

Sie schob noch ein paar Papiere mehr beiseite und holte zwei Tassen Kaffee, um Gilly das Gefühl zu geben, willkommen zu sein. Sie schärfte sich selbst ein, dass Wertinger damit nichts zu tun hatte. Dass das Mädchen es nicht verdient hatte, ungerecht behandelt zu werden. Und dass sie vielleicht etwas für Gilly tun konnte, ganz unabhängig von ihrer Beziehung zu Wertinger.

Verwahrlost war noch eine nette Bezeichnung für Gillys Aussehen. Tony riss sich zusammen, um nicht die Nase zu rümpfen, und bot ihr einen Stuhl an. Das Mädchen wich ihrem Blick aus und starrte auf den Boden. Gilly roch nach U-Bahn und altem Frittenfett.

»Da bist du ja endlich wieder. Dein Bruder hat sich Sorgen gemacht, Gilly. Und ich auch.« Tony bemühte sich darum, es nicht wie einen Vorwurf klingen zu lassen. »Was ist denn in dich gefahren?«

»Wissen Sie doch eh«, murmelte sie und starrte jetzt auf ihre Schuhspitzen. »Ich glaub, es is' besser, wenn ich nach Hause fliege. Aber ich hab kein Geld.«

»Das wirst du nicht tun, Gilly. Du wirst dich jetzt duschen gehen, dich ordentlich anziehen und zurück nach Schottland fahren. Dann bittest du Miss Barrows um Entschuldigung und machst diese Schule zu Ende.«

»Bin ich bescheuert? Das weiß inzwischen jeder da, jede Wette. Ich kann da nich' mehr hin.«

Gilly war offensichtlich ein Meister darin, auf ihre Schuhe zu starren. »Lass uns reinen Tisch machen, Gilly. Ich nehme an, du sprichst über diesen idiotischen Artikel in diesem noch idiotischeren Magazin? Woher wusstest du überhaupt davon?«

»Lag in meiner Post«, nuschelte sie und drehte den Kopf zur Seite. »Ich dachte erst, das wär' Absicht von Ihnen gewesen. Dann hab ich noch mal nachgedacht.« Plötzlich ging ein Schaudern durch sie hindurch. Sie schniefte hörbar. »Es war so klar, dass das schiefgeht, echt. Daddy hat das schon vorausgesagt. Er hat gesagt, dass ich bloß nicht auf meinen perversen Bruder hören soll. Dass ich bei ihnen bleiben soll. Dass sie es schon irgendwie schaffen, das Geld für das College aufzutreiben.«

Was sie sonst noch sagte, ging in einem hysterischen Schluchzen unter. Tony betrachtete sie hilflos und konnte doch endlich ein paar Dinge zusammenreimen. Wenn man in seiner Familie so über Mika – Mikael Wertinger, korrigierte sie sich – sprach, dann war klar, wieso Gilly nicht schon viel früher Hilfe von ihm angenommen hatte.

»Dieses rachsüchtige Arschloch«, murmelte sie und ballte die Hände zu Fäusten, um den Zorn auf Jon irgendwie loszuwerden. Es war eine Sache, eine solche Story an die Öffentlichkeit zu geben. Eine ganz andere Sache war es, ein vollkommen unschuldiges Mädchen mit hineinzuziehen.

»Komm her, Gilly, Kleines, das tut mir leid.« Sie überwand ihre Abscheu vor Gillys Aussehen und Geruch, ging um den Schreitisch herum und zog das Mädchen in eine Umarmung. »Ich kümmere mich darum, okay? Ich bin mir fast sicher, dass die das nicht dürfen, dich in die Sache hineinziehen.«

»Davon kann ich mir auch nichts kaufen«, schluchzte sie und schniefte hörbar. »Daddy hatte so recht. Er hat gesagt, dass wir Mika sowieso egal sind. Und dass Mika eine Schande für uns ist. Ich wusste nie, wieso. Aber jetzt weiß ich es. Ich dachte, er hätte sich geändert.«

Aus dem, was Gilly sonst noch so hervorbrachte, reimte Tony sich zusammen, dass Mikas Eltern ihn und seine Schwester wohl mit voller Absicht entzweit hatten. Aus irgendwelchen Gründen hatten sie Angst gehabt, dass Mikas *perverse Neigung,* wie sie es nannten, der Kleinen Schaden zufügen konnte. Der große Altersunterschied zwischen den Geschwistern hatte ihnen dabei in die Hände gespielt. Irgendwann war Mika dann vom leuchtenden Vorbild zum halb bewunderten, halb verhassten großen Bruder geworden, der Gilly immer vorgehalten wurde. Dass sie sich schließlich durchgesetzt und den Flug nach Schottland gebucht hatte, beruhte mehr oder weniger darauf, dass ihr Vater ihr den Umgang mit ihrem aktuellen Freund verboten hatte.

»Beruhig dich doch, Gilly. Wir finden eine Lösung. Wenn du willst, kannst du die Schule wechseln. Es gibt sicher auch gute Schulen irgendwo, wo man von der Story nichts mitbekommen hat«, flüsterte Tony gegen die tränennasse Wange des Mädchen. Sie schluckte, um ihre eigenen Tränen zurückzuhalten. »Den Weg habe ich nicht, Gilly. Ich muss damit klarkommen. Genau wie dein Bruder. Es ist für niemanden schön, wenn er seine ganzen Geheimnisse in der Öffentlichkeit ausgebreitet sehen muss. Noch dazu solche.«

»Ich mag aber nicht auf irgendeine Schule. Ich mochte es da. Wirklich.«

Dieses Geständnis brach aus Gilly hervor. Sofort schlug das Mädchen sich eine Hand vor den Mund und schüttelte den Kopf. »Aber die wollen mich sicher nicht mehr haben.«

»Wieso sollten sie?« Tony richtete sich auf und strich über die schmutzverklebten, schwarzen Haare. »Gilly, hör mir zu, okay? Ich schicke dich jetzt mit meiner Freundin nach Hause, weil ich heute einen Termin habe, den ich um nichts in der Welt absagen kann. Ihr zwei Süßen macht euch einen schönen Abend. Ich kann dir versprechen, dass Stellas Musiksammlung dir gefallen wird. Morgen telefoniere ich mit Miss Barrows. Dass du abgehauen bist, wird sie sicher verstehen. Glaub mir, sie hasst diese Gerüchteküchen. Sie ist ziemlich hart mit irgendwelchen Leuten, die andere wegen ihrer Schwächen aufziehen.«

Gilly sank auf dem Stuhl zusammen. »Und außerdem – das mit Ihnen und meinem Bruder ist ja aus. Sie haben gar keinen Grund mehr, mir zu helfen.«

»Wieso bist du dann überhaupt hierhergekommen? Was Mika und mich angeht, das ist unsere eigene Sache. Aber irgendwie habe ich für dich die Verantwortung übernommen, Möchtegerngruftie. Lass dir doch helfen, Gilly.«

Endlich blickte Gillian zu ihr auf. Unter den rot verweinten Augen leuchtete ein Funken Hoffnung auf. »Wieso machen Sie das?«

»Keine Ahnung. Weil ich dich mag. Weil ich auch mal so bescheuert war wie du und dachte, dass die Welt gegen mich ist. Nur weil ich nicht so war wie andere Mädchen und solche Dinge. Vor allem, weil meine Mum gestorben ist, als ich vier war, und ich mich nicht an sie erinnern kann.« Tony zuckte mit den Schultern und spürte, wie die Erinnerungen in ihr hochkamen. »Wenn ich von Miss Barrows eines gelernt habe, dann das: Es ist vollkommen egal, wer auf dich drauftritt, Gilly. Irgendwann muss er da wieder runter. Und dann kannst du aufstehen, dich schütteln und weitergehen.«

Sie bot Gilly eine Hand an und zog sie aus dem Stuhl nach oben. »Und genau das werde ich jetzt tun, auch wenn mein ehemaliger Verlobter das größte Arschloch auf diesem Planeten ist. Das Spiel ist nämlich noch lange nicht aus.«

***

Im Nachhinein fand Tony es gar nicht mehr so schlecht, dass Gilly gerade an diesem Vormittag aufgekreuzt war. Es hatte ihr immerhin für einen halben Tag Stella mit ihrem gluckenhaften Getue vom Leib gehalten und einen Nachmittag allein mit Daniel Cunningham verschafft. Stella schien seit Tonys Trennung von Jon nichts Besseres mehr zu tun zu haben, als andauernd irgendwelche Ablenkungsmanöver, Girls-Beauty-Shopping-Kino-Aktionen oder sonst einen Unsinn zu planen.

Das konzentrierte Arbeiten mit Cunningham, Lennart und zwei Anwälten war dagegen eine Abwechslung nach Tonys Geschmack. In diesem kleinen Team war es ihr tatsächlich gelungen, eine Finanzierung für das nächste Jahr zusammen zu zimmern. Das war vor allem Cunninghams Fantasie und Lennarts Rechenkünsten zu verdanken, aber ganz ohne Schuld war sie selbst daran sicher auch nicht.

»Sind Sie schon wieder abgelenkt, Tony?« Daniel hob sein Rotweinglas und prostete ihr zu.

Er hatte darauf bestanden, sie zur Feier des Tages einzuladen. Kurz nur hatte sie ein schlechtes Gewissen Stella gegenüber gehabt, die jetzt alleine mit Gilly auf einer Couch saß und wahrscheinlich schon ganze Berge von Schokolade vernichtet hatte.

»Ich bin immer noch erstaunt, wie schnell es dann doch ging. Ich kann es kaum glauben.« Sie lächelte ihm zu und erwiderte seine Geste. Sie waren längst alleine, weil der Rest der Gesellschaft sich spätestens nach der Diskussion über den fünften Aktienkurs gelangweilt verabschiedet hatte. Daniel entsprach schon mehr ihren Vorstellungen von einem sexy Kerl. Tausendmal mehr als Mika. Oder gar Jon. Wie hatte sie sich nur jemals in Jon verlieben können?

Daniel musste italienische Vorfahren haben, auch wenn sein Nachname eindeutig englisch war. Diese dunklen Haare und dieses Blitzen in den Augen jedenfalls sprachen eine ganz eigene Sprache. Die Eingebung, unter ihrem schwarzen Anzug zu der neuen Seidenunterwäsche zu greifen, war heute Morgen jedenfalls auch nicht verkehrt gewesen.

Wenn der Abend so weiter ging, konnte sie sich über die Trennung von Jon hinwegtrösten. Cunningham jedenfalls sprach auf ihre kleinen Signale allzu deutlich an. Sein Geruch war verlockend und trieb schon jetzt die Feuchtigkeit zwischen ihre Beine.

»Es wäre schade gewesen, wenn Sie verkauft hätten.« Er nickte leicht und trank den letzten Schluck aus. »Darf ich Sie noch zum Taxi bringen, Tony?«

Diese Verbindung aus italienischem Aussehen und seinen perfekten, englischen Manieren machten ihn besonders anziehend. Tony wurde schon den ganzen Tag das Gefühl nicht los, dass sie ihn irgendwo her kannte – was natürlich an dem klassischen Businessanzug liegen konnte, den er trug. In solchen Anzügen sahen Männer irgendwie immer gleich aus.

Er hielt ihr elegant die Tür auf, die aus dem Restaurant in den Vorraum führte, und ließ sich ihre Mäntel von der Empfangsdame zurückgeben.

»Warten Sie, Tony, ich helfe Ihnen.« Er zog seinen eigenen, schwarzen Mantel über, ehe er ihr ihren hinhielt. Tony schlüpfte in die Ärmel und wollte sich wieder umdrehen, um sich bei ihm zu bedanken.

Ein leises, metallisches Klicken ließ sie zusammenfahren. Seine Hand strich über ihren linken Arm und führte ihn zurück hinter ihren Rücken. Tony war viel zu überrascht, um zu reagieren. Wieder klickte es leise. Dann erst wurde ihr klar, was er gerade getan hatte. Die Kälte des Metalls um ihre Handgelenke war ziemlich eindeutig. Sie versuchte, einen Arm nach vorne zu nehmen, und spürte den Zug der Handschellen.

»Kommen Sie, Tony. Unser Taxi ist da.« Seine Hände strichen über ihren Hals und riefen ein Schaudern hervor. Diese offenkundige Dominanz sprach das Verlangen in ihr an, das Mika geweckt hatte. Ihr Verstand erklärte sie gerade für verrückt. Sie wusste nicht, ob sie Cunningham trauen konnte. Ja, er war ein Geschäftspartner. Oder hatte sich als solcher ausgegeben. Oder was auch immer hier vorging. Ihr Herz begann, wie wild zu schlagen.

Mikael war an allem Schuld. Tony versuchte, den Blick der Empfangsdame auf sich zu ziehen und ihr irgendwie ein Zeichen zu geben. Dieser Frau klarzumachen, was hier gerade ablief. Aber die Frau blickte konsequent in eine andere Richtung. In ihrem Unterleib zog es verräterisch. Daniel war sexy, keine Frage. Daniel brachte dieselbe Saite in ihr zum Klingen wie Mika. Aber irgendwie ... irgendwie ... fühlte es sich seltsam an.

Daniel schob sie aus der Tür. Die klare Nachtluft brachte ihr den Verstand endgültig zurück. Die Angst ließ ihr Herz bis zum Hals klopfen.

»Sind Sie verrückt?«, zischte sie und zog an den Handschellen. »Machen Sie mich sofort los.«

»Tony, Schätzchen ...« Er grinste sie an und hielt ihr etwas vor das Gesicht. Es sah aus wie ein flacher Riemen, so flach, dass dieses Ding wunderbar in seinen Mantel gepasst hatte.

Sie holte tief Luft, um möglichst viele Menschen auf sie aufmerksam zu machen. Panik stieg in ihr auf. Daniel schien es vorauszuahnen, denn er war schneller als sie. Er zog sie in eine Umarmung, presste die Luft aus ihren Lungen und schob den Lederriemen zwischen ihre Zähne. Ihr Schrei wurde zu einem erstickenden Gurgeln.

»Sei still, kleine Sklavin. Sonst werden die Leute noch aufmerksam, und das willst du doch nicht.« Seine geschickten Hände verschlossen den Knebel an ihrem Hinterkopf.

Tony funkelte ihn zornig an und versuchte, sich aus seiner Umarmung zu befreien. Sein herber Duft hüllte sie ein. Zärtlich streichelte er über ihren Rücken. Selbst durch den Mantel hindurch fühlte es sich an, als würde er ihre Haut in Flammen setzen.

»Wenn du versprichst, lieb zu sein, habe ich auch noch eine wunderschöne Maske für dich. Dann kannst du sicher sein, dass niemand dich erkennt.«

Seine dunkle Stimme war wunderbar beruhigend. Er ließ sie los und öffnete seine Aktentasche. Offensichtlich hatte er sich gut vorbereitet, denn er zog eine schwarze Maske im venezianischen Stil heraus und hielt sie ihr vor die Nase. Das filigrane, schwarze Gewebe erinnerte Tony an ein Faschingskostüm.

»Also, was ist, Subbie? Ich will ein deutliches Nicken sehen, wenn du darauf eingehst. Dann beruhigst du dich ein wenig und genießt den Abend.«

Wieso glaubte plötzlich jeder, sie wäre Freiwild, nur weil irgendein Hochglanzmagazin Unsinn über ihre sexuelle Orientierung geschrieben hatte? Ihr Verstand protestierte gegen diese Behandlung. Ihre Möse schrie nach Sex.

»Hast du Angst?«, fragte er leise. Tony nickte, weil es die Wahrheit war. Es gab keinen Grund, ihm das zu verheimlichen, ganz egal, was genau er vorhatte.

»Sehr gut. Das solltest du auch. Das verhindert Dummheiten.« Liebevoll strich er ihr eine Haarsträhne aus der Stirn. »Vertraust du mir, wenn ich dir ein Safeword gebe? Oder irgendein Zeichen dafür, dass ich abbrechen soll?«

In ihrem Kopf raste es. Ja, er hatte heute einen ziemlich kompetenten Eindruck gemacht. Aber woher wollte sie wirklich wissen, dass all das, was er ihr erzählt hatte, auch stimmte? Er bot ihr ein Safeword an. Aber war das genug, um ihm zu vertrauen?

»Was ist, kleine Subbie? Wenn du nicht willst, schüttle einmal klar und deutlich den Kopf. Dann lasse ich dich gehen, versprochen. Aber du verpasst etwas. Wenn ich dich mitnehmen darf, dann nicke.«

Er kniff die Augen zusammen, als sie immer noch nicht reagierte. »Du hast sicher dein Handy dabei. Wenn dir ein Safeword nicht reicht, dann mach einen stillen Alarm aus. Lieber einmal zu viel abgesichert als zu wenig.«

Energisch drehte er sie herum und öffnete die Handschelle an ihrem rechten Arm. Den linken Arm hielt er fest, während sie mit zittrigen Fingern in ihrer Handtasche wühlte. Stella würde sie endgültig für verrückt erklären. Und wahrscheinlich hatte sie damit sogar recht. Sie fand die Nachricht in ihrem Handy, die sie damals geschickt hatte, als sie sich mit Mikael in Glasgow getroffen hatte, und schickte sie einfach noch mal. Der Rest ihres Verstandes, der noch vernünftig arbeitete, sagte ihr, dass er jederzeit Zugriff auf ihr Handy hatte, wenn er wollte. Also löschte sie die beiden Nachrichten aus dem Postausgang und hoffte, dass das Absicherung genug war.

»Kluge Subbie«, lobte er sie amüsiert, während sie das Handy zurück in ihre Tasche schob. Er packte ihren Arm, zog ihn zurück hinter ihren Rücken und ließ die Handschellen einrasten. »Können wir?«

Dieses Pochen in ihrem Unterleib brachte ihren Verstand schneller zum Schweigen, als ihr lieb war. Irgendwie schaffte sie es, zu nicken. Daniel legte die venezianische Maske über ihre Augen, hielt ein Taxi an und schob sie auf die Rücksitzbank. Die Maske bedeckte ihr Gesicht zur Hälfte und engte ihr Sichtfeld ein. Tonys Magen verkrampfte sich. Sie hatte keine Ahnung, was sie zu dieser Dummheit verleitet hatte.

»Zum *Red Dungeon*, bitte.« Er sagte es vollkommen ruhig. Der Fahrer jedoch konnte sich daraufhin ein Grinsen nicht mehr verkneifen. Seine interessierten Blicke in den Rückspiegel fachten ihre Erregung weiter an. Unruhig rutschte sie hin und her.

Daniel machte keine Anstalten, sie anzufassen. Stattdessen begann er mit leichter Konversation mit dem Taxifahrer, über das Wetter, über irgendwelche Fußballspiele und über den Londoner Verkehr. Tony wusste nicht, ob sie darüber erleichtert sein sollte. Als sie ausstiegen, gab Daniel dem Fahrer ein extragroßes Trinkgeld und verabschiedete sich in aller Höflichkeit.

»Das war doch nicht so schlimm«, wandte er sich mit dieser tiefen, beruhigenden Stimme an sie. »Jetzt komm. Ich warte ungern.«

Nein, schlimm war es nicht. Eher wie die Verwirklichung ihrer dunkelsten und geheimsten Fantasien.

Und das Seltsamste daran war, dass nicht ihr Verstand protestierte, sondern ihr Herz. Dass es sich anfühlte, als würde sie Mikael betrügen, obwohl sie doch gar nicht zusammen waren.

***

Daniel schob sie in einen gleißend hellen Nebenraum. Tony kniff die Augen zusammen. Das Licht war so hell, dass es schwer war, irgendetwas zu erkennen, vor allem mit diesem durch die Maske eingeschränkten Sichtfeld. Irgendein Möbelstück stand in der Mitte des Raumes. Sie versuchte, aus den Umrissen ein klares Bild zu gewinnen, aber ihr Kopf weigerte sich, zu denken.

»Ich weiß nicht, was du bei deinem Master Wertinger gelernt hast, Subbie. Also lass uns die Regeln durchgehen«, durchbrach er das Schweigen, das sie vom Klubeingang bis hierher begleitet hatte. »Falls ich dir irgendwann wieder erlaube, zu reden, wirst du mich mit Sir Daniel anreden.«

Sir Daniel? Tony schnürte es die Luft ab. Daniel löste die Maske und warf sie achtlos beiseite.

»Die brauchst du jetzt nicht mehr. Ich werde dir die Augen verbinden. Für den Anfang, bis du gelernt hast, dass du niemanden anzusehen hast, der es dir nicht befiehlt. Außerdem verlange ich absoluten und sofortigen Gehorsam. Master Wertinger ist für meinen Geschmack manchmal etwas zu nachgiebig.« Der Hohn tropfte geradezu aus seiner Stimme. Kalte Seide legte sich über ihre Augen und vertrieb dieses grelle Licht.

Er schubste sie nach vorne. Sie stolperte beinahe, stieß mit der Hüfte gegen irgendetwas Hartes. Eine grobe Hand in ihrem Nacken drückte sie nach vorne. Wieso erwähnte er dauernd Mikael? Woher kannten sie sich? Ihr Verstand war vollkommen gelähmt von diesem Gefühlschaos, das er mit nur ein paar Worten in ihr angerichtet hatte.

»Ich werde dich jetzt ausziehen. Wenn du dich bewegst oder versuchst, mir zu entkommen, wirst du die Peitsche spüren.« Seine dunkle Stimme träufelte ihr Rückgrat hinab wie Honig. »Und das wollen wir ja beide vermeiden, oder?«

Klackend lösten sich die Handschellen. Seine Hände arbeiteten schnell und geschickt. Ein Kleidungsstück nach dem anderen flog auf die Seite und entblößte sie seinen Blicken. Je weiter er kam, desto schwindeliger wurde ihr. Irgendwann strichen seine Finger über ihren nackten Bauch.

»Seidenunterwäsche, kleine Subbie? Hattest du heute noch etwas vor?« Seine Finger strichen über ihren Hintern. Ein kräftiges Reißen ertönte, dann war sie ihm endgültig ausgeliefert. Als letztes Kleidungsstück fiel ihm der BH zum Opfer.

»So gefällt mir das schon besser.« Seine Hände tasteten nach ihren Brüsten. Sein Griff war ohne jede Zuneigung. »Wenn ich dich so sehe, verstehe ich, was Master Wertinger an dir findet.«

Wertinger. Daniel. Danny? Ein kalter Schauder lief ihren Rücken hinab. Konnte es wirklich sein? Zwischen dem Chaos in ihrem Kopf suchte sie nach dem Bild, das sie bei Mikael von ihm gesehen hatte. Die Aufnahme war zwar schon ein paar Jahre her, aber es könnte passen. Er drückte sie mit dem Bauch voran über den lederbezogenen Strafbock. Ein grobes Seil legte sich um ihre Knie. Er brauchte nur ein paar Handgriffe, um ihre Beine weit geöffnet an diesen Bock zu fesseln.

»Ich lasse dir deine Hände für den Augenblick frei.« Seine gönnerhafte Stimme trieb einen Schauder der Erregung über ihren Rücken. »Wenn du willst, dass ich aufhöre, strecke deine Hände aus.«

Sie spürte seinen erigierten Schwanz an ihrem Hintern. Seine Finger strichen zwischen ihren Pobacken hindurch. Diesen Fingern fehlte alle Zärtlichkeit, als sie über ihren Kitzler strichen.

»Nicht einmal das hast du gelernt, Subbie? Du weißt doch, dass ein hübsches Lustobjekt wie du immer bereit zu sein hat.« Der Tadel in seiner Stimme schnitt mitten durch ihr Herz. Sie war kein verdammtes Lustobjekt!

Er zwirbelte ihren Kitzler und schickte damit eine erste Schmerzwelle durch ihren Körper. »Im Übrigen ist mir das egal, Subbie. Es erhöht nur die Strafe, die ich dir nachher angedeihen lassen werde.«

Das typische Reißen einer Kondomverpackung ging durch den Raum. Eine kalte Flüssigkeit tropfte auf ihre Rosette. Er verteilte sie eilig mit seinen Fingern zwischen ihren Beinen. Alles wirbelte in ihrem Kopf. Die Erregung, die sich angeschlichen hatte und die er mit seinen groben Worten anfachte. Diese Vermutung, dass er Mikas bester Kumpel war. Und vor allem das Gefühl, Mikael zu betrügen.

Seine Eichel drängte sich hart gegen ihre Spalte. Tony versuchte, sich mit aller Kraft dagegen zu wehren. Es war einfach nur falsch. Sie gehörte Mikael! Daniel schenkte ihr dafür zwei feste Hiebe auf den Hintern.

»Willst du wirklich ungehorsam sein, Subbie? Ich habe erwartet, dass Master Wertinger dich besser erzogen hat.« Kraftvoll drang er in sie ein. Der Schmerz zerriss sie beinahe. Tony schmeckte Salz auf ihren Lippen.

»Vertrau mir. Ich will, dass Sir Daniel dich fickt. Meinst du wirklich, ich würde meine kleine Sklavin von einem anderen Mann vögeln lassen, ohne dass ich meine Erlaubnis dazu gegeben habe?« Sie kannte diese herrliche Stimme zu gut. Eine warme Hand legte sich beruhigend in ihren Nacken. Sie hatte gar nicht gehört, dass die Tür noch einmal geöffnet worden war. Sie hatte seine Schritte nicht gehört, so sehr hatte sie das Chaos in ihrem Kopf verwirrt. Zwei Finger strichen über ihre Wangen und wischten ihre Tränen beiseite. »Vertrau mir, Julie.«

Sein sanftes Locken legte sich über dieses alles betäubende Gefühlschaos. Sie fühlte Daniels Schwanz in ihrer trockenen Möse. Er nahm sie sich, weil es ihm gefiel. Und weil Mikael es ihm erlaubt hatte.

Mika. Mika war hier. Mika und Danny. Daniel Cunningham, dieser hoch seriöse Investor aus New York war niemand anders als Mikas bester Kumpel Danny. Der sie gerade mit aller Härte fickte.

Hysterisch schluchzte und lachte sie gleichzeitig. Mikaels Hände strichen über ihr Gesicht. Sie spürte seine Lippen. Er hauchte zärtliche Küsse auf jeden Zentimeter freier Haut, den er finden konnte. Sie fühlte, wie ihr Unterleib sich entspannte, und wie ganz langsam sogar ein klein wenig Lust in ihr erwachte.

Bis Danny in ihr kam und sich genauso rasch zurückzog, wie er in sie eingedrungen war.

»Mach sie los.« Mikael stand dem Luftzug nach auf. »Ich will dir dabei zusehen, wie du es dir selbst besorgt. Ich gebe dir fünf Minuten, Sklavin. Wenn du dann keinen Orgasmus hattest, wird Sir Daniel dich züchtigen. Und ich warne dich – er schlägt fester zu als ich.«

Die Fesseln lösten sich. Benommen richtete sie sich auf.

»Die Zeit läuft, Sklavin.« Mikaels Stimme hatte jetzt gar nichts mehr mit dem sanften Liebhaber zu tun, der ihr die Tränen von den Wangen gestrichen hatte. »Bereite mir keine Schande, mein Schatz.«

Kapitel 19

»Du hast sie allein gelassen? Lennart, du Idiot! Tony ist vollkommen durch! Du darfst sie nicht mit irgendwelchen Kerlen allein lassen!« Stella senkte sofort wieder die Stimme, um Gilly nicht zu wecken, die im Nebenraum endlich den Schlaf der Erschöpften schlief. Seit Tonys Nachricht eingetrudelt war, hatte sie auf ihren Verlobten gewartet. Beim ersten Geräusch an der Tür war sie aufgesprungen, hatte ihn nach ihrer Freundin gefragt und eine Antwort erhalten, die perfekt zu dieser SMS passte. »Kannst du dann wenigstens auf die Kleine aufpassen? Nicht, dass sie wieder abhaut!«

Lennart stand vollkommen verdattert im Flur und starrte seine Verlobte an, die sich gerade ihren Mantel vom Haken nahm. »Und du?«

»Ich fahr da jetzt hin. Wo wart ihr essen?« Sie warf hektisch das Handy in die Handtasche und nahm den Schlüssel vom Haken.

»Im *One Way*. Stella, du übertreibst. Tony ist doch kein kleines Kind mehr. Klar, sie ist durch den Wind, aber Daniel ist ein anständiger Kerl. Sie sitzen in einem vollkommen normalen Restaurant. Als ich sie verlassen habe, haben sie sich Aktienkurse um die Ohren gehauen. Meine Güte, Stella …«

Sie hielt es nicht für notwendig, eine Antwort zu geben und schlug ihm die Tür vor der Nase zu. Es dauerte Ewigkeiten, bis ein Taxi sie endlich zum *One Way* gebracht hatte. Um diese Zeit saßen nur noch wenige Pärchen im Restaurant. Stella atmete tief durch und marschierte auf die Empfangsdame zu.

»Guten Abend. Sind Mister Cunningham, Miss Miller und ihre Gesellschaft noch hier? Ich wurde aufgehalten«, begann sie möglichst freundlich, obwohl die Dame sie mit einem eindeutig abweisenden Blick bedachte.

»Nein, Madam, da sind sie zu spät, tut mir leid. Unsere Küche hat auch schon geschlossen ...«

»Das ist mir egal. Wissen Sie, wo Miss Miller hin ist? Sie sollte längst zu Hause sein, aber sie ist nicht heimgekommen.« Klang das bescheuert! Stella versuchte, einen Blick in das Restaurant zu erhaschen. War sie eigentlich die Kindergärtnerin ihrer Freundin?

»Ich wüsste nicht, was Sie das angeht, Madam.«

»Hören Sie, meine Freundin hat in der letzten Zeit viel durchgemacht. Sie hatte früher schon Depressionen. Können Sie verstehen, dass ich mir Sorgen mache, wenn sie nicht wie verabredet heimkommt?« Stella musste sich zusammenreißen, um diese dumme Kuh nicht anzubrüllen.

»Als Miss Miller unser Restaurant verließ, war sie sehr vergnügt.«

»War sie alleine oder ist sie mit Mister Cunningham gegangen?«

»Soweit ich weiß, haben sie ein Taxi zusammen genommen. Er wollte sie heimbringen.« Die Dame kniff die Lippen zusammen und musterte sie noch einmal von oben bis unten. »Sind Sie Miss Stella Fitzgerald?«

»Ja, die bin ich. Und wenn Sie mir nicht sofort sagen, wo die Zwei hinwollten, dann zerlege ich Ihren Laden.« Stella hob drohend ihre Handtasche.

»Mister Cunningham trug mir auf, dass ich Ihnen für den sehr wahrscheinlichen Fall Ihres Auftauchens ausrichten soll, dass er und die Lady ins *Red Dungeon* gefahren sind.«

Stella stürmte ohne einen Gruß aus dem Restaurant, winkte sich ein Taxi heran und stieg ein. Sie ignorierte das wissende

Lächeln des Fahrers und das Magengrummeln, das diese Ansage in ihr hervorrief.

Daniel Cunningham hatte also damit gerechnet, dass sie Tony folgte. Wieso auch immer. Was auch immer das bedeutete. Aber es zeigte, dass der Typ nicht halb so harmlos war wie Lennart glaubte. Stella rutschte unruhig herum, bis sie endlich vor dem unauffälligen Nachtklub aus dem Taxi springen konnte. Der Türsteher musterte sie kurz, dann ließ er sie hinein. Sie atmete noch einmal durch und wandte sich an den jungen Kerl am Einlass. Seine hochgegelten Haare konnten nicht darüber hinwegtäuschen, dass er kleiner war als sie. Irgendwie gab das Stella das Gefühl, ihm in allen Belangen überlegen zu sein.

»Ich suche Tony Miller«, sagte sie ruhig und vermied es, sich umzublicken. Allein schon dieser Vorraum war schrecklich. Wo war Tony da nur hineingeraten? Die Mosaike an den Wänden waren denen in römischen Villen nachempfunden. Sie zeigten in aller Deutlichkeit Männer und Frauen, die von anderen Menschen erniedrigt und gequält wurden.

So etwas war abartig. Vor allem für eine Frau wie Tony, die mit beiden Beinen im Leben stand.

»Wird's bald, Junge? Sie ist mit Daniel Cunningham hier.«

»Dann sind Sie bestimmt Miss Stella Fitzgerald.« Der junge Mann hinter dem Tresen musterte sie von oben bis unten. »Mister Cunningham sagte, dass Sie auftauchen würden. Ich soll Sie zu ihm bringen, sobald Sie hier sind.«

Wusste dieser Kerl eigentlich alles? »Dann tun Sie das!«

»Darf ich um Ihren Mantel bitten, Madam?«

»Vergessen Sie es.« Stella griff an ihr Revers und zog den Mantel enger zu. »Sofort!«

»Wie Sie wollen, Miss Fitzgerald. Aber das wird den Herren nicht gefallen.« Er winkte ab und deutete mit einer zierlichen, perfekt manikürten Hand auf einen Gang. »Kommen Sie, Madam.«

Den Herren? Stella wurde schwindelig. Dann war Cunningham nicht alleine mit Tony? Was in Gottes Namen ging hier vor? Das war mehr als nur abartig. Sie nahm ihre Umgebung kaum noch wahr und folgte diesem arroganten Kerl durch dunkle, nur schwach beleuchtete Gänge. Sie wollte gar nichts wahrnehmen. Sie wollte gar nicht wissen, was hinter diesen Türen vor sich ging.

Dieser Typ mit dem selbstgefälligen Grinsen öffnete ihr eine der Türen. »Noch können Sie mir den Mantel geben«, flüsterte er verschwörerisch. »Viel Glück, Miss Fitzgerald.«

Sie trat über die Schwelle. Die Tür schloss sich hinter ihr. Viel zu deutlich hörte sie, wie ein Riegel vorgeschoben wurde. Sie drehte sich um und schlug aus reinem Reflex dagegen. Es klang hilflos.

»Sie kommen wie gerufen, Miss Fitzgerald. Oder darf ich Stella sagen?«

Ein Schatten tauchte neben ihr auf. Stella erwachte aus diesem Trancegefühl. Sie wich ihm aus. Langsam nur setzte ihr Kopf das, was in diesem Raum geschah, zu einem deutlichen Bild zusammen. Der Raum erinnerte sie bestenfalls an einen mittelalterlichen Folterkeller. Zugegeben, die hell gestrichenen Wände passten nicht ganz, aber diese Möbel, die herumstanden, schon. Ein mit dunklem Leder überzogener Bock. Ein Andreaskreuz an der Wand. Eine Reihe von Peitschen, ordentlich nebeneinander aufgehangen. Von der Decke baumelten mehrere Haken an Seilzügen, wie geschaffen, um irgendjemanden daran aufzuhängen.

Tonys Kleider lagen als unordentlicher Haufen mitten auf dem Boden. Ihre Freundin lag auf einer gepolsterten Liege, eine Hand an ihren Brüsten, eine Hand zwischen ihren weit geöffneten Beinen. Ihre Möse glänzte feucht. Sie strahlte reine Lust aus. Stella versuchte, in ihrem Gesicht ihre Gefühle zu lesen, aber unter der Seide und mit diesem schrecklichen Knebel ließ sich nichts erkennen. Tony wimmerte leise gegen den Knebel.

Stella atmete tief durch und drehte sich zu dem Schatten um. Er trug einen gut sitzenden Anzug, der sein italienisches Äußeres ausgesprochen gut unterstrich.

»Hören Sie, Mister«, begann sie und hob das Kinn, um ihre Größe auszugleichen. »Sie lassen jetzt mich und meine Freundin hier raus. Und kommen uns nie wieder nahe.«

Stella bemerkte, dass Tony ganz erschrocken mit ihren Bewegungen aufhörte. Der Mann lächelte sanft und kam noch näher auf sie zu. Sie konnte seine Wärme spüren.

»Jetzt haben Sie ihre Konzentration gestört. Wie unschön, Stella«, antwortete er ruhig. »Wenn Sie lieber wieder gehen wollen, bitte. Ich halte hier niemanden gegen seinen Willen fest.«

»Ach, und wieso ist die Tür dann verriegelt?« Stella widerstand nur mit Mühe dem Drang, Tony hochzuziehen und einfach mitzunehmen. Wer wusste schon, wie diese Typen dann reagierten! Der andere – Wertinger, erkannte sie, hielt ein mörderisch aussehendes Instrument in der Hand. Eine Peitsche, mit einer langen, in sich geflochtenen Schnur. »Was haben Sie mit Tony gemacht?«

»Passen Sie auf, Stella, dann werden Sie sehen, dass Ihre Freundin es genießt. Ihre Sorge um Tony ist rührend und ehrenhaft, aber gestehen Sie ihr zu, dass sie selbst am besten weiß, was gut für sie ist«, erklärte der Italiener mit einer beruhigend tiefen Stimme.

Zusehen? Stellas Magen zog sich kalt zusammen. »Das ist ekelhaft, Sir.«

»Ihre Entscheidung, Stella. Wenn Sie sich nicht darauf einlassen wollen, dann urteilen Sie nicht.«

Ein Teil von ihr wollte, dass sie möglichst schnell davonrannte. Ein anderer Teil sagte ihr, dass sie um der Freundschaft zu Tony willen wenigstens versuchen sollte, zu verstehen, was in ihr vorging.

Und sei es nur, um ihr besser helfen zu können.

»Deine fünf Minuten sind um, Julie.« Wertingers kalte Stimme schnitt mitten in ihre Entscheidungsfindung. Er hatte sie noch nicht einmal angeblickt, seit sie den Raum betreten hatte, fiel Stella siedend heiß auf. »Du hast dich ablenken lassen. Beschämend. Ich bin enttäuscht, will aber nicht so sein. Du darfst dir aussuchen, von wem du deine Strafe erhalten willst. Von mir oder von Sir Daniel. Wähle weise, Sklavin.«

Wie zum Beweis seiner Worte ließ er die Peitsche durch die Luft knallen. Das Geräusch ging Stella durch und durch. Ihre Freundin wimmerte etwas gegen ihren Knebel.

»He, das dürfen Sie nicht, verdammt noch mal. Das ist Körperverletzung!«, schrie Stella und wollte sich auf Mikael stürzen. Daniel hielt sie fest und zog sie in seine Umarmung.

Sein beruhigendes »Sch« stachelte ihre Wut noch weiter an. »Das ist doch vollkommen bescheuert, was sie hier machen!«

»Es tut mir leid, Julie, ich habe dich nicht verstanden. Heute ist dein Glückstag, würde ich sagen. Ich werde die erste Bestrafung selbst durchführen. Ich will, dass du mich ansiehst. Nimm die Augenbinde ab. Dann stell dich an das Andreaskreuz. Mit dem Rücken an die Wand.«

Dieser verklärte Blick ihrer Freundin sagte alles. Was auch immer Mikael tat – er hatte sie verhext. Ganz eindeutig. Stella schrie auf, als Tony wirklich aufstand und wie ferngesteuert an die Wand trat. Das war ganz und gar nicht ihre Freundin. Eine emanzipierte Frau würde so etwas niemals mit sich machen lassen. Andererseits war sie es Tony schuldig, wenigstens zu versuchen, sie zu verstehen. Also beschloss sie, zu bleiben.

***

Tony befand sich in einem geradezu ekstatischen Zustand, als die Tür ging. Es war ihr vollkommen egal, dass irgendjemand diesen Raum betreten oder verlassen hatte. Alles, was jetzt noch von Bedeutung war, waren ihre Finger, die herrliche Wellen von Lust durch ihren Körper schickten. Sie wusste, dass Daniel und Mikael sie beobachteten. Die Tatsache, dass die beiden sie beobachteten und sich – hoffentlich – an ihrem Anblick aufgeilten, steigerte ihre Lust noch weiter. Auf ihren feuchten Schamlippen glitten ihre Finger wie von selbst in ihre Möse, drängten sich weiter vor und wurden von zuckenden Muskeln umschlossen. Mit der linken Hand spielte sie mit ihren Brüsten, weil sie wusste, dass Mikael ihre Brüste liebte.

Erst als der Neuankömmling das erste Mal sprach, erfasste die Hitze ihren ganzen Körper. Stella! Was zur Hölle machte Stella hier? Obwohl sie spürte, dass das für Mikael kein Grund sein würde, von einer Strafe abzusehen, konnte sie nicht anders als in ihren Bewegungen innezuhalten. Schweiß lief ihren Rücken hinab, als Stella anfing, ihre Schimpftiraden loszuwerden. Irgendwie hatte Stella ja auch recht. Was sie hier tat, war definitiv nicht normal.

Erst als Mikael die Führung wieder übernahm, verlor sie diesen Gedanken. Er kündigte eine Strafe an. Sie strich die Augenbinde von ihrem verschwitzten Gesicht, als er es ihr befahl. Sie blinzelte gegen das plötzlich viel zu helle Licht. Stella stand neben der Tür, in Daniels Umarmung, und wetterte wie eine Verrückte gegen ihn, Mikael und diese ganze Sache an sich. Mikael stand ruhig vor der Liege, eine Peitsche in der Hand. Er trug heute eine schwarze Lederhose, die seine schmalen Hüften unterstrich, und ein schwarzes, schlichtes Hemd. Er sah perfekt aus.

Mit wackeligen Beinen stand sie auf und blickte sich hilflos um. Der Strafbock mitten im Raum erinnerte sie an Saint-Tropez. Unsicher suchte sie Mikaels Blick. Er gab ihr einen kaum sichtbaren Wink nach rechts. Sie drehte sich in die angegebene Richtung. An der Wand war ein schwarzes Andreaskreuz angebracht. An jedem Ende befanden sich massive Metallringe. Sie stakste hinüber und fühlte die Kälte der Wand gegen ihren schweißnassen Rücken. Stella war verstummt und starrte sie mit riesengroßen Augen an.

Mikael benötigte nur eine Hand, um die Metallverschlüsse einen nach dem anderen zuschnappen zu lassen. Wieder berührte er sie nicht mehr als notwendig. Seine Nähe zu spüren und ihn doch nicht zu berühren, machte Tony fast wahnsinnig. Endlich hatte er alle vier Ringe geschlossen. Sie war ihm vollkommen ausgeliefert. Ihm und seiner Peitsche.

Eine Lustwoge ging durch ihren Körper. Der Peitschengriff streichelte über ihren Bauch nach unten. Grob bahnte er sich den Weg zwischen ihre Beine. Mit dem Leder fachte Mikael ihre Lust weiter an, bis ihre Augenlider flackerten und sie gegen ihren Knebel stöhnte.

»Sieh mich an, Tony. Ich will, dass du nicht eine Sekunde den Blickkontakt zu mir abreißen lässt. Atme den Schmerz.« Er beugte sich nach vorne, bis sein Mund direkt an ihrem Ohr war. Etwas Metallisches berührte ihre rechte Hand. Instinktiv schloss Tony die Finger darum. »Wenn du es gar nicht mehr aushalten kannst, lass es fallen.«

Der Peitschengriff drang in ihre Vagina ein. »Du kleines, schwanzgeiles Luder«, flüsterte er, während er das Leder in sie hineinschob und wieder herauszog. Das Leder tränkte sich mit ihrer Feuchtigkeit, bis sie kurz vor dem Orgasmus stand.

»Das wird dir heute schon noch vergehen, Sklavin.«

Nein! Ja! Nein! Fick mich! In ihrem Kopf wirbelten die Gedanken wild durcheinander. Er trat von ihr zurück. Wieder knallte die Peitsche durch die Luft. Sie spannte ihren ganzen Körper an.

Die ersten Schläge waren locker, kaum mit halber Kraft geführt. Sie sah sie kommen, konnte sich darauf einstellen und sich auf das herrliche Gefühl eines langsam ansteigenden Schmerzes einstellen. Nach nur vier Schlägen jedoch änderte er die Intensität. Er schlug wie damals in Glasgow, hart und unnachgiebig. Er wählte Stellen, an denen sie glaubte, ihre Haut müsste unter dem Biss der Peitsche nachgeben. Ihre entblößten Unterarme. Ihre Füße. Ihre Handflächen.

»Das war der Anfang«, sagte er schließlich schwer keuchend und hielt kurz inne. »Ich habe mir überlegt, dass zwanzig weitere Schläge gerade genug wären, um dein Versagen zu bestrafen. Du hast nicht gezählt, kleine Sklavin.«

Tony nahm ihn nur noch durch einen Schleier wahr. Seine eleganten Bewegungen, mit denen er ausholte, die Peitsche durch die Luft sausen und auf ihre Haut treffen ließ. Die Präzision, mit der er Schlag um Schlag setzte. Er begann bei ihren Oberarmen. Dann kamen ihre Oberschenkel an die Reihe, und dann ihr Bauch. Tausende Nadelstiche gingen durch ihren Körper. Die Peitsche schlängelte sich nach oben. Tränen liefen vollkommen ungehindert über ihre Wangen. Sie schrie gegen den Knebel. Die Schnurspitze liebkoste ihre Brüste. Sie schlang sich um ihre erregten Nippel. Sternchen tanzten vor ihren Augen. Mikael schlug fest und erbarmungslos zu, ohne Rücksicht darauf, ob es ihr wehtat oder nicht. Ihre Brüste hatten es ihm anscheinend besonders angetan. Sie atmete gegen den Schmerz an, hielt den Blickkontakt mit ihm – und auf einmal sprang in ihrem Kopf ein Schalter um. Es schmerzte, aber der Schmerz verband sich mit der Lust in ihrem Unterleib. Er verstärkte das Pochen in ihren Schamlippen. Unaufhaltsam trieb er ihren Körper dem Höhepunkt entgegen.

Ein knappes Nicken gab ihr die Erlaubnis, diesem Gefühl nachzukommen. Sie schmolz dahin, ließ sich davontragen von diesem starken Gefühl, das über sie hinwegfegte. Ihre Möse zuckte schmerzhaft stark. Sie wünschte sich einen Schwanz, den sie umklammern konnte, aber er gab ihr nichts.

Nur seine Peitsche.

***

Stella hielt es nicht mehr aus. »Lass mich gehen«, flüsterte sie heiser und atmete Daniels herben Duft ein. »Bitte.«

Sie hasste es, sich vor ihm mit dieser Bitte erniedrigen zu müssen. Aber irgendwie ging es nicht mehr. Sie schaffte es nicht, Tonys Anblick mit dem Bild in Einklang zu bringen, das sie von ihr hatte.

Und gleichzeitig kam es ihr vollkommen harmonisch vor. Mikaels Peitsche, die über ihre Haut glitt. Tony, die den Schmerz ertrug, gelöst und frei von jeder Verantwortung war. Irgendwie passte es dann doch.

Am meisten verstörte sie jedoch die Tatsache, dass sie unbestreitbar feucht war. Um nichts in der Welt wollte sie jetzt mit Tony tauschen – aber es erinnerte sie an die vielen Stunden mit ihr alleine, wenn Tony unter ihr lag, sich gegen jede Berührung sperrte und trotzdem völlig erregt war. Wenn sie mit Tony machen konnte, was sie wollte. Wenn Tony ihrem Zungenspiel ausgeliefert ...

Stopp!, befahl sie sich stumm. Das war zu abgedreht.

»Sofort, Mister Cunningham.« Sie wand sich aus seinen Armen. Er blickte ihr verstörend tief in die Augen, dann drehte er sich um und drückte den Türhebel hinab. Die Tür sprang leise auf.

»Sie war gar nicht verschlossen?«, entfuhr es Stella.

»Bin ich bescheuert und lasse mich von irgendjemandem einsperren?«, antwortete er leise. »Eine gute Nacht noch, Miss Fitzgerald. Ich freue mich schon auf unser nächstes Treffen.«

»Wozu es garantiert nicht kommen wird.« Sie trat rückwärts aus dem Raum. Es war eine Flucht, vor Tonys Anblick, dem Geräusch der Peitsche und diesem lustvollen Wimmern.

»Ich fürchte doch. Spätestens, wenn die beiden Schätzchen hinter uns heiraten.« Daniel verbeugte sich mit einem spöttischen Grinsen. »Und jetzt verzeihen Sie bitte, aber ich werde gebraucht.«

Er schlug Stella die Tür vor der Nase zu. Sie brauchte einen Augenblick, um sich zu sammeln. Dann verließ sie fluchtartig diesen Klub, in der Hoffnung, die Erinnerungen abschütteln zu können.

Lennart würde es nie verstehen. Nie. Und sie selbst auch nicht. Sie war nicht komisch – wie Tony, Mikael oder dieser unverschämte Daniel.

Kapitel 20

Vorsichtig löste Mikael die Metallringe, zuerst an Tonys Beinen, dann an ihren Armen. Er zog sie in seine Arme, führte sie zurück zu der gepolsterten Liege und massierte sanft ihre Schultern. Er drückte sie ein kleines Stück vor der Liege auf die Knie. Wie gerne hätte er sie einfach nur in seinen Armen gehalten für diese wunderbare Fähigkeit, Schmerzen in Lust zu verwandeln. Er beobachtete sie einen Augenblick, um sicherzugehen, dass es ihr gut ging.

»Grundhaltung, Sklavin«, befahl er dann knapp. So gerne er sie in seine Arme gezogen und einfach nur geliebt hätte – dazu war es noch zu früh.

Sie nahm die geforderte Haltung ein. Ihr Körper zitterte leicht, aber sie bemühte sich darum, ruhig zu bleiben. Ihr Blick folgte ihm unruhig, als er sich entfernte.

»Was sollte das?«, zischte er Danny an. »Was hatte Stella hier zu suchen? Bist du vollkommen bescheuert? Das war nicht abgemacht!«

Danny schnitt eine Grimasse. »Die Kleine wäre dir sonst dein Leben lang auf die Nerven gegangen. Jetzt bist du diese Übermutti los.« Danny grinste verwegen. »Und trotzdem verspreche ich dir, dass sie bald wiederkommt. Wenn sie nicht aus demselben Holz geschnitzt ist wie wir, müsste ich mich schon sehr täuschen.«

Mikael schnaubte wütend. »Tony wäre fast gestorben, als sie reinkam! Sie hasst es, wenn irgendjemand mitbekommt, was wir hier tun!«

»Umso mehr solltest du sie dazu zwingen.« Danny zwinkerte ihm verschwörerisch zu. »Gib zu, dass es perfektes Timing war. Du hast es genossen, sie zu bestrafen.«

»Es hätte genauso gut schiefgehen können, Bastard!« Mikael ballte die Hände zu Fäusten. »Julie hat ihre Grenzen. Und über diese Grenze will ich jetzt noch nicht gehen. Sie ist noch nicht so weit!«

»Das alles hier hätte schiefgehen können. Vertrau mir, Mika. Ich bin kein ahnungsloser Anfänger.« Danny zuckte mit den Schultern. »Jetzt lass uns deine süße Subbie nicht länger vernachlässigen. Das arme Mädchen zittert ja am ganzen Körper.«

Bei seinem letzten Satz hatte Daniel die Stimme gehoben, sodass Julie ihn hören konnte. Ihr Körper versteifte sich. Mikael spürte, wie der Zorn auf Daniel sich mit Eifersucht mischte. Danny hatte kein Recht dazu, ihm die Führung aus der Hand zu nehmen. Selbst, wenn sie das ausgemacht hatten.

Er atmete tief durch und drängte die Gefühle zurück. Sie hatten ihre Absprachen für diesen Abend. Wenn Daniel sich das nächste Mal nicht daran hielt, würde er ihn hinauswerfen. Freundschaft hin oder her.

***

Tony widerstand nur schwer dem Drang, zu Daniel aufzublicken. Sie wünschte sich die Augenbinde zurück, die es so viel einfacher machte, sich fallen zu lassen. Daniel hatte sein Sakko abgelegt und die Ärmel seines Hemdes aufgekrempelt. Ein hellblaues Hemd, typisch Investmentbanker.

Diese Erkenntnis brachte sie zum Schmunzeln.

»Du lächelst?« Er griff unter ihr Kinn und hob ihren Kopf an. »Was genau belustigt dich?«

Seine Finger strichen über ihre Lippen und berührten vielsagend den Knebel. »Dein Master ist viel zu weich zu dir, Subbie. Er lässt dir viel zu viel durchgehen.«

Tony versuchte, dagegen zu protestieren. Sie hatte alles richtig gemacht in der letzten Zeit. Zumindest, soweit sie sich erinnern konnte.

»Außerdem fehlt es dir an Disziplin. Ich werde dich jetzt stimulieren. Zwanzig Minuten, das solltest selbst du schaffen. Für jeden Orgasmus, den du bekommst, werde ich dich bestrafen. Ich, nicht dein Master.«

Der schneidende Hohn in seiner Stimme ging mitten durch ihr Herz. Mika war niemals so gemein zu ihr. Mika gab ihr genau das, was sie brauchte.

»Steh auf.« Er machte keine Anstalten, ihr zu helfen. Ihre Beine fühlten sich bereits seltsam taub an. Unsicher stand Tony auf und senkte sofort wieder den Blick. Sie schwankte und versuchte, die Bewegung durch ihre Arme auszugleichen.

»Habe ich etwas davon gesagt, dass du deine Arme bewegen sollst?« Daniel deutete energisch auf den Strafbock. »Der Länge nach, Subbie. Rücken nach unten.«

Sein Blick lag ganz eindeutig auf ihren Brüsten, die bei jedem Schritt auf und ab wippten. Sie hasste ihn schon jetzt für diesen Blick, der ihr jedes Vertrauen in ihr Aussehen nahm. Der jede Schwachstelle ihres Körpers sofort finden würde. Tony zögerte, als sie vor diesem schrecklich verheißungsvollen Möbelstück ankam. Erst als Mikael neben ihr auftauchte und ihr aufmunternd zuzwinkerte, schaffte sie es, sich darauf niederzulassen. Daniel beobachtete jede ihrer Bewegungen. Mikael übernahm es, ihre Arme und Beine festzubinden und sie in die richtige Position zu dirigieren. Die ganze Zeit über spürte sie Daniels stechenden Blick, der von ihren Brüsten zu ihrer Möse wanderte. Noch nie hatte sie sich verletzlicher gefühlt als in diesem Augenblick.

Als sie sich nicht mehr bewegen konnte, strich Mikael sanft

über ihren überstreckten Hals. Tony erschauderte. Seine Finger streichelten liebevoll über ihre Brüste, rieben ihre Nippel, bis sie sich aufstellten, und malten kleine Kreise auf ihren Bauch. Seine Nähe war verführerisch. Sein männlicher Geruch reizte sie. Sie war nur wenige Zentimeter von ihm und seinem herrlichen Schwanz entfernt, aber er gab ihr nur das, was er geben wollte.

»Ich kann sehen, wie feucht du bist, Subbie. Beinahe könnte man meinen, die Aussicht auf Strafe würde dich reizen.« Daniel griff hart zwischen ihre Beine. »Umso mehr musst du dich wohl anstrengen. Zwanzig Minuten, denk daran.«

Daniels Finger kreisten zielstrebig um ihren Kitzler. Mikaels Hände blieben auf ihrer Brust liegen, spendeten ihr Wärme und Trost. Wenn er jetzt seine Hose ausziehen würde, sie könnte seinen Schwanz zwischen ihre Lippen nehmen. Sie könnte ihn lecken, seine Stöße tief aufnehmen, ihn schmecken. Tony stöhne leise auf bei dieser Vorstellung. Sie wollte ihn, und nicht Daniels unerbittliche Finger. Sie wollte seinen Saft schmecken!

Ein leises Summen erfüllte den Raum und schickte einen ersten Schauder durch ihren Körper. Daniels Finger blieben ruhig in ihrer Möse, während er den Vibrator auf ihren Kitzler auflegte. Er hatte die Stufe ziemlich treffsicher gewählt, stark genug, um sie zu reizen, zu schwach, um wirklich zu schmerzen.

Tony versuchte verzweifelt, sich mit irgendwelchen Gedanken abzulenken, aber die Nähe zu Mikaels Schwanz machte das Denken so verdammt schwer. Dieser konstante Reiz an ihrer Perle drängte sich immer weiter in ihr Bewusstsein. Ihre Muskeln zuckten um Daniels Finger, forderten ihn auf, sie weiter zu verwöhnen und ihr mehr zu geben.

Ihr verdammter Körper verriet sie. Der Orgasmus durchzuckte sie aus dem Nichts heraus. Daniel schaltete als Reaktion den Vibrator eine Stufe nach oben. Hart presste er das Spielzeug auf ihre Perle. Er schob einen weiteren Finger in ihre zuckende Möse.

»Das waren nicht einmal drei Minuten. Erbärmlich, wirklich erbärmlich.«

Drei Minuten? In Tonys Kehle breitete sich Trockenheit aus. Wenn das nur drei Minuten gewesen waren, wollte sie sich nicht vorstellen, wie sie sich nach zwanzig Minuten fühlen würde. Ob sie dann überhaupt noch irgendetwas fühlen würde?

Mikaels Hände streichelten beruhigend über ihren Kopf, wie wenn er ihre Gedanken gelesen hätte. Tony keuchte auf, als Daniel noch einen Finger in sie hineinschob. Der starke Reiz des Vibrators schmerzte beinahe. Daniels Finger drangen immer tiefer in sie ein und dehnten ihre Möse. Sie spannte ihren ganzen Körper an, um sich gegen die neu aufsteigende Lust zu weigern. Noch einmal würde sie nicht gegen ihn verlieren. Egal, was er tat.

Sie suchte Mikaels Blick. Seine Augen versprachen Trost. Sie liebte ihn für diesen sanften, liebevollen Ausdruck, mit dem er ihren Körper betrachtete. Sie gefiel ihm.

Plötzlich brach Daniel ab. Sie atmete erleichtert auf und nutzte die kurze Pause, um die Lust etwas zurückzudrängen. Bevor er mit der nächsten Teufelei anfing. Denn vorbei war es noch lange nicht.

Zu gerne hätte sie gesehen, was er sich ausgedacht hatte. Etwas Kaltes drückte gegen ihre Spalte. Sie presste die Muskeln zusammen, um sich so lange wie möglich gegen den Eindringling zu wehren. Ein leises, höhnisches Lachen zeigte, was er von ihrem verzweifelten Versuch hielt, sich gegen ihn aufzulehnen.

Zwei Finger zwirbelten ihren Kitzler und nahmen ihr die Konzentration. Dieses eiskalte Ding schob sich weiter in ihre Möse.

»Erstaunlich, wie weich deine süße Subbie wird, sobald sie erregt ist. Mit etwas Übung könnte sie sicher deine Faust in sich aufnehmen.«

Sie hasste Daniel. Ganz eindeutig. Eine Faust? Hatte er denn den Verstand verloren? Tony suchte in Mikaels Gesicht nach einem Anzeichen dafür, dass er diesen Vorschlag nicht gut hieß.

»Bedien dich«, sagte Mikael stattdessen kalt. »Sie steht dir zur Verfügung.«

Angst bahnte sich ihren Weg nach oben. Ihre Vagina wehrte sich gegen dieses viel zu große Ding, das er ganz langsam weiter in sie schob. Sie wimmerte und erkannte, was er in sie schob – einen Dildo. Es war nah am Schmerz, viel zu nah. Die Oberfläche war nicht nur kalt, sondern auch mit deutlich spürbaren Wellen versehen. Jedes Mal, wenn eine solche Welle sich in sie schob, kam sie dem nächsten Orgasmus näher.

»Dazu müsste sie erst einmal lernen, sich zu entspannen.« Daniel streichelte über ihre Schamlippen. Zärtliche Küsse trafen die Innenseiten ihrer Oberschenkel. Quälend langsam arbeitete er sich nach oben vor. Seine Zunge war fast so geschickt wie Mikaels. Tony stöhnte auf. Sie hasste sie beide für diesen geschickten Umgang mit ihrer Lust.

Seine Zunge schlug sanft gegen ihren Kitzler. Eine Hand drückte gegen ihre Schamlippen und diesen Dildo in ihrer Möse. Tony schloss die Augen.

»Sieh mich an«, befahl Mikael sofort. Sie brauchte lange, um die Augenlider wieder zu öffnen. »Ich will deine Lust sehen, Julie. Jede Sekunde deiner Lust.«

Daniels Zunge leistete ganze Arbeit. Er trieb sie ohne zu zögern in den nächsten Höhepunkt. Tony versank in Mikaels Blick, spürte, wie ihre Muskeln um dieses verdammte Ding in ihr zuckten und verlor den Kampf gegen die Erregung.

Ihr Körper bäumte sich in den Fesseln auf. Daniel leckte

weiter über ihre Perle, bis auch die letzte Woge verebbt war. Dann zog er mit einer kräftigen Bewegung den Dildo aus ihr heraus.

Sie spürte ihre Feuchtigkeit an ihrem Oberschenkel. Er rollte den Dildo über ihre Beine nach oben. Sanft strich er damit über ihren Bauch und zwischen ihren Brüsten hindurch. An dieser Stelle übernahm Mikael, der ihr das Spielzeug provozierend vor das Gesicht hielt.

»Ich bin stolz auf dich, Julie. Ich hätte nicht gedacht, dass du so viel in dich aufnehmen kannst.«

Sie starrte entgeistert auf diesen gläsernen Dildo. Ihr Verstand sagte ihr, dass es ein Monster war. Dass sie vollkommen verrückt geworden sein musste. Dass sie besser einen Termin beim Psychologen machen sollte.

Ihr Körper sagte etwas ganz anderes. Sofort verstärkte sich das Pochen in ihrem Unterleib wieder. Sie wollte dieses herrliche Gefühl zurück, dieses Gefühl, vollständig ausgefüllt zu sein und von ihm besessen zu werden.

Sie keuchte auf, als er ein neues Spielzeug in sie schob. Es fühlte sich an wie die Liebeskugeln, die Mikael ihr geschenkt hatte, sanft, rund und viel zu klein für ihre erregte Möse. Der einzige Unterschied war, dass diese teuflischen Kugeln vibrierten, obwohl sie sich gar nicht bewegte.

Daniels flache Hand traf klatschend auf ihren überreizten Kitzler. Das Pochen in ihrem Unterleib verwandelte sich auf der Stelle wieder in ein viel zu heißes Feuer, das sie zu verbrennen drohte. Mikael legte den Dildo auf ihrem Bauch ab. Diese Berührung reichte schon, um ein Zittern durch sie hindurch zu schicken.

»Keine Selbstbeherrschung«, urteilte Daniel hämisch. Seine Hand reizte sie weiter, während dieses sanfte Vibrieren sie um den Verstand brachte. Er schlug fester zu, trieb damit ihre Erregung nach oben und nahm ihr auch die letzte Gegenwehr.

Tony hörte auf, sich gegen ihren Körper zu stemmen. Es war sowieso sinnlos. Sie ließ sich von Daniel von Höhepunkt zu Höhepunkt treiben. Ihre Augenlider flackerten, sie atmete schwer und nur noch flach, fühlte sich wohl und geborgen, während er immer härter zuschlug.

Sie hörte auf, darüber nachzudenken.

***

Tony hatte jedes Gefühl für Zeit verloren. Irgendwann stoppte Daniel einfach das verlockende Spiel an ihrem Kitzler, zog diese vibrierenden Kugeln aus ihrer Vagina und drückte einen letzten, zärtlichen Kuss auf ihre Perle. Daniel rettete sie aus den Fesseln und zog sie in seine schützende Umarmung. Er hielt sie, bis das Zittern aus ihrem Körper verschwunden war.

Sie atmete seinen betörenden Geruch tief ein und klammerte sich an ihn, obwohl sie vor ein paar Augenblicken noch davon überzeugt gewesen war, ihn zu hassen. Seine Zärtlichkeit unterstrich die Macht nur noch, die er über sie hatte. Tony fühlte sich jetzt schon vollkommen erschöpft und starrte in seine Augen. Sie wollte Mikaels Nähe spüren, aber Daniel hielt sie fest.

»Weißt du, was du dafür verdient hättest?«, flüsterte er schließlich nah an ihrem Ohr. »Wenn es nach mir ginge, würde ich dich öffentlich bestrafen. Das waren drei verbotene Orgasmen. Aber auch nur, wenn ich die letzten Höhepunkte als einen zähle, weil ich heute so unwahrscheinlich gnädig bin.«

Tony versuchte, trotz des Knebels zu schlucken, um die Angst loszuwerden. Es schnürte ihr die Luft ab, denn Daniel meinte jedes Wort ernst, das er sagte.

»Du kannst nicht genug haben, scheint mir. Ich würde dich so präsentieren, dass alle deine hübschen Löcher gut zugänglich sind. Und dann würde ich dich ficken lassen, von jedem, der es gerne tun möchte.« Seine Finger strichen liebevoll über ihr Gesicht. Tony spürte eine Träne auf ihrer Wange, die er zärtlich zur Seite wischte. »Ich glaube, das würde deine Lust wenigstens für ein paar Stunden befriedigen.«

Nein! Tonys Knie wurden ganz weich. Sie sperrte sich gegen diese Vorstellung, die er mit seiner sanften Stimme in ihr heraufbeschwor. Seine Finger tasteten nach ihrer feuchten Möse. Triumphierend lächelte er ihr zu.

»Ich wusste doch, dass dir diese Vorstellung gefällt. Ich mag diese Leidenschaft, Tony.« Er drehte sie herum und drückte sich gegen ihren Rücken. Sie konnte seinen steifen Schwanz spüren, der sich gegen ihren Hintern schmiegte. »Du solltest deinem Herrn dankbar dafür sein, dass er dir diese Strafe erspart. Er will dich nicht teilen. Noch nicht.«

»Sieh mich an, Julie.« Mikael drückte sich von vorne an sie. Sie blickte zu ihm auf, suchte nach ihrem Rettungsanker in diesen unwahrscheinlich blauen Augen. »Hab keine Angst, meine kleine Serva. Es ist nicht verkehrt, wenn du diese Vorstellung anziehend findest. Genieße diese Gefühle, statt sie zu verurteilen.«

Von beiden Seiten schmiegten sie sich jetzt an sie, hielten sie in ihrer Wärme gefangen und beruhigten ihr wild schlagendes Herz. Sie lehnte sich gegen Daniels Brust, legte ihr Kinn an Mikaels starke Schulter und wehrte sich nicht gegen die vier Hände, die liebevoll über ihre Haut strichen. Bis sie glaubte, sich aufzulösen, irgendwo in einem unwirklichen Raum, in den ihr Verstand nicht mehr vordringen konnte.

»Zeit für deine Strafe, Tony.« Daniels Körperhaltung veränderte sich von einer Sekunde auf die andere. »Ich werde dich jetzt von deinem Knebel befreien, denn ich will deine Schreie hören. Sie werden mir eine Genugtuung sein.«

Und sofort war die Angst wieder da. Tony hielt die Luft an,

als beide einen Schritt zurück machten und Kälte über ihre Haut strich.

»Denke daran: Dein Herr wird dabei zusehen. Er allein wird darüber entscheiden, wann du genug hast.«

Mikael. Tony ließ sich von Daniel vollkommen willenlos in die Mitte des Raumes führen und hielt dabei doch den Blickkontakt mit Mikael. Sie würde alles dafür tun, um irgendwann seinen Schwanz spüren zu dürfen.

Kapitel 21

Daniel bedeutete ihr, die Arme nach oben zu strecken. Mikael reichte ihm eine seidig glänzende Schnur, mit der Daniel ihre Arme zusammenband. Mikael war es auch, der einen der Haken von der Decke herunterließ, wartete, bis Daniel ihre Hände daran festgebunden hatte, und den Haken dann wieder nach oben zog. Noch konnte sie bequem auf ihren Füßen stehen. Tony leckte sich über die rissigen Lippen und vertrieb den Gedanken daran, was geschehen würde, wenn Mikael diesen Flaschenzug weiter betätigte. Wenn ihr Gewicht allein an ihren Schultern hängen würde.

Daniel benutzte weitere Seidenschnüre, um ihren ganzen Körper in ein kunstvolles Netz einzuwickeln. Er band ihre Brüste so, dass ihre erregten Nippel spitz nach vorne standen und verlockend rot leuchteten. Dann zog er die Schnüre eng durch ihre Spalte hindurch und verschnürte sie so, dass die Knoten auf ihren Kitzler drückten. Tony wimmerte leise auf und wünschte sich nichts mehr, als dass er sie dort auch berührte, aber er ignorierte sie. Mit ruhigen Händen schlang er die Seide um ihren Hals und gab ihr den Eindruck eines viel zu eng sitzenden Halsbandes. Zum Abschluss streichelte er liebevoll über ihre empfindliche Haut, liebkoste jede Strieme, die Mikaels Peitsche hinterlassen hatte, und gab ihr zwei Schläge auf jede Pobacke.

»Verführerisch, Tony«, urteilte er und trat einen Schritt zurück. »Wenn dein Herr es erlaubt, würde ich dich gerne für eine längere Bondagesession ausleihen. Wenn du erst ein bisschen Übung hast, könnten wir uns sogar an eine Hängebondage wagen. Du bist sportlich genug dafür. Dein Körper verlangt geradezu danach.«

Hängebondage? Sie verkniff sich die Frage, was genau er damit meinte. Am Ende kam er noch auf die Idee, es doch jetzt schon auszuprobieren. Und sie konnte sich lebhaft vorstellen, wie schmerzhaft so etwas werden konnte. An so viel Physik konnte sie sich selbst in diesem Zustand noch erinnern.

Mikael reichte ihm zwei Ledermanschetten, die Daniel an ihren Knöcheln befestigte.

»Die Beine auseinander«, befahl er ihr dann knapp. Sie folgte jeder von Mikaels Bewegungen durch diesen Raum. Er nahm eine Stange von der Wand und gab sie an Daniel weiter. Daniel befestigte sie an den Ledermanschetten. Tony hatte Mühe damit, das Gleichgewicht zu halten mit dieser Stange, die ihre Beine weit gespreizt festhielt.

»Ja, genau was du denkst. Die Spreizstange wird verhindern, dass du mir deine süße kleine Möse entziehst. Ich will freien Zugriff darauf haben.« Daniel stand wieder auf und nickte Mikael leicht zu. Dieser zog daraufhin an diesem verfluchten Mechanismus, bis Tony nur noch auf den Fußballen stand.

»Nicht das Gleichgewicht verlieren«, spottete Daniel und schenkte ihr ein Aufblitzen seiner dunklen Augen. »Wir lassen dich für ein paar Augenblicke allein. Denk inzwischen darüber nach, für was du dich entschuldigst, wenn wir wiederkommen. Je nachdem, wie deine Entschuldigung ausfällt, werde ich deine Strafe anpassen.«

Mit einem verzweifelten Blick bat sie Mikael, nicht zu gehen. Dieser betätigte sogar noch den Lichtschalter, ehe er die Tür zufallen ließ.

Tony entfuhr ein leiser Aufschrei. Die Dunkelheit verstärkte das Gefühl nur noch, ihnen in jeder Hinsicht ausgeliefert zu sein. Ihr Kopfkino sprang dafür umso leuchtender und farbenfroher an. Egal wer konnte jetzt diesen Raum betreten und sie in dieser hilflosen Lage finden. Mika und Daniel könnten zurückkommen und sie rücksichtslos ficken. Daniel könnte Mika davon überzeugen, dass die Strafe, die er für sie vorgesehen hätte, doch die Richtige war.

Es konnte schlicht und ergreifend alles passieren. Die Seidenschnüre an ihrer Spalte tränkten sich langsam, aber sicher mit ihrer Feuchtigkeit. Das leichte Pulsieren wärmte ihren Körper. Ihre Nippel zogen sich hart zusammen, als sie sich vorstellte, wie Mika und Daniel sie nehmen würden. Vor allem Mika. Ihr Mika. Ihr Master.

Inzwischen wurde es anstrengend, auf den Fußballen zu balancieren. Ihr Körper war sowieso schon geschwächt von diesen drei Orgasmen, die sie von Daniel gestohlen hatte. Sie wollte einfach nur noch, dass er sie losmachte, dass sie sich hinsetzen konnte. Dass er ihr vielleicht sogar etwas zu trinken gab und die Trockenheit in ihrem Mund linderte. Sie gab sich den Bildern hin, die in ihrem Kopf wild herumwanderten und suchte sich eine ihrer Lieblingsfantasien, um diese Anstrengung zu vergessen.

Mika, der sie hemmungslos in den Mund fickte. Das war genau das Richtige, um die schmerzenden Füße zu vergessen.

***

Gleißend hell ging das Licht wieder an. Sie blinzelte und fragte sich, wie lange sie schon hier hing. Ihre Arme waren taub, genau wie ihre Fußballen. Sie machte zwei Gestalten aus, die auf sie zukamen.

»Nun, was möchtest du alles gestehen, Subbie?« Daniel sprach als erster. Seine Hand strich über ihre Schamlippen. »Schon wieder feucht. Unverbesserlich.«

Seine Worte genügten, um ihr die Schamesröte in das Gesicht zu treiben. Sie suchte nach Worten, wollte sprechen, aber es ging einfach nicht.

»Gar nichts?« Daniel tauschte einen Blick mit Mikael. »Das kann ich mir beim besten Willen nicht vorstellen.«

»Das Zögern, im *Trois Rois* den Mantel abzulegen. Deine Weigerung, die Liebeskugeln durchgehend zu tragen. Die Orgasmen, die du hattest, ohne dass ich es dir erlaubt habe«, begann Mikael, ihre Verfehlungen aufzuzählen. »All die Male, in denen du vergessen hast, wie du mich anreden solltest. Ich bin mir sicher, dass dir jetzt etwas einfällt.«

Jedes Wort rief Erinnerungen in ihr wach. »Ich ...« Ihre Stimme brach. Das hatte sie schon seit Ewigkeiten nicht mehr erlebt, dass sie einfach kein Wort über die Lippen brachte. Nicht mehr seit der Schule. »Ich weiß nicht, Master«, begann sie neu und fuhr unruhig mit der Zunge über ihre Lippen.

»Streng dich an, Julie.« Sein Blick verlor alles Tröstende. »Ich will es von dir hören.«

Sie nahm all ihren Mut zusammen. Sie wusste, dass er das nicht hören wollte, aber sie wollte es loswerden, ehe dieses Spiel weiterging. »Ich will mich vor allem für eines entschuldigen. Dafür, dass ich dumm genug war, auf Jons Intrigen hereinzufallen. Dafür, dass ich dich in Sainte-Maxime zurückgewiesen habe. Ich wusste einfach nicht, wie ich damit umgehen sollte.«

»Rührend.« Mikael streckte eine Hand aus und fuhr zärtlich die Linie der Seidenschnur zwischen ihren Brüsten nach. »Aber nicht das, was ich jetzt hören wollte. Wie wäre es damit: Du entschuldigst dich dafür, dass du eine viel zu gierige, viel zu geile kleine Sklavin bist, die immer wieder vergisst, wie sie sich verhalten muss?«

Mit dieser Reaktion stieß er sie in einen tiefen, schwarzen Abgrund. Hilflos suchte sie nach irgendwelchen Worten, nach dem Trost, der sonst in seinem Blick wartete, nach irgendeinem Anzeichen dafür, dass er es eigentlich ganz anders meinte.

»Du hattest recht, Daniel. Ich war wohl zu nachgiebig mit ihr.« Er lächelte maliziös und kniff in ihre rechte Brust. »Gib mir die Nippelklemmen.«

Wehrlos musste sie mit ansehen, wie er diese beißenden Metallklemmen auf ihren Nippeln platzierte. Diesmal waren es Klemmen, die mit einer Kette miteinander verbunden waren. Ein kleines Kügelchen baumelte an dieser Kette und zog zusätzlich an ihren Nippeln. Tränen kullerten ihre Wangen hinunter. Sie wollte doch einfach nur, dass er ihre Entschuldigung annahm. Dass er ihr sagte, dass alles in Ordnung war. Dass er sie aus diesem Abgrund holte, in den er sie gerade geworfen hatte.

»Fällt dir jetzt etwas ein, Sklavin?«

Sie schluckte und schüttelte trotzig den Kopf. Wenn er ihre ernst gemeinte Entschuldigung zurückwies …

Schmerz unterbrach diesen Gedanken, als er an der Kette zog. »Julie, für so dumm hatte ich dich nicht gehalten.«

»Lass mich eine andere Frage stellen«, sprang Daniel ein. Er schob sich näher an sie heran. Seine rechte Hand griff zwischen ihre Beine und schob die Seidenschnüre zur Seite. Verführerisch kreisten seine Finger um ihren Kitzler. »Was ist deine intimste Fantasie, Subbie?«

Sie stöhnte leise auf. Ihre Augen flatterten, als er seine Behandlung fortsetzte. Mikael zog an der Kette. Der Schmerz sagte ihr, dass es besser war, zu antworten. »Ich werde von zwei Männern genommen. Ich kann mich nicht wehren. Einer fickt meinen Mund, der andere nimmt mich von hinten.«

»Fickt er deine Möse oder deinen sexy Arsch?« Daniel ließ von ihr ab. Hörbar umrundete er sie.

»Meine Möse.«

»Und was ist mit deinem hübschen Arsch?« Daniels Hände

unterstrichen seine Worte, indem sie der Rundung ihres Hinterns folgten. Provozierend zog er ihre Pobacken auseinander. Ein einzelner Finger strich über ihre Rosette.

»Ich weiß nicht.« Tony wünschte sich, sie könnte diesem Finger irgendwie ausweichen. Ein Teil von ihr sehnte sich danach, dass er sie endlich auch auf diese Weise in Besitz nahm. Der andere Teil bestand darauf, dass sich das nicht gehörte, noch weniger als das, was sie hier tat.

»Das war keine gute Antwort, Sklavin.« Sie blickte direkt in Mikaels blaue Augen. »Aber vielleicht hast du jetzt eine Antwort auf meine Frage. Wofür würdest du dich gerne entschuldigen?«

Daniels Hand wanderte zwischen ihren Beinen hindurch. Er massierte sanft ihre Schamlippen, bis Tony leise aufstöhnte. Ein leichter Druck, dann schob er wieder irgendeinen Dildo in sie. Diesmal einen glatten. Er schob die Seidenschnüre darüber, sodass das Spielzeug unverrückbar in ihr festgehalten wurde.

»Immer noch nichts?« Mikael ließ die Kette endlich los. »So schwer ist es doch nicht, oder?«

Daniels Finger trieben sie in den Wahnsinn. Wenn ihr irgendjemand gesagt hätte, dass man mehr als zwei Orgasmen hintereinander haben konnte, sie hätte ihn ausgelacht. Und jetzt trieb sie gerade auf den vierten zu. »Ich bin unersättlich. Ich will deinen Schwanz spüren. Überall. Bitte, Master«, sprudelte es plötzlich aus ihr heraus, ohne dass sie es verhindern konnte.

Mikael vermied die Antwort, indem er leise auflachte. Dann tauschten er und Daniel die Plätze. Daniels dunkle Augen blickten direkt in ihre Seele, während Mikaels Hände sanft über ihren Hintern strichen.

»Hattest du schon einmal Sex mit einer Frau?« Daniel nahm das dünne Kettchen zwischen seine Finger und zog spielerisch daran.

Tony keuchte. »Ja.«

»Und schon wieder. Ich will ganze Sätze und die richtige Anrede hören«, kommentierte Mikael hinter ihrem Rücken.

Daniel griff in seine Hosentasche und holte einen metallischen Gegenstand heraus. Er hielt den Blickkontakt mit ihr, während er diese Klemme zwischen die Seidenschnüre schob und sie geradezu beiläufig auf ihrem Kitzler platzierte.

Tony unterdrückte mühsam einen Aufschrei.

»Noch einmal, Subbie. Hattest du schon einmal Sex mit einer Frau?«

»Ja, Sir Daniel.«

»Mit wem?«

Verdammte Scheiße, er würde sie nicht dazu bringen, Stella zu verraten. In Tony wuchs der Widerstand an. Sie biss die Lippen aufeinander. Daniel zog eine weitere Kette aus seiner Hosentasche. Er hakte sie in der Klemme an ihrem Kitzler ein. Sie ahnte, was er vorhatte.

Mikaels flache Hand klatschte auf ihren Hintern. »Nicht so störrisch, Sklavin.«

Daniel verband die Kette mit dieser Kugel zwischen ihren Brüsten. Der Zug war ekelhaft gleichmäßig. »Mit wem? Wann? Was hast du dabei empfunden?«, wiederholte er seine Frage.

Sie versuchte verzweifelt, sich auf irgendetwas zu konzentrieren. Mikaels flache Hand rief ein gleichmäßiges Brennen hervor. Sie liebte es, wenn er sie so schlug – es war viel näher, viel direkter als die Schläge mit irgendwelchen Instrumenten. Viel intimer.

Daniel zog auffordernd an der Kette. »Ich höre.«

»Seit der Schulzeit immer wieder«, brachte sie stoßweise hervor. »Ich mag es. Es ist anders als mit einem Mann. Zärtlicher.«

»Leckst du oder wirst du lieber geleckt?«

Seine Schläge verbanden sich mit dem Beißen, das von den Klemmen ausging. Ihre Muskeln schlossen sich dankbar um den Dildo. Tony schnappte nach Luft. »Ich lecke lieber.«

»Falsche Anrede«, bemerkte Mikael ungerührt.

»Du hast mir noch nicht verraten, mit wem«, setzte Daniel hinzu und lächelte sie an. Sie glaubte, in seinen Augen zu lesen, dass er die Antwort bereits kannte. Oder dass er es sich zumindest vorstellen konnte.

»Vergiss es«, brachte sie hervor und schrie auf, als er an der Kette zog. Eine kühle Flüssigkeit tropfte auf ihren Hintern. Mikael verteilte sie zwischen ihren Pobacken. Sein Finger klopfte auf ihre Rosette.

»Hattest du deine erste sexuelle Erfahrung mit einem Mann oder einer Frau?«

Daniel tat wirklich alles, um die Antwort aus ihr herauszulocken. Sie verbannte die Erinnerung an Stella und diesen verrückten, betrunkenen Abend ganz ans andere Ende ihres Kopfes. »Mit einer Frau.«

»Hast du dir nie Gedanken gemacht deswegen?«

Mikaels Finger bahnte sich seinen Weg in ihren Hintern. Tony stöhnte auf, als er unsanft ihren Widerstand brach und in sie eindrang. »Nein, Sir Daniel.«

Daniel grinste sie breit an. »Würdest du sagen, dass du bi bist?«

»Nein, nur neugierig«, keuchte sie. Mikael schob einen zweiten Finger in ihren Hintern. Sie kämpfte gegen dieses ungewohnte Gefühl an. Gegen die Erregung, die plötzlich wieder übermächtig wurde.

»Schade. Ein bisschen bi schadet nie, sagte eine sehr kluge Frau einmal zu mir.« Daniel ließ die Kette los und verschränkte die Arme. »Du weißt, dass deine Weigerung, ihren Namen zu nennen, dir nicht gerade gut bekommen wird?«

Sie nickte trotzig. Sollten sie sich zusammenreimen, was

sie wollten, aber sie würde Stella nicht in diese Sache mit hineinziehen.

Daniels Lächeln wurde zufriedener. Zärtlich streichelte er über ihre Brüste und schenkte ihr eine Gänsehaut. Mikaels Finger zogen sich aus ihrem Hintern zurück. Erleichtert atmete Tony auf.

Dann riss Daniel mit zwei schnellen Bewegungen die Klemmen von ihren Brüsten. Sie schrie auf. Ein harter Gegenstand suchte um Einlass in ihren Hintern. Daniel zog auch die dritte Klemme von ihrem Körper. Das Blut schoss zurück in ihren Kitzler. Der Schmerz raubte ihr fast den Verstand.

Und Mikael nutzte ihre Hilflosigkeit, um einen Plug in ihren Hintern zu schieben. Tränen liefen über Tonys Wangen. Sie schluchzte, keuchte und schrie gleichzeitig.

Sie hasste sie beide.

***

Mikael betrachtete sie liebevoll, wie sie sich gegen ihre Fesseln sträubte, gegen den Schmerz ankämpfte und gegen das neuartige Gefühl, sowohl in ihrer verführerischen Möse als auch in ihrem hübschen Hintern ausgefüllt zu sein. Noch waren es nur kleine Spielzeuge, mit denen er ihr diese Erfahrung schenkte.

»Prüde ist sie wirklich nicht.« Daniel tauchte an seiner Seite auf und nickte ihm gebieterisch zu. Sie wichen noch ein paar Schritte zurück, um sicherzugehen, dass Tony sie nicht hörte. »Ich würde dir raten, ihre Entschuldigung anzunehmen. So eine Frau findest du nur einmal in deinem Leben.«

»Nichts anderes hatte ich vor.« Er atmete tief durch und schluckte. »Auch wenn ich nicht weiß, was ich tun soll. Verdammt, Danny.«

»Dumm aussehen wird es so oder so.« Daniel seufzte leise

auf. »Ich an deiner Stelle hätte ja schon längst die Story weitergegeben, dass Jonny-Boy schwul ist.«

»Ich bin nicht so rachsüchtig wie er.« Unsicher warf er einen Blick zu Tony, die immer noch in diesen ungewohnten Gefühlen schwebte. Es zerriss ihm immer wieder das Herz, sie zu sehen. »Und ich bin auch nicht ihr Toy Boy.«

Beruhigend legte Daniel ihm die Hand auf die Schulter. Mikael biss die Lippen zusammen. Er wusste, dass Daniel ihn auch ohne weitere Erklärungen verstand.

»Ich komme auch alleine mit ihr klar, wenn du dir unsicher bist«, antwortete Daniel auf seine unausgesprochenen Zweifel. »Das eben war hart an der Grenze, mein Freund. Du hast ihr verdammt wehgetan, als du ihre Worte so abgebügelt hast. Mach das nicht noch einmal.«

Er wusste selbst, dass es falsch gewesen war, ihre ehrlich gemeinte Entschuldigung nicht anzunehmen. Auch wenn sie mit einer Regel gebrochen und die Wirklichkeit in das Spiel einbezogen hatte. Er hatte dasselbe getan, wenn auch nur als Reaktion. Er hätte es besser wissen müssen. »Ich konnte nicht anders.«

»Liebe.« Daniel verdrehte die Augen und lächelte dann versonnen. »Dafür darfst du dir deine Strafe noch abholen, Kumpel. Sie wäre dir fast abgestürzt. Du hast sie bewusst so weit gebracht. Du weißt, was das heißt.«

Mikael seufzte leise auf. Der verdammte Pakt, den sie vor zehn Jahren geschlossen hatten, um sicherzugehen, dass sie niemals zu weit gingen. Damals war es Danny gewesen, der zu viel Angst davor gehabt hatte, zu weit zu gehen. Wenn einer von ihnen Grenzen ihrer Partnerinnen verletzte, ob bewusst oder aus purer Schusseligkeit, würde der andere ihm diese Schmerzen heimzahlen. »Ich weiß.«

»Ich habe zufällig etwas Geeignetes.« Daniels Lachen erreichte seine Augen. »Ein neues Liebhaberstück. Wenn du das nächste Mal bei mir Zuhause vorbeischaust, würde ich es gern an dir ausprobieren. Und nicht an einer verletzlichen Sklavin.«

Er hasste diesen Gedanken, aber Danny hatte alles Recht dazu. Er hätte es fast zu weit getrieben. »Danke, Kumpel«, murmelte er und schloss die Augen, um die Gefühle zurückzudrängen. Gefühle hatten in diesem Spiel nichts zu suchen. »Und jetzt?«

»Versprich mir, dass du wieder klar bist. Dann spielen wir weiter.« Daniels Griff an seiner Schulter wurde fester.

»Ich verspreche es, Danny.« Mikael zwang sich dazu, ihren wunderschönen Körper von oben bis unten zu betrachten. Diesen wunderschönen Körper, den sie für ihn so bereitwillig hergab. Den er mit seinen Händen zeichnen durfte. »Lass uns weitermachen, bitte. Ich glaube, ihre Erregung ist gerade etwas abgeklungen.«

»Täusch dich nicht in ihr, Homie. Die Kleine ist verdammt heiß.« Daniel ließ ihn los und schnitt eine Grimasse. »Letzte Runde, würde ich sagen. Dann lasse ich euch alleine. Und wehe, du machst einen Rückzieher.«

Kapitel 22

Mikael ließ sie wenigstens so weit hinunter, dass sie wieder bequem auf ihren Fußballen stehen konnte. Tony senkte den Blick, weniger wegen seiner Regeln, sondern eher, weil sie es einfach nicht mehr aushielt, ihren Blicken standzuhalten. Sie hasste sie beide für diese durchdringenden Blicke, mit denen sie jede ihrer Regungen erfassten.

»Ich werde dich jetzt losbinden. Du wirst dich auf diese Liege legen, deine Beine spreizen und ruhig abwarten, was wir tun werden.« Offensichtlich übernahm Daniel jetzt wieder die Führung. Tony schluckte, um die Trockenheit in ihrem Mund loszuwerden. Seine Finger streichelten ihre Wange, liebevoll und geradezu zärtlich. »Ich will keinen Mucks von dir hören. Du hast den ersten Teil deiner Strafe besser ertragen, als ich dachte. Wollen wir sehen, wie du dich jetzt hältst.«

Dieses verdammte Lächeln! Tony unterdrückte ein Zittern, während er bedächtig die Fesseln löste. Er berührte sie dabei kaum. Mikael schmiegte sich von hinten an sie. Vollkommen erstaunt stellte sie fest, dass er sein Hemd ausgezogen haben musste, denn sie fühlte seine bloße Haut. Das Glücksgefühl verdrängte alle anderen Empfindungen. Bisher war er immer bekleidet gewesen, wenn sie gespielt hatten. Er hatte ihr nie diese intime Nähe geschenkt, die sie jetzt empfand.

Mikaels starke Arme hielten sie, als Daniel die Fesselung vollständig löste. Nur um ihren Unterleib schlangen sich weiter Seidenschnüre und hielten sowohl den Dildo als auch den Plug unerbittlich in ihr fest. Mikael drückte sie schützend an sich. Tony atmete seinen herben Duft, der sie immer wieder an Saint-Tropez erinnerte, an diese wunderschönen, unbeschwerten Tage, an denen alles irgendwie einfacher gewesen war.

Es fiel ihr schwer, sich aus dieser Umarmung zu lösen. Daniel ließ sich nicht anmerken, ob es ihn in irgendeiner Weise störte, dass sie zögerte. Unsicher ging sie zu der Liege hinüber. Ihre Knie waren wackelig wie niemals zuvor in ihrem Leben. Sie war jetzt schon vollkommen erschöpft. Beim besten Willen konnte Tony sich nicht vorstellen, wie es ihr erst am Ende dieses Abends gehen würde.

Bei jedem Schritt riefen sich die beiden Spielzeuge in ihrem Unterleib in Erinnerung. Ganz sanft lief die Erregung durch ihren Körper. Vorsichtig setzte sie sich auf diese gepolsterte Liege, streckte sich aus und spreizte die Beine.

Eine Welle der Hilflosigkeit schwappte über sie. Obwohl sie von keinen Fesseln gehalten wurde, kam es ihr vor, als ob sie ihnen in jeder Hinsicht ausgeliefert war. Tony atmete tief durch.

»Lass die Augen offen, Tony.« Daniel beugte sich über sie. Sein Lächeln war noch geheimnisvoller als zuvor. Seine Augen blitzten. »Sieh mich an.«

Nur mit Mühe konnte sie seinem Befehl Folge leisten. Er belohnte sie mit einem tröstenden Zwinkern und strich eine Haarsträhne aus ihrer Stirn. Tony versank in dieser Fürsorge, die ihr entgegengebracht wurde.

Umso überraschender kam der nächste Schmerz über sie. Sie stöhnte auf, als aus dem Nichts tausende kleine Nadeln in ihren Oberschenkel stachen. Sie wollte sich aufrichten, um zu sehen, was sie da taten, aber Daniels Hände waren schneller. Sie schlossen sich um ihren Hals und drückten sie auf die Liege.

»Still, kleine Subbie«, mahnte er sie sanft. Sie schluckte gegen dieses Engegefühl an, das seine Hände verursachten. Er drückte nicht zu, aber es reichte, dass seine großen Hände um ihren Hals lagen.

Diese Nadelstiche kamen immer näher. Sie bewegten sich jetzt auf den Innenseiten ihrer Oberschenkel herum, rechts und links, immer schneller. Sie näherten sich ihren Schamlippen, tanzten um die empfindlichsten Hautstellen herum und zogen sich wieder zurück.

Sie wollte doch einfach nur wissen, was Mikael tat! Tony keuchte auf und warf Daniel einen flehenden Blick zu. Wie konnte er nur gleichzeitig so besorgt und so gemein sein? Er blickte über sie hinweg, schien gar nicht zu bemerken, dass sie sich aufrichten wollte.

Die Nadeln bewegten sich über ihren Bauch. Diese Mischung aus einem leisen Kitzeln und diesem penetranten, tief gehenden Stechen fachte ihre Lust wieder an. Tony musste ihre Bedenken zurücknehmen – wie auch immer Mikael das anstellte, sie war auf dem besten Weg, noch einmal feucht zu werden. Die Nadelstiche wanderten weiter nach oben. Sie wollte wenigstens einen Blick darauf erhaschen, doch Daniels Hände hielten sie an ihrem Hals fest und versperrten ihr die Sicht. Jetzt tänzelten Mikaels Finger über ihre Haut und lösten die letzten Seidenschnüre von ihrem Körper.

Eine Hand griff grob an ihre Möse. Er bewegte den Dildo unsanft hin und her, bis Tony den Versuch aufgab, sich aufzurichten. Auch Daniel schien jede ihrer Bewegungen vorauszuahnen. Seine Hände drückten fester zu, nahmen ihr die Luft. Angst stieg in ihr auf. Sie wimmerte leise.

»Ich soll dich loslassen? Das meinst du nicht ernst, Tony«, antwortete Daniel darauf lässig und ließ etwas lockerer. Sie schnappte nach Luft. Die Nadeln kehrten zurück und strichen verführerisch um ihre Brüste. »Ich hätte nicht gedacht, dass du jetzt schon aufgibst.«

Er wusste ganz genau, wie er sie zu packen bekam. Tony

wollte protestieren. Daniel drückte wieder fester zu und schaffte es, dabei entschuldigend dreinzublicken. Ihre Nippel stellten sich auf, als die Nadeln immer näher kamen. Mikael spielte mit ihrer Angst davor, wie es sich erst anfühlen würde, wenn diese Nadeln über ihre Nippel strichen. Er wich zurück, setzte neu an, malte Kreise auf ihre Haut. Besonders sorgfältig fuhr er die Striemen nach, die seine Peitsche hinterlassen hatte.

Tony holte Luft, sobald Daniel es ihr erlaubte. Ihr wurde schwindelig, von diesem leichten Schmerz, vom Luftmangel, von ihrer Erregung. Alles um sie herum schien unwirklich, schien sich nur um sie zu drehen.

Mikaels Fingernägel bohrten sich in ihre rechte Brust. Die Nadeln konzentrierten sich auf ihren linken Nippel. Tony wusste nicht, wo in diesem Überschwang an Gefühlen ihr der Kopf stand. Sie keuchte, atmete, wie Daniel es zuließ, und wurde von diesen vielfachen, kleinen Reizungen auf ihrer Haut einfach weggetragen.

»Falls du es wissen willst, man nennt es Wartenbergrad. Auch bekannt als Nadelrad. Oder Nervenrad«, erläuterte Daniel plötzlich. Sein Griff verstärkte sich. Tony spürte, dass Mikael seinen Standort veränderte, aber diese Reizung auf ihrer Haut ließ nicht nach.

»Ich bevorzuge eher andere Dinge, Chilis zum Beispiel. Oder Brennnesseln.«

Der letzte Rest ihres Verstandes, der noch arbeitete, sagte ihr, dass Daniel sie einfach nur von irgendetwas ablenken wollte. Brennnesseln? Das klang vollkommen verrückt. Tony holte tief Luft, als er für eine Sekunde den Druck verringerte.

»Kannst du dir vorstellen, wie lange es dauert, bis das Brennen nachlässt? Wie wunderschön feuerrot Brüste werden können?«

Diese Vorstellung war einfach nur Angst einflößend. Tony

versuchte, den Kopf zu schütteln. Daniel strich sich genießerisch über die Lippen.

»Irgendwann werde ich es an dir ausprobieren, Tony. Es wird dir gefallen.«

Nein! Sie protestierte heiser. Er erstickte alle weiteren Wörter, indem er ihr wieder die Luft abschnitt. Hilflos suchte sie nach seinem Blick, um ihm klarzumachen, dass sie das nicht wollte.

Mikaels ganzes Gewicht lag auf einmal über ihr. Sein Schwanz ruhte zwischen ihren Brüsten. Daniel ließ sie los und zog sich ein kleines Stück zurück. Tony atmete hektisch ein und aus.

»Ganz ruhig, Kleines.« Mikael blickte von oben auf sie herab. Seine Hände schlossen sich um ihre Brüste. Seine glänzende Eichel war nur wenige Zentimeter von ihr entfernt.

Tony wollte sich aufrichten, um daran heranzukommen, um ihn mit ihrer Zunge zu verwöhnen. Sein Geruch stieg in ihre Nase, noch herber als sonst, ein wenig bitter, leicht salzig.

»Für jede Bewegung wird Sir Daniel dich schlagen.« Mikaels Lippen verzogen sich zur Andeutung eines Kusses. Tony stöhnte sehnsüchtig auf, hing an seinen Lippen und wünschte sich, er würde sich zu ihr hinabbeugen und sie wirklich küssen. »Ich will deine Brüste ficken, Sklavin. Nichts sonst.«

Seine Hände drückten ihre Brüste zusammen, bis sein Schwanz ganz von ihnen eingefasst wurde. Seine Daumen strichen über ihre harten Nippel und schickten nahezu elektrische Wellen durch ihren Körper. Die Erregung breitete sich von ihren Brüsten aus überall hin aus. Sie sammelte sich in ihrem Unterleib, wurde zu einem dumpfen Pochen. Sie schloss sich um den Dildo, zuckte sogar in ihrem Hintern. Oh ja, sie hasste ihn.

Seine Bewegungen wurden immer schneller und härter. Er nahm keine Rücksicht darauf, dass ihre Brüste nach den Peitschenhieben und diesen Nadelstichen schmerzten. Dass jede seiner Berührungen sich in ihrem Körper verstärkte. Dass es schmerzte und sie gleichzeitig erregte.

Tony biss die Lippen zusammen. Ganz von alleine schlossen sich ihre Beine. Sie begann, die Hüften zu bewegen, um dadurch diesen Dildo noch besser zu spüren.

Sein heiseres Stöhnen erfüllte den Raum. Sie konnte nicht anders, als in seinen Rhythmus einzufallen, als sich ihm entgegenzurecken. Am liebsten hätte sie ihm ihre Brüste mit ihren eigenen Händen angeboten, aber das wagte sie nicht. Sie wollte endlich richtig gefickt werden. Sie wollte, dass er diesen Dildo aus ihr herauszog und stattdessen seinen Schwanz in ihre Spalte schob. Dass er sie genau so nahm wie er sich gerade ihren Brüsten widmete.

Hart. Rücksichtslos. Bis er kam. Das Zucken seines Schwanzes kündigte seinen Höhepunkt an. Er presste ihre Brüste noch fester zusammen. Sein Samen spritzte über ihre Brüste, ihren Hals und traf sogar in ihr Gesicht.

Sie widerstand dem Drang, sich diese Flüssigkeit abzuwischen. Mikaels Bewegungen wurden langsamer. Seine Hände streichelten zärtlich über ihre Brüste. Mit sichtlichem Genuss verteilte er seinen Samen auf ihrer Haut. Tony bat ihn wimmernd darum, dass er ihr einen Orgasmus schenkte, jetzt, da sie so kurz davor stand.

»Noch nicht«, antwortete er knapp und ließ ihre Brüste los. »Du hast noch eine Strafe offen, Julie.«

Er stand auf, entzog ihr den Dildo, nickte Daniel zu und verschwand aus ihrem Blickfeld. Die Enttäuschung genügte schon, um die Erregung wieder abflauen zu lassen.

Daniel reichte ihr eine Hand und half ihr auf. Er hielt eines dieser Seidenseile zwischen den Fingern.

»Arme auf den Rücken«, befahl er und drehte sie um. Die Seide wickelte sich um ihre Handgelenke. Er zog einen festen

Knoten. Dann schob er sie zurück in die Mitte des Raumes. Ein Haken war bereits herabgelassen. Er hängte ihre gefesselten Hände daran ein. Gezwungenermaßen beugte Tony sich nach vorne, sonst hätte es ihr wahrscheinlich die Schultern ausgekugelt.

»Der Fachausdruck hierfür ist Strappado, falls es dich interessiert. Ich werde heute darauf verzichten, dir die Spreizstange anzulegen. Mit Rücksicht darauf, wie kurz du erst dabei bist.«

Irgendwie klang es überhaupt nicht beruhigend. Der Haken wurde ganz langsam nach oben gezogen. Im gleichen Maße beugte sie sich nach vorne. Die Haare fielen ihr in das Gesicht.

»Lass die Beine durchgestreckt.« Daniel streichelte beruhigend über ihren Hintern. »Genau so.«

Gerade als der Zug auf ihre Schultern unangenehm wurde, stoppte Mikael. Sie atmete dankbar auf. Leichte, kaum spürbare Schläge mit der blanken Hand trafen auf ihren Hintern.

»Ich will dir noch sagen, für was du dir diese Schläge verdient hast.« Daniels Stimme bekam wieder diesen schrecklich höhnischen Klang. »Du hast wiederholt gegen unsere Anweisungen verstoßen. Du hast dich bewegt, als du es nicht solltest. Du hast versucht, deine Beine zu schließen. Du hast dich schamlos angeboten, als dein Herr einfach nur von dir verlangte, still zu liegen.«

Und wie sie ihn hasste! Er wusste genau, dass sie das Spiel mit ihren Brüsten erregt hatte!

»Am liebsten würde ich dich für diese Frechheit wieder knebeln.«

Hatte sie es tatsächlich laut gesagt? Ein Schauder jagte durch Tony hindurch.

»Aber jetzt will ich deine Schreie hören, Subbie.« Daniel schlug nur noch ein einziges Mal fester zu. Eine Peitsche schob sich in ihr Blickfeld. Sie sah viel schlimmer aus als alles, was sie bisher kennengelernt hatte.

Unzählige schmale Lederstreifen an einem stabilen Griff. Tony keuchte auf.

»Das nächste Mal solltest du besser auf die Anweisungen deines Herrn hören.« Daniel ließ die Peitsche einmal durch die Luft knallen.

Die Angst verband sich mit dem Pochen in ihrem Unterleib. Sie wollte sich gar nicht vorstellen, wie schmerzhaft dieses verfluchte Instrument sein würde.

Die Wirklichkeit übertraf ihre Erwartungen bei Weitem. Es war nicht so brennend scharf wie ein Schlag mit der Gerte, nicht so intensiv wie mit der Hundepeitsche, nicht so beißend wie mit der langschnürigen Peitsche, die Mika bevorzugte.

Es war wie alle diese verfluchten Instrumente zusammen. Tony schrie nach nur zwei Schlägen. Tränen stiegen ihr in die Augen. Unkontrolliertes Zittern erfasste ihren ganzen Körper. Die Wärme und der Schmerz jagten durch jeden einzelnen Nervenstrang. Sie trieben ihre Erregung weiter nach oben, bis ihre Muskeln sich zuckend um den Dildo schlossen.

Daniel ließ die Lederschnüre auf ihrem Hintern tanzen und bedachte ihre Oberschenkel mit besonderer Aufmerksamkeit. Sie wünschte sich, dass er endlich auch ihren Kitzler schlug. Dass er sie über diesen Höhepunkt katapultierte, der nur ein paar Schritte von ihr entfernt war.

Aber auch hier übertrafen sie ihre Erwartungen. Daniel konzentrierte sich ganz darauf, ihren schweißgebadeten Körper mit Schlägen zu überziehen. Mikaels Hand war es, die ihr diesen Höhepunkt schenkte. Seine Finger, die sich zwischen ihre Beine schlichen und ihren Kitzler umspielten. Er fickte sie mit dem Dildo, genau so, wie sie es wollte, hart und schnell. Seine Finger tanzten auf ihren Schamlippen, verstärkten das Brennen, das Daniel auf ihrem Hintern hervorrief. Ab und zu berührte er wie beiläufig den Plug, der immer noch in ihrem Hintern steckte.

Tony verlor jeden Bezug zu der Wirklichkeit dieses Raumes. Der Höhepunkt riss sie geradezu von den Beinen. Er nahm allen Schmerz mit sich mit. Es fühlte sich an, als könnte sie fliegen.

Sie war pure Lust in diesem Augenblick.

Kapitel 23

Mikael und Daniel ließen ihr nicht lange Zeit, um sich von diesem Höhepunkt zu erholen. Daniel löste ihre Fesselung.

»Knie dich auf die Liege, Sklavin. Bedanke dich bei Sir Daniel, indem du ihn mit deinem hübschen Mund verwöhnst.«

Sie wollte nicht Daniel, sie wollte Mika. Ein schneller Blick zu Mikael sagte ihr, dass er genau das wusste. Tony verdrängte diese nagende Sorge, was er ihr damit sagen wollte. Ob es für ihn wirklich kein Zurück zu diesem wunderschönen Moment auf der Terrasse in Sainte-Maxime gab. Darüber würde sie sich später Gedanken machen. Jetzt wollte sie dieses wunderschöne Erlebnis genießen, das die beiden ihr schenkten.

Daniels sanfte Hände streichelten beruhigend durch ihre Haare, als ob er ihre Gedanken spürte. Sie schmiegte sich an seine Beine, spürte durch den Anzug hindurch seine Wärme. Er hatte die Hose nur so weit heruntergezogen, dass sie seinen Schwanz erreichen konnte. Die Eichel glänzte bereits feucht. Die feinen Äderchen traten deutlich hervor. Tony erwiderte seine zärtlichen Berührungen, indem sie vorsichtig mit den Fingern über seine empfindliche Haut strich. Daniel schauderte. Seine Hand griff hart in ihren Nacken und schob sie auffordernd zu seinem Penis.

Bereitwillig öffnete sie ihren Mund und nahm ihn in sich auf. Er gab ihr keine Gelegenheit, sich an ihn zu gewöhnen, sondern drückte sie näher an sich heran. Tony kämpfte gegen das Gefühl an, würgen zu müssen. Sie schloss die Augen und zwang sich, ruhig durch die Nase zu atmen, während Daniel sie rücksichtslos weiter eroberte. Seine Hand in ihrem Nacken hielt sie davon ab, ihm auszuweichen. Sein Schwanz stieß tief in sie. Er nahm sie genau so, wie er es jetzt wollte.

Ihre Versuche, ihn mit ihrer Zunge zu verwöhnen, vergingen unter seinen schnellen Stößen. Seine Finger krallten sich in ihre Haare. Ihr Stöhnen wurde durch seinen wunderschönen Schwanz erstickt.

Tony spürte, wie die Lust schon wieder in ihr anwuchs. Sie hatte davon geträumt, dass Mika sie so nahm. Aber wenn Mika wollte, dass sie Daniel auf diese Art zur Verfügung stand, dann war das beinahe ebenso gut. Mikaels Finger zeichneten die Striemen auf ihrem Rücken und ihren Pobacken nach und fachten das Feuer neu an. Er packte ihre Hüfte und zog sie ein wenig nach hinten. Sie musste sich mit den Armen abstützten, um das Gleichgewicht nicht zu verlieren. Daniel zeigte sich davon unbeeindruckt. Er fickte ihren Mund einfach weiter.

Mikael hauchte einen Kuss auf ihre schmerzende Perle. Ein Lustschauder ging durch ihren Körper. Jetzt verstand Tony auch, wieso er unbedingt gewollt hatte, dass sie sich auf die Liege kniete. Für beide Männer befand sie sich jetzt genau in der richtigen Höhe. Mikaels Finger glitten in sie hinein und tanzten auf ihren Schamlippen. Sie spielten herausfordernd mit dem Plug.

Daniel stieß noch tiefer in ihren Mund. Ihr heiserer Protest gegen diese Behandlung ging in einem Keuchen unter.

Und endlich, endlich spürte sie Mikaels Schwanz in ihrer pulsierenden Möse. Seine Hände hielte ihre Hüfte fest, während er in sie hinein stieß. Sie liebte ihn für die Härte, mit der er sie nahm.

Daniel und Mikael einigten sich auf einen gemeinsamen Rhythmus. Ihr ganzer Körper wurde zu einem einzigen Spielfeld ihrer Lust. Nicht eine einzige Faser gab es noch, die an irgendetwas anderes dachte als an diese unwahrscheinlich starken Gefühle, die die beiden Männer mit ihren Stößen durch sie hindurch schickten. Tony ließ sich von diesem herrlichen Gefühl davontragen. Sie kam sich selbst ganz fremd in ihrem Körper vor und fühlte sich doch so verstanden wie niemals zuvor.

Ein deutlich spürbares Zucken kündigte Daniels Höhepunkt an. Sein Samen spritzte tief in sie. Seine Hände an ihrem Hinterkopf hielten ihren Kopf fest. Tony blieb nichts anderes übrig, als so viel wie möglich zu schlucken. Sie strich mit ihrer Zunge über sein Glied, als er endlich von ihr abließ. Ein leichter Zungenschlag gegen seine Eichel brachte ihn zum Stöhnen.

Im selben Moment zog sich Mikael aus ihr zurück. Tony seufzte enttäuscht auf. Daniels starke Arme hoben sie auf. Er umarmte sie, drückte sie an sich.

Daniel verabschiedete sich mit einem lang gezogenen Kuss von ihr. Sie schmeckte seine Zunge. Er schmeckte genau so, wie sein Aussehen es versprach, irgendwie italienisch. Nach einem Hauch von Meer und strahlender Frühlingssonne. Tony wollte etwas sagen, aber er legte ihr einen Zeigefinger auf die Lippen.

»Ich lasse dich jetzt mit deinem Herrn alleine, kleine Subbie.« Er klang zärtlich und lächelte ihr zu. »Wir sehen uns bald wieder, hoffe ich. Das mit der Hängebondage war mein voller Ernst.«

Sie wollte nicht, dass er ging. Sie wollte nicht, dass er sie mit Mika alleine ließ. Sie wollte nicht, dass er blieb. Tony kniff die Augen zusammen, als Daniel den Raum verließ. Alles in ihr war ein einziges Chaos, und Daniel war wie ein Leuchtturm in diesem Chaos gewesen.

»Zurück auf die Liege, Julie. Die Hände neben das Gesicht. Präsentiere mir deinen wunderschönen Hintern.«

Sie liebte seine Stimme. Daniel war sexy, keine Frage, aber

Mika war … Mika eben. Tony leistete seinem Befehl sofort Folge. Die Kälte des Raumes rief Gänsehaut hervor und milderte das Brennen der Striemen. Sie schloss die Augen und wartete angespannt darauf, was er jetzt tun würde.

Seine Hände berührten sanft ihre Pobacken. Sofort flammte der brennende Schmerz wieder auf, den all die Peitschenhiebe hinterlassen hatten. Sein Daumen strich um ihre Rosette.

»Entspann dich«, flüsterte er beruhigend. Er bewegte vorsichtig den Plug ein wenig hin und her, ehe er ihn aus ihr herauszog. Kalte Flüssigkeit tropfte auf ihre Pobacken. Seine geschickten Finger verteilten sie überall. Sein Daumen drang in sie ein. Tony schauderte.

Irgendwie machte ihr die Vorstellung, dass er sie auf diese Weise nehmen würde, Angst. Andererseits hatte sie so oft davon geträumt, früher einmal, ehe sie beschlossen hatte, dass so etwas nicht ganz normal war.

»Atme ganz ruhig, Julie.« Sein Daumen fuhr über ihre Pobacken. »Habe ich dir eigentlich schon einmal gesagt, wie schön du aussiehst, wenn du meine Male auf deiner Haut trägst?«

Sie erschauderte. Die Spitze seines Schwanzes drückte ganz sanft gegen ihren Hintern. Mit einem kräftigen Stoß drang er in sie ein. Ihre Muskeln kämpften gegen das neue Gefühl, gegen diese Enge. Die Angst, er könnte sie zerreißen, stieg in ihr auf. Mikael machte einfach weiter. Seine Hände streichelten sie beruhigend. Liebevoll fuhr er über ihre Pobacken. Spielerische Klapse auf ihren Hintern brachten sie zum Stöhnen.

»Ich will, dass dein süßer Hintern ebenso zugänglich wird wie deine Möse.« Mikael bewegte sich behutsam vor und zurück. Tonys Muskeln gaben nach. Die erste Anspannung fiel von ihr ab. Es fühlte sich immer besser an. Immer geiler. Sein Schwanz schien überall zu sein. Er schien jeden Nerven zu reizen, den es nur gab. Das Pochen in ihrem Unterleib wurde unerträglich stark.

Seine Finger wanderten zu ihrer überreizten Möse. Sie zwirbelten ihren Kitzler, während er die Geschwindigkeit seiner Stöße veränderte. Noch nie in ihrem Leben hatte sie sich so ausgefüllt gefühlt wie jetzt.

»Und irgendwann, meine süße Julie, irgendwann wirst du mich darum anbetteln, dass ich alle deine Löcher gleichzeitig fülle.«

Diese Vorstellung war einfach zu viel. Alles explodierte, ihr ganzer Körper brannte. Sie genoss das Zucken seines Schwanzes. Die Wärme, die von ihm ausging, als er sich in sie ergoss. Dieses wunderbare Gefühl, ihm völlig ausgeliefert zu sein. Tony schrie ihren Höhepunkt in den Raum, ohne sich darum zu kümmern, wie dumm es vielleicht aussehen würde.

Mikael wartete, bis auch ihr letztes Zucken verklungen war. Dann zog er sich langsam aus ihr zurück. Eine letzte Welle dieses Höhepunktes lief durch ihren Körper. Kraftlos knickten ihre Arme ein.

Er kuschelte sich neben sie auf die Liege und zog sie in seine schützende Umarmung. Tony legte ihren Kopf auf seine Brust und lauschte seinem schnell schlagenden Herz. Jetzt roch er salziger als vorher, herb und betörend stark nach Sex. Sie liebte seinen Geruch.

Sie liebte alles an ihm. Aber sie hatte es vermasselt, als sie ihn für diese Zeitungsaktion verantwortlich gemacht hatte. Die Angst, ihn zu verlieren, war stärker als jede Angst vor Schmerzen. Ihre Finger krallten sich in seine Schulter. Langsam normalisierte sich ihr Atem, und auch sein Herzschlag wurde langsamer.

»Ich habe deine Schwester gefunden«, murmelte sie schläfrig, weil es der erste klare Gedanken war, den sie fassen konnte. »Nur, damit du beruhigt bist.«

»Ich weiß. Ich habe vorher versucht, dich anzurufen, aber da warst du schon weg. Deine Sekretärin hat mir erzählt, dass die

Kleine erst mal bei dir und Stella in der Wohnung ist. Ist sicher besser so«, erzählte er und drückte sie fester an sich. »Ich weiß nicht, wie ich dir danken soll, Tony. Ich liebe meine Schwester, aber mich hat sie nie an sich herangelassen.«

Sie richtete sich auf und blickte tief in seine Augen. Wieso Gilly ihm gegenüber skeptisch war, das würde sie ihm ein anderes Mal erklären. »Ich wollte nie wieder was von dir hören, falls du dich erinnerst.«

Er verzog sein Gesicht zu einer Grimasse und atmete tief durch. »Mir wurde mulmig. Die Sache mit Daniel – als er es mir vorgeschlagen hat, fand ich sie ganz toll. Aber dann wurde mir klar, dass du nichts davon wusstest. Dass es eigentlich mit meinen eigenen Prinzipien brechen würde. Du hast dich nicht freiwillig darauf eingelassen. Was Danny getan hat, grenzte ziemlich hart an eine Vergewaltigung.«

»Aber es war gut. Du kennst mich besser als ich mich selbst. Ich gestehe, ich habe früher von so etwas in der Art geträumt, aber dass ich es auch mal erleben würde? Das wünscht sich doch keine vernünftige Frau.« Die erste Erschöpfung verschwand und machte einer wunderbaren Zufriedenheit Platz. Tony fühlte sich so gut wie lange nicht mehr. »Ich bin schon gespannt, was du dir als Nächstes einfallen lässt. Das hier zu toppen wird keine einfache Aufgabe werden, Master.«

»Hör mir zu, Tony. Ich habe immer noch das Gefühl, dass du es dir zu einfach machst. Was auch immer du dir einbildest – ich bin ein Sadist. Ich stehe darauf, dir Schmerzen zuzufügen und dich zu demütigen. Nicht nur auf harmlose Fesselspielchen.«

Tony schluckte, um die Trockenheit aus ihrem Mund zu vertreiben. Wenn er sie doch einfach nur küssen würde! So, wie er diese fremde Sklavin in Saint-Tropez geküsst hatte. So, wie Daniel sie geküsst hatte. »Das habe ich verstanden, Genie. Du bist es, der es sich zu kompliziert macht. Ich weiß, worauf ich mich einlasse. Du schaffst es immer wieder, mich zu Höhen zu treiben, von denen ich gar nicht wusste, dass es sie gibt. Ein fairer Deal. Und abgesehen davon – ich habe zwar noch nicht ganz so viel Erfahrung wie du, aber irgendwie stehe ich auf Schmerzen. Das reicht doch, oder? Den Rest können wir ja noch herausfinden.«

»Tony, bitte.«

»Ich bin nicht dumm. Was erwartest du? Dass ich dir vorwerfe, wie schlecht du bist? Du predigst mir, dass ich auf meine Gefühle hören, mich fallen lassen und mich nicht dafür schämen sollte, und erwartest trotzdem, dass ich dich für deine Gefühle verurteile? Fühlst du dich wohler, wenn ich es tue?« Sie lächelte milde und streichelte über seine Stirn. Nein, sie weigerte sich, jetzt einfach aufzugeben. »Ich bin nicht Annie. Ich sage dir schon, wenn du zu weit gehst. Keine Panik, Genie.«

Er drehte den Kopf zur Seite, um ihrem Blick auszuweichen. »Tony, hör auf damit. Du machst alles noch komplizierter.«

»Aber wieso denn? Was ist dein Problem, Mika? Ich weiß, dass ich einen Fehler gemacht habe. Ich meine es ernst damit, dass es mir leid tut!« Hilfloser Zorn stieg in ihr auf.

»Das Problem ist, dass du dich in etwas verrannt hast und ich es nicht verhindert habe. Ich werde dir nie gewachsen sein. Ich habe kein Geld, keine Familie, nichts. Ich kann mich nicht in dieser Society bewegen. Was meinst du, wie das aussieht?« Es brach einfach so aus ihm heraus. Er schüttelte den Kopf. »Ich habe ein paar Patente, weil Danny sich einbildet, dass man daraus mit etwas Kapital mehr machen könnte, aber das war es dann auch schon. Ich werde nie auf Augenhöhe mit dir sein. Und damit komme ich einfach nicht klar.«

»Was für Patente hältst du denn?«, fragte sie nach und beschloss, den Rest erst einmal zu ignorieren. Obwohl es ihr einen Stich durch das Herz trieb, denn es klang verdammt danach, als ob Mika niemals mehr in diese Beziehung hineininterpretieren würde als guten Sex. Als ob er sich einfach nicht mehr vorstellen konnte. Und das war schlimmer als alles andere.

»Nichts Besonderes. Unter anderem ...« Er schluckte sichtbar. »Die, die du brauchst. Danny meinte, ich sollte sie anmelden.«

»Du weißt hoffentlich, dass du das noch als mein Arbeitnehmer entwickelt hast? Von Rechts wegen steht das mir zu«, schnappte sie zurück. Sie wusste seine Ehrlichkeit zu schätzen, aber irgendwie ... irgendwie fühlte sie sich trotzdem hintergangen. Wäre sie nicht so müde, ihr wäre danach, mit den Fäusten auf ihn einzuschlagen. So wurde nur ein schwaches Kratzen daraus.

»Tony, bitte, ich wollte wenigstens irgendetwas haben«, flüsterte er. »Irgendetwas, mit dem ich Jon Konkurrenz machen kann. Etwas, das du genauso brauchst wie sein Geld.«

»Oh, Mika ...« Sie seufzte leise auf. Wenn man ihr früher gesagt hätte, dass sie nur wegen Geld geliebt würde, sie hätte es sofort geglaubt. Aber dass er sie nicht lieben wollte, nur weil sie reich war und er nicht, das wollte nicht in ihren Kopf. »Diese Society geht mir am Arsch vorbei. Es reicht, wenn ich diese Herren und Damen einmal im Jahr durchfüttere.«

»Du stellst es dir so einfach vor, Tony«, erwiderte er. »Aber es würde für Gerede sorgen. Du hasst Gerede.«

»Und wenn ich dir jemals das Gefühl geben sollte, du wärest weniger wert als irgendein Jon mit toller Familie und viel Geld, dann hast du meine Erlaubnis, mir den Hintern zu versohlen.« Sie schwang ihre Füße von der Liege und stand auf. Verdammtes Geld. Sie hasste dieses Erbe. »Mikael Wertinger, du machst dir Gedanken um Dinge, die sein könnten. Eigentlich bin ich dafür der Spezialist.« Tony stemmte die Arme in die Seite und blickte auf ihn hinunter. »Haben Sie sonst noch irgendwelche Einwände, Sir? Dass ich alt und hässlich bin und du eine Jüngere hast?«

»Tony!«, widersprach er und setzte sich ebenfalls auf. »Es geht einfach nicht.«

»Wieso denn? Ich liebe dich, Mika. Und es ist mir vollkommen egal, ob du reich bist oder nicht. Du fickst gut.« Sie zwang sich ein Grinsen auf das Gesicht, auch wenn sie sich gar nicht danach fühlte. »Bei dir fühle ich mich gut, Mika. Du verstehst mich. Ich muss mich nicht verstecken. Ich muss nichts spielen. Ich kann einfach so sein, wie ich will.«

»Tony, sei sofort still!« Er ballte die Hände zu Fäusten. »Verstehst du nicht? Es würde niemals gut gehen!«

Verfluchtes Geld. Es machte alles einfach nur schwerer. »Mika, du hast mit deiner Arbeit meine Firma gerettet. Dafür bin ich dir auf ewig dankbar. Aber ... noch schöner wäre es, wenn du mich retten würdest. Ich kann mir ein Leben ohne dich einfach nicht mehr vorstellen.«

Die Falte auf seiner Stirn verschwand. »Als ob du so etwas zu bestimmen hättest«, murmelte er leise.

»Und ob.« Unsicher zog sie die Unterlippe zwischen die Zähne. Es war tausendmal schwerer, diesen einen Satz zu sagen, als diese undenkbaren Dinge zu tun, die er von ihr verlangte. »Mika, ich liebe dich, weil du mich so annimmst, wie ich bin. Willst du es nicht wenigstens mit mir versuchen? Ich verspreche auch, immer folgsam zu sein.«

»Wenn, dann entscheide ich darüber, mein Stern. Ich sage doch, dass du es immer noch nicht verstanden hast.« Er streckte eine Hand nach ihr aus. Sein Lächeln wurde offener. Tausende Felsbrocken fielen in diesem Augenblick von Tonys Herz. »Du hast hier gar nichts zu sagen, wenn wir alleine sind.«

»Sie haben Ihre kleine Sklavin nicht im Griff, Master.« Tony streckte ihm die Zunge heraus und lachte überdreht auf. »Lass uns Urlaub machen. Irgendwo in der Karibik. Einsame Insel, weißer Strand, türkisblaues Wasser, die ganze Schikane eben.«

»Komm her, dann zeige ich dir, wie gut ich dich im Griff habe.« Er packte ihr Handgelenk und zog sie auf seinen Schoss. Tief versenkte er seine Nase in ihrem verschwitzten Haar. »Warte nur, mein Herz. Ich glaube, Daniels Idee, dich öffentlich zu bestrafen, ist gar nicht so schlecht.«

»Oh ja«, murmelte sie in seine Schulter und atmete seinen betörenden Duft tief ein. »Ich bin eine kleine, aufsässige Sklavin, die es verdient hat.«

»Tony, du bist umwerfend.« Er küsste ihren Haaransatz und zog sie noch enger zu sich. »Ich liebe dich, Julie Antoinette. Ich liebe dich mehr, als ich in Worte fassen kann.«

Es fühlte sich so verdammt richtig an. »Und ich liebe dich, Mika. Das ist alles, was zählt.«

Tony blickte zu ihm auf. Ganz langsam senkten sich seine Lippen auf ihre. Endlich küsste er sie, zuerst behutsam, dann immer stürmischer. Seine Zungenspitze schlängelte sich zwischen ihre Lippen. Ihre Zungen spielten miteinander, innig und gleichzeitig so fordernd, dass Tony sofort wieder erschauderte. Ihre Blicke verschränkten sich ineinander. Tony war es, als ob sie durch seine wunderschönen blauen Augen tief in seine Seele blicken konnte, als ob sie alles, aber auch wirklich alles von ihm geschenkt bekam.

Er schmeckte verdammt gut. Leicht süßlich, aber dennoch herb genug, wie feinste Zartbitterschokolade. Er schmeckte nach einem wunderschönen Leben, das nur auf sie wartete.

Hoher Absatz garantiert

Madeline Moore
DIE SCHUHLIEBHABERIN
Erotischer Roman
Aus dem Englischen
von Jule Winter
336 Seiten
ISBN 978-3-404-16712-8

Amanda, eine Frau in den besten Jahren, erbt das Schuhimperium ihres Mannes - und übernimmt zugleich eine Reihe gutaussehender Angestellter. Diese sind begierig darauf, die neue Chefin zufriedenzustellen, und zwar in jeder Hinsicht. Während Amanda ums Überleben ihrer Schuhläden kämpft, findet sie reichlich Gelegenheit, sich zu amüsieren ...

Eine Seefahrt, die ist lustig

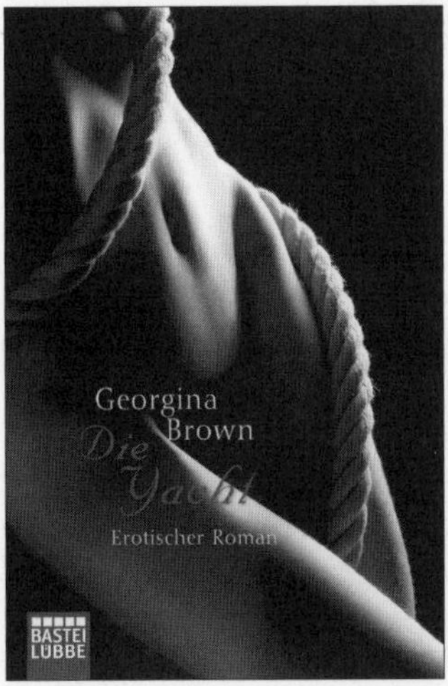

Georgina Brown
DIE YACHT
Erotischer Roman
Aus dem Englischen
von Sandra Green
336 Seiten
ISBN 978-3-404-16711-1

Von der Liebe enttäuscht, heuert Antonia auf der Yacht von Philippe an, einem verheirateten Mann aus gutem Hause. Sofort fühlt sich die junge Frau zu dem adretten Yachtbesitzer hingezogen - und erfährt bald am eigenen Leib, wie stürmisch die Liebe auf hoher See sein kann ...

Werde Teil der Bastei Lübbe Welt
www.luebbe.de/Meinewelt
Lesen, rezensieren, Bücher gewinnen
Lerne Autoren, Verlagsmitarbeiter und andere Leser kennen